Die Saat des Lebens

Diese Geschichte ist rein fiktiv. Ich lege größten Wert darauf, keinen Bezug zum aktuellen Tagesgeschehen, Orten, Themen oder Personen herzustellen.

Mein Dank gilt allen Personen und Ereignissen, die diesem Buch zur Geburt verhalfen.

Peter Rupprecht

Peter Rupprecht

Sil und das Geheimnis von Thera

- oder von der Geschichte einer tiefschlafenden Liebe -

Version vom 11.09.2024

Bibliografische Information der Deutschen Nationalbibliothek
Die Deutsche Nationalbibliothek verzeichnet diese Publikation in der Deutschen
Nationalbibliografie; detaillierte bibliografische Daten sind im Internet über
http://dnb.d-nb.de abrufbar.

© 2024 Peter Rupprecht
Verlag: BoD • Books on Demand GmbH, In de Tarpen 42,
22848 Norderstedt
Druck: Libri Plureos GmbH, Friedensallee 273,
22763 Hamburg
ISBN: 978-3-7597-9659-2

Inhalt

Obwohl wir frei denken und handeln können,
werden wir doch, wie die Sterne am Firmament,
mit Verbindungen untereinander untrennbar
zusammengehalten.
Diese Verbindungen kann man nicht sehen,
aber wir spüren sie.

(Nikola Tesla, Erfinder, Physiker und Elektroingenieur)

Bernstein

Golden bricht sich das Licht der Sonne in Dir.

Einst aus Tränen von Bäumen geboren,

getrocknet an Luft und Wind,

versteinert im Schoß der Erde,

freigelegt von der Kraft des Meeres

und von dessen Strömung an Land getragen

wartest du, halb versunken im Sand der Zeit,

auf deine Wiederkehr,

nur um im Feuer unterzugehen.

Peter Rupprecht

Kapitel 1

Wenn ein Küken schlüpft

Sil fühlte sich hundeelend. Sie glaubte, dass in jedem Moment ihr Schädel in tausend Teile zersprang, als sei er ein pfeifender Teekessel mit kochendem Wasser über dem Feuer. Überdies war ihr speiübel. Innerlich kreiselte es, wie in einer kleinen Windhose, in die sie einmal als Kind hineingeriet, als sie in der Wüste unweit ihres Elternhauses mit einem frisch geschnittenen Baumzweig nach einer Wasserader suchte. In der nächsten Zeit bekam sie ohnehin keinen Fuß hoch. Geschweige denn, dass sie zu einem klaren Gedanken fähig wäre. Dennoch wusste sie, dass dieses absonderliche Gefühl ihrer gesundheitlichen Beeinträchtigung in ihrer gegenwärtigen Situation völlig normal war.

Auf der Akademie von Ceti e bereitete man sie intensiv auf den Moment ihrer Landung auf Thera vor. Einem Planeten, den es für die Besiedlung durch Kolonisten zu erschließen galt. Sie wusste um die Wirkung der Kryoniktechnik auf ihre Befindlichkeit und auch, was sie zu tun hatte, wenn die Planetenpioniere sie aus dem nach seiner Form benannten Kryonikei bargen.
Nur allmählich wich das entsetzliche Pochen aus ihrem Gehirn, den der unangenehme Aufwachprozess nach ihrer Reise durch den ewigen Raum verursachte. Seit sie vor etwa zwei Jahren den Planeten Ceti, genauer gesagt Ceti e, verlies und in den kryonischen Tiefschlaf versetzt wurde, unterdrückte eine Droge ihr Schmerzempfinden. Nun aber, seit der Mutterwirbel im Orbit des Planeten Thera ihr Transportmittel wie der Fänger eines Baseballs aufnahm, leitete die automatische Steuerung des Eis ihren Aufwachprozess ein. Das von den Planetenpionieren so genannte „Schlüpfen" begann.

Die Bezeichnung des „Auftauens" traf die Prozedur wohl eher. Es fühlte sich körperlich an, wie wenn man zu schnell zu viel Speiseeis verschlang und sich der Leib gegen das massive Kälteempfinden mit heftigen Kopfschmerzen wehrte. Den Eintritt ihres Kryonikeis in die Atmosphäre von Thera selbst spürte sie hingegen nicht. Auch nicht die enorme Hitzeentwicklung, die die Reibung der äußeren Lufthülle Theras auf der dünnschaligen Oberfläche ihres Reisemittels verursachte. Erst als der Fallschirm ihres Kryonikeis den Sturz durch die einzelnen Luftschichten abbremste, spürte sie wieder etwas. Zuerst einen kleinen Ruck, ausgelöst von dem sich rasch entfaltendem Fallschirm. Dann ihren abgebremsten Fall selbst und jene höllischen Kopfschmerzen, die immerhin allmählich abflauten. Letztere hätten sie normalerweise laut aufstöhnen lassen, wenn nicht das glitschige Kryonikgel in ihren Mund hineinlief. Eingelegt in dieser durchsichtigen Paste verbrachte jeder Reisende so seinen Transport durch das All. Sein Vorteil lag nicht nur in seiner Schutzwirkung vor der kosmischen Strahlung. Wurde das Ei während des Fluges undicht, verschloss das Gel die Risse und es hielt vor allem der Hitzeentwicklung beim Eintritt in die Atmosphäre des Ankunftsplaneten stand. Beim Öffnen ihrer Lippen schwappte die bitter schmeckende Isolierpaste unversehens in ihren Schlund hinein und erreichte sogar ihren Magen. Die dadurch verursachte Übelkeit brachte jeden Reisenden nach seiner Landung zum Erbrechen. Wenn ihr Ei auf die therische Oberfläche auftraf, handelten ihre bereitstehenden Kameraden allein aus diesem Grund sehr schnell. Alleine und ohne Hilfe von außen, befreite sich die Weltraumreisende nicht aus dem Ei.

Ein ähnliches Gefühl wie jetzt erfasste Sil schon einmal in ihrem Leben. Nämlich an dem Tag, als sich herauskristallisierte, dass sie eine sogenannte „Wasserfühlige" war. Dieser seltenen Begabung verdankte sie auch ihre Reise nach Thera. Als sie vor gut zwanzig Jahren auf Ceti e das Licht der Welt erblickte, deutete noch nichts auf ihr späteres Talent hin. Ihren Eltern selbst fielen in ihren ersten Lebensjahren lediglich ihre kaminroten Haupthaare auf. Auch die ungewöhnliche Blässe ihrer samtweichen Haut sowie eine ausgeprägte Temperatur- und Feinfühligkeit ihres Körpers waren als besondere Merkmale zu nennen. Aber in welchem Zusammenhang es mit ihrer Wasserfühligkeit stand, zeigte sich erst im weiteren Verlauf ihrer Kindheit. Das Schicksal vertraute ihr für wahr einen einzigartigen Schatz an. Eine äußerst eigenwillige Gabe. Was eine „Wasserfühlige" zu einer „Wasserfühligen" machte, beschreibt sich am Besten mit dem tiefgreifenden Erlebnis, das zu Sils späterer Berufung beitrug.

Der Ort auf Ceti e, an dem Sil ihre ersten Schritte tat, lag in einem der dicht bewaldeten Gebirgszüge des doch sehr klimatisch abwechslungsreichen Planeten. Ceti e glich in vielen Umständen dem Ursprungsplaneten Gaia. Sein Zentralgestirn, auch Tau Ceti genannt, bestrahlte den Planeten in einem ähnlichen Licht, wie die irdische Sonne. Unweit ihres Hauses stürzte ein reißerischer Gebirgsbach durch eine enge Klamm talwärts. An dessen schroffen Ufern standen hohe Kiefern und Fichten, die durch ihren dichten Schatten das kristallklare Gewässer in der Schlucht auf seinem Weg ins Tal kühl hielten. Der Bach selbst entsprang unterhalb eines ausladenden Gletschers weiter oben in den Bergen und führte neben dem kieseligen Sediment folglich zu Beginn seines Weges ein sehr klares aber auch recht kaltes Wasser mit sich. Seine facettenreichen Verwirbelungen und das glitzernde Lichterspiel Tau Cetis auf seinem unruhigen Wassern faszinierten das Mädchen schon, seit sie seinen Lauf zum ersten Mal erblickte. Gerade das morgendliche Licht der Sonne schillerte funkelnd hell darin, weswegen sie nicht selten bei Sonnenaufgang dem wirbelnden Gewässer auf ihrem Weg zur Schule ihre Aufmerksamkeit schenkte. In ihrer freien Zeit verweilte Sil oft stundenlang an ihm, um seinem lebhaften Element bei dieser Etappe auf seiner Reise bis zum großen Meer zuzusehen. Eingenebelt von dem rauschenden Donner und den feinen

Wasserspritzern, die seine unmittelbare Luft erfüllte. Den Endpunkt des bis dahin zum Strom angeschwollenen Baches, das Meer, kannte sie bis dahin nur von den Bildern und den Erzählungen ihrer Eltern, wenn sie ihr den digitalen Atlas von Ceti e zeigten. Um die unheimlichen Kräfte des Gewässers zu ergründen, warf Sil zuerst dünne Zweige oder Laub in seinem reißerischen Lauf hinein. Interessiert sah sie dann mit ihrem scharfen Blick den schwimmenden Stückchen bei ihrem wirbelnden Tanz auf der unruhigen Oberfläche des Gewässers zu. Ihr kam es vor, als spielte der Bach mit ihnen wie ein Kind und ihr war, als ob eine unergründliche alte Seele in ihm ruhte.

Sil besaß ohnehin eine außergewöhnliche Beobachtungsgabe für Bewegungen. Vor allem für das fließende Wasser. Sie beäugte mit ihren kristallblauen Augen von oben seine zahlreichen Verwirbelungen, seine energetische Strömung, sein säuselndes Plätschern, seine vielschichtige Emotion, sein tiefes Gefühl. Schon immer faszinierte es sie, wie es die kleinen Fische in diesem schnell fließenden Gewässer schafften, gegen die starke Strömung anzuschwimmen. Auch verharrten sie, scheinbar problemlos an Ort und Stelle, während gut sichtbar das Wasser an ihnen in einem atemberaubenden Tempo vorbei zog. Interessanterweise gab es auch eine, wenn auch schwache, gegenläufige Strömung der Fließrichtung, deren Ursache sie bis da noch nicht kannte.

Obwohl es ihre Eltern streng verboten, folgte sie seinem Lauf bis zur Quelle unterhalb des Gletschers. Nur, um von dort aus fasziniert seiner Geburt aus dem mineralhaltigen Gestein der Tiefe zuzusehen.

Diese Zuneigung an sich erklärt zwar noch nicht, was Sil zu einer „Wasserfühligen" machte. Dies ist jedoch wichtig zu verstehen, um die Wirkung des Unfalls nachzuvollziehen, der ihr im Alter von etwa zehn Jahren widerfuhr. Er brachte sie gewaltsam mit den kalten Fluten des Rinnsaals in Verbindung und beinahe auch zu ihrem vorzeitigen Ableben. Ihr leichtsinniger Erforscherdrang ließ das Mädchen öfter den Bach auf seinen schlüpfrigen Steinen queren, was aufgrund der hohen Anzahl nicht immer glücklich verlief. Meist aber stand sie nur bis zu den Knöcheln im Bachbett oder einmal riss sie sogar die Strömung etwas mit. Bei diesen heftigeren Fehltritten zog sie sich aber mit einem Griff nach einer Baumwurzel selbst wieder aus dem Bachlauf hinaus. Klatschnass geworden und frierend, nahm sie widerwillig von ihren Eltern zu Hause eine Gardinenpredigt entgegen. Sie solle aufhören, mit dem Bach herumzuspielen. So ein kühles Gewässer ist gefährlich und unberechenbar. Aber gerade das weckte umso mehr die Neugier in ihr. Ihre Eltern begannen sich Sorgen um die Furchtlosigkeit ihres Kindes, hinsichtlich des wirbelnden Wassers zu machen. Ihr Forschungseifer an dem kalten Gewässer erwies sich stärker, als die Achtung vor seinen Risiken.

An dem Tag ihres Unfalls stand die Sonne zu diesem Zeitpunkt tief am Horizont. Die Schatten der hohen Kiefern verdeckten den Lauf des Baches, was ihn zu dieser späten Stunde besonders kühl machte. Sil befand sich auf dem Rückweg von der Gletscherquelle und freute sich gewisserweise auf eine heiße Schokolade zu Hause vor dem Kamin. So war sie mit ihrem Kopf nicht da, wo sie sich gerade befand. Es war schon spät, weshalb sie sich auch eilte. Ihr Ausrutschen auf dem glitschigen Stein in der Mitte des Baches, als sie versuchte seinen Lauf zu queren und ihr Hineinfallen in die rauschende Flut, machte da nur den geringsten Anteil ihrer einprägenden Erfahrung an jenem Tag aus. Ein Gefühl, ähnlich wie in der Aufwachphase heute auf Thera, lief ihr damals das kalte Wasser in die Kehle hinein und füllte ihre Lungen. Die Wärme ihres Körpers entwich schnell und sie passte sich der Temperatur des Baches an. Es raubte ihr die Luft. Hätte sie ihr Vater nicht bereits gesucht und intuitiv bachaufwärts nach ihr gesehen, wäre es um sie geschehen. So fand er sie rechtzeitig und fischte seine Tochter mit starkem Griff aus dem kühlen Bach hinaus. Fast so, als wollte eine Fügung, dass sie noch leben sollte, packte ihr Vater sie an den Füßen und holte sie ans rettende Ufer. Er klopfte ihr mit heftigen Schlägen das kalte Wasser aus den Lungen und brachte sie mit derben Ohrfeigen wieder ins Leben zurück. Er drückte sie an sich, um ihr Wärme zu geben. Dem kalten Gewässer entkommen, kehrte die Lebenswärme in ihren Leib wieder ein und sie vernahm die aufbrausende Stimme ihres Vaters, welche voller Sorge und Vorwürfe wegen ihres Leichtsinns erklang. Doch seine schmerzliche Wut war es nicht, was Sil in den nächsten Tagen im Geiste umtrieb. Vielmehr war es ihr kurzes Erlebnis während ihres langsamen Ertrinkens in jenem Bach, dessen Bedeutung für ihr künftiges Leben sie in diesem Alter noch nicht zu deuten wusste.

Als ihr die Kühle des Gewässers in den Kopf stieg und ihr Bewusstsein schwand, glaubte sie ihren Geist in ihm zu verlieren. Er versuchte sich, mit dem des Wassers zu verbinden. Aber der Bach wollte ihn nicht. Er sprach zu ihm. Mit seinem mystischen Säuseln. Seinem verfremdeten Geräusch, seiner fidelen Lebendigkeit. Seinem leisen Wispern. So, als ob diese Flüssigkeit reines Blut, ja Teil des Organismus des Planeten Ceti e und somit des Lebens auf ihm oder vielleicht sogar darüber hinaus wäre. Die unverkennbare Handschrift eines unendlich tiefen und vielschichtigen Charakters. Sehr Alt. Ein einziges lebendiges Wesen, ein einziger Organismus mit großem Gefühl und unendlicher Empathie. Doch als Sil fühlte, dass das Wasser ihren Geist verschmähte, wusste sie, dass es noch nicht Zeit war, bei ihm zu bleiben, sich mit seiner Seele zu verbinden und hinauf zum Gletscher und in den Himmel zu ziehen. Gerade in diesem Moment zog ihr Vater sie aus dem Wasser heraus und reanimierte sie mit seinen wuchtigen Schlägen. Sil fühlte dessen furchtbare Angst. Seine große Sorge um sie. Und als er wütend mit seinen Ermahnungen über sie hereinbrach, so wusste Sil doch, dass er dies aus reiner Liebe zu ihr tat. Noch ehe sie sich auch zu Hause vor ihrer Mutter für ihren Leichtsinn rechtfertigte, erhielt sie von ihr einen Klaps, um anschließend von ihr vor Erleichterung in den Arm genommen zu werden. Sie weinte vor Sorge. Dabei erzählte ihre Mutter von einer uralten Sage, die einst die Pioniere mit dem kalten Gebirgsbach vor ihrem Haus verbanden. Demnach zögen die Seelen der Toten in ihm zu der Quelle in den Bergen hinauf, um von dort in den Himmel zu gelangen. Wäre ihr Vater nicht gewesen, hätte sie mit ihnen ziehen müssen. War dies nicht genau auch die Botschaft des Baches an sie? Es stimmte, was sie von dem Blut des Lebens selbst vernahm. Gegen den Strom ziehen? Nach oben in den Himmel? War dies überhaupt möglich? Wenn man mit der physikalischen Seite dies bedachte, verkäme er zum Ansatz der Unmöglichkeit. Aber hier ging es um den Geist des Lebendigen, der nach dem Tod körperlos entgegen der elementaren Fließrichtung wanderte.

Seither betrachtete Sil den geheimnisvollen Bach vor ihrem Haus mit anderen Augen. Sein säuselndes Plätschern glich einem mystischen Lied, seine verschiedenen Strömungen der reinen pulsierenden Lebensenergie. Seine einzelnen Spritzer wirkten wie die Tropfen des Blutes des ganzen planetaren Organismus Cetis. Ähnlich des Blutkreislaufs in ihren Adern, hielt sich auch der Wasserkreislauf zwischen Himmel und Erde in Schwung. Als Pumpe und Antrieb dienten da die Sonne Tau Ceti und durch ihre Einstrahlung von ihr erzeugten Winde Cetis, welche das Wasser nach seiner Verdunstung zu Wolken, über den Planeten verteilten. Lange hielt die Aufnahme der neuen Eindrücke über den Geist des Baches nicht an, denn ihre Eltern beschlossen, wegen ihres Leichtsinns umzuziehen. Sie setzten ihr Kind nicht weiter einer solchen trügerischen Gefahr aus. Erst recht, wenn sie direkt vor der eigenen Haustüre lag.

So verschlug sie es in eine trockene Gegend auf Ceti e, die nun sehr ihrem gegenwärtigen Ankunftsort auf Thera glich. Hier gab es keine hohen Berge, keine reißenden Bäche, keine tiefen Seen oder tosende Wasserfälle. Und erst recht keinen Gletscher mit dazugehörigem Gebirgszug. Eher porösen Fels, feinkörnige Sanddünen und eine nur spärlich vorhandene Vegetation. Hauptsächlich bestehend aus Kakteen verschiedenster Größen und Formen. Lediglich die an dem blanken Fels anhaftenden Flechten erinnerten entfernt an Wasser, denn jene lebten von dem feuchten Nebel, der sich am Morgen über die wüstenhafte Landschaft legte. Und das auch nur deshalb, weil fein zerstäubter Dunst vom entfernten Meer aufstieg und ihn der böige Seewind weit ins Landesinnere hinein trug. Die genügsamen Gewächse stellten sich auf ihre karge Nahrung aus der Luft ein und trotzten mit ihrer Anhaftung an den Felsen den warmen Winden, der aus der Wüste kam und die zahlreichen Sanddünen vor sich hertrieb. In ihrer neuen Heimat vermisste Sil den lebendigen Bach. Ihr fehlte dessen ungebändigte Energie, seine Vitalität und Fröhlichkeit. Vergeblich danach suchend wanderte sie zeitverloren zwischen den großen Sanddünen in der Nähe ihrer Siedlung umher. Hoffend so etwas wie ein fließendes Gewässer oder gar eine Oase zu finden, dass es in dieser Wüste so nicht gab. Lediglich die großen Sanddünen erinnerten sie entfernt an

13

Meereswellen. Nur, dass der scharfe Wüstenwind sie formte und bei Sturm einen regelrechten Schleier aus den einzelnen Körnern webte.

Gerade hier in dieser trostlosen Einöde lernte Sil zum ersten Mal die „Baumfühligen" kennen. Eine andere Art der Fühligen, von denen sie damals noch nicht wusste, dass ihr von der Natur mitgegebenes Talent eine Gemeinsamkeit in sich trug. Die Baumfühligen betrieben hier eine Plantage und züchteten dort Bäume groß, die sich für die Kultivierung in trockenen Gebieten eigneten. So eine Anlage in einer lebensfeindlichen Umgebung zog zwangsläufig Sils Interesse auf sich. Neugierig bestaunte sie an dem grobmaschigen Sicherheitszaun der Baumschule, die mit lederartigen Blättern bedachten Gewächse. Sie bogen sich im launischen Wind der Wüste und trotzten wacker mit ihren mächtigen Wurzeln seinen Kräften. Vor allem fielen ihr die zerfurchte Rinde und der gedrehte Stammwuchs auf. Einige Stämme überzog ein weißer Kalkanstrich, um sie vor einem Sonnenbrand zu schützen. Für einen Wüstenbaum erreichten sie eine doch recht ansehnliche Dicke und Höhe. Die Namen der ungewöhnlichen Gewächse kannte sie zwar nicht, aber sie fühlte förmlich auf der Distanz zu ihr das wenige Wasser, das die Bäume dicht unter ihrer Rinde bis in die Spitzen ihrer Zweige und somit in ihre ledrigen Blätter hineinzogen. Dort verdunstete es und half dem Baum bei seinem Wachstum. Mithilfe der Sonne Tau Ceti erschuf der Baum einen Sog und förderte so das Wasser über seinen Stamm himmelwärts. Ähnlich ihres Gefühls beim Ertrinken im Bach.

Sie verweilte ziemlich lange am Zaun, was einen der Gärtner auf sie aufmerksam machte. Er näherte sich dem jungen Mädchen und sie kamen ins Gespräch miteinander. Eine Furcht vor dem Fremden besaß Sil nicht, denn in der Wüste bekam eine jede Seele Demut und war froh, sich überhaupt mit jemandem zu unterhalten. Als der Gärtner ihr Interesse an den Pflanzen bemerkte, bot er ihr an, die Bäume aus nächster Nähe zu sehen. Sil sagte dazu nicht nein, denn instinktiv fühlte sie in diesem Moment, dass sie beide etwas miteinander verband. Ihr Blick in die Augen offenbarte, dass Sil vor dem Erkennen ihrer Lebensbestimmung stand. Dem verschloss sich der Baumfühlige nicht, so wie er sich selbst nannte. Daher begegnete er dem Mädchen mit großem Verständnis. Mit einem Lächeln öffnete der Baumwirt ihr das Tor und führte sie durch die ausgedehnte Baumzucht. Er zeigte ihr die dünnen schwarzen Rohre, durch die sich das Wasser zur Bewässerung der Bäume leitete. Rasterförmig verband ein ganzes Netz dieses Leitungssystems die gesamte Anlage. So lies sich das Wasser gleichmäßig und somit wirksam verteilen. Der Baumfühlige erklärte, dass die Plantage, ähnlich einer Schule, den Jungbäumen lehrte, mit Wasser sorgsam zu haushalten. Gab man ihnen zuviel Wasser, gingen die Jungbäume zu verschwenderisch damit um. Die Tröpfchenbewässerung, wie man dieses Verfahren nannte, lies zwar die Bäume langsamer wachsen, aber zäher und wesentlich krankheitsresitenter werden. Das

Wasser selbst schöpften die Baumfühligen aus einem gebohrten Brunnen mit einer Zisterne, welches bei der Einrichtung der Plantage eine „Wasserfühlige" mit dem „Wurm" durch die Gesteinsschichten grub.

An der Apparatur des „Wurmes" wurde Sil auch später auf der Akademie ausgebildet. Vor allem, um damit auf Thera die Brunnen und Zisternen zur Bewässerung zu erschaffen. Hier hörte sie zum ersten Mal davon. Der Gärtner zeigte ihr ein Bild des Wurms aus einem Prospekt, der etwaige Besucher über die Entstehung der Einrichtung informierte. Einmal im Jahr war es Außenstehenden möglich die Plantage an einem Tag der offenen Tür zu besuchen. Sil fühlte regelrecht die Energie des Wassers, als sie am Bohrloch des Brunnens stand und ihre Hand auf seine Leitung legte. Innerlich lud es sie auf, als sie das strömende Nass darin erfühlte. Sie bemerkte aber auch, dass da etwas mit ihm nicht stimmte. Das wusste sie aber noch nicht zu deuten. Sie erzählte dem Gärtner davon, was dieser grinsend zur Kenntnis nahm. Er schien von dem Problem mit dem Wasser zu wissen. Erst später auf der Akademie erfuhr sie, was sie da eigentlich erfühlte. Dem Wasser fehlte es in den engen Rohren an seiner Wirbelfähigkeit. Seine Ursache lag in der Konstruktion der Leitungen selbst.

Einen Teil des Wassers leiteten die „Baumfühligen" in die Aufzuchthäuser. Treibhäuser, in denen die Baumsetzlinge ihre ersten Monate nach dem Keimen verbrachten. Waren sie groß genug, verlud man sie auf ein Dreibein und grub sie an einem geeigneten Standort, meist am Rand der Wüste ein. Dadurch, dass die Bäume mit der Wärme und dem Wind klarkamen, drängten die Pioniere die Wüste allmählich weiter zurück. Vom Baumfühligen erfuhr Sil, dass solche trockenen Einöden nicht zwangsläufig vorkamen. Meist entstanden Wüsten aus einem Ungleichgewicht der Wasserverteilung und der Bewirtschaftung des Bodens. Gerade, wenn Vieh zu lange an einem Ort weidete oder nicht umherzog, fanden die Samen der Pflanzen keinen vorbereiteten Boden zum Auskeimen vor. Eine andere Ursache der Wüstenbildung lag an hohen Gebirgszügen, die einen Luftströmungsaustausch verhinderten. Ein Wüstenboden enthielt nicht von vornherein keine Nährstoffe. Er war das Ergebnis einer Ausschwemmung, der von dem wenigen Regen kam, der hin und wieder in der Einöde niederging. Es wäre daher möglich, so der Baumfühlige, Wüsten wieder grün zu machen, wenn man das ökologische Gleichgewicht wieder herstellt. Einer Herausforderung, die es nun auch auf Thera zu meistern galt.

Am Ende ihrer Führung durch die Plantage schenkte der Baumfühlige ihr etwas, das sie sogar noch heute, bei ihrer Landung auf Thera um den Hals trug. Ein schlichtes rundes Symbol. Ein aufklappbarer Anhänger mit einer goldenen Gravur der Blume des Lebens auf der Oberseite. Von dem Gärtner erfuhr sie, dass dieses Zeichen aus der heiligen Geometrie stammte. Die ineinandergreifenden Kreise stellten die geistige Verbundenheit des Kosmos dar. Die einzelnen Kreise veranschaulichten dieses Gefüge. Im Zentrum, der innerste Kreis, befand sich das Bewusstsein. Der Kreis des lebendigen Seins. Der Kern, die Sonne oder auch die Lebensenergie. Von hier aus reiste sie überall zu den anderen Kreisen hin. Die Einstichstelle in seiner Mitte symbolisierte Gott.

Der anschließende, obere Kreis stand für die Teilung. Der Polarität. Das daraus entstehende Muster nannte sich die Fischblase und symbolisierte die Dualität der gegenwärtigen Welt. Das Ei oder auch die Frucht des Lebens. Das Symbol für Helligkeit und Dunkelheit. Für Oben und Unten. Für Innen und Außen. Für Himmel und Erde. Die Veranschaulichung der Gegensätze zeigte deren Zusammengehörigkeit. Die Überschneidung der Linien lies in seiner Mitte ein Auge entstehen. Das Symbol der Wahrnehmung, der Sinnesorgane, mit der die Gegensätze der Dualität erkannt wurden. Wie sieht das Auge Helligkeit, wenn es keine Dunkelheit gibt? Wie hielt sich das Oben von dem Unten auseinander, wenn es keine Fixpunkte gibt? Wie unterschied es Innen von Außen? War denn das bloße Existieren auf einer Planetenoberfläche nicht auch ein Innen? Nämlich innerhalb der Atmosphäre eines Planeten? Das Außen wäre der Weltraum. Selbiges übertrug sich auch auf den eigenen Leib. Wie erkennt das Auge den Himmel, wenn es nichts gibt, was es erdet? Wie nimmt es das Männliche wahr, wenn es nicht das Weibliche erfasst?

Der dritte Kreis steht für die Verknüpfung. Für den Kreislauf. Es bedeutet, dass es weder einen Anfang noch ein Ende gibt. So, wie eine Sonnenblume ihren Samen in der Blüte trägt, trägt sie bereits die Wiedergeburt in sich. Wenn sie den Samen wirft, kann die alte Pflanze sterben, da sie sich durch ihre Kinder erneuert hat. Der Samen keimt erneut auf, bis sie wieder zu blühen beginnt, um ihrerseits ihre Samen zu werfen. So setzt sich das Leben durch die Zeit fort. Auf den Tag folgt die Nacht. Auf die Nacht der Tag, um wieder der nächsten Nacht zu weichen.

Der vierte Kreis lässt ein Quadrat an den Überschneidungen der einzelnen Kreise entstehen. Es zeigt die Materie. Der Geist transformiert sich durch die Zugabe des vierten Kreises in eine feste Form. So wie es vier Himmelrichtungen gibt, so stellt das nun entstandene Gefüge die vier Elemente dar. Die Luft stand für den Gedanken, dem Planen. Das Wasser stand für die Emotion, der Entscheidungskraft. Das Feuer stand für die Energie, der Verwirklichung. Die Erde für das Erschaffen. Das Werk.

Der fünfte Kreis lässt aus der Figur ein Trapez entstehen. Nach der Numerologie steht das Symbol für die Zahl fünf. Also dem Menschen, da er an jeder Hand fünf Finger und an jedem Fuß fünf Zehen zählt. Ein weiteres Element floss nun in das Symbol ein: der Äther. Dieses Element stand für das Subtile, den elektromagnetischen Einfluss auf die übrigen vier Elemente, die Strahlung, dem Schall, die Frequenz und die Schwingung. Auf die Sinneswahrnehmung übertragen, bedeutete dies nicht nur die Fähigkeit des Hörens, sondern auch die Eigenschaft Verbindungen und zwischenmenschliche Beziehungen eingehen zu können. Liebe und Geborgenheit auszustrahlen sowie sie auch zu geben.

Der sechste Kreis bringt eine wellenförmige Strömung in die Zeichnung. Sie verkörpert den Lebensstrom und steht für die Sonne.

Der siebte Kreis schließt das innere Muster der Blume des Lebens ab und macht das Symbol zu der Saat des Lebens. Die Seele tänzelt nun um den zentralen Kreis herum und vervollkommnet so das entstandene Muster. Sieben ineinander verschränkte Kreise. Den Prozess der Zellteilung. Das Symbol der Schöpfung. Die Baumfühligen nannten die nun entstandene Figur auch den Nukleus. Die Zahl Sieben versinnbildlicht die Mystik. Die Verschränkung der materiellen mit der geistigen Welt.

Der abgeschlossene Ring um das Symbol zeigte, dass alles Eins war und in diesem einen sich die Verschränkung der Ordnung des Seins vollzog. Gleich der Eizelle, bevor sie sich nach der Befruchtung durch die Erbinformation teilt. Die geöffnete Saat, symbolisiert durch die angefügten Kreise, glich einer austreibenden Blume. Einer Blume, die ihre Blüte öffnet, um die Energie, also das Licht der Sonne zu empfangen. Die Darstellung der Blume des Lebens entsprang der Überzeugung von der heiligen Ordnung, dessen Ursprung am Beginn der Zeit liegt.

Als der Baumfühlige Sil ihre Bedeutung ausführte, verstand Sil diese Weltsicht noch nicht. Der Gärtner fand das aber nicht schlimm und sagte nur: „Das Schöne dran ist, dass du es von selbst spüren und entdecken wirst. Jedes einzelne Sein muss seinen eigenen Weg zu seinem inneren Selbst finden. Es ist deine Lebensaufgabe. Die Blume des Lebens ist nichts anderes, als die grafische Darstellung der bisherigen Erfahrungen, welche die Seelen vor dir mit ihrer Erkenntnis machten. Es gibt keinen anderen Grund, warum wir hier sind. Die Blume selbst liefert keine Antworten. Sie zeigt nur, was ist.“

Sil bedankte sich bei ihm und sie hängte sich das Medaillon um ihren Hals. Der Baumfühlige führte weiter aus, dass auch bei ihm die Erkenntnis zu seinem eigenen Selbst sich erst während einer Wanderung als Junge durch die noch unerschlossenen Wälder von Ceti e vollzog. Er blieb oft lange von zu Hause weg, schwänzte die Schule und trieb sich lieber in den Gehölzen der Urwälder herum. Er lebte dort alleine eine Zeitlang in ihnen und von ihnen. Seine Eltern ließen ihn suchen und nach großem Aufwand brachten sie ihn wieder in die Zivilisation zurück. Es zog ihn dennoch immer wieder in den Wald. Dort beobachtete er den

Flug des Laubes von den Baumkronen zur Erde, fühlte das Pulsieren des Wassers in den Adern der Bäume hinauf zu den Blättern und erkannte die Symbiose, die das Gewächs mit seiner Umgebung einging. Er erforschte die Wurzeln und die Früchte der einzelnen Arten, wusste um die Sensibilität des Klimas und auch, welche Gase für sein Wachstum von Nöten waren. Seine Eltern mussten erkennen und annehmen, dass ihr Kind den Gewächsen des Waldes näher stand, als einem Leben in einer versiegelten Stadt.

Erst nach dieser Offenbarung des Gärtners öffnete auch Sil sich und erzählte von ihrem Erlebnis im Gebirgsbach, während ihr die Lunge voller Wasser lief. Der Baumfühlige hörte ihr sehr interessiert zu und antwortete Sil mit einer Erklärung ihres Unfalls, an den sie bisher so gar nicht dachte.

„Könntest du dich mit dem Gedanken anfreunden, dass dies kein Zufall war, als du in den Bach gefallen bist?", fragte er hintersinnig und setzte nach einer kurzen Pause nach.

„Könntest du dich damit anfreunden, dass dieser Unfall dazu diente, dir deine Lebensaufgabe zu zeigen? Vielleicht bist du auch eine Fühlige. Eine Wasserfühlige. Es liegt an dir herauszufinden, ob es wirklich so ist. Wenn du das tust, höre nicht auf das, was dir von außen gesagt wird. Wir Fühligen folgen immer unserer inneren Stimme und unserer intuitiven Wahrnehmung. Deswegen nennen wir uns auch so. Dir wird von außen so viel gesagt, damit du ja nicht dein eigenes Leben lebst. Du sollst immer das Leben eines Anderen leben. Das muss nicht zwingend das Leben sein, dass deine Eltern für dich ausersehen. Es könnte genauso eine Ideologie von jemandem sein, der schon vor vielen Jahren himmelwärts gegangen ist. Das ist uns Fühligen nicht bestimmt. Wir dürfen unsere Begabung selbst ergründen und sie in unser Leben einbringen. Das gehört zu unserem Reifeprozess. Daher stehst du nun mit dem Wissen dieser Tatsache vor der Wahl, was du in deinem weiteren Leben tun wirst. Willst du es verdrängen oder dich deiner Gabe öffnen? Wenn du dich davor fürchtest, mehr über dich selbst zu erfahren, so verbringe dein restliches Leben in der Ungewissheit und am Ende deines Lebens in Wehmut, dem nicht nachgegangen zu sein. Aber egal wie du dich entscheidest, was du auch künftig tust, du wirst immer wieder über diese Frage von neuem stolpern. Je mehr du es von dir abstößt, umso mehr wird es dich anziehen. Ich spreche da aus meiner eigenen Erfahrung zu diesem Thema."

„Kennst du auch eine Wasserfühlige?"

„Nicht persönlich. Die, die damals den Brunnen mit dem „Wurm" bohrte, stammt nicht von hier. Die Wasserfühligen sind im Gegensatz zu uns Baumfühligen sehr unstet. Woran das wohl liegt? Leider lebt hier in der Nähe keine von ihnen und ich kann dir auch keine Begegnung mit einer Wasserfühligen vermitteln. Aber auf der Akademie an der Küste gibt es bestimmt welche. Selbst wenn sie sich dort mit ihrer Gabe erst noch vertraut machen. Dieses Talent ist nicht so dicht gesät, wie das der Baumfühligen. Meist haben diese Gabe eher Frauen als Männer, was bei uns Baumfühligen wiederum umgekehrt ist. Aber du kannst dein Talent zur

Wasserfühligkeit hier und jetzt selbst ausprobieren. Ich gebe dir etwas dafür mit", sagte er abschließend zu ihr.

Sogleich schnitt er ihr eine Baumrute von einem der austreibenden Bäume ab und gab ihr dies in die Hand. Wenn sie wirklich eine Wasserfühlige war, müsse sie nur auf ihre Intuition vertrauen. Der Anbindung zur kosmischen Weisheit. Dann fände sie selbst in dieser trostlosen Gegend mehrere Wasserquellen. Unter dem Dünenmeer befindet sich ein fossiler See, der seinerzeit von der Wasserfühligen angebohrt wurde. Über Wasseradern dringt ein Teil von ihm an die Oberfläche, was auch das Entstehen von Oasen erklärt. Der Baumfühlige merkte zum Schluss als Hinweis an, dass das Wasser in den Zweigen der Bäume nach der Verbindung zu seinem Element, zu seinem Organismus suchte. Sie als Wasserfühlige könne das fühlen, wenn sie ihre Handfläche an der Schnittstelle auflegte und das andere offene Ende auf die vermeintliche Wasserquelle ausrichtete. Wenn ihre Eingebung anschlug, dann müsse sie an dieser Stelle graben und das Wasser sprudelte ihr nur so entgegen. Sie müsse jetzt gleich mit der Wassersuche beginnen, denn der frisch geschnittene Baumzweig trocknet im warmen Wüstenwind schnell aus, verliert an Elastizität und gebrauchte sich im dürren Zustand nicht mehr zur Wassersuche. Sil nahm den Zweig neugierig auf und ging mit ihm, wie vom Gärtner angeleitet, in die Wüste hinaus.

Da sie bisher noch nie von dieser Art nach Wasser zu suchen hörte, geschweige denn es je selbst ausprobierte, tobten keine Vorbehalte oder Denkverbote in ihrem Geist. Auch keine, die dieses Vorgehen als Scharlatanerie oder als Einbildung abtaten. Intuitiv mit dem Bauch verbunden und als Verlängerung ihre Hände mit dem Zweig vorneweg, schritt sie über den feinkörnigen Sand des Dünenmeeres. Sie legte ihren Geist über die Handflächen in den frisch abgeschnittenen Zweig hinein und fühlte seine fließenden Säfte. Sie fanden keinen Halt in dem Zweig mehr und liefen aus seinen durchgetrennten Adern hinaus. Der abgeschnittene Zweig rief nach dem Wasser, wie ein Kind nach seiner Mutter. Er hoffte, so würde er wieder in das Blut der Erde gestellt, um sich erneut auszuwurzeln. Sich wieder mit seiner Mutter zu verbinden. Sil fühlte sein jämmerliches Flehen und es tat ihr innerlich weh, dass er so brutal von seinen Vorfahren getrennt wurde. Sich in einzelne Objekte, ja sogar abgeschnittene Zweige hineinzuversetzen bereitete Sil keine Probleme. Für sie war es eine Selbstverständlichkeit, dessen Empathie ihren meisten Zeitgenossen fremd blieb. Worum es sich dabei handelte, fühlte Sil im Augenblick ihrer Suche ohne es selbst näher erklären zu können. Erst auf der Akademie gab man diesem Wesensmerkmal ein Gesicht. Eine Beschreibung. Sie nannten es dort „sich im Strudel des Lebendigen verlieren."

Mit diesem Eindruck lief sie mit dem nach Wasser rufenden Zweig in der Hand eine Weile zwischen den hohen Sanddünen umher, nur um die Antwort seiner

Mutter, dem Wasser, dem Blut der Erde zu erhaschen. Im Geiste vereinte sie sich mit dem Zweig, der in dieser trockenen Gegend, wie ein Freund wirkte. Wie ein geliebter Körper, der genau wie sie, das Element des Lebens in sich trug. Sie respektierte diesen Zweig dafür. Er schien ihre Liebe zu erwidern. Dort, wo dieses Gefühl ihrer Verbundenheit am Stärksten bis in ihre Seele hineindrang, blieb sie stehen. Die Blume des Lebens aus ihrem Geist in die Materie förmlich greifbar wurde. An dieser Stelle vermutete niemand auf den ersten Blick eine Wasserader. Der feinkörnige Boden unter ihr zeigte dort von außen auch keinerlei Feuchtigkeit an. Sie kniete sich hinab und schob mit bloßen Händen den feinen Sand zur Seite. Er rieselte ihr zunächst trocken durch die Finger, aber das legte sich schnell. Nach wenigen Schüben mit ihrer Hand erreichte sie im Untergrund feuchtere Sandschichten und je tiefer sie schürfte, umso mehr nahm es an Nässe zu. Das Wasser, es rief dort unten förmlich nach ihr und tatsächlich, es sickerte bis zu ihr an die Oberfläche hindurch, was Sil innerlich sichtlich bewegte. Mit Tränen in den Augen vernahm die Wasserfühlige seine Freilegung. Es schien auf sie zu warten. Sie dankte der Quelle im Sand und stellte ihren Rutenzweig hinein. Um sicher zu gehen sich nicht getäuscht zu haben, grub sie einen Meter neben dieser Stelle erneut in den Sand hinein. Diesesmal musste sie wesentlich tiefer graben, um so etwas wie eine Feuchtigkeit zu erspüren. Das lag nur daran, dass die von ihr zuvor gefundene Wasserader in der Nähe ihr Wasser bis hierhin durchsickern lies. Mit dieser Genugtuung setzte sie ihre Beobachtungen mit dem Zweig fort und testete ihre intuitive Kraft an weiteren Stellen in der Wüste aus. Auch an Orten, die zunächst keine Wasserquellen vermuten ließen.

Erst viel später auf der Akademie erfuhr die Wasserfühlige, was da genau bei ihrer Suche mit der Rute geschah und wie sich ihr Empfinden erklären lies. Überall, wo das Wasser floss, entstand eine Reibung. Diese Reibung richtete wiederum Moleküle in die Fließrichtung des Wassers aus, wodurch sich ein schwaches Magnetfeld erzeugte. Sils körperliche Beschaffenheit fungierte als der Gegenpol. Dadurch, dass sie die abgetrennte Baumrute in der bloßen Hand hielt, stellte sie durch ihren Leib eine Verbindung mit dem Wasser und dem Zweig her. Zusammen mit der Reibung des Wassers im Untergrund und ihrer eigenen magnetischen Eigenschaft, verstärkte sie beim Näherkommen an eine Wasserader während des Rutengehens den magnetischen Effekt. Die gegenseitige Anziehung der abgeschnittenen Baumrute mit der Wasserader bekam eine Wasserfühlige deutlich in ihrem Körper zu spüren. So stieg die Anziehungskraft durchaus so stark an, dass ihr Ausschlagen die Haut von ihren Händen schabte. Auf der Akademie lernte sie dieses Feingefühl weiter zu perfektionieren. Bald fand sie nicht nur die Wasserader, sondern bestimmte sogar in etwa, wie tief ihr Austrittspunkt unter der Oberfläche verborgen lag. Auch lernte sie den Umgang mit weiteren Rutenarten, die je nach Aufgabe ihre Verwendung fanden. Für ihre ersten Erfahrungen mit der neu entdeckten Begabung baute sie sich nach einer ausgiebigen Recherche im digitalem

Lexikon eine primitive Winkelrute aus zwei Kupferdrähten nach. Schon alleine, um sich nicht ständig schuldig für die gewaltsame Trennung des Zweiges von seinem Stamm zu fühlen.

Natürlich erzählte sie erst nach mehreren Rutengängen ihren Eltern von der Begabung, Wasseradern in der Wüste aufzuspüren und den richtigen Standort für einen Brunnen zu finden. Zunächst nahmen sie ihr das nicht ab. Wie um alles in der Welt schaffte es eine rein intuitive Kraft, mit zwei simplen Kupferdrähten Wasseradern in der Wüste ausfindig zu machen? Sil führte ihre Eltern in die Wüste und zeigte dort mit Erfolg das Aufspüren weiterer Wasseradern. Erst diese sichtbare Demonstration überzeugte ihre Eltern, weswegen sie das Talent bald als bewundernswert empfanden. In ihrer Begeisterung erzählte Sil von dem Baumfühligen auf der Plantage und auch was sie von dem Gärtner über die Wasserfühligen hörte. Dass es eine Akademie gab, die diese Begabung förderte. Auch ihre Eltern hörten schon einmal etwas von so einer Schule. Aber für sie genügte es zu wissen, dass die dort ausgebildeten Wasserfühligen als die Brunnenbohrer des Planeten galten. Wie genau sie suchten oder nach welchem Schema sie arbeiteten und ihre Brunnen bauten, interessierte sie da nicht. Weil aber nun ihre Tochter über die Gabe jener Brunnenbohrer verfügte, Wasser in der Wüste zu finden, informierten sich ihre Eltern mit ihren Möglichkeiten näher über das Wesen der Wasserfühligen. Aber was sie im Anschluss darüber erfuhren, verunsicherte sie zusehends und es lies die außergewöhnliche Begabung ihrer Tochter bald in einem anderen Licht erscheinen. Denn sie brachten bei ihrer Suche in Erfahrung, was es bedeutete, der Förderung dieser Begabung ihrer Tochter nachzugehen. Daher waren sie sich bald unschlüssig, ob dies nun wirklich ein Vorteil wäre, denn dies brachte unweigerliche Folgen für ihr weiteres Leben auf Ceti e mit sich. Mit dem Bekanntwerden ihres Talents käme die Berufsgruppe der Weltraumpioniere auf Sil zu. Gerade solche Menschen wie Sil suchten sie für die Erschließung von neuentdeckten lebensfreundlichen Planeten. Eine Fühlige, die den Umgang mit dem „Wurm", auf der Akademie erlernte, die Brunnen bohrte und Leitungen zur Bewässerung für Plantagen der Baumfühligen legte.

Auf jedem kolonisierten Planeten, also auch auf Ceti e, gab es eine Ausbildungsstätte der Planetenpioniere. Nach außen präsentierte sich die Einrichtung zwar wie eine gewöhnliche Schule. So wie auf den vielen anderen der bereits besiedelten Planeten auch. Aber die dort eingeschriebenen Kinder erhielten eine zusätzliche Ausbildung für ihre Reise durch das All mit dem Kryonikei. Sie endete auf einem lebensfreundlichen Planeten, welcher von ihnen für die Besiedlung durch weitere Siedler vorbereitet wurde. Um auf so einer Akademie lernen zu dürfen, benötigten seine Absolventen ganz besondere Fähigkeiten Fähigkeiten, die für manche Zeitgenossen an schiere Zauberei grenzte, aber es dennoch nicht war. Ein Talent, dessen Kernelement aus nichts anderem bestand, als der menschlichen Intuition und einer ausgeprägten Empathie. Eine dieser Talentformen, wie Sils Wasserfühligkeit, ermöglichte dort einen Besuch. Die anderen drei geförderten Zweige nannten sich die Luftfühligen, die Baumfühligen und die Erdfühligen. Über diese Gaben verfügten auch Sils Kameraden auf Thera, da sie für eine erfolgreiche Erschließung unerlässlich war. Sie flehte ihre Eltern regelrecht an, diese Schule kennenzulernen, von der ihr der Gärtner der Plantage erzählte. Denn dort lernte sie endlich Gleichartige ihres Talents kennen. Heranwachsende und Lehrer, die ebenso wie sie die Wasserfühligkeit in ihren Adern trugen. In ihrer bisherigen Schule legte man auf derlei charakterliche Ausprägungen keinen sonderlichen Wert. Die dortigen Lehrkräfte wussten zwar von der Existenz der Pionierschule, besaßen aber nicht das Verständnis, eine derartige Besonderheit in ihren Schülern zu erkennen. Denn dann empfahlen sie Sils Eltern ganz von selbst eine Umschulung in diese Einrichtung. So aber lag es oft an den Schülern selbst, ihre Eltern darauf anzuspitzen.

Die Lage dieser Bildungseinrichtung auf Ceti e befand sich auf einer leichten Anhöhe über dem Meer. Unweit davon verlief ein hoher und zerklüfteter Gebirgszug mit einem erloschenen Vulkan. Ihn umgaben große Wälder mit kalten Gebirgsbächen und auf der anderen Seite eine weite, baumlose Ebene. Geografische Gegebenheiten, die für die Ausbildung der jeweils Talentierten von Bedeutung waren. Dies führte zwar zu einem weiteren Umzug ihrer Familie, was aber im Falle einer Aufnahme Sils auf der Akademie keinerlei berufliche Nachteile für ihre Eltern bedeutete. Dafür sorgte das Besiedlungsprogramm der Cetiverwaltung, die gerade die Rekrutierung der „Fühligen" förderte. Der Interessent meldete sich bei der Verwaltung der Schule an, die einen Termin zur Besichtigung und sowie dem darauf folgenden Probeunterricht vergab. Nie vergaß Sil ihren ersten Besuch auf der Schule.

Die weitläufige Anlage umfasste ein großer Park, den die Baumfühligen mit ihrer Gartenkunst gestalteten. Es gehörte zu deren Ausbildung mit Bepflanzungen ein harmonisches Umfeld zu erzeugen, das sich perfekt in die klimatische Zone der örtlichen Umgebung einpasste. Da sie sich in Küstennähe und weit weg genug von niederschlagsarmen Gebieten befanden, standen auf dem Areal ausladende Laubbäume, die gerade im Sommer mit ihrer Beschattung ein angenehmes Klima erzeugten. Auf ihrem Weg zu den verschiedenen Gebäuden der Anstalt kamen sie an den üppigen Gewächshäusern und Aufzuchtstationen der Baumsetzlinge und Gemüsepflanzen vorbei. An strukturierten Blumenbeeten mit geometrischen Mustern, wohl gestutzten und geformten Büschen und Hecken. Sil sah den Gärtnern zu, wie sie mit Hingabe an ihr Werk gingen und den richtigen Umgang mit den Werkzeugen der Gartenkunst beherrschten. Um die Gewächse in Form zu bringen, verstanden die Baumfühligen es, ihre Schützlinge an den richtigen Stellen zu stutzen. Sie fühlte regelrecht ihre Liebe, die in ihrem Erschaffen einer freundlichen Atmosphäre lag. Die wichtigsten Akademiegebäude im Zentrum des Parks gruppierten sich um einen Versammlungsplatz. Dem morgendlichen Appellplatz, wie sie später erfuhr. An ihm schlossen sich die Wohnbereiche der Schüler, der Versorgungsbereich mit der Mensa und der medizinischen Station, der „Fuhrpark" mit den Arbeitsgeräten der jeweiligen Fühligen und natürlich in die Schulungsräume und Freiluftplätze an. Auch gab es einen Trampelpfad zum eigens reservierten Strand der Akademie.

Eine hochgewachsene Frau mit reifen Gesichtsfalten und tiefschwarzen wallenden Haaren erwartete Sil vor dem Eingang des Hauptgebäudes. Sie stellte sich ihren Besuch als Frau Weidling vor, die als eine Art Moderatorin für ihren Talentkreis fungierte. In den nächsten Stunden führte sie Sil mit ihren Eltern durch die Anlage und zeigte ihr die Unterschiede der Einrichtung zu den anderen Schulen des Planeten auf. Schon als sich ihre Blicke zum ersten Mal trafen, flutete es förmlich in Sil hinein. Innerlich wusste sie da, dass sie mehr mit der Vermittlerin verband, wie sich ihre Empfangsdame zu ihrem Talent selbst verstand, als zu den übrigen Mitmenschen. Auch sie schien es zu merken, denn ein bewusstes Lächeln huschte über ihr Gesicht. Es stellte eine emotionale Verknüpfung zwischen ihnen her.
„Du merkst schnell, ob du hierher gehörst", antwortete Fr. Weidling ihr nach der freundlichen Begrüßung am Empfang. Der tiefe durchdringende Blick, dem sie Sil weiterhin schenkte, sagte mehr als tausend Worte. Sil erfühlte, dass es einen tiefen Gleichklang zwischen ihren Herzen gab. Einer Resonanz, gleich eines Wassertropfens, dessen ringförmige Wellenbewegung sich bei dessen Auftreffen auf der Wasseroberfläche erzeugte. Sil erzählte ihr, wie sie seinerzeit beinahe in dem Gebirgsbach ertrank und auch, wie sie später in der Wüste erfolgreich mit dem abgeschnittenen Zweig nach einer Wasserader suchte.
„Nicht jeder Wasserfühlige erfährt auf selbe Art und Weise von seinem Talent. Die Meisten, die zu uns kommen, glauben, dass sie so eine Befähigung haben müssten. Sie reden sie sich oft ein, doch ob es wirklich so ist, erweist sich erst allmählich und es ist nicht gesagt, dass sie ein Leben lang hält. Leider stellen wir oft fest, dass die Schüler das nur behaupten, um an eine Förderung durch die Cetiverwaltung zu kommen. Sie glauben wirklich, dass es eine Art Manie wäre und man könne die echten Fühligen durch Schwindeln übertölpeln. Eine wirkliche Begabung auf diesem Sektor haben sie allerdings nicht. Ihnen fehlt das intuitive Gefühl. Daher nennen wir uns auch die Fühligen und nicht die Begabten, was unser Wesen sehr unkonkret beschreibt. Aber dieser Selbstbetrug kostet ihnen unnötige Lebenszeit. Sie sollten sich lieber ihren anderen Talenten widmen, die sie mit Sicherheit in sich tragen. Talente warten nur darauf, entdeckt zu werden. Wer bei uns auf der Akademie lernt, kennt bereits die Geheimnisse des Wassers, leitet sich schon von der Kraft des Windes, tauchte in die Vielschichtigkeit der Erde hinein und ist überzeugt von der Macht des Lebendigen. Dieses Wissen schlummert seit je her in ihm und wartet darauf zu erwachen. Die Intuition unterscheidet sich von dem

Bauchgefühl dadurch, dass sie sich nicht aus einer schlechten Erfahrung heraus entwickelt. Sie ist eine Urkraft, die in jedem göttlichen Funken ruht, welche jegliche Lebendigkeit beseelt. Diese Wahrnehmungsintelligenz liegt uns Fühligen förmlich im Blut, wofür die „Dumpffühligen" jahrzehntelang üben müssten, um ein ähnliches Niveau wie wir zu erreichen. Aber selbst dann sie ziehen ihre Schlussfolgerungen aus anderen Beobachtungen, als wir es tun."

Frau Weidling gebrauchte vorhin ein Wort, mit dem die Feinfühligen ihre weniger empfindsamen Mitmenschen umschrieben. Auch ohne danach zu fragen, verstand Sil auf Anhieb, was mit dem Wort „dumpffühlig" gemeint war. Diese Bezeichnung folgerte sich aus der logischen Konsequenz, dass die „Dumpffühligen" solche Menschen wie Sil als empfindsam oder schlicht auch als Empath charakterisierten. Dass es tatsächlich welche unter ihnen gab, die versuchten auf sie näher einzugehen interessierte Sil näher. Wäre sie nicht vielleicht auch eher so jemand? Jemand, der an der Grenze zwischen Hochsensibilität und durchschnittlicher Empfindsamkeit stand? Sie fragte daher faustisch nach: „Welche Art von Beobachtungen machen sie? Tun wir das denn nicht auch?"
Fr. Weidling grinste ob ihrer Frage. Was Sil da noch nicht ahnte: Sie unterstrich mit genau dieser Frage ihre Empathie. Empathischen Menschen fiel es schwer zu verstehen, dass es Zeitgenossen gab, die ihre Empfindsamkeit nicht teilten. Sie erklärte es Sil mit einem einfachen Beispiel:„Du kannst die Unterscheidung unserer Wahrnehmung zwischen uns und ihnen mit einem trinkfertigen Filterkaffee vergleichen. Die Dumpffühligen halten dieses Endprodukt für die reelle Welt, weil sie ihn in dieser Beschaffenheit jeden Tag vorgesetzt bekommen. Sie klammern unbewusst aus, dass dieser Kaffee vor dem Servieren mit unterschiedlich temperiertem Wasser durch einen Filter, mit ungleicher Beschaffenheit und verschieden großen Poren, angefüllt mit uneinheitlicher Größe der zermahlenen Kaffeebohnen, mit abwechselnd hohem Druck lief. Das heißt, die Zubereitung des fertigen Getränks entreißt zwar dem zermahlenen Kaffee einige seiner Aromastoffe, aber die Art und Weise der Prozedur lässt immer ein anderes Ergebnis zum Vorschein kommen. Ja, dass es geschmacklich sogar darauf ankommt in welchem Gefäß es produziert und serviert wird. Aus dem Eindruck des Endprodukts ziehen sie ihre Schlussfolgerungen auf den Rest der Welt. Einschließlich ihrer eigenen Person.
Bei uns Fühligen ist es aber so, dass wir keinen Filter in dem Zubereitungsprozess haben. Und das Schlimme daran ist, wir merken das deswegen, weil die „Dumpffühligen" es nicht bemerken. Folglich schmeckt unser Kaffee anders und vor allem ist er voller Kaffeesatz. Der Ursubstanz. Er ist tiefschwarz, sehr bitter und selbst wenn wir nur kurz daran nippen, hängt uns immer ein Teilchen des Kaffeesatzes zwischen den Lippen und im Mundraum. Folglich müssen wir ihn sehr vorsichtig trinken. Wenn wir das nicht tun, dann verschlucken wir uns. Das nennt man bei uns Fühligen „Überreizung". Diejenigen der „Dumpffühligen", die

versuchen uns nachzuempfinden, bauen gedanklich den Zubereitungsprozess des ihnen vorgesetzten Kaffees zurück. Du kannst dir vorstellen, dass dieser Weg voller Fehlschlüsse und Irrtümer über uns ist, da ein jeder Fühlige aufgrund der Zubereitungsweise nicht gleich empfindet. Jeder von uns bereitet seinen Kaffee anders zu. Aber uns Fühligen ist gemein, dass wir keinen Filter haben. Was die „Dumpffühligen" mit ihrem Verstand nicht erschließen, füllen sie mit Spekulationen ihrer Fantasie aus. Sehr bald sind wir die Spinner, die Verrückten und was es sonst noch für Umschreibungen für uns gibt. Würden die normalen „Dumpffühligen", so ein verändertes Getränk wie wir ihn jeden Tag trinken, von einem Tag auf den Anderen serviert bekommen, spucken sie es wieder aus. Sie werden davon wahnsinnig, weil es sie schlicht überfordert. Sie fragen sich, wie man nur so etwas Ekelhaftes trinken kann. Ich verdenke es ihnen nicht. Wir Fühlige haben da leider keine Wahl, weil wir uns diese Art des Kaffees täglich neu einflößen. Für uns ist das die Normalität. Folglich sehen wir die reelle Welt anders und ungefilterter, was die Sinneseindrücke und unsere Schlussfolgerungen daraus angeht. Das erschöpft und fordert unseren Geist, weshalb wir oft viel Ruhe brauchen und uns selbst nicht vergessen dürfen. Wir müssen diese ungefilterten Eindrücke verarbeiten. Das braucht seine Zeit."

„Ist es dann eigentlich ein Talent oder nicht eher ein Fluch?"

„Ich selbst betrachte es neutraler. Es ist ein Wesensmerkmal. Zu einem Fluch wird es erst, wenn man nicht lernt, damit umzugehen. Zu einem Segen und zu einem Talent wird es erst, wenn wir gelernt haben uns selbst anzunehmen und nicht versuchen, wie die „Dumpffühligen" zu sein. Das kann nicht funktionieren. Uns fehlt der Filter. Jeder Fühlige muss anfangs lernen, dass es Unterschiede des Gefühlslebens seiner Zeitgenossen untereinander gibt. Er sitzt lange dem Irrtum auf, dass sein Umfeld die gleiche Gefühlswelt wie er selbst teilt. Diesen Irrtum zu erkennen und anzunehmen tut sehr weh, weshalb wir oft im Weltschmerz verfallen. Wir können uns einfach nicht vorstellen, dass es so große Unterschiede in der Empathiefähigkeit unter unseren Zeitgenossen gibt. Wenn wir aber unserem Umfeld erlauben, dass es seine Gefühle haben und auch leben darf, selbst wenn es in unseren Augen Schlechte sind, dann fällt es uns leichter, darauf zu antworten."

„Wie sollen wir darauf antworten, ohne verletzend zu wirken?"

„Keinesfalls belehrend. Da die Dumpffühligen in der Mehrheit sind, werden sie dich sowieso nicht ernst nehmen und dich als die Spinnerin darstellen. Denke dir einfach, dass sie ihre Erfahrungen machen müssen. Dass es ein Teil ihrer Lebensaufgabe ist. Lass sie in ihrem Leid schmachten. Versuche nicht ihnen zu helfen, auch wenn du meinst, nicht anders zu können. Innerlich tut uns das weh, weil wir wissen, dass es eine universelle Verbundenheit aller lebendigen Geschöpfe gibt. Du wirst deine eigene Erfahrung zu dieser Sache gemacht haben."

Da behielt Frau Weidling absolut Recht. An ihrer Schule erwarb Sil aufgrund ihres sensiblen Wesens früh den Ruf eines zu nah am Wasser gebauten Mädchens. Sie nahm schneller Anteil am Leid und an aufwühlenden Erlebnissen ihrer Schulkameraden. Wenn es zu Rangeleien oder bedrohlichen Situationen auf dem Schulhof kam, suchte Sil als Erste verschreckt das Weite und brach vor Angst in Tränen aus. Es dauerte eine gewisse Zeit, bis sie sich wieder beruhigte. Auch durchstach sich Sil im Gegensatz zu ihren Schulkameradinnen nicht die Ohrläppchen für Schmuck, da sie auf jeglichen körperlichen Schmerz panisch reagierte. Fleischverzehr kam für Sil ohnehin nicht in Frage, da ihr das Leid der getöteten Tiere naheging, die es lieferten. Ihr war es, als ob dieser Schmerz noch im gebratenen Fleisch steckte und sich auf sie übertrug. Gerade, bei der Essensausgabe in der Mensa, fiel diese fleischlose Nahrungswahl ihren Schulkameraden auf. Als sie zudem erfuhren, dass Sil sich zu einem Probeunterricht an der Pionierschule einschrieb, kursierten abenteuerliche Gerüchte unter ihnen. Sie sei durchgedreht und nicht mehr ganz bei Sinnen. Dies tat ihr noch mehr weh. Wollte sie doch dazu gehören und nun ging es nicht mehr. Ihrer Fühligkeit mit dem Erkennen ihres Talents der Wassersuche ein Gesicht zu geben erleichterte sie ungemein, aber es taten sich folglich weitere Fragen auf.

„Kann man Empathie erlernen oder sich antrainieren?", fragte Sil wie elektrisiert.
Fr. Weidling machte eine kurze Pause. Sie dachte angestrengt nach. Ihre Antwort viel einfach und knapp aus.
„Nein. Mit der Empathie verhält es sich wie mit der Liebe. Es gibt kein bisschen Liebe. Entweder es gibt sie oder es gibt sie nicht. Empathie ist der Zugang zum intuitiven Wesen und somit zur Liebe selbst, die von ihr getragen wird."
„Wie hast du dein Talent erkannt?", setzte Sil nun sichtlich neugierig geworden nach. Vielleicht erfuhr sie so, wie andere Fühlige mit diesem besonderen Umstand nach ihrem Erkennen verfuhren.
„Sehr unspektakulär", erklärte Frau Weidling ungeniert und schmunzelte. „Ein Fühliger ist von Natur aus sehr empfänglich für Reize. Für mich war das schon immer normal. Ich wuchs in der Nähe von einem Kurort hier auf Ceti e auf. Die Bäder dort zapfen die heißen Thermalquellen für ihre Becken an. Ich lief oft im Quellgebiet der Gegend umher und erfühlte regelrecht die warmen unterirdischen Kanäle des Heilwassers mit ihren verzweigten Wasserläufen. Dann grub ich dort in die Tiefe und war schon bald klatschnass von dem heißen Solewasser. Mit meinen Grabungen nahm ich den Druck aus den Zuläufen der Thermen und sorgte dafür, dass dem Kurbad förmlich das Wasser ausblieb. Sie bekamen nie heraus, wer ihnen da das Wasser abgrub, aber meine Eltern nahmen mein Handeln zum Anlass, mein Talent näher zu untersuchen. So kam ich auf die Akademie und erschloss so manche Quellen hier auf Ceti e mit dem „Wurm". Von mir lernst du, damit umzugehen."
„Warum gibt es eigentlich mehr Dumpffühlige, als wir es sind?"
„Darauf habe ich leider keine Antwort", seufzte Frau Weidling bedauernd. „Wir müssen es hinnehmen, dass es so ist. Man weiß immerhin, dass die Pflanzenwelt,

einige Tiere wie Hunde, Pferde, Delphine und Neugeborene unsere Eigenschaft teilen. Wenn du schon einmal ein Baby gehütet hast, ist dir bestimmt aufgefallen, dass dir das durch deine Einfühlsamkeit besonders leicht fällt. Du schlägst eine geistige Brücke zu ihm. Das Baby spürt das, weswegen es in deiner Gegenwart auf deine Emotion reagiert. Wenn du von Herzen lachst, lacht auch das Baby. Wenn du traurig oder sogar wütend bist, dann überträgt es sich auf den Säugling. Seine Reaktion fällt entsprechend aus. Aber mit der Zeit verliert die Mehrheit der Heranwachsenden diesen Wesenszug der Reflexion. Bei uns bleibt er erhalten. Das Warum werden wir nie wissen. Es gibt die Spekulation, dass es die Natur vorsah, um die Gruppe als Ganzes zu schützen. Das heißt, ihr Überleben zu ermöglichen. Einige der Herde oder der Gruppe war immer feinfühliger als ihr Rest. Interessanterweise verspottete man uns Fühlige in der Vergangenheit nicht. Die Gesellschaft achtete und ehrte uns. Unsere Person diente als Vermittler bei Streitigkeiten. Man fragte sie um Rat, wenn die Gemeinschaft vor einer schwierigen Entscheidung stand, die ihre Existenz betraf. Es lag daran, dass in uns ein hohes Maß an Gerechtigkeitsempfinden und ein weitsichtiges Handeln im Vordergrund steht. Deswegen hießen wir früher auch „die Ratgeber". Wir haben kein Interesse daran uns zu bereichern, weil wir dann innerlich nicht glücklich sind. Wir fühlen es einfach und unsere Gefühle sind uns heilig. Irdische Dinge einschließlich unserer Leiber vergehen, aber unsere Seele lebt ewig. Wir Fühligen glauben nicht an eine unsterbliche Seele. Wir wissen, dass es sie gibt. Der Teil, der ewig ist und durch die Zeit getragen wird. Wir arbeiten ihr zu und für uns gehören sogar die alltäglichen Dinge zu unserem Reifeprozess. Das, was man unter Achtsamkeit versteht. Heute müssen wir für unseren Schutz selbst sorgen und können leider nicht auf das Verständnis unserer Zeitgenossen hoffen. Mit der Erschließung des Weltalls weiß man wieder von dem Wert der Sensiblen und wir werden wieder von der Gemeinschaft gefördert. Die ersten Pioniere von Ceti e waren auch Fühlige. Selbst wenn sie sich damals noch nicht so nannten."

Natürlich fand keine sofortige Aufnahme des Anwärters auf der Akademie statt. Zuvor gab es einen drei cetische Monate andauernden Probeunterricht. Das hieß, sie bewährte sich zuerst mit den anderen Kindern ihres Jahrgangs. Sehr bald merkte Sil, dass es auf dieser Schule anders zuging, als in ihrer bisherigen Bildungsstätte. Auch wenn sich der Stundenplan der Lehranstalt in den ersten Wochen kaum von dem ihrer alten Schule unterschied. Nach wie vor unterrichtete man sie in der Rechtschreibung und der Literaturkunde, Mathematik, Naturwissenschaft, mediale Lerntechnik, Biologie, kreative Gestaltungstechnik, cetische Besiedlungsgeschichte und deren Geografie. Ebenso gehörte körperliche Bewegung über Entspannungsübungen, Meditationstechniken, Gymnastik, Turnen und Sport zu ihrem Pflichtprogramm. Ihre Mitschüler gingen anfangs miteinander sehr herzlich um. Sil fühlte allerdings, ob diese Nettigkeit nur aufgesetzt oder tatsächlich ernst gemeint war. Gerüchte über ihre Besonderheiten kursierten bei den Anwärtern nicht. Denn aus diesem Grund waren sie ja hier. So etwas wie einen Religionsunterricht gab es weder auf Ceti e noch auf den übrigen kolonisierten Planeten an den Schulen. Vielmehr versuchte eine zielgerichtete Art der spirituellen Unterweisung, die enorme psychische Belastung der Pioniere bei ihren Missionen zu minimieren. Das hieß, man lernte dort Techniken des Stressabbaus. Es gehörte ohnehin zum Pioniersgeist die spirituelle Selbstfindung in dem privaten Bereich zu verankern und sie durfte von allen öffentlichen Einrichtungen nicht vorgegeben werden. Ein damit zusammenhängendes Fach stellte die Vermittlung der Pioniergeschichte dar. Hier erfuhr die „Wasserfühlige" von den Anfängen und Hintergründen der Besiedlung anderer Planeten und von dem Leben der ersten Pioniere nach ihrer ersten Landung auf Proxima B im Alpha-Centauri-System.

Ihren Anfang nimmt die Besiedlungsgeschichte auf dem Planeten Gaia. Dem Ursprung, wie ihn die Pioniere noch nannten. Diesen Namen, wie auch die der vielen anderen besiedelten Planeten, erhielt Gaia erst von den Pionieren selbst, da deren Urbewohner ihn aufgrund ihrer anfänglich eingeschränkten Weltsicht schlicht nur Erde tauften. Das Wesen Gaia galt nach einer irdischen Mythologie als die Urmutter allen Lebens und eignete sich somit als Name bestens für seine Bezeichnung. Was die Bewohner Gaias wirklich dazu trieb zu den Sternen zu fliegen und Kolonien außerhalb ihrer Heimat aufzubauen, blieb auch zu Sils Zeiten eine Sache der reinen Spekulation. Vordergründig schoben es später die Entwickler der Raumfahrt auf die Faszination des Weltraums. Sie wurden im Nachhinein nicht müde, ihre Finanzierer, die Steuerzahler mit allerlei Propagandamitteln von der Notwendigkeit einer Weltraumforschung zu überzeugen. Sich somit deren Akzeptanz in der Bevölkerung und ihrer Förderung zu sichern. Schon alleine, um deren eigene Arbeitsplätze und Auskommen krisensicher gewahr zu sein. Sogar die gaianische Unterhaltungs- und Filmindustrie sprang auf diesen Zug, da sich mit dem Thema viel Geld verdienen ließ. Sie richtete sich auf ein positives Bild der Raumfahrt aus und rührte kräftig in der Werbetrommel mit zahlreichen Produktionen. Eine Kritik daran, galt als lästig und fand, wenn überhaupt nur zwischen den Zeilen statt. Dabei lag den Anfängen der Raumfahrt keine friedliche Absicht zugrunde, denn der Beginn der Raumfahrt selbst verknüpft sich eng mit der Entwicklung der hierzu notwendigen Antriebstechnik. Anfangs der Raketentechnik. Der Raketenbau diente ursprünglich allein der Kriegsführung. Sie war teuer und es zeugte von Wohlstand, wie einem Feuerwerk, so eine Technologie überhaupt einzusetzen. Die Fürstenhäuser der alten Welt demonstrierten mit der Art und Umfang des Feuerwerks ihren Einfluss und ihre Macht. Anders hingegen sahen es die Feldherren. Diese stuften die Rakete wegen ihrer Ungenauigkeit und dem enormen Herstellungsaufwand als nicht kriegsentscheidend ein und so blieb sie lange Zeit eine von vielen Waffengattungen.

Dies änderte sich erst, als andere Finanzierungssysteme entstanden und die

Raketentechnik in der Bedeutung der Kriegsführung zunahm. Vor allem, wenn sich damit zielgenau über große Entfernungen Sprengstoffe transportieren ließen. Die Großmächte jener Zeit legten ganze Wirtschaftszweige an, um die Entwicklung der Technologie voranzutreiben. Ziel war es nicht unbedingt diese Waffen einzusetzen. Es reichte schon, sich durch das Bedrohungspotenzial eine bessere Verhandlungsposition zu verschaffen. Folglich mangelte es auch an Geld nicht. Die Schatullen des Staatsetats standen für die Zwecke der Machtsicherung weit offen. Also griffen die Ingenieure zu und man investierte riesige Summen. Für die frühen Raketenbauer stellte sich in den weiteren Jahren der Entwicklung bald die Erdanziehungskraft nur als das Geringste aller zu lösenden Probleme heraus. Vielmehr schlugen sie sich mit der Bürokratie, der Ideologie, der politischen Arroganz und Prestigesucht der jeweiligen rüstungswilligen Staaten herum. Zunächst setzten die Raketenbauer auf die Antriebstechnik der Verbrennung von Alkohol und flüssigem Sauerstoff. Später mit gekühltem Wasserstoff. Um den Orbit mit einer Raumkapsel zu erreichen, bauten sie riesige Stufenraketen, die während ihres Fluges nicht mehr benötigte Raketenteile absprengten. Allerdings galt dieser Raketentyp aufgrund des instabilen Treibstoffes, als hoch explosiv. Man verbesserte im Laufe der Jahre die Kühltechnik und die Abschirmung. So gelangten die Raketen in immer größere Höhen und Reichweiten. Nicht wenige der damaligen Zeitgenossen betrachteten das in Friedenszeiten umbenannte Forschungsfeld der Raketentechnik in die Raumfahrttechnik als solches viel nüchterner. Vor allem, wenn es keine militärischen Konflikte gab und dennoch viel Geld in die Rüstung floss.

Sie erkannten und sprachen es offen aus, dass der Kerngedanke der nunmehrigen Raumfahrt für jeden sichtbar, nicht im Erforschungsdrang des Alls lag. Sie diente weiterhin alleine der Kriegsführung, der Waffenüberlegenheit, dem Bestücken der Raketen mit Nuklearsprengköpfen. Es ist das Produkt der reinen Machtdemonstration, was ein immer fortwährendes Hochrüsten der jeweiligen Nationen mit sich brachte. Die vielen Gelder, die förmlich ins All verpulvert wurden, fehlten auf der Erde für die Menschen, die sie mit ihrer Arbeitskraft erwirtschafteten. Das Leid und das Elend, dass die damalige Bevölkerung erduldete, damit ein paar Raketen ins All flogen, wog das bei weitem nicht auf. Da änderte eine noch so geschickt eingefädelte Propaganda nichts daran. Viele Bürger gingen deswegen auf die Straßen und forderten ein Ende des Rüstungswahns. Ihre Bemühungen brachten keine spürbaren oder entlastenden Erfolge. Denn erst, als sich eine Phase der militärischen Aufrüstung erreichte, in der die waffentechnische Überlegenheit der Raketentechnik zur Makulatur verkam, da öffnete sich die aus der Raketentechnik geschlüpfte Raumfahrt dem wirtschaftlichen Interesse. Man setzte die ersten Satelliten in der gaianischen Umlaufbahn aus, um die internationale Kommunikation und die Wetterüberwachung weiter zu verbessern. Nebenbei mischten die Geheimdienste der raumfahrenden Nationen kräftig mit, da sich mit der Satellitentechnik eine völlig neue Art der Überwachung ihrer eigenen Bürger auftat. An die Möglichkeit eines Entkommens aufgrund des drohenden Kollapses der bereits damals rapide ansteigenden Bevölkerung Gaias dachten die damaligen Weltraumfahrer nicht. So gab es für sie auch keinen Druck ihre eingesetzten Techniken zu überdenken.

Dennoch fand in dieser Zeitepoche der erste Meilenstein in der Pioniergeschichte statt. Die Landung des ersten Menschen auf dem nächsten gaianischen Trabanten, dem Mond. Später tauften die Pioniere ihn zu dem Namen Luna um, da die vielen anderen Planeten im Sonnensystem auch Monde besaßen und erst die Unterscheidung mit dem Namen Luna eine genaue Zuordnung ermöglichte. Gleiches wiederfuhr auch die von den Erdlingen bisher bezeichnete Sonne. Sie hieß in Pionierkreisen bald nur Sol 1. Die Bezeichnung Sol leitete sich von dem Namen des Sonnengottes aus der Antike ab, wobei die anschließende Zahl die Reihung ihrer Entdeckung widerspiegelte. Schon bald nach der ersten bemannten Mondlandung, flachte das Engagement der Staaten weitere Planeten mit bemannten Missionen zu erforschen merklich ab. Eines der Gründe stellten die immer größer werdenden Kosten und der hohe Materialaufwand dar. Außerdem vermittelte sich nach dem Landungserfolg der Bevölkerung schwerer, warum man nun größere Summen für noch weiterreichendere Pioniermissionen ausgeben sollte. Weil aber der Orbit mittlerweile wirtschaftlich durch die zahlreichen Satelliten genutzt wurde, ergaben sich neue Argumente, die Raumfahrt zumindest in Erdnähe weiter zu betreiben.

In der Folgezeit strukturierten sich die zunächst staatlichen Raumfahrer zu Wirtschaftsunternehmen um. Sie bauten Weltraumlabore im Orbit, boten sogar Reisen für finanzkräftige Kunden dorthin an, setzten Weltraumteleskope, Sonden und unzählige weitere Satelliten im Weltraum aus. Sie schickten immer mehr Sonden zu weiter entfernten Planeten, Monden und Asteroiden des eigenen Sonnensystems und sie horchten sogar von der Erde aus den Weltraum nach Kommunikationssignalen aus dem All ab. Man plante in dieser Zeit sogar den Betrieb einer Mondbasis und die Landung auf dem nächsten Gesteinsplaneten des Sonnensystems, dem Mars. Aber die Frage der Finanzierung und die durch den Bevölkerungsdruck entstehende Verwerfung in der irdischen Gesellschaft, bremsten diese hochtrabenden Pläne aus.

Es stellte sich weiter die Frage, wie die Raumfahrer neben den physischen die nicht unerheblichen psychischen Belastungen aushalten sollten, wenn sie losgelöst von ihrer Erdenmutter monatelang, wenn nicht sogar Jahre, durch das All zu den weit entfernten Zielen drifteten. Selbst wenn es gelang die lebensfeindliche Weltraumstrahlung zu absorbieren, die körperlichen Bedürfnisse in die lange Reise einzuplanen, so blieb dieser Faktor am aller Schwersten zu lösen. Hinzu kam noch die Motivation der damaligen Weltraumfahrer. Es ging ihnen nicht in erster Linie darum neue Welten zu erschließen, sondern nur, das eigene Ego zu befriedigen. Auch wenn sie es nicht offen zugaben, dass wirtschaftliche Zwänge und ihre arrogant zur Schau gestellte Mentalität die Hauptgründe ihres Versagens in dieser Frage darstellten. Dies galt es zu überwinden, denn nur dann verfügten künftige Pioniermissionen über das nötige geistige Rüstzeug diese Herausforderung zu meistern. So schmerzhaft der bevorstehende Wandel auch von statten ging, gerade dieser menschliche Widerspruch löste sich in der Folgezeit durch die massiven gesellschaftlichen Umwälzungen auf Gaia brachial auf.

Fast unmerklich von der breiten Öffentlichkeit gelang in dieser Zeitepoche die Entwicklung und die erste erfolgreiche Herstellung von Antimaterie. Dem notwendigen Treibstoff für die spätere erste Siedlermission nach Proxima Centauri B. Das Wort Proxima stammt aus dem Latein und heißt übersetzt: "Nächster" oder "ganz nahe". Diesem somit erdnächsten oder auch nun gaianächsten, in einer habitablen Zone gelegenem Planeten in einer Entfernung von gegenwärtig etwa 4,24 Lichtjahren im Doppelsternsystem von Alpha Centauri. Der von den Pionieren nur als Proxima B bezeichnete Exoplanet besitzt etwa die 1,2 fache Masse Gaias, ist rotationsgebunden, was bedeutet, dass er sich nur sehr langsam um seine eigene Achse dreht. Die beiden Sonnen im Zentrum des Centauri Systems benannten bereits die Kosmologen Gaias mit den Namen Centauri A und Centauri B. Proxima B umkreiste aber innerhalb von nur 11 Tagen den in seiner Nähe befindlichen dritten Stern des Centaurisystems, dem roten Zwerg Proxima A. Aufgrund seiner geringen Masse war Proxima A aber deutlich kühler als die gaianische Sonne Sol 1. Da die Umdrehung des Exoplaneten um die eigene Achse fast genauso lang andauert, wie er seinen roten Stern umrundet, wirkte es zunächst so, als ob nur eine Seite dauerhaft von Proxima A beschienen wird. Nach weiteren Untersuchungen und verbesserten Teleskopen fand man heraus, dass die beschienene Seite von Proxima B etwa ein ganzes gaiansiches Jahr am Äquator im Licht von dem roten Riesen blieb. Von Proxima B ausgesehen leuchtete die rötliche Sonne in einem hellen Weiß und erschien nur aufgrund seiner Nähe zu ihm auch achtmal größer als Sol 1 am gaianischen Himmel. Auf Proxima B herrschte daher trotz der großen weißen Scheibe selbst bei Tag ein vielmehr dämmriges Licht vor, wodurch es nie so hell wie auf Gaia wurde. Vergleichbare laubgrüne Blätter auf Gaia erschienen dort infolge des rötlichen Lichtspektrums, eher dunkelgrün bis Türkies. Dennoch reichte die Leuchtkraft von Proxima A aus, ohne künstliches Licht auf Proxima B auf Papier Buchstaben zu lesen. Zunächst schien es von Gaia aus beobachtet, als könne man wegen der launischen Ausbrüche des roten Riesen Proxima A auf Grund seiner chaotischen Umpolung, den Exoplaneten nicht besiedeln. Jene heftige Sonneneruptionen, von den Pionieren auch als proxisches Gewitter oder Flares bezeichnet, lies ein Nichtvorhandensein einer lebensfreundlichen Atmosphäre vermuten. Doch Proxima B erwies sich als zäher

31

Brocken. Zum einen trotzte er dem kosmischen Gewitter mit seinem ungewöhnlich starken Magnetfeld, zum anderen erwies sich, dass er weiter von Proxima A entfernt lag, als die Astronomen es zur Zeit seiner Entdeckung vermuteten. Während eines proxischen Gewitters zeigten sich am Himmel tiefgrüne Polarlichter und solange keine Metallteile am oder im Körper angelegt oder verbaut waren, blieb die Sonneneruption auch von den Pionieren unbemerkt.

Durch den immer weiter ansteigenden Bevölkerungsdruck auf Gaia, bereiteten die Exoduswilligen die Erstbesiedelung Proximas gründlich vor. Dazu fanden sich aus allen Erdteilen kleine Gruppen aus Visionären zusammen, die eine Umsiedlung nach Proxima B wagten. Hinter ihnen standen mächtige Geldgeber der Erbengeneration und deren Furcht unter der Last der sich abzeichnenden Völkerwanderung förmlich zu ertrinken. Jene heraufziehende gesellschaftliche Umwälzung auf Gaia verschonte auch jene nicht, die diese globalen Migrationsbewegungen befeuerten. Sie glaubten sogar noch, dass sich durch eine große Nullstellung aller menschengemachten Ordnungssysteme diese globale Entwicklung in ihrem Sinne steuern oder gar lenken ließe. Sei es, um damit eigene Rachegedanken oder lediglich eine wirtschaftliche und damit einhergehende Machtspekulation zu ihren Gunsten zu hegen. Alle Versuche der damaligen Eliten den von ihnen selbst in die Wege geleiteten Bevölkerungskollaps mit einem transhumanen oder gar posthumanen Umbau der Gesellschaft zu begegnen und eine Geburtenkontrolle einzuführen, scheiterte kläglich an der Wirklichkeit. Zu groß erwiesen sich die Mentalitätsunterschiede, die religiösen und weltanschaulichen Vorbehalte der einzelnen Bevölkerungsgruppen Gaias. Gerade weil sich die führende Gesellschaftsschicht im Erhaltungsdrang ihres Macht- und Besitzstatus immer mehr von der Lebenswirklichkeit ihrer Zeitgenossen entfernte, ließen sie den Geist außer Acht. Jener, der eigentlich das Zusammenleben und die Harmonie der Menschen untereinander formte. Ein Geist, der sie alle miteinander verband. Naiv dachten sie, durch Propaganda die mentalen Unterschiede der Bevölkerungen zu beeinflussen und sogar gegeneinander aufzuhetzen. Ihre Widersprüchlichkeit und ihre Gier ließ letzten Endes deren Macht zerbersten. An der eigenen inneren Leere, führe diese schmerzhafte Selbsterkenntnis nicht vorbei. Da änderten selbst die von ihnen noch so propagandistisch in Szene gesetzten globale Krisen nichts daran. Die alten staatlichen und nichtstaatlichen Ordnungen zerbrachen auf Gaia innerhalb kürzester Zeit reihenweise und es wälzten sich gigantische Ströme an entwurzelten Menschen über die Grenzen der alten Welt hinweg. Die unvorstellbar großen Massen rissen ihre hochtechnisierten Mauern nieder und machten jagt auf jene, hinter denen sie die Ursache ihres eigenen Versagens vermuteten. Die Menschheit glitt in der Folgezeit als Ganzes in die Anarchie ab und drohte insgesamt an ihrem eigenen Selbst zu ersticken.

In dieser dunklen Phase der Menschheitsgeschichte legte sich die

Grundvoraussetzung für die erste Pioniermission nach Alpha Centauri nieder. Eine unausweichliche spirituelle Revolution. Der Erkenntnis vom Weg des Geistes, welche sich im Symbol der Blume des Lebens widerspiegelte. Nur dann waren auch Weltraumreisende fähig, die doch riesigen Entfernungen im planetarischen Raum auch psychisch zu überwinden. Aus diesem Grund trugen auch die kolonisierten Planeten in der Mitte ihres Erkennungswappens dieses Symbol. Die Lösung zur Besiedlung des Alls lang nicht in den bis dahin hochgehaltenen Religionen aus der Bronzezeit und der Antike, welche doch nur ihre eigene Macht und ihren Einfluss über die Jahrtausende hinweg zu untermauern suchten. Er lag im Weg der spirituellen Freiheit und in der Erkenntnis von der Verbundenheit des Geistes mit dem Kosmos. Bis die ersten Mikrosondenmissionen im Orbit von Proxima B ihre ersten Bilder nach Gaia lieferten, dauerte es etwa vierundzwanzig gaianische Jahre. Noch während sich die Sonden auf dem Weg nach Proxima B befanden, arbeiteten internationale Teams an der Verwirklichung der bis dahin für unmöglich gehaltenen Technik des Antimaterieantriebs. Es gelang ihnen tatsächlich, die gewaltige Aufgabe zu lösen Antimaterie nicht nur herzustellen, sondern sie auch verfügbar zu halten. Mit nahezu achtzigprozentigem Erreichen der Lichtgeschwindigkeit war es möglich in etwa 5,3 Lichtjahren den ersehnten Exoplaneten Proxima B mit einem Antimaterieschiff anzufliegen.

Die ersten Konstruktionen solcher interstellaren Raumfähren glich einem angespitzten Stab, da sie auf Grund der massiven Beschleunigung einen möglichst kleingehaltenen frontalen Auftreffpunkt haben sollte. Schon alleine um Asteroiden auszuweichen. Man suchte geeignete Rekruten, schulte und trainierte sie. Es bildeten sich die ersten Pionierteams mit Erschließungswerkzeugen, die noch nicht an die Ausrüstung zu Sils Zeit erinnerte. Ihre Schutzanzüge verfügen nicht über die Beweglich- und Festigkeit des Skarabäus. Sie kannten weder den Wolkenbrecher noch den Wurm. Erst nach mehreren Tests des neuartigen Antriebs im eigenen Sonnensystem und der als Generalprobe berühmten Plutomission, bei dem das Antimaterieschiff eine Schleife um diesen einstmals unerreichbar erscheinenden Außenposten des Sonnensystems flog, wagte man sich mit den Pionierschiffen in den interstellaren Raum hinein. Die ersten Weltraumpioniere einigten sich sehr schnell darauf, dass die Besiedlung von lebensschwierigen Gesteinsplaneten und Monden, wie Luna und Mars nicht in Frage kamen. Ihr Aufwand zur Erhaltung lohnte sich nicht, da sie immer von außen beliefert werden mussten. Dies konnte von Gaia aus nicht dauerhaft sichergestellt werden. Autarke Basen im eigenen Sonnensystem zu errichten, waren Träumereien und Hirngespinste, die dem kleinlichen räumlichen Denken der ersten Weltraumfahrer entsprangen. Das riesige All erlaubte keine beschränkte Weltsicht und erst recht keine eingegrenzte Mentalität.

Nun tauchten die ersten Helden der Pioniergeschichte auf, von denen in den

Siedlerkreisen bald allerhand Geschichten und Legenden kursierten. Wie von den Besatzungsmitgliedern der Alpha und der Beta. Den ersten beiden interstellaren Antimaterieschiffen. Damals startete die erste Pioniermission mit je 49 Personen an Bord nach Proxima B. Gaia rüstete gleich zwei Schiffe aus, um die Wahrscheinlichkeit einer Ankunft zu erhöhen. Außerdem sollten sich die beiden Schiffe gegenseitig bei Notfällen helfen. Die Konstrukteure der ersten Antimaterieschiffe bauten einen vollständig zerlegbaren Schiffstyp. Seine Einzelteile dienten den Pionieren in der Anfangszeit als Baumaterial in der neuen Heimat. Jene erdachte Konstruktionsform fand auch für die späteren Antimaterieschiffe ihre Anwendung. Ihre Wände dienten nach ihrer Zerlegung als Schutz vor den Witterungen in der unbekannten Welt. Bereits in dieser Zeit versetzten sich Teile der Besatzung für die Dauer ihrer Reise durch den Raum in einen kryoniktechnischähnlichen Tiefschlaf. Er sollte einerseits Ressourcen sparen, sowie auch den Alterungsprozess ihrer Körper verlangsamen. Allerdings leitete das zuerst die Crew noch selbst unterwegs ein, da diese Art der Konservierung nur eine begrenzte Dauer von etwa einem gaianischen Jahr möglich war. So wechselten sich in der knapp sechs gaianischen Jahren andauernden Reisezeit nach Proxima B die wachhabende Besatzung von selbst ab. Zwischen den beiden Schiffen fand während ihrer Reise durch den Raum eine rege Kommunikation statt, welche heute noch das Schmunzeln in die Gesichter ihrer Nachfahren beim Studium der Kommunikationsprotokolle treibt. Während der Reise traten keine nennenswerten Schwierigkeiten auf, aber mit der immer größeren Entfernung zu Gaia, verloren die Pioniere zunehmend die Bindung an ihre alte Heimat. Noch während ihres Exodus bildete sich unter ihnen ein neuartiges Wirgefühl heraus, das sich vor allem nach der Landung auf Proxima B als vorteilhaft erwies.

Unbeschadet und glücklich erreichten die beiden Schiffe nach der berechneten Zeit in knapp sechs Lichtjahren, den inzwischen durch Sonden ausgekundschafteten Exoplaneten Proxima B. Sie landeten an einer für sie anfangs günstig gehaltenen Stelle, in der sogenannten Übergangzone auf Proxima und gründeten auf zwei nahestehenden Hügeln ihre ersten beiden Siedlungen. Die ersten Siedlungsnamen gingen in die Pioniergeschichte ein und bildeten die Grundlage für die erste Siedlungsgründung auf einem neuen Planeten: Tell Alpha und Tell Beta. Das Wort Tell entlehnte sich aus der Region des Nahen Ostens auf Gaia. Er bedeutete einfach Hügel. Da die künftigen ersten Siedlungen immer aus Sicherheitsgründen auf einem erhöhten Platz gegründet und dort auch ausgebaut wurden, begannen ihre Namen mit Tell. Kein anderer Ortsname auf dem später ausgebauten Planeten begann wieder mit dem Namensvorsatz, denn diese Bezeichnung verwies auf den Ort der ersten Landung. Im Anschluss von Tell fügte sich der Name des gelandeten Antimaterieschiffes an, weshalb alle Orte so hießen, an denen zum ersten Mal Siedler einen neuen Planeten betraten und ihre Basis bauten. Auf Ceti e oder jetzt auch auf Thera verhielt sich das nicht anders.

Für die ersten Kolonisten bedeutete die Besiedlung Proximas eine gewaltige Umstellung ihrer bisherigen Art zu leben. Vor allem auch, dass einige Gepflogenheiten, unter den Menschen wie auf Gaia nicht mehr möglich waren. Proxima B ähnelt zwar von der Größe und der Struktur her sehr ihrem Heimatplaneten Gaia. Es gab eine Atmosphäre mit atembarer Luft, was sich dem vorgefundenen Bewuchs und vor allem den riesigen Algenteppichen in den doch ausgedehnten Meeren verdankte. Jene proxische Alge fand sich in jedem fließenden Gewässer auf dem Planeten, weswegen die Meere vom All aus gesehen anstatt bläulich eher grünlich erschienen. Daher erhielt Proxima B von den Siedlern auch den Beinamen: „Der grüne Planet". Durch Proximas Ozeane, Flüsse, Seen und Bäche zirkulierte gaiagleiches Wasser, dessen Temperatur sogar während der proxischen Nacht über dem Gefrierpunkt lag. Diese Besonderheit des proxischen Wassers blieb zunächst ein Rätsel, bis die Siedler herausfanden, dass die proxische Alge Athospira mit der Bakterie Chlorocoli eine Symbiose einging. Während des proxischen Tages potenzierte sich die Alge im Licht des roten Riesen und nährte auf der Nachtseite durch ihr langsames Absterben jene Bakterien, die wiederum durch ihre schier endlose Masse Wärme abgaben. Brach dann der proxische Tag wieder an, starben die Bakterien ab und nährten so wiederum die Alge. Ein ewig andauernder Kreislauf von Geburt und Tod. Nur an höher gelegenen Stellen Proximas fanden sich Gletscher mit stark verdichtetem Eis.

Allerdings führte die besondere Lichteinstrahlung von Proxima A mit seinem daraus resultierenden Farbspektrum auf der Tagseite zu neuartigen Herausforderungen. Die ersten Kolonisten setzten sich noch Korrektivbrillen auf die Nase, die die Farbeinstrahlung auf gaianisches Lichtniveau anpassten. Aus dieser ersten Landeerfahrung stammte die Augenbinde, welchen einem jeden Neuankömmling auf einem fremden Planeten auf die Augen gesetzt wurde. Erst ihre Nachkommen passten sich mit dem Sehsinn den neuen Lichtverhältnissen Proximas an, weswegen die Brillen so nach und nach aus dem Alltag auf der Tagseite verschwanden. Ein weiterer Faktor der Einflussnahme lag in der langsamen Rotation des Planeten um seine eigene Achse. Ein Tag auf Proxima B dauerte genauso lange wie die proxische Nacht. Etwa ein ganzes gaianisches Jahr. Das lag daran, dass Proxima B wegen seiner Nähe zu Proxima A die besondere Eigenheit aufwies, immer mit der gleichen Seite zu seiner Sonne zu zeigen. Folglich gab es dort auch keine Jahreszeiten wie auf Gaia. Daher entstanden alle weiteren Siedlungsgründungen auf Proxima B entlang der Übergangszone von der proxischen Nacht zum proxischen Tag, um sie innerhalb eines Jahres zu entwickeln. Der von den Pionieren auf Proxima praktizierte Siedlungstyp der „Hüllensiedlung" entstand. Dabei handelte es sich um nicht ständig bewohnte Orte. Die langsame Rotation zwang die Siedler dazu, ständig umzuziehen, weshalb nur die Siedlungshüllen dauerhaft stehen blieben. Drehte sich der Planet weiter, zogen ihre Bewohner in die nächste vorbereitete Siedlungshülle auf der Tagseite. Dieser jährliche Umzug wurde vom proxischen Siedlungsrat mit einem Siedlungsplan koordiniert. Er fungierte als oberste menschliche Instanz auf Proxima B. Im Alltag aber waren die Siedler sich selbst „auf dem Feld" überlassen. Die Bezeichnung „auf dem Feld sein", meinte in der Pioniersprache den Aufenthalt in der Wildnis und die Eigenverantwortung. Auf der Tagseite erreichte die Außentemperatur durchaus manchmal sogar dreißig Grad plus, auf der Nachtseite allerdings waren zwanzig bis vierzig Grad Minus keine Seltenheit.

Diese neuartige Erfahrung hinterlies in der Erziehung der nachfolgenden Generationen ihre Spuren. Die Siedler erkannten, dass sie sich wegen der extremen Witterungsbedingung nicht immer auf ihre technischen Geräte und Implantate verlassen konnten. Sie fielen oft aus oder zeigten unbrauchbare Ergebnisse an, die zu fatalen Fehlentscheidungen führten. Sogar Androiden, die von den gaianischen Entwicklern als Hilfskräfte für den Siedlungsbau und der Bewirtschaftung zur Verfügung gestellt wurden, eigneten sich nicht dauerhaft für das widrige Klima Proximas. Alleine die starken Temperaturunterschiede ließen ihre Teile viel zu schnell verschleißen, weswegen es bald an Ersatzteilen fehlte. Schlimmer traf es den transhumanen Anteil der ersten Siedler. Der Ausfall ihrer Implantate und Marken auf Grund der proxischen Extreme, wie dem proxischen Gewitter, ließ sie in der Wildnis einen jämmerlichen Tod sterben. Während eines Flares erwärmten sich alle Metallteile auf der Oberfläche Proximas und zerschmorte sämtliche Elektronik. So kamen nicht wenige der ersten Siedler in den Anfangsjahren der Besiedlung wegen ihrer Technikgläubigkeit um. Folglich verzichteten die ersten Bewohner Proximas bald darauf, robotergestützte Verbesserungen am eigenen Körper vorzunehmen und setzten den Schwerpunkt ihrer Entwicklung neu. Sofern sie noch technische Apparate benutzten, schufen sie neuartige Abschirmungsmethoden. Intuitive, dem Menschen angeborene Fähigkeiten, gelangten so immer mehr in den Vordergrund der Förderung durch den proxischen Siedlungsrat, was zur Grundlage für die Auswahl der nachfolgenden Planetenpioniere wurde. Trotz einiger Rückschläge und weiterer nichtvermeidbaren Opfern gelang es den Siedlern, Proxima B in den nächsten Jahrzehnten zu ihrem Planeten zu machen. Trotz seiner Widrigkeiten liebten sie ihn. Sie wussten ihn zu nehmen und arrangierten sich mit seinen Launen.

Proxima B ähnelte auch was die dort aufgefundene Pflanzen- und Tierwelt betraf sehr der Erde. An Land wuchsen auf der Tagseite überwiegend dichte Farne und Sträucher und die von den Pionieren getauften riesigen Siegelbäume mit pfahlartigen Stämmen, einer korkartigen Rinde und einer oben sich mit dünnen Ästen weit verzweigenden Krone. Seine ausladenden Blätter verglichen sich mit denen der gaianischen Bananenpflanze. Darauf getrimmt, ein maximales Lichtvolumen während des proxischen Tages einzufangen. Wenn die proxische Nacht kam, entzogen die Pflanzen innerhalb der wenigen Übergangstage ihre Säfte aus den Zweigen und blieben wie Skelette zurück. Das Holz der Siegelbäume glich dem der gaianischen Palmen und dass jene korkartige Rinde ihrer Stämme sich dicker und porenartig strukturierte. Die ersten Pioniere lernten schnell von den heimischen Gewächsen und dämmten mit der Siegelrinde ihre ersten Unterkünfte. Später nutzte man porenartiges Vulkangestein zum Bauen der Hüllensiedlungen, das eine ähnliche Struktur aufwies. Die Siegelbäume galten bald den neuen Bewohnern als heilig, denn dort wo sie wuchsen, gab es auch während der proxischen Nacht tief im Erdreich fließendes Wasser. Die Siedler überraschte es sehr, auf Proxima trotz der besonderen Lichtverhältnisse bunte Blumen vorzufinden. Neben der proxischen Teichrose, auch wegen seiner weißen Farbe „die Nymphe" genannt, erblühte die Proximalilie in ultraviolettem Ton. Sie besaß ausladende Kelche und verströmte einen betörenden Duft. Ihr milchiger Saft besaß eine heilende Kraft, welche vor allem bei Augenleiden verwendet wurde. Die Siedler gewannen in erster Linie Parfüm daraus, welches neben den proxischen Diamanten und dem proxischen Erz zu einem der beliebtesten Exportartikel der Pioniere zu anderen besiedelten Planeten wurde. Bestäubt wurden die Blüten von der proxischen Fliege, deren Larven sicher in der porigen Rinde der Siegelbäume überwinterten.

Während der weiteren Erschließung von Proxima B entstanden immer neuere Technologien und Überlebensstrategien, welche sich in den künftigen Weltraummissionen wiederfanden. Die Verbindung der ersten Siedler nach Gaia verlor sich immer mehr in der Zeit, was sich vor allem der riesigen Entfernung schuldete. Eine Nachricht nach Gaia zu schicken und wieder eine Antwort von dort zu erhalten, dauerte etwas mehr als acht gaianische Jahre. Zu Beginn der Besiedelung kamen von Gaia noch Versorgungskapseln und sogar neue Siedler in größerer Zahl mit Antimaterieschiffen an. Später, nach Einführung der Kryoniktechnik, fanden Passagiertransporte ausschließlich über die Eier statt. Die Nachrichten und Neuigkeiten vom Mutterplaneten blieben ohnehin spärlich und sie interessierten höchstens noch die Alten, die mit den ersten Schiffen ankamen. Rückkehrer nach Gaia gab es in den ersten Jahrzehnten nicht. Die neuen Generationen gingen in dem Planeten auf und lernten mit ihm zu leben. Bald entwickelten die Pioniere auch ein neues Weltraumprogramm zur Erschließung weiterer Planeten in ihrer galaktischen Umgebung. Sie schickten zu erst, wie es ihre Vorfahren einst auf Gaia taten, Satelliten, Sonden und Teleskope in den Orbit und bauten neue Antimaterieschiffe im All zusammen. Einer dieser Sonden erkundete auch Sils Heimatplaneten Ceti e und man schickte das Antimaterieschiff Epsilon mit diesesmal nur acht Weltraumpionieren auf die Reise. Die Kryoniktechnik zur Konservierung der Reisenden während des Fluges verfeinerte sich in der Zwischenzeit soweit, dass sich immer jeweils zwei Crewmitglieder in Einjahresschichten ablösten. Außerdem experimentierte Proxima B bereits mit den Vorläufern des Mutterwirbels, der auf der Grundlage der Schwerelosigkeit

Versorgungskapseln in Form eines Frachteis zu den zu erschließenden Planeten brachte. Jene Eiform setzte sich durch, weil sie am besten Stöße und Kollisionen mit anderen Flugkörpern im All überstand. Außerdem rüstete man die ersten Frachteier mit Steuerungsdüsen für Kurskorrekturen nach Kollisionen aus. Die Planetenpioniere dieser Generation spezialisierten sich auf den Gebieten der Botanik, der Bewässerung, der Geologie und der Meteorologie. Aus diesen Fachgebieten gingen die späteren Fühligen hervor. Die robotikgestützte Technik verkam in dieser Generation nur noch zu einem Hilfsmittel ihrer Arbeit, deren Verbau im eigenen Leib nicht mehr nötig wurde.

Sil teilte sich in diesen drei Monaten ihre Zeit mit den anderen „Fühligen" ihres Jahrgangs. Schon bald merkte sie, wo die individuellen Unterschiede zwischen den einzelnen Talentierten lagen. Die Baumfühligen stellten eindeutig die zahlenmäßige Mehrheit von allen Schülern dar. Wie schon der Gärtner in der Plantage ausführte, trugen überwiegend Jungen dieses Talent in sich. Sie erfuhr allerdings schnell, dass sich bei jedem die Neigung zur Baumfühligkeit unterschiedlich stark ausprägte. Selbst wenn ihre Mitschüler später keine Aufnahme bei der weiteren Ausbildung fanden, bot man ihnen eine Stelle als Gärtner auf der Akademie oder einer anderen Plantage auf Ceti e als Hilfskraft an. Dies hieß nicht, dass man ein schlechteres Auskommen als ein echter Baumfühliger bekam. Es hing nur mit dem Einsatz seiner Fähigkeiten zusammen. Allerdings kamen die weniger talentierten Baumfühligen für Erschließungsmissionen neu entdeckter Planeten nicht in Frage. Sil fiel weiter bei den Baumfühligen auf, dass sie sich als Gruppe am Besten mit den übrigen drei Gruppen der Akademie verstanden. Frau Weidling erklärte Sil später, dass Baumfühlige wie Brücken zwischen den verschiedenen Talenten fungierten. Sie wirkten in Gemeinschaften immer deeskalierend, geduldig und vor allem gewährend. Das hieß, sie tolerierten und nahmen ihre Mitmenschen an, wie sie waren, und schrieben ihnen nicht vor, wie sie zu sein hatten. Außerdem konnte ihr Talent vererbt werden, was sich bei den anderen Fühligen nicht zeigte.

Überhaupt beeindruckte Sil die Vorgehensweise mit der Baumfühlige zu Werke gingen. Eine besondere Fähigkeit bestand darin, sich geistig vollends in das zu kultivierende Geschöpf hineinzuversetzen. So fanden sie dank der geistigen Verschmelzung den idealen Platz für ihren Setzling. Sie erkannten, wo was am Besten wuchs und wie sie die Anlagen gestalteten, um mit ihrer Anpflanzung erfolgreich zu sein. Oftmals beobachtete Sil die Baumfühligen, wie sie die Stämme der Bäume umarmten, oder auch nur mit der flachen Hand seinen Stamm berührten. Sie erklärten ihr, dass sie ähnlich wie sie, die Säfte des Baumes durch den Stamm hindurchströmen fühlten. Anhand seines Flusses erspürten sie seine Bedürfnisse. Sie setzten ihr Ohr auch an seiner Rinde auf und erklärten Sil, dass sie das Klopfen seiner Säfte hörten, wenn der Baum sie in die Höhe zu seiner Krone zog. Gerade wo es viel Wald gab und sich folglich viel Wasser in die Höhe verdunstete, bildeten sich dichte Nebelschleier aus Wasserdampf. Er legte sich dicht in die Baumkronen hinein. Der Wald sondert einen feinen Staub in die Luft ab, an dem sich der Nebel verdichtet und Wassertropfen bildet. Diese regnet wieder über dem Wald ab, wodurch der Baum das nach oben Wasser wieder über die Wurzeln aufnahm. So hielten die Wälder den Regen bei sich und sorgten für einen stetigen Wasserkreislauf. Wo noch kein Wald gedieh, pflanzten die Baumfühligen zuerst „Mutterbäume" und gruppierten gleichartige Baumsetzlinge um sie. Die Setzlinge erkannten Artgenossen und unterstützten sich gegenseitig über die Wurzeln und den Pilzgeflechten im Untergrund. Dadurch glichen sich die Schwächen der einzelnen Jungbäume aus und sie zeigten sich gegen die äußeren Einflüsse resistenter. Eine solche Baumgruppe bildete die Grundlage neuer Haine, welche die Baumfühligen weiter auszubauen verstanden.

Die Erdfühligen gehörten auf der Akademie zahlenmäßig zur kleinsten Gruppe. Dass sie alle dem weiblichen Geschlecht zugehörten, war kein Zufall, wie Sil so nach und nach erfuhr. Jungen, die sich in der Bewährungszeit als Erdfühlige ausgaben, scheiterten regelmäßig bei der endgültigen Aufnahme. Sogar Frau Weidling erinnerte sich nicht daran, je einen Knaben mit dieser Begabung kennengelernt zu haben. Im Gegensatz zu Sil reagierten diese Schülerinnen sehr verschlossen gegenüber allen anderen Talenten. Sie beäugten sie misstrauisch, als das sie den Kontakt mit ihnen suchten. Ihr kam es dabei vor, als durchleuchteten sie sie förmlich. Was Sil schon bald an ihnen auffiel: Sie besaßen keine Hemmungen, sich schmutzig zu machen. Gerne krochen sie in tiefen Höhlen oder Kuhlen herum und nahmen sogar Dreck in den Mund, um ihn anschließend wieder auszuspucken. Wenn Sil sie darauf ansprach, warum sie das taten, erntete sie sogleich entweder von ihnen einen wütenden Kommentar oder ein Gemurmel von Analyse. Es kam hin und wieder vor, dass manche von ihnen tagelang in der Wildnis verschwanden und urplötzlich wieder auf der Schule erschienen. Die Anstalt suchte sie nicht, da sie wusste, dass sie von selbst wieder kamen.

Frau Weidling erklärte ihr, dass Erdfühlige sehr eigenwillige Personen waren, die am Liebsten mit sich alleine blieben. Wurde es zu viel für sie, suchten sie die Einsamkeit. Es gibt gerade viele Einzelgängerinnen unter ihnen. Sie sollte ihnen das nachsehen, denn das gehörte zu deren innerster Prägung, an der sie nicht vorbeikonnten. Hier auf der Akademie lebten sie zum ersten Mal ohne Einschränkungen ihre Persönlichkeit aus, ohne von anderen dafür verspottet zu werden. Das geschah gerade oft mit ihnen, bevor sie auf die Akademie kamen. Selbst untereinander wechselten die Erdfühligen kaum ein Wort miteinander. Geschweige denn, dass sich enge Freundschaften unter ihnen bildeten. Eine jede von ihnen stand vor allem am täglichen Morgenappell im Hof der Akademie meist griesgrämig und in gehörigem Abstand von den übrigen Schülern auseinander. Sie wollten nicht wirklich an der anschließenden gemeinschaftlichen Morgengymnastik teilnehmen. Sil traute sich bald nicht mehr, sie überhaupt noch anzusprechen. Immerhin erfuhr sie, dass Erdfühlige über das Talent verfügten, Rohstoffe ausfindig zu machen. Wie sie das genau anstellten, blieb Sil auf der Akademie ein Rätsel. Sogar Fr. Weidling antwortete ihr auf diese Frage nur mit dem, was die Psychologie über das Wesen der Erdfühligen bisher herausfand: „Erdfühlige riechen das Lagerfeuer, noch bevor das Feuerholz zusammengetragen wurde. Erdfühlige sehen den Meteoriteneinschlag, noch ehe der Meteorit überhaupt dem Planeten zu nahe kommt. Erdfühlige spüren einen Nadelstich, noch ehe der Arzt seine Behandlungsabsichten erklärt. Es klingt wie ein Fluch und ich vermute, dass sie es auch so empfinden."

Die Luftfühligen waren hingegen von einem ganz anderen Schlag. Wirbelig, schwunghaft und lebendig. Hier gab es wiederum mehr Jungen als Mädchen. Sie sprachen Sil schon bald nach der Einschulungszeremonie an. Da wussten die Luftfühligen aber noch nicht, dass sie sich als eine Wasserfühlige einschrieb. Doch sie merkten wie auch Sil bald, dass sie nicht zu ihnen gehörte. Vielleicht war es intuitiv. Denn sogleich ließ ihre Begeisterung sie näher kennenlernen zu wollen etwas nach. Immerhin schenkten die Luftfühligen ihr beim Morgenappell ein freundliches Lächeln und ein nettes Wort, ließen sie aber mit weiteren persönlichen Fragen in Ruhe. Frau Weidling erklärte Sil später im Unterricht, dass ein Luftfühliger ähnlich wie sie unstet ist, sich jedoch viel schneller in seinem Verhalten verändert, als es eine Wasserfühlige tut. Wegen gewissen Gemeinsamkeiten gab es als Wasserfühlige auch zwischenmenschlich kaum Schwierigkeiten mit den Luftfühligen klarzukommen. Enge Freundschaften der Luftfühligen mit Wasserfühligen oder Baumfühligen waren durchaus möglich, jedoch suchten Luftfühlige am Liebsten ihres Gleichen, die mit ihren raschen Wandlungen Schritt hielten. Diese psychische Flexibilität leistete eine Wasserfühlige aber nie, weswegen es selten zu Liebschaftsverhältnissen kam.

Von ihrer Arbeitsweise bekam Sil nicht viel mit. Aber sie lernte, dass Luftfühlige elektrosensibel waren. Das hieß, sie sprachen auf Schwingungen, Frequenzen und Vibrationen an. Da Wasser ebenso darauf reagierte, gab es in ihren Fächern Überschneidungen. Die Aufgabe der Luftfühligen bestand vor allem darin, auf zu erschließenden Planeten geeignete Siedlungsplätze zu finden, dessen Areal Sil anschließend mit einem Brunnen versah. War die Wasserversorgung sicher gestellt, gingen die Baumfühligen zu Werke und legten ihre Kulturpflanzen an. Erst dann folgte die Siedlungsplanung.

Was die Wasserfühligen selbst betraf, da war sich Sil nicht so sicher, wie weit sie Ihresgleichen traute. Jungen wie Mädchen mischten sich zu Beginn von der Anzahl gleichermaßen in diesem Talent. Ihre Mitschüler schienen nach dem äußeren Eindruck ähnlich wie sie zu fühlen, aber Sil merkte bald, dass sich dieses Misstrauen unterschiedlich ausprägte. Die einen quetschten sie förmlich mit Fragen über ihr Privatleben aus, ohne aber von sich selbst etwas zu erzählen. Die anderen plapperten ungefragt über sich drauf los, wie ein Wasserfall. Egal, ob es die anderen nun interessierte oder nicht. Die Kinder ihrer Einstiegsklasse kamen aus allen Landesteilen Cetis hierher. Sie erzählten ihr die abenteuerlichsten Geschichten von der „Entdeckung" ihres Talents. Die einen erklärten, dass sie schon immer gerne das Meer erforschten, sie schon immer mit dem Wasser herumexperimentierten, oder dass sie begeisterte Schwimmer oder Taucher waren. Das machte einen Wasserfühligen noch nicht aus, dachte Sil da im Stillen bei sich. Oder redete sie sich das selbst ein? Sie selbst erlernte nie wirklich das Schwimmen in großen Gewässern. Wie auch? Der Quellsee ihres Gebirgsbaches beim Gletscher oberhalb ihres Hauses eignete sich wegen seiner Kühle nicht dafür und auch in der Wüste gab es aufgrund der Wasserknappheit ohnehin keine Schwimmbäder oder Seen. Erst jetzt im Alter von zehn Jahren bot sich das Erlernen von Schwimmen und Tauchen hier an der Akademie an. Gehörte die Schwimmtechnik etwa zum späteren Unterricht? Was ist, wenn sie hier auch das Tauchen erlernen müsste? Sil fröstelte es von der Vorstellung, ins eiskalte Wasser geworfen zu werden und in seinen unberechenbaren Fluten unterzugehen. Ihr mysteriöses Erlebnis im Gebirgsbach wirkte da quicklebendig in ihr. So, als sei es erst gestern gewesen.

Frau Weidling erklärte ihr erst viel später, als sie die Akademie verließ, dass sich gerade unter den Wasserfühligen die meisten Schüler einzuschmuggeln versuchten, die eben keine richtigen Fühligen waren.

„Du merkst schnell, ob sie deine Sprache sprechen", führte sie ihr damals erklärend aus. „Auch ein Bach hat seine Laute. Ich merke es schon in wenigen Augenblicken, ob jemand wasserfühlig ist, aber beweisen kann ich es erst durch den besonderen Unterricht."

Jener Spezialunterricht, den Frau Weidling ansprach, diente dazu herauszufinden, ob es sich um echte Fühlige im Sinne der Akademie handelte. Dieser Test fiel je nach Talent unterschiedlich in seiner Durchführung aus. Bei den Wasserfühligen lief er nach dem Mittagessen ab. Dazu versammelte sich ihr Jahrgang auf dem Hof der Akademie und ging als geschlossene Gruppe alleine den Trampelpfad zum Meer hinunter. Ohne Begleitung eines Aufpassers, was einen bestimmten Ritus symbolisierte. Erst viel später erfuhr Sil, warum sie den Weg alleine zum Strand gingen. Das Wasser rann schließlich auch ohne anzuleiten talwärts. Je nach Talent suchten im Übrigen die anderen Fühligen für ihren Bewährungsritus die Gebirgskette, die großen Wälder oder die baumlose Ebene auf. Was sie genau dort taten, erfuhr Sil nie von ihren Kameraden, da ihre Mitschüler striktes Stillschweigen darüber hielten. Es kam nicht selten vor, dass sich nach dieser Bewährungsprobe der Ausbildungsjahrgang stark ausdünnte. Es zeigte sich gerade in dieser Nachmittagsprozedur, ob ihre Fühligkeit nicht nur vorgespielt, sondern auf einer soliden Grundlage stand. Sil merkte schnell, als sie mit ihren Mitschülern am Strand

41

ankam, worum es bei der Sache ging.

Wie richtig sie mit ihrer Einschätzung lag, dass der bisherige Erfahrungswert zur Beurteilung einer Wasserfühligen nicht ausreichte, erahnte sie da noch nicht. Wenn sich Eltern dazu entschlossen, ihr Kind auf die Akademie der Fühligen zu schicken, erhielten sie von der Regierung gesichertes Einkommen und viele weitere Privilegien. Das lag daran, dass man diese Kräfte brauchte, um weitere Teile Cetis oder gar neue Planeten zur Besiedlung zu erschließen. Im Falle einer Nichtanerkennung des Talents ihrer Kinder gingen diese Vorteile verloren. Daher lag ein enormer Druck auf den Kindern. Schon aus diesem Grund blieb es ein Geheimnis, was genau die Teilnehmer des Spezialunterrichts taten, damit sie sich nicht darauf vorbereiteten. Sil hingegen spürte, ob es zwischen ihren Kameraden einen ähnlichen Gleichklang gab, wie sie es gegenüber ihrer Moderatorin Frau Weidling empfand.

Am Strand erwartete Frau Weidling sie bereits. Mit einem freundlichen Lächeln empfing sie ihre Schüler, als sie die Stufen der Strandtreppe zu ihr an den Strand hinabstiegen. Sie beäugte dabei jeden einzelnen Teilnehmer aufmerksam. Ähnlich wie Sil seinerzeit den Fluss und die Verwirbelungen des Gebirgsbaches beobachtete. Ihr Blick ging an Sil rasch vorüber. So, als kannte sie sie schon und bräuchte ihr keine weitere Beachtung mehr schenken. Ihre Augen trafen sich kurz, doch innerlich wusste Sil da schon, dass Frau Weidling sie für eine echte Wasserfühlige hielt. Doch wie zeigte sich dies nach außen? Was mussten sie dafür tun? Frau Weidling zog sich für diese Unterrichtseinheit eine hauteng Gymnastikkluft an, was hieß, dass es hier um keine Schwimm- oder Tauchübung ging. Wie passte das mit der Wasserfühligkeit zusammen? Sie bat die Kinder fürsorglich, sich in einer Reihe aufzustellen. Im Anschluss sollten sie einander durchzählen. Sil stand an siebter Stelle in der Reihe, welche sich bis zur 18 fortsetzte.

Während sie einander durchzählten, brandete das Meer angetrieben von der Wucht der Strömung gegen vereinzelte Felsen am Strand. Sein schmetterndes Donnern verschluckte die ausgerufenen Zahlen der Kinder fast unhörbar darin. Der heutige Nachmittag war schön. Tau Cetis wärmende Strahlen drangen mit seinem gaianisch gleichen Licht ungehindert bis zu ihnen durch. Dennoch heizte sich der vulkanische Sand unter ihren Füßen nicht sonderlich auf, da ein kühler Wind und feine Sprenkel des Meerwassers sie von der See erfrischte. Die doch eher grobkieseligen Steinchen des Strandes kräuselten sich in der Brandung des Meeres, welche dort mit seiner unbändigen Kraft ungebremst auf das Ufer traf. Die unruhigen Wellen schoben das lockere Sediment des Meeres den Strand hinauf, was eine leichte Erhebung vor dem Meeressaum ergab. Die schäumende Gischt der peitschenden Wogen wallte sich an den wenigen vorgelagerten Felsen zu ganzen

Teppichen auf, wenn eine wuchtige Breitseite des Seegangs sie mit einem klatschenden Geräusch erfasste.

Frau Weidling musterte die Kinder nach dem Durchzählen noch einmal und bat nun, sie mögen einander soviel Abstand halten, dass sie sich bei seitwärts ausgestreckten Armen nicht mehr berührten. Nachdem sie es taten und sich ihre Reihe weiter in die Breite schob, zog ihre Moderatorin ihre Sandalen aus. Sie stellte sich mit nackten Füßen breitbeinig vor ihren Anwärtern in den vom lauwarmen Wasser umspülten Sand. Sie schloss kurz die Augen und atmete tief die salzige Seeluft ein. Frau Weidling schien diesen Moment zu genießen, als die aufgewühlten Wellen hinter ihr an den Strand brandeten. Ihre Zehen gruben sich dabei in den feuchten Vulkansand hinein und versanken darin. Eine Strandwelle fuhr zwischen ihre Knöchel und zog leicht an ihren Beinen. Die Woge führte etwas von dem grobkörnigen Sand mit sich, der sich prompt auf ihre Füße legte. Als sich die Woge zurückzog, entwich Sand unter ihren Sohlen. Folglich sank sie weiter in den nassen Strand hinein.

Frau Weidling erklärte Sil später, dass diese gezielte Wahrnehmungsübung der Erdung diente. Eine der wichtigsten Fertigkeiten einer Fühligen war es, wieder zu lernen ihrer eigenen Wahrnehmung mehr zu trauen, als das, was andere ihr sagten. Erdungsübungen wie diese, eigneten sich perfekt dafür. Dann öffnete sie fix ihre Augen und fuhr wie ausgewechselt mit ihrem Unterricht fort.

„Hallo Kinder", begrüßte Frau Weidling ihre Schüler nochmals freudig. „Nun sind wir alle vollzählig und ich lese in euren Gesichtern ab, dass ihr sehr nervös seid. Bleibe ich auf der Akademie? Werde ich jetzt aussortiert? Bilde ich mir meine Wasserfühligkeit nur ein? Was wird jetzt von mir verlangt? Wie muss ich mich beweisen? Zum Ersten seid ihr nicht hier, weil von euch etwas verlangt wird. Ihr sollt nur zeigen, ob ihr wasserfühlig seid. Wir auf der Akademie finden das nur heraus, wenn man das Verhalten seiner Schüler beobachtet. Genauso wie echte Wasserfühlige das Wasser erforschen und vor allem beobachten und daraus ihre Schlüsse ziehen, so ist es auch hier auf der Akademie mit der Auswahl seiner Schüler. Es gibt viele Schulen auf Ceti e, die die unterschiedlichsten Talente fördern und auch unter den Fühligen gibt es welche, die sich nicht den Elementen wie Luft, Wasser, Erde oder den Gewächsen zuordnen lassen. Ihr müsst also nicht zwingend hier bei uns sein. Es geht immer darum ein glückliches Leben zu führen und ihr macht nur diejenigen unglücklich und letztlich euch selbst, wenn ihr einem Traum nachrennt, der nicht der eure ist. Ich bin auf keinem von euch böse, wenn er nun von sich aus geht. Wenn ihr aber unsicher seid, ob ihr euch innerlich nicht getäuscht habt, dann bleibt für die folgende Übung hier. Sie wird euch Gewissheit geben, ob ihr mit eurer Einschätzung der eigenen Wasserfühligkeit richtig liegt."

Frau Weidling machte eine bewusste Pause. Sie wollte ihre Worte setzen lassen.

43

Dabei spitzte sie ihren Schülern in die Augen. Tatsächlich machte sich in einigen Gesichtern ihrer Mitschüler eine sichtbare Verunsicherung breit. Sie lies es auf sich wirken und fuhr nach einer Weile mit ihrer Rede fort: „Unser Körper ist ein wahres Wunderwerk. Ausgestattet mit zahlreichen Sinnen, Gefühlen und vor allem Empathie. Gewachsen und verbunden aus den Mineralien der Erde, umgeben von dem Urwasser in der Fruchtblase der Mutter, wuchs er behütet in ihrem Leib heran. Unsere Zellen, ja unser ganzes Leben schwimmt förmlich im und mit dem Wasser. Es trägt uns durch das Leben. Es nimmt auf und gibt wieder ab. Wasser liebt es, zu fließen und sich zu verwirbeln. Einfach lebendig zu sein. Wenn es stockt, nimmt seine Qualität ab. Es ist unglücklich, weil das Wasser immer auf der Reise ist. Man kann es nicht halten. Es ist wie eine Mutter, die uns trägt, wenn wir an ihrer Brust saugen. Das Baby entscheidet aber selbst, wann es trinkt und wann nicht. Diese Verbundenheit mit diesem unvergleichlichen Elixier des Lebendigen drückt sich schon alleine mit unserem täglichen Trinkbedürfnis aus. Dabei spielt es eine wichtige Rolle, welche Art von Flüssigkeit wir unserem Leib zuführen. Reines Wasser, das kaum Stoffe in sich trägt, nimmt mehr Stoffe in sich auf, als jenes Wasser, das mit Stoffen nur so übersättigt ist. Das Wasser selbst entscheidet nicht darüber, ob seine Inhalte für den aufnehmenden Körper nützlich sind. Wir aber entscheiden darüber, welches Wasser wir an uns und somit an unsere Zellen heranlassen."

Dann machte sie wieder eine Pause und sah mit ihrem wachsamen Blick auf ihre Schüler. Konnten sie ihr folgen? Sil bejahte diese Frage für sich. Frau Weidling sprach hier vom Geist des Wassers und vom Wasser als chemische Substanz. Galt das aber auch für ihre Kameraden? Sie traute sich, keinen Blick zur Seite zu tun.
„Ich möchte deshalb, dass wir jetzt mit den Sinnen arbeiten. Zieht nun eure Schuhe oder Sandalen aus und setzt euch im Schneidersitz in den Sand. Macht zuvor einen kleinen Sandhaufen, presst euren Po hinein und haltet vor allem euren Rücken aufrecht. Legt dann eure Hände auf den Kniespitzen ab. Eure Atmung geht tief, ruhig und vor allem regelmäßig. Passt sie am Besten dem Rhythmus des Wellengangs der See an. Wahre Kraft liegt darin, sich zurück zu lehnen und die Dinge mit Verstand und Gelassenheit zu beobachten. Wenn Worte euch beherrschen können, heißt das, dass jeder euch beherrschen kann. Atmet tief durch und erlaubt es, manches einfach loszulassen. Das Wasser kämpft nicht. Es umströmt. So, wie es die Steine im Flussbett umfließt, so gelassen sei auch euer Atemfluss und auch euer Handeln. Seid wie Wasser."

Sogleich setzten sich die Kinder in den warmen Sand, wie Frau Weidling sie anleitete. Anschließend ging sie an ihnen vorbei, leitete sie bei Haltungsfehlern an und drückte durchaus mit den Händen nach, wenn ein Rücken nicht ganz gerade war.
„Sehr schön", meinte sie hinterher zufrieden. „Bleibt jetzt so sitzen. Schließt nun

die Augen und hört der See zu. Atmet im Rhythmus des Wellengangs weiter tief und regelmäßig durch euren Körper. Vergesst, warum ihr hier seid, wer ihr seid und woher ihr kommt. Hört einfach nur dem Klang des Meeres zu und lasst euren Geist von ihm leiten. Wasser ist klüger als ihr denkt. Klüger, als ihr es je zu denken vermögt."

War das wirklich alles? Nur auf das Rauschen des Meeres zu hören? Alles um sie herum vergessen? Die Schule, ihre Eltern, ihre Herkunft? Nicht einmal an das bevorstehende Abendessen sollten sie denken. Nur den Wellen des Meers zuhören, die salzige Seeluft ruhig und tief einatmen. Den lauen Wind von der See aufnehmen. Die Gedanken loslassen. Frau Weidling beobachtete die Kinder während der Übung genau. Sil fühlte es trotz ihrer geschlossenen Augen. Wie aufmerksam war sie selbst? Wie lange hielt sie sich aufrecht? Konnte sie sich fallen lassen? Wie geduldig war sie? Frau Weidling lies die Prüflinge ohne ein weiteres Wort zu sagen weiter im warmen Sand sitzen. Sil ließ die salzige Seeluft durch ihre Atemwege fließen. Atmete gleichmäßig, entspannt und ruhig. So merkte sie nicht, wie Stunde um Stunde am Strand verging. Am Anfang fixierte sich noch ihr Verstand auf die Töne der Wellen, doch dieser wich so nach und nach ihrer Intuition. Ähnlich des Gefühls, als sie mit der Baumrute in der Wüste nach einer Wasserader suchte. Und so begab sie sich mit ihren Sinnen und ihrem Geist auf die Reise mit dem strömenden Wasser. Einer fließenden Reise durch die See, durch den tiefen Ozean, durch die Erdschichten.

Wegen des lauen Seewindes herrschte am Meer eine angenehme Temperatur und es passierte durchaus, dass sie sich einen Sonnenbrand von Tau Ceti holten. Worum es Frau Weidling ging, erkannte Sil schon bald, je tiefer sie sich in das Wasser gedanklich hineinfallen lies. Es zuließ, den Verstand auszuklinken und frei wie ein Seevogel über dem Wasser zu gleiten. Nur noch der eigenen Wahrnehmung zu vertrauen. Sie fühlte sogar, wie die Feuchtigkeit der tieferen Sandschichten durch ihre Hose drang. Es nässte ihre Pobacken ein. Ihr unbeschwerter Flug über den Ozean lies sie ins Meer hinabtauchen. Sils Geist verband sich mit dem des Meeres ohne körperlich in ihm abzutauchen. Ihre Haltung während der Übung ergab nun durchaus einen Sinn. Sie setzten sich in den Sand, um sich zu erden. Das Wasser bewegte sich über, durch und unter der Erde. Es ging darum, die Schwingung der Meeresbrandung vor ihr auch in ihrem Körper zu spüren. Selbst, wenn dieser noch so fein vonstattenging. Der Geräuschentwicklung der Wellen mit ihrem Geist zu verfolgen, wenn sie auf die vorgelagerten Brecher der See trafen. Das entfernte vibrierende Donnern seiner Wucht zu erfühlen, das brausende Schäumen der Gischt, wenn sie zurückwich und den schwarzen Vulkansand am Ufersaum umherwarf. Die mysteriöse Kraft des Wassers in sich aufzunehmen, seiner Strömung in dessen Tiefe mit dem Geist zu folgen. Sich seiner Macht und seiner Herrlichkeit gewahr zu werden. Sich mit der Seele in den Strudel des Meeres

45

hineinziehen und wieder ausspeien zu lassen. Mit ihm auf die Reise in der Strömung durch den tiefen Ozean zu gehen. Sich „im Strudel des Lebendigen" zu verlieren, wie es in der Fachsprache der Fühligen hieß. So verflog für Sil losgelassen die Zeit, ohne sich zu langweilen. Im Gegenteil, das Meer nahm sie wie ein kleines Baby im Mutterleib auf und wogte es mit seiner Symphonie in den Schlaf. Die Energie des Meeres fing sie ein und lud sie auf ihrer Reise innerlich auf. Sie fühlte bald, ein Teil davon zu werden und je tiefer sie sich hineinfallen ließ, so verflog auch die Angst in ihr. Das Wasser ließ sie nicht mehr los. Sein Geist klammerte sich an ihr wie das hartnäckige Kryonikgel.

Mit einem kräftigen Schütteln weckte Frau Weidling sie aus ihrer Trance am Abend aus dieser Erfahrung. Die Sonne neigte sich da schon Richtung Horizont und die Röte des Abends setzte sichtbar ein. Als sie endlich ihre Augen öffnete und in das grinsende Gesicht von Frau Weidling blickte, glaubte sie nicht recht zu sehen. Sie waren nur noch zu siebt am Strand. Mit ihr sechs Mädchen und ein Junge. Dass die anderen bereits gingen, weil sie mit ihrem Geist nicht dem Wasser folgten, bekam die Wasserfühlige in ihrer Gedankenverlorenheit nicht mit. Was war da nur geschehen?

„Wasserfühlige …", erklärte ihr Frau Weidling später, als sie die Akademie abschloss, „ … besitzen eine große und tiefe Geduld. Sie verlieren sich ohne Schwierigkeiten im Strudel des Lebendigen. So wie steter Tropfen den Stein höhlt, so geht auch der Wasserfühlige mit Geduld und Liebe an seine Arbeit. Wer einmal seinen Geist mit dem Geist des Wassers verbindet, kann sich nur durch gezielte Übung davon wieder abgrenzen. Du verstehst seit der Übung am Strand, was ich damit meine. Es gibt leider auch Wasserfühlige, denen das nicht gelingt. Diese löse ich mit Gewalt aus diesem Rausch. Wenn sie es später nicht von selbst schaffen, eignen sie sich auch nicht für eine weitere Ausbildung an der Akademie. Gerade wenn sie alleine im Feld sind, ist das sehr gefährlich, da sie immer jemanden brauchen, der sie da rausholt. Das kommt zum Glück aber sehr selten vor. Die anderen Fühligen beherrschen diese Fertigkeit je nach ihrer Spezialisierung auch. Das eint uns mit ihnen."

Sil wurde nach dieser Erfahrung am Strand umso mehr bewusst, was es bedeutete, ein solches Talent in sich zu tragen. Es kam ihr zunächst unheimlich vor, zeitverloren dem Meer zu lauschen. So unheimlich, wie das stille tiefe Wasser selbst. Nur zwei Wochen später nahm die Akademie sie schließlich endgültig als Wasserfühlige mit einer festlichen Zeremonie im Innenhof auf und sie erhielt den weiteren Unterricht, der sich auf ihr Talent abstimmte. Von da an lichteten sich auch die Reihen der Schüler ihres restlichen Jahrgangs. Von den Baumfühligen blieben fast alle, während von den Luftfühligen lediglich zwei Jungen ausschieden. Bei den Erdfühligen blieben alle Mädchen da, was aber nach Sils Empfinden wenig

46

überraschend war. Unter den Wasserfühligen gab es erfahrungsgemäß den stärksten Absprung, und galt, so Frau Weidling, als völlig normal. Neben den richtigen Umgang mit den Levitationsscheiben, des vorzugsweisen Transportmittels der Pioniere im unwegigen Gelände, der Verwendung des „Skarabäus", des levitierenden Schutzanzuges und des „Wurms", standen noch die Steuerung und Flugstunden mit dem Dreibein an. Letzterer diente dazu, möglichst schnell große Distanzen auf der Planetenoberfläche zu überwinden. Hinter der technischen Unterstützung stand eine lange Entwicklung und Erfahrung aus der Besiedlungsgeschichte.

Als die ersten Pioniere auf Proxima B landeten, stellten sie schnell fest, dass sich die von Gaia mitgenommenen Geräte kaum zur Erschließung eigneten. Man verfügte zwar über Brunnen- und Schachtbohrer, doch das Gestein erwies sich als zu hart für das Gestänge. Erst die Verwendung von proxischen Diamanten im Bohrkopf löste das Problem. Als Transporthilfe über unwegiges Gelände für schwere Ausrüstung gab es zu Beginn der Proximamission die auf Gaia entwickelte „Schrecke". Dabei handelte es sich um ein dem Insekt der Stabheuschrecke nachempfundenes Gefährt, mit computergesteuerten Beinen. Ihr Vorteil lag darin, dass deren Gebrauch ohne Straßen auskam. Allerdings eignete sich deren Einsatz auf Proxima nur auf dem flachen Land und dort auch nur in den vegetationslosen Zonen. Sobald es in zerklüftetes Gelände in das Gebirge ging, scheiterte das Gefährt kläglich. Weil schnelle Lösungen gebraucht wurden, sattelten die ersten Pioniere auf die ihnen bekannte Luftkissentechnik um. Doch auch dieser unverhältnismäßig hohe technische Aufwand bediente nicht alle Geländetypen. Daher ersannen die ersten Pioniere wenig später die Levitationstechnik. Auf dieser Grundlage entwickelte sich später auch der Vorläufer des Schutzanzuges der Pioniere, „dem Skarabäus", welcher voll klimatisiert und sich für die Erschließung weiterer Planeten eignete. Seinen Namen bekam er von einem schwarzen Käfer, der sich unter den Insekten durch die Formung einer Kugel hervortat. Die Kugel selbst steht symbolisch für die Gesamtheit aller Möglichkeiten in der endlichen Welt.

Das Dreibein, das scheibenartige Standardgefährt der Pioniere, durchlief einen etwas anderen Entwicklungsstrang. Sein Grundprinzip der Fortbewegung wurde bereits auf Gaia etwa zur Zeit der ersten Mondlandemission entwickelt. Aus wirtschaftlichen Gründen verfolgten die damaligen Entwickler das Projekt nicht weiter und es verschwand wie so viele andere technische Innovationen in der Schublade. Auf Proxima B allerdings erfuhr diese Technik wegen der zerklüfteten Landschaftsstruktur im Inneren der Kontinente eine Renaissance. Schon alleine, weil zu Beginn der Erschließung die Mittel für einen Straßenbau fehlten. Außerdem lies der proxische Tag und die proxische Nacht den Siedlern keine andere Wahl. Wegen der unberechenbaren Witterung schied auch der Einsatz von Flugdrohen oder Helikoptern aus. Sein unschlagbarer Vorteil lag in der kinderleichten Steuerung und in der genau zu regulierenden Geschwindigkeit. Seinen Namen erhielt das Dreibein von seinen drei schmalen Landungsstelzen. Damit setzte man zielsicher und vor allem stabil sogar auf dem unwegigsten Gelände auf. Für den sandigen Untergrund entwickelten die Ingenieure die Netz- oder auch Schirmfüße auf der Unterseite der Landungsstelzen, da sie wie ein Schirm vom Piloten bei der Landung ausgefahren wurden. Die Beherrschung des Dreibeins galt als eine Grundvoraussetzung, um überhaupt an einer Erschließungsmission teilnehmen zu dürfen. Da schon bald das Dreibein zur Standardausrüstung auf Proxima B gehörte, bauten die Pioniere auch kaum mehr Straßen, deren Unterhalt ohnehin einen unverhältnismäßigen Aufwand bedeutete. Man fand befestigte Wege nur in den Siedlungen und zwischen dauerhaft bewohnten Orten, wenn diese nicht allzu weit entfernt auseinander lagen.

Der nun verbliebene Jahrgang versammelte sich weiterhin wie jeden Morgen im Hof. Nun aber zusammen mit den anderen Jahrgängen der Akademie. Gemeinsam hielten ihre Gymnastikübungen ab, um das Wirgefühl zu stärken. Der rituelle Morgenappell diente daneben der Erdung des Geistes und der inneren Konzentration. Eine Verhaltensweise, die auch Sils nunmehrige Kameraden auf Thera einst an der Akademie absolvierten und die sie jeden Morgen weiter im Innenhof von Tell Omega fortführten. Erst jetzt bildeten sich so etwas wie Freundschaften und Cliquen unter den Schülern heraus. Diese Bekanntschaften blieben zwar für sich meist im Jahrgang, doch je älter Sil wurde, umso mehr wuchs ihr Interesse auch an den männlichen Schülern der anderen Jahrgänge. Der einzige Junge ihres Jahrgangs und ihres Talents gab aber nach vier Jahren von sich aus auf, als er selbst in die Pubertät kam und andere Interessen verfolgte. Er erkannte sich selbst nicht mehr mit seiner Wasserfühligkeit und suchte sein Glück auf einer anderen Schule. Sil hörte nach seiner Verabschiedung nie mehr von ihm, obwohl sie ihn sehr schätzen lernte. Ein wasserfühliger Junge wäre nach Sils Meinung ein guter Lebenspartner für sie. Zu gerne hätte sie seine Nähe erfahren, sich vielleicht sogar in einer engeren Beziehung mit ihm eingelassen. Aber es sollte nicht so sein. Die übrigen wasserfühligen Mädchen suchten und pflegten tiefere Freundschaften mit den Baumfühligen und den Luftfühligen. Sils erneuter Versuch in dieser Zeit auch mit den erdfühligen Mädchen in Kontakt zu treten, scheiterte aufgrund ihrer Eigenheiten schon im Ansatz. Sie waren an ihr einfach nicht interessiert und zogen sich wie die Eremiten von den übrigen Schülern zurück.

Je weiter Sil Jahrgangsstufe um Jahrgangsstufe durchschritt, so erlebte sie auch ihre erste Liebe mit einem Luftfühligen, ihren ersten Beischlaf, ihre erste Reise ohne ihre Eltern auf Ceti e zu einem der doch zahlreichen Naturwunder dieses Planeten. In dieser Zeit sah sie Vater und Mutter meist erst abends nach ihrem Schulungstag. So fest sich ihr gefundenes Glück auf der Akademie auch im Zeitpunkt des

Erlebens anfühlte, nach kurzer Zeit verfloss es ohne Halt und versickerte in der Tiefe. Und so kam es gerade bei Wasserfühligen vor, dass sie ihre Freundschaften und Liebesbeziehungen in zeitlichen Intervallen durchtauschten wie ihre täglichen Hemden. Am Ende ihrer Akademiezeit stand Sil in keiner festen Beziehung zu ihren Mitschülern mehr. Ihre Eltern hofften, ihre Tochter bekäme mithilfe ihres Talents eine Beschäftigung zur Erschließung weiterer Brunnen auf den noch unbewohnten Teilen Cetis. Trotz der fast dreihundertjährigen Kolonisierungsgeschichte Cetis gab es noch weite Landstriche, die auf eine Besiedlung warteten. Aber es kam ganz anders. Ein unverhofftes Angebot erreichte Sil, als sie kurz vor dem Abschluss ihrer Akademiezeit stand. Man bot ihr an, mit dem Kryonikei auf den vor gut zwanzig Jahren zuvor durch Sonden erkundeten Planeten Thera zu reisen. Die bereits dort gelandeten Pioniere forderten eine Wasserfühlige als Verstärkung und zur Bohrung weiterer Brunnen an. Es war die Chance für Sil ihr Talent auszuspielen.

Über den neu entdecken Planeten Thera erhielten sie bereits auf der Akademie Unterricht. Der etwa erdgroße Gesteinsplanet umkreiste in einer habitablen Zone sein Zentralgestirn Ivey. Iveys Licht ähnelte dem von Gaia und sonderte UVB-Strahlung ab. Allerdings war seine Strahlkraft einen Tick heller. Dass Thera sich relativ stabil in seiner Umlaufbahn zu Ivey hielt und nicht taumelte, verdankte er seinem Mond Coco, welcher relativ nahe und mit großer Geschwindigkeit um Thera kreiste. Thera selbst drehte sich in etwa 23 gaianische Stunden um die eigene Achse, was schon den Hinweis gab, dass er etwas älter als Gaia war. Einen ausgeprägten aktiven Vulkanismus fanden die Erkundungssonden nicht, jedoch verfügte Thera über ein eigenes Magnetfeld. Man schloss daher darauf, dass in seinem Inneren flüssiges Gestein zirkulierte. Oberflächlich bestand Thera überwiegend aus einer feinkörnigen Sandwüste mit erloschenen Vulkankratern. Daneben verfügte er über unterirdische Wasservorkommen, die nur auf ihre Erschließung mit dem Wurm warteten. Durch eine gezielte Bewässerung und dank seines Mineralstoffreichtums ließ sich auf dem Planeten eine durchaus ansehnliche Kolonie errichten.

Daher schickte die Cetiregierung vor gut acht Jahren ein Antimaterieschiff aus, das Thera etwa ein Lichtjahr später erreichte. Der Antimaterieantrieb galt noch immer als die schnellste Form des Reisens durch den Raum, war aber wegen der aufwendigen Treibstoffgewinnung, der Antimaterie sehr teuer. An Bord führte das Schiff alles mit sich, was zur Ersterschließung Theras durch die Pioniere gebraucht wurde. Die Crew setzte im Orbit vor ihrer Landung auf Thera den Mutterwirbel für die Reisen mit dem Kryonikei und der Frachtentgegennahme durch Versorgungskapseln aus. Dann trat ihr Schiff in die therische Atmosphäre ein und steuerte zur Errichtung ihrer künftigen Basis einen weitläufigen Krater an. Auf einer Anhöhe über der Senke im Krater landeten sie ihr Schiff und zerlegten es. Mit seinen Bauteilen schufen sie ihre erste Siedlungsanlage Tell Omega und legten in seiner Nähe die ersten Brunnen und Gewächshäuser auf der Oberfläche an.

Die ersten Pioniere glaubten an der Landungsstelle genügend Wasser zur Versorgung ihrer Ausgangsbasis vorzufinden, doch es tauchten schon bald die ersten Probleme mit der stetigen Wasserversorgung auf. Aus diesem Grund schickte ihr Leiter William Booty eine Nachricht von Thera nach Ceti e. Darin bat er um eine Wasserfühlige zur Teamverstärkung. Eine solche, wie Sil nun eine war. Die Cetiregierung sagte seiner Bitte mit einer kurzen Nachricht zu und suchte nun eine freiwillige Person, die den Pionieren dort bei der Erschließung half. Sil fühlte, dass das ihre Chance schlechthin wäre. Ohne lange zu überlegen, meldete sie ihr Interesse an der Reise mit dem Kryonikei nach Thera an. Der zweitschnellsten Form des Reisens durch das All. Der künftige Raumfahrer wurde dafür zuerst auf eine spezielle Diät gesetzt, die die Verdauungsorgane auf eine fast zweijährige Stilllegung vorbereitete. Vor der Abreise, oder eigentlich dem Abschuss, wie es in der Fachsprache hieß, rasierte man ihr den Kopf kahl und schnitt ihr die Nägel zurück. Es tat ihr weh, für die Reise ihre Haartracht opfern zu müssen, aber das gab sich von selbst wieder. Denn während des Fluges durch den ewigen Raum sprossen die Haare ohnehin wieder nach. Wenn sie aus dem Ei schlüpfte, müsste man sie sowieso wieder frisieren. Der Körper selbst hielt sich mit Hilfe von Medikamenten während der Reise auf Sparflamme. Der Schmerzen und der körperlichen Bedürfnisse betäubt legte das Raumpersonal den Reisenden in das Kryonikgel ein. Anschließend ummantelte sie das Gel mit der Hülle des Kryonikeis und schob es in das Abschusssilo zu dem Mutterwirbel im Orbit.

Aus ihrem bisherigen Leben nahm Sil wegen des mangelnden Platzes fast gar nichts mit. Lediglich ihre persönlichen Daten, Musikvorlieben und Bilder speicherten sich im Bordcomputer des Eis. Stimmenaufzeichnungen ihrer Eltern, Freunde und die Glückwünsche und Danksagung der Cetiregierung. Um ihren Hals begleitete sie jenes Medaillon, das ihr einst der Gärtner in der Wüste schenkte und mit dem ihre Bestimmung ihren Anfang nahm. Botschaften zwischen Ceti e und Thera auszutauschen, gestaltete sich angesichts der Distanz als schwierig. Dennoch wollte Sil den Kontakt zu ihren Eltern halten. Auch wenn ihre Sendungen fast zwei Jahre durch den Raum in einer Richtung unterwegs waren.

Für ihre Eltern bedeutete ihr Aufbruch nach Thera einen tiefen Schmerz. Sie waren zwar stolz über den Mut und der Entschlossenheit ihrer Tochter, aber sie verloren auf einem weit entfernten Planeten zu wissen, behagte ihnen gar nicht. Zu gerne hätten sie Enkelkinder gehabt. Zu gerne hätten sie ihrer Tochter beim weiteren Wachsen und Werden zugesehen. Und nun hielt sie wahrscheinlich nicht mehr an ihrem Totenbett die Hand. Den Tag ihres bewussten Abschieds von Ceti e vergaß Sil nie. Die letzte Umarmung mit den ihr liebsten Personen, den letzten Gruß, ihre letzten Blicke. Zuletzt befüllte Sil ihr Medaillon mit cetischer Erde und sah tief bewegt dem Sonnenuntergang Tau Cetis zu. Als Erinnerung an den Ort ihrer Geburt. In der beginnenden Nacht bereitete man sie im Abschusscenter auf das Verlassen des trauten Planeten vor. Noch nie fühlte sich Sil so sehr mit Ceti e verbunden wie in diesem Moment. Ihr schien es, als hielt sie dieser Ort fest. Das Bedürfnis, nach Gründen zu suchen, eben nicht die Reise durch den Raum anzutreten, überkam ihr im letzten Moment. Doch ehe sie vielleicht in Zweifel geriet und absprang, wirkte schon die Betäubung, die ihren Körper in den Kryonikmodus brachte. Sie fühlte von da an nichts mehr. So bekam sie weder ihre Einlassung in das Isoliergel ihres Kryonikeis noch den Abschussvorgang selbst mit. Sie vertraute sich gänzlich der Steuerung des Bordcomputers an, der nach dem Abschuss aus einem unterirdischen Silo den Mutterwirbel von Ceti e im Orbit ansteuerte. Dort dockte ihr Kryonikei an, um später zielgenau nach Thera in günstiger Ausgangsposition mit Zentrifugalkraft geschleudert zu werden. Die Geschwindigkeit, die das Ei auf seiner Reise durch den Raum erreichte, lag nahe dem des Lichts. Natürlich gab es unterwegs auch unkalkulierbare Risiken, wie Asteroiden, die ihre Flugbahn kreuzten. Aber da die Ankunftsquote einer Reisenden bei nahezu 96 % lag, galt das Reisen mit dem Kryonikei als wesentlich sicherer als mit einem Antimaterieschiff, das sogar bei einer leichten Erschütterung von Außen aufgrund des sensiblen Kraftstoffes zu explodieren drohte. Während der Reise ermöglichten immerhin Steuerungsdüsen eine Korrektur der Flugbahn. Im interstellaren Raum setzte das Antimaterieschiff bereits bei seiner Anreise nach Thera sogenannte Peilbojen aus, welche in den ersten Jahren die Steuerung der Kryonikeier zum Ziel erleichterte. Sie dienten dem Bordcomputer als Orientierung und galten als Wegmarken.

Vega erwartete mit seinem Vater William auf der großen Salzebene sehnlichst ihren Neuzugang auf Thera. Mit großer Freude fing sein Blick das Kryonikei ein, das aus dem stahlgrauen Blau des Himmels auftauchte. Am Anfang erfasste der digitale Feldstecher nur einen kleinen Punkt. Durch den rotweißen Fallschirm abgebremst, segelte die Kapsel langsam zu ihnen herab. Sie wirkte wie das Windschirmchen einer Pusteblume. Seit William vor gut vier gaianischen Jahren die Wasserfühlige nach ihrer Landung auf Thera anforderte, brachten die Pioniere inzwischen im Rahmen ihrer Möglichkeiten Erstaunliches zuwege. Sie bauten ihre Station Tell Omega für weitere Siedler aus, bohrten vereinzelt Brunnen in der Wüste und versuchten an diesen Stellen erste Wälder anzulegen.
Mit wachsamen Augen verfolgte Vega alsbald ohne Feldstecher mit seinem Vater den Landungsflug des nun gut sichtbaren Kryonikeis. Der Ort, an dem sie Sil erwarteten, glänzte zu dieser Stunde im strahlenden Weiß der therischen Sonne, welche die Pioniere auf den Namen Ivey tauften. Der strenge Wind, der an diesem hellen Tag über die triste Einöde pfiff, nahm etwas von dem stark verkrusteten Salz auf, was die Luft leicht danach schmecken ließ. Es tat den Atemwegen gut.

Vom All aus gesehen, wirkte Thera zunächst wie eine leblose Wüste. Aber das täuschte. Schon bald erkannten die Sonden bei ihrer Erkundung vor gut zwanzig Jahren, dass der Planet über eine Atmosphäre mit atembarer Luft verfügte. Auch wenn da noch nicht klar war, woher sie eigentlich kam, bezeichneten es die Forscher als einen Glücksfall. Nach einer intensiven Bodenanalyse durch verschiedene Röntgenspektroskope der Satelliten stellte sich heraus, dass der Boden Theras vor Mineralien nur so strotzte. Sie schlossen draus, dass dort angepflanzte Bäume, Sträucher, Farne oder Gräser bei gezielter Bewässerung des Untergrundes perfekt gediehen. Außerdem lag der Planet Thera in der habitablen Zone von Ivey. Also in ausreichendem Abstand, wo es flüssiges Wasser geben dürfte.

Als die Erkundungssonden auch auf ihrer Tour über die Oberfläche später an den seichten Meeren ankamen und das dort aufgefundene Wasser analysierten, gab es keinen Zweifel mehr. Dieser Planet trug eindeutig lebensfreundliche Bedingungen für eine Ansiedlung. Erst jetzt schickte die Weltraumforschung Cetis weitere Sonden und Satelliten aus, die Thera peinlichst genau abscannten und die Oberfläche tiefgehender analysierten. Auch prüften sie das Vorhandensein von außerirdischen Lebensformen, wie Bakterien, Viren, Amöben oder anderen Einzellern im Wasser und in den tieferen Bodenschichten. Sie fanden tatsächlich Mikroben, die sich nach Einschätzung und Erfahrungen mit den bisher besiedelten Himmelskörpern als ungefährlich für die künftigen Siedler herausstellten. Je mehr Informationen sie über Thera zusammentrugen und je mehr sie in die Beschaffenheit des Planeten eindrangen, stellte sich die Frage nach der Ausrüstung einer Pioniersmission mit einem Antimaterieschiff.

Vor etwa acht gaianischen Jahren fasste die damalige Cetiregierung ihren Entschluss, einen Pioniertrupp nach Thera zu schicken. Ihre Wahl des Missionsleiters fiel auf den Baumfühligen William Booty mit seinem Sohn Vega, dem Luftfühligen Decius Ortega und der Erdfühligen Kyle Arabella. Heute, nach etwa sieben Jahren ihrer Landung mit dem Antimaterieschiff, standen William und Vega mit einer Levischeibe, ihrem Dreibein und einem Vorschlaghammer am vermuteten Landungsort Sils bereit. Sie konnten es kaum erwarten, ihre „Lieferung" aus dem All entgegenzunehmen. Der Mutterwirbel im Orbit Theras informierte die Pioniere zuvor mit einem Signal von ihrem bevorstehenden Abwurf zur Oberfläche.

In Vegas junges Gesicht mischte sich freudige Erwartung. Er fuhr sichtlich angespannt durch seine langen lockigen Haare und hoffte innerlich, dass Sil ihre Reise unbeschadet überstand. Ähnlich wie sein Vater, ließ er sich einen angesetzten Bart wachsen, den er regelmäßig mit einem groben Haarschneider zurechtstutzte. Da es mit der Wasserversorgung für eine gründliche Bartpflege auf Thera nicht so gut wie auf Ceti e bestellt war, begnügten sich die männlichen Pioniere mit einer groben Rasur. Seit Vega mit seinem Vater auf Thera landete und die Besiedlungsbasis „Tell Omega", installierte, käme endlich wieder ein neues Gesicht in ihre Gemeinschaft. Nicht, dass Vega Thera an sich als langweilig empfand. Schon bald nach der Landung ihres Schiffes und der ersten Inaugenscheinnahme der näheren Umgebung schätzte sein Vater den Wert des Bodens für seine Arbeit ein. Nach ein paar Bodenproben erkannte er schnell, dass sich der Untergrund in der Nähe der Basis perfekt für die Errichtung der Aufzuchtstationen zur Versorgung der Pioniere eignete. Auch Decius hielt den Standort für sehr geeignet, da der strenge Wind, der ansonsten über Theras Oberfläche blies, sich durch den Kraterrand, abbremste. Im Untergrund gab es zudem eine Wasserstelle, die Kyle mit dem Wurm zu einer Zisterne erweiterte. William entging Vegas Freude über den erwarteten Neuzugang in diesem Moment nicht. Er erfühlte sie regelrecht und nahm innerlich Anteil daran. Über sein faltiges, von der therischen Sonne gegerbtes Gesicht huschte ein gönnerhaftes Lächeln.

„Schau", schwärmte er glücklich und deutete zu dem bunten Fallschirm des Kryonikeis in den Himmel hinauf. „Sie fällt wie ein Samen, den ein Bauer über das Feld ausbringt. Ein schöner Anblick."

William besuchte nie eine Akademie, obwohl er einst auf Ceti e die Baumfühlgen auf der Akademie in der Plantagenwirtschaft unterwies. Sil lernte ihn schon nicht mehr persönlich kennen, wusste aber aus der Vorbereitung ihrer Mission von seinem Werdegang an der Schule. Im Mediatorenkreis schätzten sie vor allem seine langjährige Erfahrung, die er perfekt mit seiner Hingabe zu den Gewächsen verband.

„Lediglich das Talent eines Baumfühligen kann auf die nächste Generation vererbt werden", erklärte einst Frau Weidling, auf Sils Frage, warum es ausgerechnet mehr Baumfühlige als andere Fühlige gab. Da sie selbst in der Wüste mit den Baumfühligen aufgrund ihrer Wassersuche eine nähere Bekanntschaft schloss, erahnte Sil, wie sich deren Begabung auf ihren Geist auswirkte.

Baumfühlige, oder auch die Pflanzenfühligen, wussten nicht nur vom Wert des Wassers, vom Wert des Bodens an sich, sondern auch vom beseelten Geist der Gewächse, die sie kultivierten. Sie betrachteten sie nicht als Gegenstände oder willfährige Diener, die mit ihren Früchten zur Versorgung dienten. Sie wussten instinktiv, wo und wie sie ihre Wälder anlegen mussten, um ein lebensfreundliches Mikroklima selbst in einer so trostlosen Gegend wie Thera zu erschaffen. Im Gegensatz zu seinem Vater kam Vega erst auf Ceti e zur Welt. Direkt nach der Landung seiner Eltern, als sie vor gut zwanzig Jahren von Proxima B nach Ceti e kamen. Einem Ort, den Sil nur von den Erzählungen und Bildern kannte, die man auf der Akademie im Rahmen der Planetologie unterrichtete. William aber sah bereits auf Gaia das erste Licht seines Lebens. Er kannte noch das gaianische Licht der Sonne, die die Pioniere später nur Sol 1 tauften.

53

Gaia war zu diesem Zeitpunkt bereits ein sterbender Planet. Eine Erdfühlige wie Kyle verglich den damaligen Zustand Gaias mit der sinnbildlichen Darstellung, einer dünnen ausgemergelten Frau mit lappenartigen Brüsten. Ausgesaugt und leer. Von Gaia kommend gründeten die ersten Kolonisten vor gut neunhundert gaianischen Jahren ihre erste Kolonie auf Proxima B und züchteten dort jene Vorfahren der Bäume heran, deren Nachfahren sie nun auch im trockenen Klima Theras ausbrachten. Aufgrund des abwechslungsreichen Klimas auf Ceti e verstreute die Cetiverwaltung über den ganzen Planeten ihre Zuchtanlagen für Grünpflanzen, um sie für die jeweilige Besiedung von neuen Planeten anzupassen. William galt als der Experte auf diesem Gebiet. Daher vertraute man ihm die Leitung der Erschließung Theras an.

Vor dem Beginn ihrer Reise machte sich Sil ebenfalls mit den Werdegängen ihrer zwei weiteren Begleiter Decius, dem Luftfühligen und Kyle der Erdfühligen vertraut. Sie hörte von Decius, dass er als kleiner Junge in einen heftigen Wirbelsturm geriet und seine unheimlichen Kräfte nur um haaresbreite überlebte. Decius besaß einen Blick für den Himmel und wusste seine Zeichen zu deuten. Seine Aufgabe auf Thera verknüpfte sich eng mit der ihren. Es ging darum, den Wasserkreislauf zwischen Himmel und Erde wieder in Gang zu setzen, zu der die Verdunstung, die Wolkenbildung und deren Abregnen über dem Land dazu gehörte. Über die spezielle Ausbildung der Luftfühligen wusste Sil nicht viel. Immerhin soviel, dass sie mit etwas arbeiteten, was sie einen Wolkenbrecher nannten. Um ihn zu betreiben, brauchten die Luftfühligen allerdings fließendes Wasser. Vielleicht war dies ein Grund, weshalb sie Sil für Thera anforderten.

Kyles Werdegang hingegen hinterlies in Sil mehrere Fragen als Antworten. Schon alleine, weil die Erdfühligen ein eigenes Vokabular gebrauchten, um Begebenheiten des Bodens zu beschreiben. Für Außenstehende hörte sich die Fachsprache der Erdfühligen wie eine Fremdsprache an. Zugegeben, Erdfühlige legten auch keinen sonderlichen Wert darauf, dass man ihnen auch geistig folgte. Immerhin erfuhr sie im Archiv von Ceti e, wie Kyle von ihrer einzigartigen Gabe der Erdfühligkeit regelrecht vereinnahmt wurde. Sie besuchte die Akademie auf Ceti e nur wenige Jahre vor ihrer Reise nach Thera und wuchs hauptsächlich im Hochgebirge auf. Dabei durchstreunte die kletterfreudige Erdfühlige enge Schluchten und drang in tiefe Höhlensysteme ein, ohne auch nur so etwas wie Furcht zu zeigen. Ähnlich wie sie, wandte sie sich fasziniert der Natur zu, nahm zur Analyse, wie sie es nannte, sogar Erde oder Kiesel in den Mund. Erst als sie einmal in einer Höhle verschüttet und man sie auf abenteuerliche Weise durch einen engen gebohrten Schacht wieder ans Tageslicht holte, verbrachten ihre Eltern sie auf die Akademie. Im Gegensatz zu Sil besaß Kyle daher weder Platzangst noch eine Höhenphobie. Sie scheute sich nicht davor auch in die finstersten Löcher hineinzukriechen, selbst wenn es sich um Sackgassen handelte. Kyles Tätigkeit auf Thera bestand in der Erforschung und der

54

Erfassung der vorhandenen Rohstoffe. Dazu drang sie in die dort vorhandenen Höhlensysteme ein, analysierte die aufgefundenen Mineralien und vermerkte sie in den digitalen Karten. Sil erfuhr erst kurz vor ihrem Abflug, dass Kyle auf Thera ihren Sohn Apollo zur Welt brachte. Den ersten Therianer. Wenn sie nach gut zwei Lichtjahren Weltraumreise auf Thera ankam, lief er bereits umher und brabbelte die ersten Sätze.

Der Cetiregierung war es wichtig, dass sich die Mitglieder des Teams untereinander gut verstanden. Die Pioniere mussten sich bedingungslos aufeinander verlassen. Auf Thera gab es kein Gesetz, keine Richter oder eine andere höhere Instanz, die für eine schnelle Entscheidung angerufen werden könnte. Sie hatten nur sich selbst. Die psychische Belastung der Pioniere durfte bei diesen riskanten Projekten ohnehin nicht unterschätzt werden. Nicht selten kam es vor, dass manche Pioniere Selbstmord begingen, weil sie mit der entfremdeten und isolierten Situation nicht klarkamen. Gerade bei den Fühligen handelte es sich um sehr sensible Personen, die unter Einsamkeiten durchaus litten, selbst wenn sie es bevorzugten alleine zu arbeiten. Ihre außergewöhnlichen Talente aber halfen ihnen, gerade bei so einem wüstenhaften Planeten, wie es Thera war, das Leben auf ihn zu bringen.

Es war ja nicht so, dass Sil nicht wusste, was während des „Schlüpfens" aus dem Kryonikei um sie herumpassierte. Auf diesen Moment und ihre Aufgabe während der Prozedur bildete man sie jahrelang auf der Akademie aus. Das Versetzen ihres Körpers in den Tiefschlaf sowie das Einlegen in das Kryonikgel und der Ummantelung mit der Eihülle bekam sie ohnehin nicht bewusst mit. Auf ihre wenigen Körperregungen, die sie zu tun hatte, wenn sie auf Thera eintraf, kam es an. Sehen konnte sie sowieso nichts, da ihre Augen erst einmal förmlich auftauen mussten. Sil nahm selbst beim Auftreffen der Kapsel auf dem therischen Boden noch immer tiefe Dunkelheit wahr. Sie selbst spürte den Moment der Landung mit einer leichten Erschütterung. Ein leises Knacksen der Eihülle drang durch das Gel immerhin bis zu ihren Ohren. Dem folgten weitere kleinere Erschütterungen. Offenbar kullerte ihr Ei ein Stück vom Aufschlagsort weg. Dieser holpernde Ton verriet ihr, dass sie ihr Ziel erreichte und erst recht als sie, wie erlöst dumpf die aufgeregten Stimmen der Pioniere von außen hörte. Die immer lauter werdenden Wortwechsel näherten sich ihr zügig. Es hieß, dass sie auf sie zuliefen. Noch vermochten ihre Ohren deren Aussagen nicht aufzulösen, aber sie klangen im Tonfall erleichtert. Ja freudig. Schon bald erzitterte das Ei von kräftigen Hieben, die unzweifelhaft von den Personen außerhalb kamen. Zu gerne hätte Sil ihnen dabei geholfen, sie aus dem Ei zu befreien, aber das kühle Gel und ihre Fixierung darin verhinderte dies. Doch die Außenstehenden schienen gut bei ihrer Arbeit voranzukommen, denn alsbald nahm Sil eine leichte Rötung durch ihre geschlossenen Augenlieder wahr und sie hörte offenbar, wie bereits Gel aus dem Ei flutschte. Auch spürte sie eine Hand, die in dem Gel nach ihrem Körper griff. Ein

Arm bekam sie an ihrem linken Bein zu fassen. Er zog daran, während offenbar eine andere Hand ihre aufgesprungene Eischale festhielt. Von dem kräftigen Zug bewegte sich ihr Leib durch das Gel. Die Rötung auf ihren Augenlidern nahm mehr und mehr zu. Sie wurde schneller, bis es einen kurzen Zug gab und sie offenbar ins Freie geriet. Es fühlte sich ähnlich an, wie einst der starke Arm ihres Vaters, als er sie aus dem kalten Gebirgsbach angelte. Hinaus ins Licht. Hinaus ins Leben. In die warme Luft der therischen Wüste hinein. Hinaus in den grellen Sonneschein Iveys, dessen wärmende Strahlen nun die Weltraumreisende willkommen hieß. Die konservierende Kühle des Gels wich in ihrem Schein schneller. Sil konnte zwar noch immer nicht ihre Augen öffnen aber sie fühlte die Sonne Theras auf sie einstrahlen und übergab sich prompt als erste Aktion auf ihrer neuen Heimat. Eine völlig normale Reaktion und ihre auf der Akademie beigebrachte Handlung nach der Reise mit dem Ei. Ähnlich einem Baby bei der Geburt öffneten sich in diesem Moment ihre Lungenflügel und es drang zum ersten Mal therische Luft bis zu ihren Lungenbläschen vor. Während des kryonischen Tiefschlafs reduzierte und ersetzte sich ihre Atemfunktion soweit, dass organische Schäden ausblieben. Mit diesem Prozess presste sich das letzte Wasser heraus, dass sich in ihren Atemorgan während der Reise ansammelte.

„So, das war es", drangen ihr als erste wahrnehmbare Worte auf Thera hörbar ins Ohr. Wer da sprach, wusste Sil noch nicht einzuordnen. Sie musste sich ohnehin in dieser kritischen Phase des Schlüpfens völlig auf die Pioniere verlassen. Als frisch Geschlüpfte war sie praktisch sehr verletzlich und vor allem wahrnehmungslos. Geräusche drangen nur gedämpft zu ihr durch. Geschweige denn, dass sie riechen, schmecken oder gar etwas sah. Sogar der Tastsinn ihrer Haut wirkte wie eingefroren.

„Willkommen auf Thera", dämmerte es weiter durch Sils Ohren. Diese Stimme gehörte eindeutig zu William, dem Leiter ihrer Expedition, denn sie hörte sich wesentlich reifer, als die seines Begleiters an.

„Geht es dir soweit gut?", fragte er sie besorgt. Sil musste ihm nicht einen Laut geben. Das wäre ihr auch in dem Zustand gar nicht möglich, denn ihre Stimmbänder litten in Folge der starken Abkühlung. William legte ihr für die Antwort seinen Zeigefinger an die Handflächen. Sie drückte seinen Finger, so gut es ihre Verfassung zuließ. William verstand ihre Antwort.

„Das freut mich", antwortete William beruhigend. Er sprach langsam und deutlich, damit Sils Nerven sich nicht übererregten. „Bleib eine Weile in der Sonne sitzen. Sie wird dir helfen, dich rasch zu erholen."

Dann zog er ihr eine Sonnenbinde über die Augen. Es diente ihrem Schutz. Gerade nach einer Reise mit dem Kryonikei tat das intensivere Licht Iveys ihr nicht gut. Sollte es doch einen Spalt geben, dass die therische Sonne bis zu ihren Pupillen brachte, verursachte ihr das nur einen unnötigen Schmerz. Sil spürte ihre verfilzten

Haare an ihrem Körper liegen. Das glitschige Gel seifte sie so stark ein, dass sie sich an ihren Neutronenschutzanzug anpressten. Während des Fluges wuchsen sie deutlich und fühlten sich bereits jetzt länger als vor ihrer Schur bei ihrer Abreise an. „Vega. Was gibt es Neues aus Ceti e?", fragte er seinen Sohn dabei.

Offenbar las er gerade den Bordspeicher des Kryonikeis aus und übertrug die mitgebrachten Daten in ihren Speicher.

„Vater, es sind mehrere Kurzmemos angekommen. Die Cetiverwaltung schickt uns liebe Grüße und wünscht uns viel Erfolg für unsere Mission. Wir sollen ihnen mitteilen, wenn sie nach weiteren Siedlern Ausschau halten können. Bis eine Nachricht bei ihnen ankommt, dauert es fast zwei gaianische Jahre. Sie danken uns für unsere Arbeit und kümmert sich wie von uns gewünscht, um Mutters Grab. Schau, sie haben uns sogar ein Bild davon geschickt."

Leider nahm Sil nicht wahr, was Vega da seinem Vater zeigte, doch an seinen Atemzügen und seiner Gefühlsregung erkannte sie, dass es ihn versöhnlich stimmte. Es wurde verdächtig still. Sil fühlte dennoch in der absoluten Dunkelheit, dass William das gezeigte Bild sehr nahe ging.

„Wie schön sie doch blühen", sagte er schließlich. „Den Proximalilien gefällt es dort. Sie kümmern sich gut um sie, wie ich sehen kann. Wegen der anderen Daten, die wir noch anforderten, werden wir sehen, ob es uns bei unserem Wasserproblem weiter hilft", antwortete er seinem Sohn. Vegas Stimme erklang hingegen deutlich jünger und vor allem klarer. Sil vermutete daher, dass Vega etwa in ihrem Alter war. „Decius und Kyle sind gerade im Feld, aber sie werden heute Abend zu uns stoßen und dich auch willkommen heißen", wandte sich William wieder aufmerksam an Sil, was Sils Annahme bestätigte. Sein Tonfall klang wiederum versöhnlich und beruhigend. Jetzt wandte er sich wieder an seinen Sohn: „Vega. Pass gut auf. Sil ist jetzt sehr verletzlich. Wir dürfen sie nicht mit zu starken Reizen überfluten. Vor allem keine lauten Geräusche machen und sie keinem intensiven Licht aussetzen. Sie braucht viel Ruhe. Sil wird eine Zeitlang nicht auf die Beine kommen und braucht unsere Hilfe. Schiebe den Levi vor sie, damit wir sie daraufsetzen können."

Fast lautlos näherte sich Sil die levitierende Transportscheibe der Pioniere. Sie spürte allenfalls einen leichten Luftzug des Gefährts, der von der Unterseite der Scheibe kam. Zahlreiche Gerätschaften der Pioniere, wie auch der Levi, benutzten bis auf eine Ausnahme, die Implosionstechnik. Mit dem Levi transportierten die Pioniere, Gegenstände in Bodennähe und über weite Entfernungen hinweg. Man überwand mit den praktischen Scheiben ganze Gebirgszüge. Auf Ceti e bildete die Akademie die Pioniere sowohl im Umgang mit der Implosionstechnik und der Levitationstechnik aus, da sie als das Rückrad ihrer gesamten Arbeit galten. Obwohl sich Sil weiterhin bemühte ihre Augen zu öffnen, spielten ihre Lider nicht mit. Sie waren einfach zu ermattet und fühlten sich wie eingefroren an. Selbst wenn es ihr gelungen wäre, sie anzuheben, sah sie durch die Sonnenbinde nicht, wie sich die

Transportscheibe durch Gestensteuerung der Baumfühligen zu ihr leitete. Vega und William griffen Sil unter die Arme und hoben sie mit einem Ruck an. Dann setzten sie sie in der Hockstellung auf die Scheibe. Zusammengezogen und in sich gekauert, wie der Embryo im Mutterleib. So transportierten Vega und William sie über den salzigen Wüstenboden. Immerhin gelang es Sil aufgrund der Helligkeit zu erahnen, wo genau sich die Sonne Ivey über ihr befand. Trotz der Sonnenbinde schafften es ihre Strahlen, wenn auch stark gedämpft bis zu ihren Augen hindurch. Sie stand fast aufrecht. Also landete ihr Kryonikei in der Nähe des Äquators zur Mittagszeit.

„Du kommst genau richtig", beruhigte sie William mit sanften Worten. „Kyle fand einen unterirdischen Wasserkanal im seichten Meer. Erst wenn du wieder bei Kräften bist, wirst du ihn dir ansehen. In den nächsten Tagen absolvierst du zuerst ein Aufbautraining, damit deine Muskeln wieder in Schwung kommen. Wir bringen dich jetzt nach Tell Omega und passen auf dich auf. Deine Reise ist bald zu Ende. Du bist in Sicherheit. Alles wird gut."

Auch auf Ceti e gab es einen Ort mit dem gleichen Namensanfang wie Tell Omega. Nämlich Tell Epsilon. Doch dieser Ort büßte seine Bedeutung schon lange ein. Ein Museum erinnerte die Einwohner von Ceti e an ihre eigene Pionierzeit, die schon gut gerne über dreihundert gaianische Jahre zurücklag. Wie heute auf Thera reisten damals aus Centauri Proxima B kommend die ersten Weltraumpioniere mit dem Antimaterieschiff und ihrem Startmaterial an. Sie errichteten ihre Basis auf einer Bergkuppe über einer Senke, da auf Ceti e wegen seines Oberflächenwassers durchaus mit Überschwemmungen zu rechnen war. Von dort aus entwickelten und besiedelten die Ankömmlinge den doch sehr gaiaähnlichen Planeten. Im Gegensatz zu Proxima B dauerte ein cetisches Jahr anstatt 11 Gaiatage, nun 186 Gaiatage. Außerdem rotierte Ceti e um die eigene Achse, weshalb es zu einem wechselhaften Tag und Nachtzyklus kam. In dem Museum wurde gezeigt, wie die ersten Pioniere auf Ceti e lebten. Wie sie arbeiteten und wie sie ihre Nahrung und Rohstoffe gewannen. Auch eine Schule aus den Pioniertagen der ersten Generationen konnte dort besichtigt werden. Irgendwann aber war Tell Epsilon auf Ceti e zu klein und die Schwerpunkte verlagerten sich in die neu gegründeten Städte und Siedlungen im Umland. Diesem Ort erging es letztlich wie Gaia selbst. Irgendwann verlor sich seine Bedeutung in der Zeit. Nur der Namensbestandteil Tell blieb als Erinnerung daran erhalten.

„Hört sie uns schon?", fragte Vega seinen Vater nach einer Weile.

„Sicher", antwortete William. „Es wird eine Weile dauern, bis sie wieder genug Kraft hat, sich ohne unsere Hilfe zu bewegen. Das Auftauen selbst dauert schon ein paar Stunden an. Heute Abend könnte sie vielleicht schon ihre Augenlider anheben und etwas sehen. Wir legen sie inzwischen in den Brutkasten des Dreibeins, damit ihre Glieder schneller wieder an Wärme kommen."

„Wann wird sie zu uns sprechen können?"

„Das wird noch dauern. Hab Geduld, mein Junge. Das Kryonikgel friert alles ein. Sogar die Stimmbänder. Sie ist im Augenblick sehr schwach. Aber ihre Reise scheint ohne Schwierigkeiten verlaufen zu sein. Nicht immer kommen bestellte Eier an ihr Ziel. Wenn wir in Tell Omega ankommen, schließen wir sie sofort an die Wassersonde an, damit sie uns nicht austrocknet. Es wird eine Weile dauern, bis sie ohne unsere Hilfe selbstständig trinken kann."

„Ich verstehe."

William wandte sich wieder beruhigend an Sil.

„Vega kann es kaum erwarten, dir Thera zu zeigen. Verzeih ihm seine Ungeduld. Wir alle sind so froh, dass du hier bist und die Reise durch das All gut überstanden hast. Du brauchst erst einmal viel Ruhe."

Sil sah nicht, wie sie auf dem Levi über die große Salzebene von Thera schwebte. Ähnlich eines Surfbretts entlang der steilen Wellenberge, glitt die Plattform in Bodennähe lautlos dahin. Von dem trostlosen Landungsort und seiner schieren Weite bekam die frisch Geschlüpfte ohnehin nichts mit. Weder schmeckte Sil den leicht beißenden Salzgeruch, noch hörte sie das leise Knacken der Schuhe ihrer Begleiter auf der ausgetrockneten Salzkruste. Tagsüber erwärmte sich die Salzebene so stark, dass die Luft über ihr ins Flirren geriet. In der Ferne zeigten sich Luftspiegelungen und es wirkte, als gäbe es in dieser kahlen Ebene einen See. In der Nacht aber sank das Thermometer hier schon bis unter null Grad herab. William und Vega machten diese krassen Temperaturunterschiede nichts aus, da sie den „Skarabäus" an ihrem Leibe trugen. Dieser abgestimmte Schutzanzug, den die Ingenieure auf Ceti e speziell auf die Erschließung Theras abstimmten, leistete gerade in der Salzwüste gute Dienste. Auf der Akademie lehrte man Sil den Umgang mit dieser Funktionskleidung und dass er mehr als nur ein schlichtes Textil war. Er erhöhte ihre Überlebenschance, falls sie im Feld, so wie die Pioniere ihre Tätigkeitsstätte nannten, auf lebensbedrohliche Schwierigkeiten stießen. Ein jeder übte auf der Akademie auf Ceti e regelmäßig mit dem Skarabäus das sogenannte Falltraining. Es bestand darin hinzufallen, ohne den Reflex des Aufstützens mit den Händen oder den Fußsohlen zu vollziehen. Denn aufgrund der levitierenden Oberfläche des Skarabäus bremste sich der Sturz mit ihm kurz vor dem Auftreffen auf die Oberfläche ab und verhinderte dadurch gefährliche Knochenbrüche. So war es möglich, sich aus großen Höhen fallen zu lassen, ohne sich ernsthaft beim Auftreffen zu verletzen. Bei William und Vega verhinderte der Anzug in diesem Moment ihr Austrocknen in der Salzebene, während Sil noch die Wärme Iveys brauchte, um sich möglichst rasch im Klima von Thera einzufinden. Nachts verhinderte der Skarabäus eine zu starke Auskühlung seines Trägers, während er tagsüber vor der Überhitzung seinen Leib schützte. Zudem verfügte er über eine Sprungfunktion, um breite Felsspalten oder hohe Vorsprünge zu überwinden. Außerdem besaß er einen Sauerstofftank, der 24 gaianische Stunden Atemluft lieferte, falls sich sein Träger unter Geröll verschüttete. Sil selbst saß noch in ihrer

Raumkleidung auf dem Levi. Jener dünne Stoff eignete sich am Besten für die Reise durch das All, da er vor allem die Weltraumstrahlung absorbierte. Hier aber auf Thera nutzte er ihr wenig. Er verhinderte immerhin einen Sonnenbrand Iveys auf ihrer von der Reise ausgeblichenen Haut.

William und Vega lenkten Sils Levischeibe zu ihrem Dreibein, das in einiger Entfernung zu ihrem Landungsort bereitstand. Ihr Eintreffen dort bemerkte sie, als die Rötung auf ihren geschlossenen Augenlidern abnahm. Das Dreibein nähme nun den Levi in seinem Frachtraum auf. Von der Akademie wusste Sil, dass er speziell für ihre Ankunft als Brutraum fungierte. Darin brachte man sie nach Tell Omega. Ein Metallgeräusch verriet, das ihre Kameraden sie in seinen Bauch verluden. Sie spürte, wie sich der Levi mit dem Transportsog nach oben zog und sich die Ladeluke anschließend unter ihr verschloss. Eine angenehme Wärme hüllte Sil alsbald im Brutraum ein. Sie legte sich in Embryonalhaltung hin und versuchte zur Ruhe zu kommen. Das körperliche Zittern verschwand und die Adern ihres Körpers füllten sich wieder mit Leben. Ihr Blut gewann wieder an Fluss, was auch ihre Kopfschmerzen linderte. Obwohl ihre Wahrnehmung verschwommen wirkte, fühlte sie, wie sich das Dreibein anhob und sie über die Oberfläche Theras trug. Ihre Anreise nach Thera ging dem Ende entgegen, was sie innerlich beruhigte und glücklich zu gleich machte.

Kapitel 2

Tell Omega

Wieviele Tage auf Thera vergingen, bis Sil nach ihrer Landung ihren ersten vollständigen Satz über die Lippen brachte, zählte sie ohnehin nicht. Hier stellte sie schnell fest, dass unter den Pionieren ein anderes Zeitverständnis als auf Ceti e herrschte. Ihre ersten Stunden der Auftauphase verliefen für einen Kryonikreisenden nicht gerade angenehm. Da neben ihrem Nervensystem auch ihr Blutkreislauf und ihr Verdauungssystem praktisch aus dem Tiefschlaf erweckt wurden, schloss Vega ihren Magen nach ihrer Ankunft in Tell Omega an einer Nahrungssonde an. Dazu legte man sie in die für sie reservierte Thermokammer und überstülpte ihren Leib vollständig mit einer transparenten Wärmehaube. Die darin angebrachten Infrarotstrahler erwärmten ihren Körper gleichmäßig, um sie von innen heraus wie ein Ei im Brutkasten behutsam aufzutauen. Um die Pflege zu erleichtern, trennte Vega ihr die Kopfhaare mit einem Rasierer auf Schulterhöhe ab. Sie nahm während des Schnittes das leise Surren und die Vibration des Apparates wahr. Sähe sie jetzt ihre Haare, fiele ihr sofort der Verlust der roten Leuchtkraft auf. Jetzt wirkten sie dunkel, stumpf und spröde. Bei allem was William und Vega in dieser Zeit für sie taten, sie erspürte ihre Fürsorge und Hingabe. Auch wenn sie sie zunächst nicht sah, erkannte sie an ihrem Tonfall die Anteilnahme an ihrer gegenwärtigen Situation. Sie sprachen laut und deutlich mit ihr, auch wenn sie ihnen zunächst nicht antworten konnte. Sollte sie doch das Gefühl bekommen, bei ihnen willkommen und aufgenommen zu sein. Sie beruhigen und ihr gerade im Zustand der vergleichbaren Hilflosigkeit eines Babys die Geborgenheit zu vermitteln.

Bereits am folgenden Abend ihrer Ankunft zeigte sich die erste Wirkung ihrer eingeleiteten Regeneration: Ihr erster, unverschwommener Seheindruck von Thera. Auch, wenn er wenig romantisch wirkte. Ihr erster Blick durch die transparente Wärmehaube ihres Thermozeltes fiel direkt in den Hof von Tell Omega hinein. Im ersten Moment sah sie noch nicht viel von dem zu erschließenden Planeten. Der Aufbau der Station Tell Omega gestaltete sich ähnlich wie die Akademie auf Ceti e. Er bestand aus einem quadratischen Innenhof, in dessen Untergrund eingelassen das Abschusssilo für den Fall einer Evakuierung ruhte. Hier fanden die allmorgendlichen Gymnastik- und Meditationsübungen der Pioniere statt. Die Wände des Antimaterieschiffes umrahmten das Herzstück der Anlage, mit dem die Pioniere einst vor etwa sieben gaianischen Jahren hier landeten. Soweit Sil aus dem Unterricht erfuhr, befand sich im Stützpunkt selbst noch die Kommunikationsein-richtung, mit dem Kontakt zu Ceti e und den Pionieren im Feld gehalten wurde, das Lebensmittellager mit den Vorräten aus dem eigenen Anbau, die Küche mit dem dazugehörigen Speiseraum, die Bibliothek mit dem Kartenraum und die Sanitätseinrichtung im Falle einer Verletzung und natürlich die Toiletten mit den Duschen. Letztere benutzten die Pioniere meistens abends, wenn sie vom Feld kamen. Dort stand ein Kübel mit Natronsalz für die tägliche Waschung bereit, da die Reinigung mit Natron nicht nur die Haut pflegte, sondern aufgrund seiner pHwertsteigernden Wirkung sogar Viren, Bakterien und Pilze im Schach hielt und Infektionen vorbeugte. Außerdem belastete das Natron das Grundwasser der Gegend nicht. Beides galt den Planetenpionieren als heilig, was sich auch in im Umgang mit ihnen ausdrückte. Das Natron selbst ließ sich leicht durch Verdunstung in den seichten Meeren gewinnen oder aus Lagerstätten abbauen, welche Kyle bereits erkundete.

Außerhalb von Tell Omega legten die Pioniere ihren Hangar für die Dreibeine, den Gerätepark für den Wurm, den Wolkenbrechern und den Levitationsschreiben an. Etwas abseits standen die Gewächshäuser und Aufzuchtstationen, in denen William ihre Lebensmittel und die Baumsetzlinge zog. So etwas wie Tiere hielten die Pioniere sowieso nicht, da deren Versorgung zu viel Wasser und Futterpflanzen benötigte. Die ersten Bewohner eines neuen Planeten gingen mit ihren Rohstoffen sehr sparsam um. Schon alleine, um ihre Überlebenschancen zu erhöhen.

Aus den Erfahrungen der Besiedlung Proximas heraus setzte sich eine andere Strategie für die weitere Erschließung von Planeten durch. Glaubte man anfangs von Gaia aus, den ersten Pionieren einen Gefallen mit der Anzahl je 49 Besatzungsmitgliedern der beiden Antimaterieschiffe zur Erschließung getan zu haben, so stellte sich das schnell als tödlicher Trugschluss heraus. Je mehr Siedler es gab, umso höher fiel auch der Nahrungsbedarf aus. Den ersten Siedlern gelang es auf Proxima B nicht, so schnell genügend Nahrung für alle herbeizuschaffen. Also hungerten sie in den ersten Jahren nach ihrer Ankunft. Außerdem erwies sich der Versuch die mitgebrachten Tiere aus Gaia zu züchten bis auf zwei Ausnahmen als Fehlschlag. Deren Organismus legte sich nicht auf die Bedingungen Proximas aus. Ganz zu schweigen, dass sie die Reise durch das All unbeschadet überstanden. Von den wenigen Tieren, die den Flug überlebten, verschmähten nur der Fisch, genauer gesagt, der proxische Lachs und das Ren die proxische Flora nicht. Diese Eingriffe der Siedler in das ökologische System Proximas erfolgten mit großer Sorgfalt, da nur ein Engagement mit den vorherrschenden Bedingungen zum Siedlungserfolg führte. Das Ren erwies sich geradezu perfekt geeignet, auch mit der proxischen Nacht fertig zu werden. Mit der Zeit passte sich das proxische Ren weiter seiner Umgebung an. Es wurde kleiner und pelziger als seine gaianischen Verwandten. So zogen bald große Herden von ihnen über die Tundra gleiche Oberfläche, welche von den Siedlern immer auf der Tagseite gehalten wurden. Aus den ersten Rentiersiedlern bildete sich im Laufe der Jahre die neue Gesellschaftsschicht der proxischen Rentiernomaden heraus. Bald pflegten sie ihre eigenen Gebräuche, Riten und eine eigene Tracht.

Die ersten Pioniere erkannten, dass sie ihre allmählich Form annehmende Gesellschaft wegen der neu zu gewinnenden Anbaufläche weiter aufteilen mussten, um zu überleben. Daher blieben auch nicht alle von ihnen in Tell Alpha und Tell Beta wohnen. Diese ersten festen Siedlungen verwaisten zunehmend und es bildeten sich die ersten Hüllensiedlungsketten rund um den Planeten, die sich weiter in der Fläche verzweigten. Zum Glück gelang es den Siedlern, die Urform des späteren proxischen Lachses erfolgreich in den vorhandenen Meeren und Seen auszusetzen. Da es für sie kaum natürliche Feinde gab, vermehrte sich diese Art rasch. Außerdem setzte sich das Modell des Fisches unter den anderen auf proximatypischen maritimen Lebensformen wie dem proxischen Krill durch. Sie lebten überwiegend von den großen Algenteppichen und Tangwäldern, die typisch für die Meereswelt Proximas waren. Vor allem tat sich als besonderes Merkmal sein tiefrotes Fleisch und sein öliger Glanz hervor, wenn die Siedler ihn abends zum Zapfenbrot reichten. Das Mehl jenes letzt genannten Brotes gewannen die Pioniere aus den Samen des proxischen Pinienbaumes. Einer von Gaia mitgebrachte und auf Proxima weiterentwickelte Züchtung, dessen geernteter Zapfen sich hervorragend als Brennmaterial eignete.

Nach den ersten Jahren des Hungers gelang es mit dem einsetzenden Fischfang, die Nahrungsmittelsituation entscheidend zu verbessern. Die Bevölkerung wuchs wieder. Auch setzten die Pioniere auf Kartoffeln und dem von Gaia mitgebrachten Hanf zur Gewinnung von Papier und Stoffen, der sogar auf den mageren Böden Proximas bestens gedieh. Je mehr die Siedlungen und die Population der Bewohner Proxima B weiter wuchsen, um so mehr erschloss sich den Neuankömmlingen, dass viel kleinere Menschengruppen, dafür aber Spezialisten die Ersterschließung eines lebensfreundlicheren Planeten besser durchführten. Auf diese Art und Weise ließen sich die vielen Probleme der ersten Siedler geschickt umgehen und erst, wenn die ersten Pioniere mit ihren Werkzeugen die Grundlage für eine neue Heimat legten, holte man weitere Siedler nach. Allerdings gestaltete sich die Ausrüstung zahlreicher Antimaterieschiffe für eine Ersterschließungsmission als viel zu aufwendig, weshalb man für die Reise durch das All die Reisemethode des Kryonikeis ersann. Die damit verbundenen Nachteile der anfänglichen Hilflosigkeit seiner Benutzer galt es weitgehendst zu minimieren, weshalb man die angehenden Pioniere auf diesem Gebiet schulte.

Als Vega am Abend des zweiten Tages Sils neu gewonnene Sehwahrnehmung bei seiner Nachschau bemerkte, holte er sie spontan aus dem Thermozelt. Er hievte sie auf eine Levischeibe, setzte ihr eine Korrektivbrille mit gedämpften Gläsern zur Lichtregulation auf die Nase und führte sie aus Tell Omega heraus. Unweit der Anhöhe, auf der sie ihre Basis errichteten, befand sich ein Aussichtspunkt, von der man die ganze Umgebung der Station bestens überblickte. Da sich Ivey zu diesem

Zeitpunkt fast nicht mehr zeigte, nahm Sil ihre gedämpften Augengläser ab und genoss ihren ersten ungetrübten Eindruck von Thera. Ihr fiel sofort auf, dass Ivey ein deutlich grelleres Licht absonderte als Tau Ceti. Sogar im schwächer werdenden Licht nahm sie den markanten therischen weißen Sand, den ockerfarbenen Kies mit seinen leichten durchzogenen Rottönen, die kargen und tiefschwarzen Felsformationen in der Ferne wahr. Ihrem geschulten Auge entging ebenfalls nicht, dass es trotz des gegenwärtigen wüstenhaften Klimas, hier früher reichlich Wasser gab. Die Ausspülungen in den Sandbänken und an den Felsen der Gegend ließen keinen anderen Schluss zu. Außerdem wirkte Tell Omega von hieraus gesehen, wie ein grünes Auge in der Wüste. Seine Augenränder markierte der Krater. Der Augapfel der weiße therische Sand. Die Station die Pupille, die Iris die Bepflanzungen, die William und Vega anlegten. Von oben gesehen ein kleiner grüner Fleck. Umgeben von einer schroffen Bergkette und einer weiten Sandwüste in okerfarbenen Tönen.

Vega wechselte mit Sil nur Worte, wenn es sich nicht vermeiden lies. Von seinem Vater lernte er, dass gerade Fühlige in der Auftauphase geistig nicht zu überfordern seien. Wenn zu viele Sinneseindrücke auf sie einprasselten, nahm die Unruhe in ihnen zu und sie erschöpfen. Daher blieb Vega auch nicht lange mit ihr auf dem Aussichtspunkt der Anhöhe am Kraterrand. Die Wasserfühlige bekam aber den Eindruck, dass Vegas verbale Zurückhaltung ihr Gegenüber sich eher dem Gehorsam seines Vaters schuldete, als seiner eigenen Überzeugung. Zu gerne flirtete er mit ihr, aber die Unterweisung Williams im Umgang mit Fühligen in der Auftauphase hielt ihn davon ab. So von seinem inneren Trieb abgeschnitten zu sein, belastete Vegas Seele, was Sil mehr als nur deutlich spürte.

Noch ehe die letzten Strahlen Ivey ganz verschwanden, kehrte er mit ihr nach Tell Omega zurück. Sil schlief bereits auf dem Weg in die Basis von dem überwältigenden Eindruck auf dem Levi ein. Ihr Geist verarbeitete das soeben Gesehene nicht auf einmal. Es forderte sie heraus. So träumte Sil alsbald von der warmen Farbsymphonie des Planeten. Darin kam vor allem die Intensität des breiten Spektrums vor, deren Kraft und Energie sie in ihren Bann zogen. Das strahlende Weiß des feinen Sandes, gemischt mit den fein abgestuften, ockerfarbenen Tönen. Das tiefe Schwarz der zerklüfteten Felsen im satten Abendlicht Iveys. Dazu mischte sich der leicht salzige Duft der erhitzten Wüstenluft. Ja, sogar die hellgelbe Scheibe Cocos, des therischen Mondes, welcher zu dieser Zeit seine Bahn zog, kam darin vor. Der therische Trabant erschien ihr deutlich größer als der cetische Mond. Er bewegte sich nach ihrem Eindruck sogar schneller über Theras Horizont, als es der Mond von Ceti e tat. Hinzu gesellte sich der scharfe Wind, der über die leuchtenden Sanddünen blies und welcher ganze Vorhänge der feinen Sandkörner vor sich hertrieb. Trotz der oberflächlich erscheinenden Trostlosigkeit fühlte Sil, dass dieser Ort ein viel besser war, als es auf den ersten Blick erschien. Thera kam ihr trotz seiner Trockenheit sehr still und friedlich vor. Ähnlich des Gefühls, dass sie von Vega durch seine Zurückhaltung ihr gegenüber verspürte. Mochte er seine Sehnsüchte und Wünsche ihr gegenüber auch noch so verschleiern. Wie eine schlafende Liebe wirkte er, die sich danach begehrte, zu erwachen. Am späten Abend sahen auch Decius und Kyle nach ihr, was Sil in ihrem tiefen Schlummer nicht mehr wahrnahm. So ließen sie ihre neue Kameradin auch an diesem Tag lieber weiter vom Planeten träumen, weil sie selbst von der Anstrengung wussten, die einem Fühligen überkam, wenn er so viele neue Eindrücke verarbeitete.

In der Küche beim Abendbrot erzählte Vega den Pionieren von ihrem ersten Ausflug zur Anhöhe über der Basis. Sie verstanden seine spontane Handlung als eine lieb gemeinte Aufmerksamkeit, ihr einen ersten Eindruck von ihrer künftigen Heimat zu verschaffen. Sie sparten aber in der anschließenden Diskussion nicht mit Kritik daran.
„War das nicht ein bisschen viel für sie auf einmal?", fragte Decius ihn daher skeptisch.
„Ich redete nicht viel mit ihr", erklärte Vega verlegen lächelnd. „Ich glaubte, sie würde gerne mehr von dem Planeten sehen, als einen verschwommenen Blick aus dem Thermozelt."
„Das hätte sie ohnehin früher oder später. Sogar mehr als ihr lieb ist", meinte Kyle salopp. Ihr Sohn Apollo grinste frech während ihres anregenden Gesprächs. Er saß beineschaukelnd auf ihrem Schoß, während Kyle versuchte, ihm den Gemüsebrei zu verabreichen, den Vega ihm tagsüber zubereitete. „Selbst wenn du noch so sehnlichst auf ein neues Gesicht wartest. Sil ist vor allem hier, um zu arbeiten. Nicht, um damit zu hadern, ob sie mit dir eine Beziehung eingeht. Vergiss das nicht."

Kyle unterließ es nicht ihre tiefgründige Eigenart in die Kritik einzubringen. Ihre Art die Welt wahrzunehmen, hinterließ in ihren Zeitgenossen meist einen faden Beigeschmack, weswegen sie nicht unbedingt ein Gespräch mit einer Erdfühligen suchte. Kein anderer Persönlichkeitstyp war fähig, so gründlich hinter menschliche Fassaden zu blicken. Vegas Vater hielt sich generell in diesen doch sehr vertraulich geführten Debatten am Abend meist zurück. Er hörte ihnen lieber schweigend zu und sammelte seine Eindrücke im Stillen. Das hieß nicht, dass er sie ignorierte oder vergaß. William verstand es auf Grund seiner Erfahrung die auf diese Weise gewonnenen Informationen in seine Verantwortung als Leiter der Erschließungsmission einzubringen.
„Man wird sehen, wie ihr der erste Eindruck von Thera und dir bekommen ist. Ich will hoffen, dass es sie nicht in ihrer Motivation zurückwirft", fügte Decius unvermittelt an Kyles Einwand an.
Vega verstand nicht, warum Decius und Kyle so missmutig auf seine doch nett

gemeinte Geste reagierten. Freute sich denn niemand, wenn man ihrem Neuzugang Aufmerksamkeit schenkte?

„Ich hab fast nicht mit ihr geredet", wiederholte Vega irritiert. Er schluckte verunsichert. „Nur, wenn es nötig war und ich hab ihr nur die Station und die nähere Umgebung gezeigt. Mehr hab ich nicht getan."

Decius seufzte. Ehe er ihm antwortete, ratterte eine Fülle an Wenns und Abers durch den Kopf. Seine Kritik war nicht als ein Vorwurf zu verstehen: „Vega, gerade wenn du uns Fühligen Nahrung gibst, meine ich nicht nur dein Essen, sondern auch dein Verhalten. Es führt dazu, dass wir uns mit allem Möglichen in unserem Geist beschäftigen. Du hast Sil mehr gezeigt, als nur die Umgebung von Tell Omega. Selbst wenn du es nicht in den Mund nimmst, fühlt Sil bereits, dass du große Erwartungen in sie legst. Das ist genau das, was ich meine, dass es zu viel für Sil gewesen sein könnte. Sicher, wir können nicht verbergen, wenn wir uns nach Liebe und Nähe sehnen, aber wir brauchen unsere Zeit dafür."

Vega sah ihn ratlos an. Er verstand nicht, worauf Decius anspielte. Er tat doch nichts Verräterisches oder gar Bösartiges. Sein Vater lächelte still in die Runde ohne Partei zu ergreifen. In der Art der Baumfühligen strahlte er seiner Art entsprechend, eine innere tiefe Ruhe aus. Doch ihm entging nicht, dass Vega von seinem Vater einen Beistand erwartete.

„Mein Junge. Es ist in Ordnung so", antwortete er ihm nach einer Pause versöhnlich. „Da muss Sil durch. Es ist gut, wenn du, du bist und nicht versuchst, ein Anderer zu sein. Auch das wird Sil merken. Wenn ein Küken aus einem Ei schlüpft, dann darf ihm niemand dabei helfen. Denn nur, wenn es dies ohne fremde Hilfe schafft, ist es auch bereit für das Leben. Mit der Fähigkeit Liebe zu spüren und sie angemessen zu erwidern ist es nicht anders."

Sil schlief lange durch und nahm daher am anderen Morgen den täglichen Ritus der Pioniere nach ihrem Frühstück nicht wahr. Ihr Geruchssinn kam allmählich wieder zurück und sie erschnupperte, als sie erwachte, den Duft von würzigem Tee und frischem Brot aus der Küche der Station. Zuvor trafen sich die Pioniere bei Sonnenaufgang Iveys zur Morgengymnastik im Hof von Tell Omega. In Begleitung von neuer Entspannungsmusik, die die cetische Verwaltung ihnen mit dem Kryonikeis Sils schickte, vollzogen sie ihre meditativen Dehnübungen, um anschließend entspannt ihr Frühstück zu nehmen und mit ihrer Arbeit zu beginnen. Sil hörte ihre fürsorglichen Gespräche. Nahm die ermutigenden Geräusche aus der Küche wahr, wenn sie sich Tee einschenkten oder ihr Brot zerteilten. Alles in allem eine friedliche Ruhe, die Geborgenheit und Sicherheit versprach. Es beruhigte sie innerlich und förderte die Zuversicht die Zeit ihrer notgedrungenen Schwäche zu überleben.

In den ersten Tagen auf Thera fehlte Sil noch die Muskelkraft, sich aktiv in das

Alltagsleben der Station einzubringen. Ihre Energie in den Beinen reichte nicht aus, sich längere Zeit aufrecht zu halten. Vega setzte sie daher nach ihrem Erwachen und ihrer Versorgung auf einen Ergometer und lies sie kräftig in die Pedale treten. Bei allem, was er tat, hielt er sich mit Worten an sie merklich zurück. Das Gespräch mit Decius und Kyle nach seinem Ausflug mit ihr zum Aussichtspunkt verwirrte ihn. Diese Verunsicherung spürte Sil deutlich, auch wenn sie den Hintergrund dafür nicht kannte. Fühlte sie doch, dass er bei ihren ersten Begegnungen auf der Salzebene angespannter, doch nach ihrem Ausflug zum Aussichtspunkt über Tell Omega unterdrückter als zuvor handelte. Im Augenblick aber war sie mit der Regeneration ihrer Sinne mehr beschäftigt, als mit den zwischenmenschlichen Umständen in der Basis. Immerhin brachte sie am diesem Tag die ersten Laute nach ihrer Landung über die Lippen. Zwar noch keine echten Worte. Eher Stimmlagen, die zur Wiedererlangung Klangreinheit dienten. Es war wichtig in der Auftauphase neben den Muskeln auch die Stimmbänder zu trainieren und Atemübungen zu machen, damit sich ihr Organismus schneller an die therischen Bedingungen anpasste. Ihre Aufgabe lautete in den nächsten Tagen, ihren Bewegungsapparat zu trainieren. Weil ihr noch die Kraft fehlte, sich auf den Füßen zu halten, machte sich Sil anfangs im Rollstuhl mit dem Aufbau und der Struktur der näheren Umgebung von Tell Omega vertraut. Während sie mit ihrem rollenden Gefährt das nähere Gelände erkundete, flossen immer mehr Details vom Wesen des Planeten in ihren Geist hinein. Allmählich formte sich das Bild der neuen Heimat. Es beruhigte sie einerseits, aber es machte sie auch neugierig. Die Einzelteile des Antimaterieschiffes umrandeten Tell Omega mit den darin eingebundenen Räumen. Seine stabilen Wände dienten in erster Linie als Schutz gegen den scharfen Wind, der ansonsten ungehindert über die Anhöhe der Senke blies. Und überhaupt der Wind. Sie erlebte zwar noch keinen Sturm auf Thera, hörte aber bereits auf Ceti e, dass es hier durchaus „staubige Tage" gab. Dann lag soviel Sand in der Luft, dass Iveys Strahlen nicht bis zur Oberfläche hindurchdrangen. Die Atmosphäre wirkte an solchen Tagen ockerfarben und mit einem leichten Gelbstich durchsetzt.

Jeder der Pioniere verfügte für sich über genügend Privatsphäre auf der Station. Sie bezogen einen eigenen Raum zum Schlafen, den sie selbst für ihre individuellen Bedürfnisse wohnlich ausstatteten. Gemeinsam trafen sie sich aber zur Morgengymnastik, zum Frühstück und zum Abendbrot in dem Speiseraum neben der Küche und sprachen hier über die anfallenden Entscheidungen und Probleme ihrer Mission. Ziemlich bald wusste Sil die Arbeitsteilung der Pioniere einzuordnen. In der Station und vor allem in der Küche hielt sich Vega meistens tagsüber auf. Sil fragte sich bald, warum er nicht wie Decius und Kyle ins Feld flog, aber offenbar bestand seine Hauptaufgabe nur hier in der Basis. Diese lag vor allem darin, für das Essen seiner Bewohner zu sorgen, die Wasseraufbereitung sicher zu stellen, die Lagerhaltung zu betreiben, sowie die regelmäßige Reinigung der Textilien und der Toiletten. Auch betreute er die Kommunikationseinrichtung im Kartenraum und reagierte, wenn die Pioniere eine Meldung in die Station sendeten. Ebenso half er hin und wieder seinem Vater auf der Plantage vor der Basis aus. Vor allem, wenn es darum ging, neue Leitungen zur Bewässerung und Bepflanzung weiterer Setzlinge der Station zu legen.

William selbst arbeitete nur in der Senke von Tell Omega. Warum auch er nicht ins Feld zu Decius und Kyle flog, um vor Ort neue Baumgruppen anzulegen, verstand Sil zu diesem Zeitpunkt noch nicht. Er kümmerte sich in den großen Gewächshäusern um die Baumsetzlinge, die Büsche, Stauden, Blumen und die Gemüsepflanzen für ihre Ernährung. Waren die Setzlinge groß genug, pflanzte er sie anschließend als Baumgruppe in den von ihm vorbereiteten Böden rings um Tell Omega aus. So wuchsen in der Senke bereits robuste Baumsorten in die Höhe, deren Mutterbäume im Zentrum für das bessere Wachstum ihrer gekeimten Samen sorgten. Von den Baumfühligen auf der Akademie erfuhr Sil, dass dank dieser Methode die Bäume wesentlich krankheitsresistenter waren, als wenn man sie ohne ihre Mutterbäume kultivierte. Bäume erkannten, ob sie aus dem gleichen Wurf stammten, wie ihre Artgenossen. Sie kommunizierten durch Düfte und Ultraschallwellen im Untergrund miteinander. Wie ein Kollektiv versorgten sie sich mit Nahrung, da sie wussten, dass sie als Gruppe besser überleben konnten, als ein Einzelgänger. Erst als Sil ihre ersten Gehübungen mit Krücken über den Hof und vor der Station machte, suchte sie die haufenförmig angelegten Baumgruppen außerhalb der Basis auf. Deren unterschiedliche Art und Wuchs vermittelte ihr ein künftiges Bild von dem Aussehen der Pflanzenwelt des Planeten. Ihr fiel bald auf, dass die auf Thera gezogenen Jungbäume den Bäumen auf der Plantage auf Ceti e ähnelten. Ledrige Blätter und verschnörkelter Stammwuchs. Angepasst für ein raues Wüstenklima.

Decius und Kyle bekam sie hingegen meist nur abends zu Gesicht, da sie die Basis immer nach ihrem Morgentraining und dem Frühstück mit ihren Dreibeinen verließen. Tagsüber suchten sie ihre Einsatzzonen im Feld auf und brachten vor Ort ihre Talente zur Erschließung Theras ein. Soweit Sil im Unterricht lernte, untersuchte Decius das globale Wetter, während Kyle sich um die Bestimmung der Bodenschätze kümmerte. Was genau sie „im Feld" machten, wusste Sil da noch nicht. Vielleicht erzählten sie es ihr, wenn auch sie ihre Arbeit aufnahm. Unweit der Basis befand sich der geräumige Hangar, der als Reparaturwerkstatt und Schutzraum für die Arbeitsgeräte und der Dreibeine fungierte. Darin fand sie auch ihren künftigen Begleiter vor: den Wurm. Er wartete förmlich auf seinen Einsatz. Bereits auf der Akademie machte Sil sich bestens mit dem Hilfsmittel vertraut, dessen Steuerung mit Gestiken erfolgte. Das vorgefundene Modell im Hangar gehörte immerhin derselben Baureihe an. Der Wurm bekam seinen Namen von dem länglichen Bewohner des Erdreiches, da sein flexibles Bohrgestänge auch die

Erstellung von gebogenen Kanälen erlaubte. Äußerlich sah er wie ein dickes Rutenbündelgestänge aus, das sich je nach Beanspruchung verschoben oder verlängerte. Seine Fixierung über dem Bohrplatz erfolgte über den nicht sichtbaren Gravitationsanker oder auch der Gravitationsschraube.

Bei dieser Technik machte man sich die Anziehungskraft Theras zunutze. Über einen rotierenden Leviring erzeugte sich in der Höhe ein Magnetfeld, das den Eisenkern von Thera in seinem Inneren wie eine Schraube anzog. So hielt sich das Gestänge während des Bohrvorgangs aufrecht. Dieser schwebende Ring glich der Levitransportscheibe, besaß aber ein großes Loch für das Gestänge in der Mitte. Da sich auch er mit Gestensteuerung lenkte, erforderte dies eine hohe Konzentrationsfähigkeit des Wasserfühligen. Wenn man den richtigen Umgang mit dem Wurm beherrschte, geriet der Brunnenbau an sich zum Kinderspiel. Um mit dem Wurm eine Wasserquelle zu erschließen, durchschritt der Wasserfühlige das Zielgebiet mit einer dafür geeigneten Rute. Es musste nicht zwingend eine Baumrute sein. Zwei zu einer L-Form gebogene Metallstäbe, vorzugweise aus Kupfer oder Messing reichten schon dafür aus, um einen etwaigen Standort des späteren Brunnens zu bestimmen. Wichtig waren für den Rutengänger die Entspannung und die Haltung der beiden Stäbe in je einer Hand und auch die Erdung des eigenen Körpers während der Wasseradersuche. Also der direkte Bodenkontakt mit den Füßen. Am kurzen Ende des L-förmigen Stabes röhrenbildend mit den Fingern haltend, schritt er mit ihm über das Zielgebiet.

Am Anfang der Suche stellte sich der Gänger die Arme locker vor dem Körper baumelnd hin. Mit den Metallstäben in den Händen, mit dem langen Ende zur Erde zeigend. Dabei war es wichtig, sich auch innerlich zu entspannen, also empfänglich zu werden. Die Übung der Wasserfühligen am Strand der Akademie, sich auch geistig mit dem Wasser zu verbinden, schlug sich bei diesem Prozess durch. Das geistige Loslassen von allen übrigen Gedanken und das alleinige Fokussieren auf das Wasser galten als eine Grundvoraussetzung der Wasserfühligkeit. Erst dann hob der Suchende beide Unterarme in einen Neunziggradwinkel an, sodass die L-Stäbe parallel zueinander lagen. Nun kam das Schwierigste. Während des Ganges über das Terrain hielt der Suchende die Stäbe parallel zueinander, also gerade nach vorne. Dabei durften die kurzen Enden der L-Rute nicht umklammert werden. Ebenso durften die Daumen während der Suche nicht auf dem langen L-Teil des Stabes liegen. Am Besten legte man ihn über den Zeige- und Mittelfinger. Ebenso mussten die Hände dabei trocken sein und der Suchende durfte keine Handschuhe tragen. Zog es die beiden Stabenden zueinander hin, obwohl sie versuchte, sie gerade zu halten, empfing sie ein Signal. Das hieß, die Stäbe überkreuzten sich, die Rute schlug aus. An dieser Stelle erzeugte sich durch ihre Anwesenheit ein Magnetfeld. Nun markierte die Wasserfühlige mit einer eingebauten Drucktaste ihres Skarabäus die Stelle für den

69

Wurm. Für komplexere Suchvorgänge oder zur Bestimmung der Bohrtiefe sowie der Fördermenge, was allerdings ein wenig Übung erforderte, benutzte die Fühlige eine V-Rute oder auch die Einhandrute mit einem Tensor an der Spitze. War die Stelle markiert, holte die Wasserfühlige den Wurm zu sich heran. Schließlich verankerte sich der Wurm auf dem markierten Zielgebiet mit der Gravitationsschraube. So fixiert leitete die Wasserfühlige mit der Gestensteuerung den Bohrvorgang ein.

Am Anfang wählte sie einen geeigneten Bohrkopf aus, der je nach Beschaffenheit des Untergrunds ausfiel. Bei lockerer Erde genügte eine Bohrlanze oder ein Erdbohrer, welcher einer überdimensionalen Schraube ähnelte. Bei härterem Untergrund kam entweder der Bohrmeißel oder gar die Bohrfräse mit dem proxischen Diamantenbesatz zur Verwendung. Gab es in der Tiefe des Erdreichs ein hartnäckigeres Hindernis, das das Bohrgestänge zu stark beanspruchte, ertönte ein kurzes Warnsignal und der Bohrvorgang brach automatisch ab. Jetzt entschied die Wasserfühlige, ob nicht sogar Dynamit zur Sprengung im Bohrloch zum Einsatz kam. Dieser Vorgang war sehr gefährlich, da bei unsachgemäßer Anwendung der ganze Wurm zerstört werden konnte. Sil benutzte für ihre Wassersuche zwar die Winkelrute, aber ihre Erfahrung und Empfindsamkeit auf diesem Fachbereich prägte sich soweit fort, dass sie Wasseradern schon ohne ein Hilfsmittel aufspürte. Sie bekam dabei ein Kribbeln in den Händen und lag damit meist richtig in ihrem Empfinden. Der Einsatz der Rute diente nur noch zur Vergewisserung. Begann der Wurm erst einmal mit seiner automatisierten Arbeit, fräste er neben dem Bohrloch zur Wasserader, ein Wassersammelbecken und eine untertherische Zisterne aus. Damit stellte sich eine gewisse Wasserspeicherung für ein paar Tage sicher, falls das Wasser einmal ausbleiben sollte. Zur stetigen Bewässerung ganzer Plantagen reichte die Fördermenge aber bei weitem nicht aus. Um die Zisterne dauerhaft zu befestigen, flogen im Anschluss der Erschließung nach Freigabe durch die Wasserfühlige, die Bauroboter aus dem Hangar von Tell Omega herbei. Sie kleideten nach einem Steckkastensystem die neu geschaffene Anlage aus und kehrten nach ihrer Arbeit wieder in den Hangar zurück. Die Pioniere sorgten lediglich dafür, dass sie ausreichend bestückt bereit standen.

In diesem Zusammenhang interessierte sich Sil natürlich für den bereits bestehenden Brunnen der Basis Tell Omega. Von außen sah man nur das Verbindungsrohr, das in die unterirdische Zisterne führte. Sil fasste mit der bloßen Hand bei ihrem ersten Besuch an die Zuleitung und fühlte das hindurchströmende Wasser. Es kribbelte gleichmäßig in ihren Fingern, was für Sil hieß, dass ihre Empfindsamkeit wieder kam. Vega erklärte ihr am Abend, dass ihr Wasserproblem in der begrenzten Verfügbarkeit lag. Die Quelle gab während des Tageszyklus nur stundenweise ihr Wasser ab. Es floss also nicht stetig und Tell Omega konnte nur durch ein entsprechendes Reservoir durchgehend mit Wasser versorgt werden. Die

Pioniere fanden immerhin heraus, dass der therische Mond Coco dabei eine Rolle spielte. Immer, wenn Coco rasch über ihre Köpfe hinweg zog, drückte sich das therische Wasser aus der geborhten Leitung in die Zisterne hinein. Sobald er aber aus ihrem Sichtfeld verschwand, zog sich das Wasser wieder zurück. Aus diesem Grund erweiterten die Pioniere stetig mit dem Wurm die Zisterne, doch diese Mühe konnte auf Dauer nicht so bleiben, wenn man größere Gebiete dauerhaft mit Wasser versorgen wollte.

Sil ließ sich von Vega ein Glas des therischen Wasser direkt aus der Zisterne des Brunnens zur Verkostung bringen. Dies war wichtig, da sich Wasser sehr schnell verunreinigte. Schon die Durchleitung des Wassers in den Bewässerungsrohren veränderte seine kristalline Struktur. Rein vom äußeren Anschein her, wirkte das therische Wasser, ähnlich wie das auf Ceti e, doch Sil erkannte mit ihrem erfahrenen Blick seine starke Sättigung. Die Schwebeteilchen darin setzten sich langsamer zu Boden ab. Als sie es probierte, schmeckte sie sofort, dass das therische Wasser nur so vor Mineralien strotzte. Nach ihrer ersten Einschätzung erfüllte das darin enthaltene Magnesium und Calcium fast das perfekte Verhältnis 2:1, was zusammen mit Bor ein gutes Knochenwachstum ermöglichte und auch für Pflanzen einen guten Dünger abgab. Da es eine gewisse Weichheit in sich trug, vermutete sie verglichen mit dem Wasser aus Ceti e einen basischen PH-Wert. Auch schmeckte sie einen Anteil Kupfer heraus, der aber in der verkosteten Konzentration unbedenklich war. Vega bestätigte ihre Sichtanalyse. Die ersten Erkundungssonden auf Thera nahmen umfangreiche Experimente mit dem gefundenen Oberflächenwasser vor. Sil machte sich bereits auf der Akademie mit den Werten vertraut und fand ihre Ergebnisse nun bestätigt.

Da Coco mit seiner starken Anziehungskraft anscheinend den Grundwasserspiegel senkte und anhob, erklärten sich auf Thera auch die zyklischen Seen. Diese überschwemmten Gebiete nannten die Pioniere aber nur „Die seichten Meere." Sie hießen so, weil das Wasser dort etwas salziger als aus der Leitung schmeckte und sich einer Tide gleich aus dem Untergrund anhob und auch wieder in Erdspalten absenkte. Tell Omega errichtete William bewusst nicht an so einem seichten Meer, da er nicht abschätzen konnte, ob die Anlage hoch genug stand, wenn es zu einem Tidenhub durch Coco kam. In der Senke vermeldete der Satellit für den Standort der Basis die besseren Voraussetzungen. Am Anfang glaubten die Pioniere noch, man käme alleine mit der bestehenden Quelle bei Tell Omega für den ersten Besiedelungsabschnitt aus, doch da das Problem auch an anderen Orten als bei Tell Omega bestand, entschloss sich William der Empfehlung Kyles zu folgen. Wenn weitere Siedler hier versorgt werden sollten, kam man nicht um die Bohrung weiterer Brunnen herum. Brunnen, die vor allem stetig Wasser lieferten und nicht nur, wenn Coco über ihren Köpfen am Himmel zu sehen war.

„Wir sind so froh, dass du hier bist", erklärte ihr Vega. „Kyle verlangte damals nach dir. Eigentlich hast du es ihr zu verdanken, dass Vater eine Wasserfühlige aus Ceti e anforderte. Sie fand draußen im Feld etwas, dass sie nur einer Wasserfühligen zeigen will. Vater sagte, dass es sowas wie ein unterirdischer Kanal wäre. Warum wir ihn nicht selbst nicht sehen dürfen, verstehen wir nicht. Aber du weißt ja selbst, wie Eigen die Erdfühligen sind. Jedenfalls sagt das mein Vater immer."

„Wem sagst du das", erwiderte Sil nachdenklich und dachte an ihre Zeit auf der Akademie. „Das Wasser hier ist ein einzigartiger Schatz. Voller Mineralien. Das Leben dürfte hier nur so aus dem Boden sprießen und trotzdem gibt es außerhalb der Senke kein Grün."

„Wir merken es. Trotz des unstetigen Wasserspiegels wachsen die Bäume, Früchte und Gräser in Tell Omega gut, aber uns gelang es nicht, die Anpflanzungen auf andere Gebiete Theras auszudehnen. Ich vermute, weil nicht genügend Wasser aus dem Untergrund kommt. Vater versuchte schon mehrmals, außerhalb Tell Omegas Baumsetzlinge auszubringen. Aber seine Schützlinge wurzeln einfach nicht. Solange du das Wasserproblem nicht untersucht hast, möchte er auch keine neuen Haine im Feld anlegen. Jungbäume anzusetzen kosten viel Zeit und Wasser. Es trocknen nur unnötig Bäume ein und seine Arbeit wäre vergebens."

Das vorrangige Ziel des Baumfühligen bestand darin, in der Senke bei Tell Omega ein Mikroklima zu erschaffen. Dafür brauchte es aber mindestens 30.000 ausgebrachte Baumsetzlinge, die das therische Wasser aufnahmen, es über ihre Kronen in die Luft verdunsteten und entsprechende Blätter zur Absonderung ihres Staubes bildeten. War dies Ziel erreicht, pflanzte man bei den neu erschlossenen Brunnen in der Wüste die nächsten Haine. Auf diese Weise entstanden so nach und nach Wasserkreisläufe, welche das Wachstum weiterer Pflanzen ermöglichten und somit auch die Versorgung der ankommenden Siedler sicher stellten. Dieses Vorhaben realisierte sich erst nach der Klärung des Wasserproblems. Erst wenn ihr Bepflanzungsplan erfolgreich voranschritt, gab William mit der Sendeeinrichtung das Signal nach Ceti e zur weiteren Besiedelung. Erst dann suchte die Cetiregierung wieder nach weiteren Freiwilligen, die mit dem Kryonikei nach Thera reisten. In der ersten Zeit lebten alle Neuankömmlinge ohnehin in Tell Omega. Diese bauten den Stützpunkt weiter aus, errichteten in der Nähe ihre erste Wohnsiedlung, legten weitere Anbauflächen für Nahrungsmittel an, richteten Werkstätten ein und stellten die medizinische Versorgung der nun langsam wachsenden Bevölkerung sicher.

„Warum bilden sich hier über der Senke keine Wolken?", hakte Sil interessiert nach. „Von unten verdunstet doch genügend Wasser von den Bäumen. Wenn es die seichten Meere auf Thera gibt, dann müsste doch Ivey genügend Wasser aus ihnen verdampfen."

„Decius sagt, dass das an der übererregten Atmosphäre liegt. Was er damit genau meint, weiß ich nicht. Er versuchte es mir einmal zu erklären, aber ich konnte ihm nicht folgen. Ihr habt alle so eine eigene Sprache, bei der ich einfach nicht mitkomme. Du solltest ihn im Feld besuchen, sobald du wieder stark genug bist. Er will dir ebenfalls etwas zeigen, bevor du deine Arbeit mit dem Brunnenbohren aufnimmst."

Wenn Vega vom „Feld" sprach, meinte er die Gegend außerhalb der Senke von Tell Omega.
„Gibt es hier in der Nähe der Basis einen Ort, den ich noch kennen sollte?"
Vega überlegte kurz.
„Na ja. Eigentlich gibt es nur bei Tell Omega lebendige Pflanzen und auf Ceti e hast du sicher schon erfahren, dass unsere Erkundungssonden auf Thera bisher keine lebenden mehrzelligen Organismen fanden. Die Proben aus den unteren Erdschichten enthielten jedoch Mikroben und Einzeller. Wir wissen aber seit unserer Landung, dass es hier früher einmal ganz anders aussah. Es gab sogar riesige Wälder hier. Vater ist überzeugt, dass sie der Grund sind, weswegen hier eine Atemluft vorherrscht und wir keine Helme brauchen."
„Woher wisst ihr das?"
„Auf der anderen Seite der Senke gibt es einen Ausläufer des steinernen Waldes", erklärte Vega. „Wir nennen ihn so, weil wir dort versteinerte Baumstümpfe fanden. Der ganze Planet war früher einmal vollständig bewaldet, denn solche versteinerten Stümpfe finden sich überall auf Thera. Das Interessante daran ist, sie wurden gefällt. Man sieht es an den Schnitten über ihren versteinerten Wurzeln."
Das ließ Sil aufhorchen.
„Weißt du, wer das tat?"
„Das ist einer der vielen Rätsel, die Thera zu bieten hat. Neben dem kommenden und gehenden Wasser des seichten Meeres weiß niemand, wer die Bäume des steinernen Waldes fällte und auch, wer die Pyramiden hier erbaute."
„Pyramiden?"
Nun stieg in Sil die Spannung merklich an. Davon hörte sie bisher noch nie. Nicht einmal auf Ceti e verlor sich darüber ein Wort auf der Akademie. Sogar im Briefing vor ihrer Abreise fand sich keine Erwähnung dieser Entdeckung.
„Gibt es hier vielleicht eine außerirdische...."
„... Intelligenz? Meinst du das? Wir können das nicht bestätigen. Als die Sonden Thera erkundeten, fanden sie nichts dergleichen. Man scannte den ganzen Planeten danach ab, aber außer Bakterien und Mikroben im Boden von denen ich vorhin erzählte, fanden sich keine weitere Lebensformen."
„Warum beschloss die Cetiregierung trotzdem, diesen Planeten zu besiedeln? Das könnte für uns doch gefährlich sein?"
„Hier gibt es trinkbares Wasser und wie du siehst, ist seine Qualität auch nicht schlecht. Vater hält alleine schon den Mikrobenfund für spektakulär, weil es für ihn der Beweis ist, hier wieder Pflanzen gedeihen zu lassen. Seine Schützlinge brauchen

diese Kleinstlebewesen, um an die Nährstoffe im Boden zu kommen. Die Insekten, die in der Senke zu finden sind, stammen nicht von hier. Es sind spezielle Züchtungen für die Befruchtung der mitgebrachten Pflanzen aus Ceti e. Sie halten sich nur hier auf, weil es draußen in der Wüste mit dem Wasser und der Nahrung für ihre Larven schwierig ist. Größere Metallvorkommen gibt es hier auch und eine wenn auch geringe vulkanische Aktivität. Du musst dich mit Kyle darüber unterhalten. Es ist schon unheimlich, wie schnell sie es schafft die Rohstoffvorkommen Theras aufzuspüren und zu katalogisieren. In der Bibliothek kannst du ihre digitalen Karten dazu studieren. Vielleicht hilft dir das beim Brunnenbohren. Ebenfalls wäre Thera ein wichtiger Zwischenhaltepunkt zur Erschließung weiterer Planeten. Vielleicht wird er kein wirtschaftliches Zentrum wie Ceti e werden, aber man kann hier Landwirtschaft und Bergbau betreiben. Sogar riesige Wälder anlegen, wenn wir das Wasser richtig einsetzen. Wir können das Leben wieder auf ihn zurückbringen. Der steinerne Wald beweist uns das."
„Weißt du etwas mehr über diese Pyramiden? Wie sehen sie aus? Aus was bestehen sie?"
„Na ja. Man nennt diese Art von Pyramiden auch Orionpyramiden. Ich meine, sie sind sehr hoch, laufen ähnlich wie ein Obelisk spitz nach oben zu und scheinen aus einem einzigen Guss zu sein. Ich meine, man sieht keine Fugen oder so. Ihre Grundfläche ist gleichmäßig. Das kuriose daran ist, dass ihre Oberflächen so glatt wie Spiegel poliert sind. Sogar Iveys Licht reflektiert sich darin und blendet einen sogar in der Ferne. Diese Gebilde finden sich überall auf Thera verstreut. In der Bibliothek gibt es ein paar Bilder davon, aber du kannst eine der Pyramiden hier in der Nähe im Norden ansehen, wenn es dir besser geht. Sie sehen im Original ohnehin viel schöner aus als auf den Bildern im Kartenraum."

Zurück in Tell Omega machte sich Sil im Kartenraum mit den geografischen Bezeichnungen und Bildern des Planeten vertraut. Dazu zog sie sich die Folianten aus den Regalen und breitete die Oberflächenkarte auf dem großen Tisch in seiner Mitte aus. Das gute Stück enthielt die Daten der Satelliten und setzte sich aus den Luftaufnahmen zusammen. Ebenso versuchte sie in den Aufzeichnungen der Datenbank des Kommunikationsassistenten etwas mehr über die Pyramiden zu finden, doch die Informationen dazu waren mehr als dürftig. Die Datentechnologie des Computers griff nur auf bereits eingegebene Werte zurück. Völlig unerforschte oder gar neuartige Informationen erfassten die Pioniere selbst in den Datenaufzeichnungen als Zusätze. Sie fand folglich in einer Unterabteilung ein paar Notizen Kyles, in der sie ihre Substanz als ungewöhnlich hart beschrieb. Ihr war es zwar nicht möglich Proben zu nehmen, doch es mussten Materialien verwendet worden sein, die eine statische Aufladung begünstigten. Nach ihrer Vermutung und auf Grund einer Oberflächenuntersuchung wurden diese Objekte unter großer Hitze gegossen. Welche Technik dafür zum Einsatz kam, blieb eine Spekulation. Kyle vermutete, dass man das Material wie Beton verflüssigte, um sie in die Form der Orionpyramide zu bringen.

Decius bestätigte in der Datenbank Kyles Vermutung, dass von den Pyramiden ein schwacher Energiepol ausging. In welchem Zusammenhang es aber mit ihrer Funktion stand, erschloss sich ihm aber nicht. Ihre mageren Erkenntnisse wurden durch William bereits nach Ceti e übertragen. Sil wunderten die wenigen Feststellungen über die Gebilde nicht wirklich, denn wer sollte die Pyramiden auch näher erforschen? Die Pioniere verfügten nicht über das Know-how einer umfassenden archäologische Untersuchung. Außerdem führte eine Erstmission zu einem neuen Planeten keine Gerätschaften mit sich, die sich dafür eignete.
Vega kümmerte sich, während Sil über den ausgebreiteten Karten und Anmerkungen brütete, lieber um ihr Abendbrot. So duftete es während ihrer Recherche im Fundus nach frischem Brot aus der Küche. Der verführerische Duft drang tief in ihre Nase hinein und ließ ihr das Wasser im Munde zusammenlaufen. In gewisser Weise freute sie sich schon aufs Abendessen. Sils Aufmerksamkeit fesselte sich dennoch so stark in den Aufzeichnungen der Pioniere, dass sie sogar William nicht bemerkte, als er bei Sonnenuntergang in der Tür stand. In ihrem Kopf gingen alle möglichen Spekulationen über die Pyramiden in einem rasenden Eiltempo von statten, welche ihre Außenwahrnehmung dämpfte.

William nahm schmunzelnd seine Sonnenbrille von seinem sonnengegerbtem Gesicht ab und steckte sie in die Innentasche seines Skarabäus. Seine aufmerksamen Augen blitzten unter seinem breitkrempigen Strohhut hervor, während er die strebsame Sil bei ihrer Forschungsarbeit beobachtete. Er grinste, weil er schon erahnte, was in ihr vor sich ging. Lautlos schlich er sich an ihren Kartentisch heran. Dann blieb er eine Weile still verharrend vor ihr stehen und klopfte sich bemerkbar machend laut auf seine Platte. Die Vibration und der Lärm ließ Sil aus ihrer Recherche aufschrecken. In ihrer Angespanntheit nahm sie ihn gar nicht wahr. Das geschah ihr nur, wenn sie sich zu sehr fokussierte. Sie starrte ihn erschrocken an. Wo kam er so schnell her?
„Na, schon bei der Arbeit?", fragte er sie pfiffig.
Sil grüßte ihn mit einem freundlichen Lächeln.
„Ja, ich versuche mir, einen Überblick von Thera zu verschaffen."
Williams Blick wanderte kurz über den Tisch und er sah die Bilder von den Pyramiden. Er seufzte kurz, was Sil in ihrem Geist zu deuten suchte. Fand er ihre Art an ihre Aufgabe heranzugehen gut oder …?
„Morgen ist auch noch ein Tag, Sil. Decius und Kyle können es kaum erwarten, dass du endlich mit dem Brunnenbohren anfängst. Ohne dich können sie nicht richtig arbeiten und vor allem können ich und Vega den Planeten nicht mit neuen Bäumen bepflanzen."
„Ich weiß, aber ich habe da ein paar Fragen. Warum erzählte man mir nichts von den Pyramiden, als ich noch auf Ceti e war?"

„Wärst du dann hier hergekommen?", konterte William und sah ihr mit einem gefälligen Lächeln in die Augen. Sil schluckte. William wollte auf etwas Bestimmtes hinaus. Sie merkte es sofort. Sie fühlte sich ertappt. Auch wenn sie nur erahnte, wobei.

„Ich … ich hätte es mir überlegt", antwortete sie deshalb möglichst behutsam und so ehrlich, wie es ging, aber William machte sie nichts vor. So wie man allen Fühligen nichts vormachen konnte, da gerade sie über die Wahrnehmung verfügten, Schwindeleien schon im Ansatz zu durchschauen.

„Wahrscheinlich nicht. Siehst du", antwortete er ihr tief durchatmend und weiter in die Augen blickend, aber auch mit einem gewissen Verständnis für ihre Antwort. „Glaubst du, dass es hier eine außerirdische Intelligenz gibt? Eine, die die Sonden übersehen haben?"

William seufzte wieder. Diesesmal etwas stärker.

„Sil. Wir leben hier schon seit etwa sieben gaianischen Jahren auf Thera. Wir fanden außer Mikroben und Bakterien keine außertherischen Wesen, wenn ich das Mal so sagen dürfte. Hier gibt es kein intelligentes Leben. Für uns besteht keine Gefahr. Außertherische Archäologie zu betreiben ist überdies nicht unsere Aufgabe hier. Erst wenn wir den Planeten für weitere Siedlungen erschließen, können sich andere Menschen um das Rätsel der Pyramiden kümmern. Solange das nicht geschehen ist, ignorieren wir diese Gebilde und tun einfach so, als wären sie nicht da. Kyle meinte immerhin, dass sie schon sehr alt sind. Vielleicht schon ein paar tausend gaianische Jahre. Sie stehen auch noch da, wenn wir unsere Aufgabe erfüllt haben. Sie stören uns nicht bei unserer Arbeit. Wichtiger ist jetzt, das Wasserproblem zu lösen, damit unsere Besiedlung voranschreitet. Ich bitte dich daher: Bohre lieber die Brunnen und kümmer dich nicht weiter um diese Pyramiden. Je effektiver du arbeitest, umso schneller kann sich das Rätsel der Pyramiden lösen. Nicht von uns. Von Spezialisten, die dafür ausgebildet wurden."

Sil dachte kurz nach. Vor ihr lagen ausgebreitet die Bilder der rätselhaften Pyramiden, von denen Vega sprach. Tatsächlich, ihre polierte Außenfläche wies keine sichtbaren Unebenheiten auf und wirkten tatsächlich, wie aus einem Guss geschnitten. Auf ihrer pechschwarzen Oberfläche blitzte das grelle Licht Iveys auf den Betrachter. Die Oberflächenkarte von Thera zeigte ihre genauen Standorte an. Sofort stach ihr ins Auge, das sie alle in gleichen Abständen und vor allem gleichmäßig über der Oberfläche Theras verteilt lagen. Das besaß doch eine Bedeutung. Diese Tatsache ließ Sil nicht los.

William atmete erneut tief durch. Er erriet ihre Gedanken, holte einen Schemel hervor und setzte sich zu ihr an den Kartentisch. Er zog langsam die schweren Stiefel des Skarabäus aus und streckte seine Glieder unter dem Tisch durch. Es roch bald aus den Stiefeln nach Schweiß, was Sil dazu brachte ihren Gedanken los zu lassen und ihre Nase zu rümpfen. Auch William merkte das. Sil kam es vor, dass

76

er dies absichtlich tat und auch warum. Es war ein Test. Ein Test, um herauszufinden, wie sensibel sie auf Gerüche reagierte. Vega hörte in der Küche die Stimme seines Vaters und er brachte ihm eine Tasse Tee in den Kartenraum. Er bemerkte im Gegensatz zu Sil den Schweißgeruch aus seinen Stiefeln nicht, als er die Tasse auf dem Tisch abstellte. Eine leicht nach Zimt und Curry riechende Note stieg nun anschließend aus der Tasse zu Sils Nase empor. Er verdrängte den Schweißgeruch nicht vollständig, was auch William mit seiner Nase aufnahm. Nun bestand für Sil kein Zweifel mehr. William testete sie. Vega bemerkte davon nichts. Er roch nicht einmal die Würze des Tees. Geschweige denn, dass er ihn mit seiner Nase analysierte.

„Danke Vega", meinte er lächelnd und zog mit seiner Nase genießerisch ihren Duft ein. Er genoss sein Aroma förmlich.

„Weißt du, wir Pioniere führen seit jeher ein karges Leben. Den Tee hier züchtete ich auf Proxima. Er gedeiht auf felsigem Boden, ist sehr robust und hält vor allem den strengen Wind einer proxischen Nacht aus. Er ist das Einzige hier, was mich noch an die Zeit erinnert, als ich Elisa kennenlernte."

William lächelte. Er sah Sil an, dass sie zwar mit diesem Namen nichts anzufangen wusste, aber sie erriet, von wem er sprach. Mit Elisa meinte er seine verstorbene Frau.

„Und überhaupt, die proxische Nacht. Wer sich für unser Leben als Pionier entscheidet, entbehrt, entbehrt und entbehrt nochmals", führte William erklärend mit einer gewissen Erregung aus. Seine Empathie trat nun offen hervor.

„Ich weiß …", wollte Sil einwenden. Sie spürte Williams Befinden. Es übertrug sich auf sie, aber William erzählte sie ignorierend weiter.

„Als ich als kleiner Junge auf Proxima mit meinen Eltern ankam, glaubte ich ein besseres Leben als auf Gaia vorzufinden. Nicht, dass ich Gaia gehasst hätte, aber dieser Ort ist so traurig geworden. Von meinen Eltern erfuhr ich, dass es dort einmal riesige Wälder gab. Saubere Seen und Flüsse mit Fischen und Krebsen. Viele wilde Tiere. Aber das war schon lange vor ihrer Zeit. Dort regierten zu meiner Zeit Warlords und andere Wahnsinnige mit ihren Allmachtsfantasien. Sie kümmerten sich nur darum, dass ihnen niemand ihre Alphaposition streitig machte. Wer ihnen zu gefährlich wurde, den haben sie bestenfalls in ein Lager weggesperrt oder auf eine geheime Mission geschickt. Selbstverständlich ohne Wiederkehr. Ob das jetzt anders ist, weiß ich nicht. Meine Eltern sahen jedenfalls für mich keine gute Zukunft dort und ließen sie ihre Beziehungen spielen, um mit mir nach Proxima B auszuwandern. Ich wusste nicht, was mich da erwartet und erfuhr nur das, was die spärlichen Quellen meiner medialen Lexika über Proxima B frei gaben. Ich lernte aber schnell, dass auf Proxima B keine Warlords regierten. Dort bestimmen die drei Sterne Centauri A, B und vor allem Proxima A das Leben der Pioniere und nicht umgekehrt."

Mit Centauri A und B meinte William die Doppelsterne im Zentrum des

Centaurisystems sowie den roten Riesen Proxima A, der sein gedämpftes Licht aus nächster Nähe auf den besiedelten Planeten Proxima B abgab und ihn letztlich erwärmte.

„Das Licht von Proxima A ist weis, aber wegen seiner Schwäche wird es nie so hell wie auf Ceti e. Tau Ceti hat übrigens viel mit der gaianischen Sonne gemein, auch wenn sie nicht ganz so groß ist. Wenn es in die proxische Nacht geht, dauert die Dunkelheit ein gutes gaianisches Jahr an und es wird in seinem Verlauf sehr kalt. Tagsüber, was ebenso ein ganzes Jahr andauert, ist es immerhin so warm, dass eine doch einträgliche Landwirtschaft möglich ist. Dann mussten wir schnell sein und während der Tagzeit die Aussaat und Ernte vornehmen. Wegen der extremen Bedingungen und Lichtverhältnisse baut man im Übrigen nicht jedes Gemüse an. Nachtschattengewächse gedeihen auf Proxima am Besten. Die Siedler züchteten sie speziell für die proxischen Lebensumstände heran. Auf keinem anderen besiedelten Planeten gedeihen die Tomaten und Bohnen so gut wie auf Proxima. Ich durfte in meiner ersten Zeit auf Proxima einige dieser Zuchtanlagen näher kennenlernen und konnte dieses Wissen in meine spätere Aufgabe einbringen. Am Ende eines proxischen Tages bereiteten wir uns immer für den nächsten Umzug in die von der Ratsversammlung zugewiesene Hüllensiedlung vor. Wegen der schwierigen Versorgungslage während der proxischen Nacht gibt es auf Proxima B nur wenige dauerhaft besiedelte Städte und erst recht keinen Privatbesitz. Der Planet ist folglich voll von unbewohnten Häusern auf der Nachtseite, den von uns genannten Hüllensiedlungen, die wir je nach Stand von Centauri A, B und Proxima A bezogen und wieder verließen. Die einzigen, dauerhaft besiedelten Orte, auch während der proxischen Nacht, sind die Minensiedlungen, denn obwohl Proxima eine karge Oberfläche bietet, hat der Planet wertvolle Bodenschätze in der Tiefe. Die proxischen Diamanten, die in den Bohrköpfen des Wurms verbaut sind, oder das proxische Erz, das praktisch als unzerstörbar gilt.

In der bisher erforschten Zone des Alls findet sich nichts von vergleichbarer Qualität wie auf Proxima B. Das liegt nur daran, dass Proxima B viel älter als Gaia ist und die Materialien viel länger im Boden reiften, wenn man so will. Aber die Landwirtschaft ist, wie gesagt nur auf der Tagseite möglich. Und das nur innerhalb eines gaianischen Jahres. Es stellte schon immer eine besondere Herausforderung dar, die proxische Nacht zu meistern und dieser Aufgabe verschrieb ich mich dort. Meine Vision war es auf der Nachtseite Wälder anzulegen, die mit diesen widrigen Bedingungen zu Recht kamen. So wie die proxische Fichte, von der du vielleicht schon gehört hast. Ihr Stamm ist kerzengerade und ihre Äste so angeordnet, dass die Schneelast wie bei einem Giebeldach abrutscht. Ein Teil der Bäume und Gewächse vor unserer Basis hier auf Thera sind meine Züchtungen. Perfekt geeignet die proxische Nacht zu überstehen. Sie kommen mit wenig Wasser aus. Ich brachte sie von Proxima B nach Ceti e mit und züchtete sie dort weiter. Sie sind genügsam und wachsen schnell. Sie werden es müssen, denn wenn die Nacht auf Proxima kam, spürten sie lange kein Licht mehr. Die Bäume überstehen ohne

Probleme die Kälte und als wir am nächsten proxischen Tag wieder zurückkamen, da gab es für die nächste proxische Nacht genügend Holz um unseren Kamin zu befeuern. Proxima hat kein Erdölvorkommen. Es gibt aber ausreichend Kohle, die sich nur an ganz bestimmten Orten konzentriert. Daher auch die Diamantenvorkommen. Ich weiß, dass du keine Baumfühlige bist und du es mir nicht nachempfinden kannst, aber immer wenn ich zu meinen von mir angepflanzten Schützlingen am nächsten proxischen Tag wieder kam, fühlte ich ihre Dankbarkeit, ihnen das Leben in dieser so unwirtlichen Gegend geschenkt zu haben. Auch wenn es erschwerte Bedingungen für ihr Wachstum gab. Zum Dank dafür gaben sie mir und meiner Frau ihr Holz, damit wir in der Kälte nicht erfrieren und weiterhin ein Auge auf sie haben. So genügsam, wie die Bäume sind, mussten auch wir sein, um dort zu überleben. Und vor allem haben sie eine unendliche Geduld und ein großes Herz."

William machte eine kurze Pause und nippte still an seinem Tee. Sil wusste nicht genau, warum William ihr das alles erzählte. Worauf wollte er nur hinaus? Da gab es bestimmt etwas, denn genau diese Erzählweise kannte sie auch von den Baumfühligen oder auch ihrer Mentorin Frau Weidling auf der Akademie. Sie rissen so vor allem sehr empathische Themen an, die ihnen unter den Nägeln brannten.
„Hast du etwa alle Pflanzen hier aus Proxima mitgenommen?"
„Nicht alle. Proxima ist kein Wüstenplanet wie Thera. Die überwiegende Landmasse gleicht einer Tundra. Daher finden sich am häufigsten Nadelbäume dort, weil sie die Extreme besser verkraften. Meine Vorgänger züchteten und verbesserten die proxischen Zapfenbäume. Es sind piniengleiche Gewächse, die einen hohen Samenauswurf haben. Sehr nahrhaft. Obstbäume gibt es eigentlich nicht, aber es gelang uns einige Laubbaumarten auf das extreme Klima Proximas abzustimmen. Sie tragen kleine, aber sehr aromatische Früchte."

William machte eine kurze Pause und trank wiederum einen kleinen Schluck aus der Tasse. Er linste Sil dabei in die Augen. Sil merkte, dass er sie genau analysierte. Worauf wollte der Baumfühlige hinaus? William erzählte unvermittelt weiter.
„Auf Proxima lernte ich Elisa kennen. So etwas wie eine Akademie oder eine große Stadt wie auf Ceti e gibt es auf Proxima auch jetzt nicht. Baute man solche Orte mit vielen Menschen auf Proxima, gäbe es bald viele Tote unter ihnen. Sie überleben in der Masse die proxische Nacht nicht. Man bahnt auf Proxima Beziehungen zwischen Männern und Frauen nicht wie auf Ceti e oder Gaia an. Dort, wo man sich ungezwungen trifft. Einen entspannten Plausch hält, dann tagelang abwägt, mehrere Nächte darüber schläft und hofft, doch etwas Besseres oder zumindest Anderes zu finden. Was auch immer dieses Bessere oder Andere wäre. Damals, als junger Mann wusste ich noch nicht, dass ich ein Baumfühliger bin. Erst Elisa erkannte das in mir und so fand sie in mir eine verwandte Seele. Sie

teilte meine Vision. Nachdem ich meine Eltern verließ und mit Elisa in die Wildnis ging, legten wir gemeinsam Haine und ausgedehnte Baumgruppen auf Proxima an. Selbst in den trostlosesten Gegenden des Planeten. Die Ratsversammlung unterstützte unsere Arbeit und wir machten dadurch neue Gebiete für weitere Siedler zugänglich."

„Warum hast du Proxima verlassen? Warst du dort denn nicht glücklich?"

Der Baumfühlige schenkte ihr nur einen kurzen, aber stechenden Blick. Sie ahnte, dass genau diese Angelegenheit des Pudels Kern seiner Ausführungen war.

„Na, wegen ihm", erklärte William ohne Umschweife und machte einen Wink mit dem Kopf zur Küche. Sil verstand nun. Sie fand sich in ihrem aufkommenden Verdacht bestätigt. Die Erzählkunst eines Baumfühligen war unverwechselbar. Er kam immer schnell auf den Punkt und versteckte seine Gefühle nicht.

„Als Elisa schwanger wurde, machte ich mir große Sorgen um meinen Sohn. Überlebt mein Kind das raue proxische Klima? Würde auch Elisa die Schwangerschaft gut überstehen? Mute ich meinem Sohn eine Zukunft in den dunklen Wäldern Proximas zu? Ständig auf Wanderschaft zu sein? Keine Heimat zu haben? Nicht zu wissen, ob man die nächste proxische Nacht überlebt? Auf Proxima ist es nicht so gut mit der medizinischen Versorgung. Die Siedler haben zwar sowas wie einen Arzt und da gibt es noch die weißen Frauen. Aber größere Kliniken oder Krankenhäuser, wie auf Ceti e, gibt es dort nicht. Das war auch einer der Gründe, weshalb es eine Mission nach Tau Ceti gab. Man muss auf Proxima alles mitnehmen, wenn man die dauerhaft besiedelten Minensiedlungen in die Wildnis verlässt. Ich bat daher die Ratsversammlung, mich gleich nach Ceti e zu versetzen. Dieser Ort eignet sich besser für junge Familien als die harten Lebensbedingungen auf Proxima. Man verstand mein Begehren und stimmte meiner Reise nach Ceti e zu. Ich glaubte da noch, dass ich eine gute Entscheidung für mich und meiner Familie traf, aber ich unterschätzte die psychische Belastung meiner Frau. Aus Furcht davor meinen Jungen während ihrer Reise durch das All zu verlieren, starb Elisa. Es zehrte sie zu sehr aus. Bei unserer Landung auf Ceti e mit dem Kryonikei retteten sie immerhin noch Vega aus ihrem Leib."

Das ging Sil sehr nahe. Es trieb ihr die Tränen in die Augen, während William ihr weiter von Elisa erzählte.

„Du bist jung. Wünscht dir vielleicht einen Mann oder etwas Aufregendes in deinem Sein zu erleben. Aber es ist wie mit jedem Planeten, auf den die Pioniere als Erster ihre Füße setzen. Thera ist am Anfang sehr interessant, aber wenn man tagtäglich über die staubige Einöde mit dem Dreibein jagt, wird einem schnell klar, dass die Zeit stehen bleibt. Die Siedlungen sind noch nicht gebaut, das Land ist noch leer. Man wird in dieser Einöde alt und glaubt, nicht gelebt zu haben", sagte William wehmütig.

„Warum bist du dann nach Thera aufgebrochen? Wolltest du nicht für deinen

Sohn da sein? Auf Ceti e wäre doch für dich und für ihn eine lebenswerte Zukunft. Es gibt viele Wälder und Seen dort. Ich ließ mir sagen, dass es ähnliche Bedingungen sind, wie sie auch auf Gaia vorherrschen. Auch wenn das cetische Licht nicht ganz an das Licht auf Gaia heranreicht."

„Ich bin ein Pionier. Ein Baumfühliger, Sil. Ich muss Bäume pflanzen und sie groß machen. Das ist meine Vision, meine Lebensbestimmung. Auf Ceti e gibt es genügend Baumfühlige und auch genügend Wälder. Man braucht so jemanden wie mich auf Ceti e nicht, aber aufgrund meiner Erfahrungen auf Proxima schlug man mich als Leiter für die Theraexpedition vor. Mein Junge wollte unbedingt bei mir bleiben. Ich zwang ihn nicht dazu, dass er mich nach Thera begleitet. Es war seine Entscheidung mit mir zu kommen", erzählte William weiter und nippte wieder an seinem bereits abgekühlten Tee.

„Du sagtest, dass du auf Gaia geboren wurdest. Das interessiert mich, weil ich noch nie jemand traf, der vom Ursprung kam. Was geht auf diesem Planeten eigentlich vor?"

„Nun, ich war da ein kleiner Junge und weiß nicht mehr soviel von Gaia. Ich erinnere mich aber noch sehr gut an das Tageslicht dort. Es ist vor allem am Abend so satt und leuchtend. Kein Vergleich mit Tau Ceti, Ivey oder Proxima A. Morgens ist das Licht eher grell und sanft. Gaias Wälder, wenn es sie noch gab, fühlten sich nicht glücklich an. Ich fühlte, dass die Bäume krank waren und keinen gesunden Wuchs mehr in sich trugen. Ich denke, dass das an den vielen Strahlungen dort liegt, mit denen man sie regelrecht bombardierte. Es stört ihre Kommunikation, die auch im Ultraschallbereich liegt. Außerdem plagten meinen Zeitgenossen viele gesundheitliche Probleme, die natürlich nichts mit den künstlichen Strahlungen oder der Zwangsmedikation zu tun haben durften. Meine Eltern hüllten mich der Propaganda zum Trotz in Kleidung aus Silberfäden, um wenigstens die schlimmsten Auswirkungen der Bestrahlung fernzuhalten. Aber diesen Verdacht auf Gaia offen auszusprechen, konnte gefährlich sein. Es hingen zu viele wirtschaftliche und politische Interessen daran. Meine Eltern sorgten sich sehr um meine Zukunft, was ich deutlich spürte. Meine Mutter trug schon während ihrer Schwangerschaft ein präpariertes Umstandskleid, um mich vor der strahlenden Belastung zu schützen. Ich kam trotz aller Vorsicht zwei Wochen zu früh zur Welt, was mein hohes Ruhebedürfnis und meine Stressanfälligkeit erklärt. Von meinem Vater erfuhr ich später, dass es auf Gaia marodierende Banden gab, die eiskalt Siedlungen überfielen und deren Einwohner bestialisch ermordeten. Obwohl sich bewaffnete Milizen bildeten, rissen diese Überfälle nicht ab. Wer in einer gaianischen Siedlung aufwuchs, lernte bald das Schießen und verrohte so wie die Räuber", erzählte William ungeniert. „Sie wussten von meiner Sensibilität und wollten nicht, dass ich daran zerbrach, wenn ich mit all dem Grauen dort konfrontiert werde. Deshalb blieben sie auch dort nicht, als sie eine Möglichkeit sahen, nach Proxima zu kommen."

„Du weißt nicht mehr über den Ursprung und warum es dort soviel Unfrieden gibt?"

William ächzte. Er verstand das. Viele der jungen Pioniere waren nie auf Gaia und wussten daher nicht von seinen besonderen Verhältnissen.

„Auf Gaia entwickelte sich unsere Spezies, bis sie zu den Sternen flog. Es ist zu viel Erinnerung dort. An ganz andere Zeiten. An Zeiten, als die Bäume noch im satten Grün standen und das Wasser aus den Bächen trinkbar war. Voller Fische und Krebse."

Sil wusste, hier sprach ein Baumfühliger und ein jeder der zuhörte, merkte schnell, dass diese Sichtweise den Zuhörer stark forderte. Ein Baumfühliger legte keinen Wert darauf, dass ein anderer ihren Gedankengängen folgte und erst recht kannten sie keine historische Bezüge oder Daten mit Jahreszahlen.

„Es gibt große und sehr tiefe Meere auf Gaia. Mineralienhaltig, salzig, aber auch verseucht. Sicher gab es Zeiten, in denen das nicht so war. Gesunde Wälder zu meiner Zeit als kleiner Junge? Fehlanzeige. Kaum, dass es einem Baum oder einem Strauch gelang sein Grün auszutreiben, landete der Trieb im Maul eines Viehs, dass man dort nur wegen des Fleischkonsums großzog. Deswegen kam es in den ersten Jahren der Kolonisation auch zu keiner Viehhaltung auf Proxima oder Ceti e. Kostet zu viele Rohstoffe. Gaia ist kein Ort, an dem man Kinder großziehen möchte, außer wenn sie dazu bestimmt waren, die Reichtümer des eigenen Clans aufzubessern und trotzdem …"

„Wie?"

„Ich meine, wenn Pflanzen, Tiere oder Insekten an einen lebensfeindlichen Ort oder einen Zeitpunkt gelangen und dort gezwungen sind auszuharren, dann vermehren sie sich nicht mehr. Sie wissen instinktiv, dass es in dieser Gefahrenzone für sie und ihren Nachkommen keine lebenswerte Zukunft gibt. Die Bewohner auf Gaia aber … es verhungerten Abermillionen von ihnen. Aber es störte keinen. Es kümmerte sie nicht. Sie zeugten und gebaren weiterhin Kinder, wie wenn es kein Morgen gäbe. Und dann diese vielen Kinderaugen der Neugeborenen, wie sie einen groß anglotzen. Wie sie einem unterschwellig sagen: Habt Mitleid mit uns, wir sind unschuldig. Nur damit sie, wenn sie geschlechtsreif sind, neue Kinder mit ebensolchen Glubschaugen zeugen und natürlich mit immer der gleichen Botschaft. Immer hungrig, immer unschuldig und vor allem seelisch verlassen. Woher das trinkbare Wasser für all die Generationen nach ihnen kommen sollte, um sie zu versorgen? … Egal. Es kümmerte sie nicht wirklich. Sie sahen nur sich und ihre Not und zeugten weiter Kinder. Woher die Nahrung selbst kommen sollte, wenn es schon nicht genügend Wasser gab, um sich selbst überhaupt reinzuhalten? … Egal. Es kümmerte sie nicht wirklich. Sie sahen nur sich und ihre Not und zeugten weiter Kinder. Wer sollte ihre Nahrungsmittel anbauen, sie kultivieren und verzehrfertig zubereiten? … Egal. Es kümmerte sie nicht und zeugten weiter Kinder. In ihrem Blick lag nur die eine Botschaft verborgen:„ Gib nur her und stelle bloß keine Fragen, woher unser Leid kommt.

Es auch nur anzusprechen, machte sie wütend. Schuld sind immer nur die, die ihnen nicht geben. Als ich zur Welt kam, suchte Gaia gerade eine Seuche heim. Geschuldet dem schlechten Wasser und der minderwertigen Qualität der Nahrung, was auch an den ausgelaugten und vergifteten Ackerböden lag. Außerdem tat die mangelhafte Versorgungslage mit Mineralstoffen und Vitaminen dem Verstand seiner Bewohner nicht gut. Ein dichter Schleier legte sich über ihren einfachen Geist und sie waren oft nicht mehr Herr ihrer Sinne. Vielleicht war auch dies ein Grund, der zur massiven Bevölkerungsexplosion und der kopflosen Umweltzerstörung Gaias führte. Meine Eltern schlossen sich den Planetenpionieren an. Leute, die ausersehen wurden, nach Proxima B zu reisen. Eine Reise mit dem Kryonikei galt damals noch als riskant und erst als ich etwa acht Jahre alt war, brach ich mit meinen Eltern nach Proxima B auf. Dann war ich alt genug, um die Reise durch das All ohne großes Risiko zu überstehen. Wir gingen in der Hoffnung, dass wir dort ein besseres Leben aufbauen, obwohl wir wussten, dass Proxima einen ganz anderen Alltag als der auf Gaia bedeutet. Aber das erzählte ich dir ja schon. Meine Eltern wollten, dass ich auch eines Tages eine Familie habe, ohne befürchten zu müssen, an der eigenen Spezies zu ertrinken."

Vega kam gerade aus der Küche und hörte seinem Vater sichtlich nervös geworden zu. Erst jetzt meldete sich seine Empathie zu Wort, was bei Sil schon viel früher passierte. Vegas Kopf gewann deutlich an roter Farbe. Es war ihm sichtlich peinlich.
„Vater", unterbrach Vega ihn beruhigend. „Das musst du ihr nicht erzählen …"
„Ich hoffe, dass mein Junge auch einmal ein Vater werden kann. Hier auf Thera …"
Sil schwante, worauf William hinauswollte.
„Ich …"
William sah Sil mit einem Augenzwinkern an. Er wusste, sie hatte ihn verstanden.
„Alt wird man schnell. Was Pflanzen und Tiere tun, kann auch für uns Menschen keine Schande sein. Lerne meinen Jungen kennen und vielleicht machst du ihn zum Vater. An mir wird es nicht liegen. Ich jedenfalls würde mich sehr darüber freuen."

Dann war ihm sichtlich leichter und er beschloss, beide jetzt allein zu lassen. Seine wohlüberlegte Absicht, seinen Sohn taktvoll aus der Küche zu seinem Gespräch mit Sil hinzuzuholen, klappte tadellos. Auch das entging Sil nicht. William stand schmunzelnd auf, weil auch er wußte, dass Sil es merkte. Mit sich zufrieden und der Tasse Tee in der Hand schlenderte er aus der Bibliothek hinaus. Natürlich, um sich für das Abendessen umzuziehen. Sil sah ihm überrumpelt nach, während Vega sie verhalten und peinlich berührt anlächelte. Es war ihm unangenehm, dass sein Vater so überfallartig für ihn seine Hoffnungen an Sil ausdrückte. Baumfühlige verhielten sich nun mal so, dachte Sil in der ersten Schrecksekunde bei sich. Direkt

83

und wenig diplomatisch.

Sil packte, sich innerlich wieder sammelnd, mit ein paar Handgriffen die Karten und die Bilder von den Pyramiden weg. Eine Fülle von Gefühlen, begonnen von Abscheu bis Zweifel rauschte im Schnelldurchlauf durch ihren Geist. Vega ging inzwischen schleunigst in die Küche zurück und widmete sich verstohlen wieder seiner Arbeit. Es drang nun ein leicht angebrannter Geruch von angeschmorter Paprika aus dem Nachbarraum zu ihr in den Kartenraum. Warum dachte sie bei ihrer Entscheidung nach Thera zu reisen nicht über so etwas nach? Sie befand sich hier allein mit drei Männern, einer Frau und einem etwa vierjährigen Jungen. Und diese einzige Frau war auch noch eine Erdfühlige. Eine Person, die ohnehin nicht sehr zugänglich auf ihr Umfeld reagierte. Mit ihr könnte sie sich in dieser Frage kaum austauschen. Das hieß praktisch, dass sie auf sich allein gestellt war. Vielleicht war es tatsächlich besser, so schnell wie möglich ins Feld zum Brunnenbohren zu gelangen. Einfach eine Zisterne nach der anderen in der Wüste anlegen, damit möglichst bald neue Siedler hierher kamen und Vega vielleicht dort einen Anschluss fand. Sie sollte möglichst nur am Abend und am Morgen in der Basis sein. Nur mit William und Vega reden, wenn es nicht anders ging. Ansonsten immer zusammen mit den Anderen raus aufs Feld gehen. Vega fände doch bei den Neuankömmlingen mit Sicherheit eine Lebenspartnerin. Warum sollte das gerade sie sein? So ging ihr es angehend durch den Kopf. Die Wasserfühlige stand unschlüssig und abwägend mit sich selbst auf und nahm ihre Krücken zur Hand.

Sie hievte sich auf ihnen zur Küchentür und blieb an der Angel stehen. Nun sah sie Vega zu, wie er mit dem Rücken zu ihr am Herd stand und leise schimpfend das Gemüse in der Pfanne wendete. Es roch etwas verbrannt. Der Ventilator des Dunstabzuges war nun eingeschaltet und ein wirbelndes Geräusch des Motors drang aus der Esse. Sie fühlte, dass es auch in Vega wirbelte. Es fuhr Achterbahn in ihm. Er grollte unterdrückt über seinen Vater, dann über sich selbst. Interessiert sah sie sich Vega näher an und beobachtete ihn weiter. Trotz seiner Angespanntheit sammelte er sich nach einer Weile wieder und schmeckte ihr Abendessen mit Gewürzen ab. Sein Ärger legte sich schnell und er kümmerte sich bald, wie wenn scheinbar nichts wäre, weiter an seine an ihn herangetragene Aufgabe. Aber sie sah ihm an, dass es weiterhin unter seiner Oberfläche brodelte. Der Vorfall im Kartenraum beschäftigte seinen Geist weiterhin. Schließlich bemerkte er erst jetzt Sils Anwesenheit und er drehte sich kurz nach ihr um. Für einen unsensiblen Menschen nicht sichtbar, schreckte er kurz auf, um ihr anschließend mit seinen wachsamen Augen einen freundlichen Blick zu schenken. Der Schreck ihres plötzlichen Erscheinens saß ihm noch tief in der Seele, sodass er kein Wort darüber über seine Lippen brachte. Vega versuchte es nicht einmal, weil er wusste, dass es nicht klappte. Trotz allem bemühte er sich zu lächeln, was aber nicht so recht glückte. Dafür brach Sil nun ihr Schweigen. Sie atmete tief durch und schob sich mit den Krücken in die Küche hinein.

„Es wäre besser gewesen, wenn man mir von vornherein reinen Wein eingeschenkt hätte, bevor ich hierher kam", sagte sie zu ihm und schob sich mit den Krücken weiter zur Küchenmitte. Vega brachte noch immer keinen Ton heraus. Er sah sie etwas hilflos an. Was sollte er tun? Er konnte sich doch nicht in Luft auflösen. Sich nicht verstecken. Hier in der Küche war sein Reich und Sil drang einfach in diese Zone ein. Nein, da musste er durch. Also blieb er wie angewurzelt stehen. Sein Herz schien in seine Hose abzugleiten, als Sil direkt vor ihm mit ihren Krücken ankam. Die Wasserfühlige wurde nun direkter.
„War es deine Idee mich nach Thera zu holen? Gibt es denn wirklich ein Wasserproblem? Oder geht es nur darum, dass du eine Frau brauchst?"
„Wir haben tatsächlich ein Wasserproblem, aber du musst nicht …"

Sie ließ kurzerhand eine Krücke los, die darauf hin mangels Halt auf den gefliesten Boden krachte. Es gab folglich bei ihrem Auftreffen ein lautes Scheppern. Mit der anderen Hand stützte sich Sil weiter auf der verbliebenen Krücke ab. Mit der frei gewordene Hand fasste sie an Vegas Wange und strich anschließend darüber. Sie sah ihm tief bewegt in die Augen hinein. Der durchdringende Blick einer Wasserfühligen durchleuchtete Vegas Seele. In ihm schien es, als ob er förmlich einfror. Und das ganz ohne Kryonikgel. Mit angespitzten Lippen traf sie seinen Mund. Da plumpste auch Sils zweite Krücke zur Seite, so das Vega sie reflexartig festhielt, damit sie nicht vor ihm in die Knie ging. Vega stützte sie sanft auf. Sil fühlte sich in seinen Armen erstaunlich leicht und kraftlos an. So hilflos. Rein aus dem Bauchgefühl heraushandelnd küssten sie sich. Vega gelang es immerhin noch mit einer Hand den Herd rechtzeitig über den Bewegungssensor auszumachen, ehe Decius und Kyle zu Abend ein verbranntes Gemüseragout zu Essen bekamen. Vega hob Sil nach ein paar Minuten hoch und trug sie in ihr Zimmer zurück. Er lächelte sie wohlmeinend an und bat Sil mit seinem Blick ihm etwas Zeit zu geben. Denn auch ihn forderte die rasche Form der Partnervermittlung seines Vaters heraus. Sil verstand dies nur zu gut, denn ihr erging es in diesem Moment nicht anders.

Kapitel 3

Im Feld

D u bist kein Baumfühliger", sagte Sil zu Vega, was ihn sichtlich zusammenzucken ließ. Wie fand sie das nur so schnell heraus? Beide lagen in diesem Moment nackt in Sils Bett und kuschelten miteinander. Vega suchte nach erklärenden Worten für Sils unzweifelhafte Feststellung, aber sie nahm ihm die Entscheidung ab. Dabei stützte sich Sil lässig mit der Hand ihren Kopf ab und linste ihn mit dem scharfen Blick einer Wasserfühligen in seine Augen. Ihre kaminroten Haare erhielten mittlerweile ihre volle Leuchtkraft wieder und unterstrichen im Gegenlicht Iveys ihre Wirkung auf den Betrachter. Und zwar es zu unterlassen ihr etwas vorzumachen.

„Ich fand es schon früh heraus. Schon als ich dir vor einer Woche in die Augen sah, nachdem mir dein Vater zu verstehen gab, dass du eine Frau brauchst. Dein Vater. Er ist ein echter Baumfühliger. Alle Baumfühlige, die ich kennenlernte, redeten so wie er daher. Aber du. Du versuchst durch Nettigkeit deine Unsensibilität zu überdecken, weil alle anderen hier Fühlige sind. Es kommt nicht aus deiner Intuition, sondern aus deinem Kopf. Glaubenssätze, die du rein aus Unterweisung, aber nicht aus Verständnis aufgenommen hast. Also kannst du kein Fühliger sein. Bei Fühligen liegt die intuitive Wahrnehmungsintelligenz förmlich im Blut und sie müssen sie sich nicht antrainieren. So wie du es getan hast."

Sil sprach hier das Gegenteil der Intuition an. Nämlich die Observation. Das Lernen durch Nachahmung. Ein Hauptmerkmal der „Dumpffühligen", welche sich oft in der Frage gipfelte: „Lebst du, oder wirst du gelebt?"
Mangels Empathie fehlte ihnen die Einfühlsamkeit zur inneren Wahrnehmung, weswegen dem „Dumpffühligen" das intuitive Erfahren verschlossen bleib.
„Woher weißt du das? Ich …", fragte Vega perplex. Wie war das möglich? Brauchte er sich das überhaupt zu fragen, denn nicht nur sein Vater, sondern auch Decius und Kyle wussten, dass er das Talent seines Vaters nicht vererbt bekam. Weil sein Vater diese Tatsache schon früh in seiner Kindheitsentwicklung bemerkte, bereitete er seinen Sohn auf den Kontakt mit anderen Fühligen vor. Alleine schon deshalb, weil sich Fühlige gegenseitig anzogen, wie ein Magnet und er auf Thera mit ihnen klarkommen musste. Sil blickte Vega verschmitzt an, lies sich aber von seiner Überraschtheit nicht beeindrucken. Innerlich fühlte sie, dass Vega sich danach sehnte, etwas von ihrer Begabung abzubekommen. Sie setzte unversehens nach.
„Du hast ein schlechtes Gewissen und meinst mit deiner Arbeit in der Basis etwas gut zu machen. Warum schämst du dich eigentlich dafür?"
„Ich ginge auch gerne mit ins Feld, aber ich wäre damit überfordert. Ich komme mit eurer Art zu Arbeiten einfach nicht klar."

Sil schmunzelte. Sie fand seinen Einwand niedlich.

„Ich suchte mir meine Feinfühligkeit genauso wenig heraus, wie du dein Gefühlsleben. Ich musste mir sie bewusst machen, um damit umzugehen. Außerdem finde ich es toll, was du für uns tust. An dir ging wirklich ein guter Koch verloren. Ich aß nicht einmal auf der Akademie so gut, wie bei dir. Und die stellten sogar extra Köche für uns ab."

Sil fühlte Vegas Erleichterung. Sie spürte, dass er trotz seiner Nichtfühligkeit ihren Respekt bekam.

„Ich dachte immer, ich verdiene eure Anerkennung nicht", versuchte Vega sich zu rechtfertigen. „Ich eigne mich nicht für ein Leben als Pionier."

„Ach Unsinn", sagte Sil. „Du hast großes Talent ein Menü aus wenigen Zutaten zu zaubern. Wenn man alles zur Verfügung hat, ist das keine große Kunst mehr. Echte Kunst ist es, wenn man trotz aller Einschränkungen immer noch Großes zu leisten vermag. Du bist halt ein Kopfmensch. Denkst halt eher linkshälftig anstatt rechtshälftig wie wir", meinte sie grinsend.

„Die Baumfühligkeit kann erblich sein. Ich dachte das am Anfang auch, da Mutter und Vater dieses Talent in sich trugen. Also versuchte ich, meinem Vater nachzueifern. Es gelang mir nicht. Vater wusste das, machte mir aber nie einen Vorwurf deswegen. Er sagte mir nur, dass ich ein junger Trieb am Boden wäre, der noch einen weiten Weg bis zur Sonne vor sich hat. Ich verstand nie, was er damit meinte. Außerdem war es immer ein Rätsel, wie er es schafft, sich mit den Gewächsen zu verbinden. Aber mir wurde seine Gabe nicht in die Wiege gelegt. Als ich heranwuchs, glaubte ich, ich könnte meinem Vater mit nach Thera folgen und die Baumfühligkeit zeigt sich mir noch. Aber dieses Talent kam einfach nicht zu mir. Vater merkte das und bereitete mich auf den Kontakt mit weiteren Fühligen vor. Das war nicht einfach für mich, da ich keinen Sinn darin sehe, mich in Details oder Tagträumereien zu verlieren. Mir fehlt das Gefühl für die Lebendigkeit der Pflanzen. So fällt es mir schwer, ihm zu folgen, wenn er von seinen Kindern spricht."

Sil beeindruckte Vegas Offenheit. Sie fuhr unverblümt mit der Redewendigkeit einer Wasserfühligen fort: „Dein Penis ist auch ziemlich lebendig und er fühlt sich so gut an. Ich spüre ihn gern in mir. Ich meine damit, es ist mir nicht so wichtig, wie gut du mit deinem Talent als Koch zufrieden bist, sondern nur, wie es auf mich wirkt. Mir ist jedenfalls ein echtes Glied lieber, als ein toter Dildo", sagte sie anerkennend und schmiegte sich kuschelnd an ihn, was Vega sichtlich erröten ließ.

„Vater meinte, dass ich eine Frau brauche, um selbst einmal Vater sein zu können. Aber deswegen schickten wir nicht nach dir."

„Ich weiß mittlerweile, dass es stimmt. Du brauchst dich nicht mehr bei mir zu entschuldigen", antwortete Sil beruhigend. „Es gibt wirklich ein Wasserproblem auf Thera. Ich sah mir in den letzten Tagen die Scans des Satelliten im Kartenraum an und suchte mir für die Inspektion ein paar Orte heraus, die ich näher auf

Wasserquellen untersuchen will. Thera verfügt über genügend Masse, um den Wasserdampf in seiner Atmosphäre zu halten. Der Planet ist fast so groß wie Gaia. Deswegen glaube ich nicht, dass sein verdunstetes Wasser in das All abgedriftet ist. Außerdem fühle ich mich mittlerweile stark genug, um alleine ins Feld zu fliegen."

„Ich verstehe. Ein Leben als Pionier lässt wenig Zeit für Muße. Wir müssen an die Arbeit, damit die Besiedlung voranschreitet. Vater wünscht sich, bald neue Siedler aus Ceti e nach Thera anzufordern. Auch er ist wie du an den Hintergründen der Pyramiden interessiert. Aber er weiß, dass er unserer Mission keinen Gefallen tut, wenn er sich vorrangig darum kümmert."

„Genau. Ich werde auf Erkundungstour gehen und nach Wasseradern suchen. Heute Abend bin ich wieder da und freue mich schon auf dein Gemüseragout", sagte Sil lächelnd und kniff mit einem Grinsen ein Auge zu.

„Ich werde mir die Zeit dafür nehmen", antwortete Vega zufrieden. Innerlich jubelte es in ihm, da er wusste, dass Fühlige schonungslos offen diskutierten, weil es in ihrer Natur lag.

Sil stand fröhlich auf, zog sich zuerst die Unterkleider und dann ihren Skarabäus an, während Vega im Bett liegen blieb und ihr beim Ankleiden zusah. Bereits als Vega ihr vor einigen Tagen die Nahrungssonde entfernte, machte sich Sil mit dem speziell auf Thera abgestimmten Arbeitsanzug der Pioniere vertraut. Die Entwickler auf Ceti e passten ihn extra für ihre Mission auf Thera an. Die Masse des Planeten berücksichtigend mit eingebauter Antigravitation ermöglichte es seinen Träger sogar für einige Minuten in der Luft zu schweben und höhere Luftsprünge als gewöhnlich zu machen. Neben der Sturzdämpfung aus großen Höhen sicherte eine „Luftkugel" das Gesicht. Bei der Luftkugel handelte es sich nicht um einen Helm im eigentlichen Sinne. Vielmehr lag am Kragen des Skarabäus ein verstärkter Ring, der aktiviert eine kleine Kraftfeldkuppel um den Kopf erzeugte. Sie hielt nicht nur Geröll oder Wasser effizienter als ein Helm es je tun könnte vom Schädel ab, sondern erzeugte im Inneren genügend Atemluft für 24 Stunden, weswegen man sogar mit dem Skarabäus unter Wasser arbeitete. Die aktivierte Luftkugel stieß sogar gegen sie fallende Gesteinsbrocken ab, weswegen sie gerade bei Höhlenforschern oder auch den Erdfühligen sehr gerne genutzt wurde. Da sie heute zu Kyle aufs Feld ging und damit rechnen musste in eine Höhle zu steigen, stimmte Sil ihren Skarabäus am Vortag entsprechend ihres Einsatzgebiets ab.

„Schaue zuerst bei Decius vorbei, bevor du zu Kyle ins seichte Meer fliegst. Er ist, soweit ich weiß, bei der schwarzen Pyramide im Norden von hier."

„Bisher redete ich nur wenig mit ihnen. Sie waren auch nicht lange in der Basis, um sich mit ihnen näher auszutauschen. Gibt es etwas, was ich über sie wissen müsste?"

Vega überlegte kurz und antwortete spontan: „Decius ist ein feiner Kerl. Er nimmt seine Arbeit sehr ernst und man könnte meinen, dass er eine richtige Religion daraus macht. Mir fällt es ebenso schwer ihm gedanklich zu folgen, wie wenn mir Vater von seiner Arbeit auf Proxima oder von seinen Kindern erzählt. Was mir aber auffällt, ist, dass er die Lufthülle Theras wie einen lebendigen Körper betrachtet. Er ist unglaublich elektrosensibel und spürt schon Stunden vorher, wenn sich Tell Omega ein Sturm nähert. Wenn er über Thera spricht, meint man eher mit einem Anatom zu reden, als mit einem Fühligen. Apollo ist sein Sohn, den er ab und zu mit sich mit ins Feld nimmt. Meist ist Apollo aber bei Kyle."

Vega machte nun eine etwas längere Pause, ehe er ihr antwortete. Sil merkte, dass er sich nun besser überlegte, was er ihr erwiderte. Vermutlich, weil es doch einige Intimitäten zwischen ihm und Kyle gab.

„Was Kyle angeht …", meinte er abwägend und leicht in seinem Erzählfluss stoppend „ … sie ist sehr verschlossen. Mit uns redet sie nicht viel und wenn doch, so trifft jedes Wort den Nagel auf den Kopf. Sie ist etwas speziell."

Sil prüfte, ob sie richtig mit ihrer Einschätzung lag. „Sie wies dich ein, oder?"

Vegas beginnende Rötung der Verlegenheit im Gesicht bestätigte ihre Vermutung. Er antwortete ihr nicht mehr ausweichend, da Vega von seinem Vater lernte, dass es besser war, mit Fühligen offen zu reden, als dass sie sich ihre Geschichte selber zusammen bastelten.

„Na ja, eine andere Frau war ja nicht da. Ich hatte mit ihr keine Romanze, wenn du das meinst. Es war rein technischer Natur."

„Ist schon in Ordnung. Ist mir auch lieber so", antwortete Sil mit einem gewissen Verständnis. Es erleichterte ihre Beziehung ungemein. Sexuelle Aufklärungsarbeit zu leisten war ohnehin nicht so ihr Ding. „Wie kam Kyle eigentlich auf den Namen ihres Sohnes?"

„Sie erklärte mir, dass Apollo der erste Sohn des Zeus war. Er gehörte zur dritten Generation der Götter. Der Planet hier erhielt seinen Namen nach einem Ort auf Gaia. Angeblich war es dort ein riesiger Vulkan, dessen Eruption einst ganze Landstriche verwüstete."

Sil erinnerte sich wieder an den Unterricht auf der Akademie. Dort erzählte man von einer gaianischen Siedlung, die einst auf der Vulkaninsel Thera lag. Durch einen verheerenden Ausbruch des feuerspeienden Berges zerstörte sich nicht nur die gesamte Siedlung auf der Insel. Er löste zahlreiche Flutwellen aus, die die antike Kultur der Minoer auslöschte, welche an den Ufern der Ägäis siedelten. Die therische Aschenwolke legte sich um den ganzen Globus und verdunkelte für viele Jahre die gaianische Sonne. Es führte dazu, dass die Pflanzen nicht mehr genügend Sonnenlicht bekamen und ihr Wachstum verlangsamten. Folglich hungerten die Menschen, was zu einer radikalen Veränderung ihrer Glaubensvorstellung führte. Man vermutete, dass dies zum Ende des Sonnenkults beitrug, der bis dahin weit auf dem europäischen Kontinent verbreitet war. Als die Ausgräber die bronzezeitliche Siedlung Thera nach Jahrtausenden wieder freilegten, fanden sie zahlreiche Fresken und Muster an den Wänden der verschütteten Häuser. Ihre bunten Malereien erzählten von einem fröhlichen und unbeschwerten Leben seiner Einwohner. Alltagsszenen, wie tanzende und singende Frauen oder ein Jüngling mit Fischen, stellten die Lebendigkeit und Freude dieser Zeit in bunten Farben dar. Überall malten deren Bewohner Spiralen an ihre Wände, welche den Energiefluss und die Lebenskraft symbolisierten. Ein energetisches Bewusstsein, das sich förmlich von der Kraft der Erde verschüttete und leider keinen Fortgang in der weiteren Menschheitsentwicklung fand.

Gerade als Sil ihren Anzug anlegte, fühlte sie wieder den Gegenstand, den sie gestern bei ihrer Erkundungsbegehung der näheren Umgebung von Tell Omega fand. Sie steckte diesen Fund in ihre Innentasche, vergas aber Kyle am Abend danach zu fragen, als sie sich in der Küche zum Abendessen trafen. Vielleicht wusste ja Vega, was es mit dem golden schimmernden Brocken auf sich hatte. Sie holte ihn heraus und wog den leichten Stein nachdenklich in ihrer Hand.
„Etwas interessiert mich da noch. Vielleicht weist du es ja", sagte sie und hielt Vega das Fundstück hin.
„Was denn?", fragte er anfangs interessiert. Seine Augen erfassten den goldgelben Brocken, ließen aber bei Erkennen an Beachtung nach. Sil merkte daran, dass er ihm keine sonderliche Bedeutung beimaß. Vermutlich, weil er ihn schon zu kennen glaubte, was seinen inneren Forscherdrang zum Erlöschen brachte.
„Dieser kleine Brocken da. Ich fand ihn gestern, als ich hinter der Anhöhe im steinernen Wald unterwegs war", antwortete Sil und hielt ihm ein etwa daumennagelgroßes Objekt unter die Nase. Das Stück erinnerte vom Gewicht her entfernt an Bimsstein und war wie er erstaunlich leicht. Allerdings leuchtete es golden aus ihm heraus, wenn man ihn gegen das Licht von Ivey hielt. Wenn man genau hinsah, zeigten sich in seinem Inneren kleine runde Bläschen. Sil vermutete, dass es sich um Lufteinschlüsse handelte. Vega nahm ihn aus ihrer Hand. Wohl aber eher, weil er dachte, das Sil das von ihm erwartete. Um sie nicht zu enttäuschen, spielte er mit. Sil entging das nicht. Sie verzieh ihm das, weil sie Vega bereits als einen Dumpffühligen akzeptierte. Er wog ihn kurz in seiner Handfläche und huschte mit seinem Blick darüber. Der Brocken fühlte sich weich und doch hart zu gleich an. Von ihm ging kein Geruch mehr aus.
„Ach diese kleinen Brocken meinst du", antwortete er ihr ziemlich schnell. „Vater meint, dass es ein versteinertes Harz von dem ehemaligen Wald hier ist. Sie liegen überall auf Thera verstreut herum. Wir vermuten, dass sie der Grund sind, dass Thera eine atembare Atmosphäre hat. Auch deswegen ist Vater davon überzeugt, dass dieser Ort einmal dicht bewaldet war. Auch wenn es viele Jahrtausende her sein dürfte."

Das interessierte Sil doch sehr, denn wo einst viele Pflanzen wuchsen, gab es sicher auch einmal Wasser in Bodennähe. Wenn nicht gar einen fossilen See, wie auf Ceti unter der Wüste. Vega gab ihr das bernsteinfarbene Fundstück zurück.

„Was ist mit dem Wald genau passiert? Du sagtest, jemand hat die Bäume gefällt. Habt ihr dazu Näheres herausgefunden?"

„Wir wissen es nicht. Vater vermutet, dass es ein gewaltsamer Akt war. Die Fällung aller Bäume auf Thera fand zur gleichen Zeit statt. Aber er hat keine plausible Theorie, mit was das zusammenhängt."

„Hat es vielleicht mit den Pyramiden zu tun?"

Vega seufzte. Er führte dieses leidige Thema nicht weiter aus. Sil merkte, dass es seinen Geist überforderte. Er bemühte sich um eine ehrliche Antwort, auch wenn sie Sil nur wenig überzeugte.

„Sil, ich möchte nicht wie Vater klingen, aber wir haben weder die Mittel noch die Möglichkeit das näher zu untersuchen. Wir sind keine Archäologen. Wenn es auf Thera wieder genug Wasser gibt, holen wir einfach jemanden her, der sich mit so was auskennt."

„Ich will bloß hoffen, dass die Sache mit den Pyramiden für unseren Besiedlungsplan keine Rolle spielt", rutschten Sil ihre Bedenken heraus.

„Bis jetzt sind wir noch keinem Alien oder so begegnet. Auch fanden wir keine Spuren. Ich denke daher, dass wir und nicht unnötige Sorgen machen sollten."

„Vielleicht hast du recht", meinte Sil noch etwas verunsichert. In ihr tickte es. Wie passten diese Begebenheiten zusammen? Sie wollte daher sehen, was die anderen dazu sagten. Dann steckte sie den Stein wieder in die Innentasche ihres Skarabäus und trat auf den Hof der Basis hinaus.

Die Wasserfühlige sah tief Luft holend zur morgendlichen Sonne Ivey empor. Sie setzte sich zum Schutz ihre gedämpfte Sonnenbrille auf. Irgendwie tat es ihr die therische Sonne an, die sie mit ihren wärmenden Strahlen am Tagesbeginn willkommen hieß. Vega verstand es, ähnlich wie Ivey mit seinen Strahlen, mit seinen Berührungen, ihr Lust zu bereiten und innerlich fühlte sie sich von ihm angenommen. Sil dachte über ihre weitere Zukunft auf Thera nach. Die Senke von Tell Omega könnte eine neue Heimat für sie und ihren Nachkommen sein. Warum also nicht hier eine Familie gründen? Kinder gebären und großziehen? Für die ersten Generationen wäre es ein karges Leben, aber so nach und nach entwickelt es sich zu einer stabilen Gemeinschaft. Mit zu den Ersten zu gehören, die hier siedelten, war in der Tat eine große Ehre. Ihr Name blieb in jedem Fall im Gedächtnis der künftigen Generationen Theras haften. Sogar auf Ceti e erinnerte man sich mit einem Feiertag, dem sogenannten Landungstag, an die ersten Pioniere. Deren Namen fanden sich in den Ortsbezeichnungen auf Ceti e als Erinnerung daran immer wieder. So, wie es auch seit Jahrhunderten auf Proxima B gang und gäbe war. Mit einem gewissen Stolz ging Sil aus dem Tor ihrer Basis hinaus und schlenderte eine vor kurzem angepflanzte und bewässerte Baumreihe mit Setzlingen entlang. Sil vermutete, dass es sich um Orangenbäume handelte, die William hier eingrub. Jedenfalls sahen ihre etwas steifen Blätter danach aus. Auch stach ihr der weiße Kalkanstrich auf den jungen Stämmchen ins Auge, mit dem der

Baumfühlige sie vor dem Sonnenbrand schützte. Sie fand Vegas Vater unweit davon gemütlich mit einem Schlauch am Ende der Reihe stehen. Er versorgte mit dem Wasser aus der Zisterne die dort angelegten Pflanzenbeete, in denen verschiedene Gemüsesorten, wie Steckrüben und Feldsalat zur Versorgung der Basis gediehen. Sogar der ungeübte Blick eines Laien erkannte, dass die angebauten Sorten im mineralstoffreichen Boden Theras eine behagliche Heimat fanden. Ihr frischer kräftiger Wuchs verriet, dass sich die Gewächse wohl fühlten. Überdies merkte Sil William an, dass er im Augenblick sehr glücklich war. Sie grüßte ihn freundlich.

„Ein schöner Tag, um im Feld zu sein", antwortete William ihr nickend zurück.

„Warst du nie draußen im Feld?"

„Was täte ich denn da ohne Wasser?"

„Na ja, den Planeten erkunden. Nach geeigneten Plätzen für die Setzlinge Ausschau halten."

„Das taten die Sonden schon für mich. Leider blieb ich erfolglos, außerhalb von Tell Omega einen neuen Hain anzulegen. Bei der schwarzen Pyramide im Norden versuchte ich das auch einmal. Ich glaube, dass es dort nicht genügend Wasser gibt, obwohl wir in der Ebene eine untertherische Zisterne bauten, die nach oben Wasser abgibt. Decius nutzt sie immerhin für seinen dort installierten Wolkenbrecher. Also bleibe ich lieber hier bei meinen Bäumen in Tell Omega und kümmere mich um sie. Die Bäume hier brauchen auch jeden Tag ihr Wasser und wenn es viele von ihnen gibt, verdunsten sie es und es entstehen Wolken im Himmel, die sich wieder irgendwo über dem Land abregnen. Ein wundervoller Kreislauf, der ein jedes Lebewesen durchzieht. Außerdem bringen Bäume so Wasser ins Landesinnere, wo es keine Flüsse gibt."

„Ich fragte mich, warum sich trotz des Wassers hier keine Wolken über uns in der Senke bilden."

„Ich vermute, dass ich noch nicht genügend Bäume hier angepflanzt habe", erklärte ihr William. „Ich denke, erst wenn ich die 30.000 Stück erreiche, zeigt sich über uns ein Wolkeneffekt. Im Augenblick sind sie noch nicht ausgewachsen und brauchen meine Hilfe. Ich pflanzte immerhin etwa zwei Drittel der benötigten Bäume. Wenn ich die Schwelle überschritten habe, sorgt der Wald für sich selbst und ich kann weitere Standorte suchen."

Sil nickte und zog ihren goldgelben Fund aus der Innentasche heraus. Obwohl sie Vegas Antwort schon kannte, hielt Sil auch William den bernsteinfarbenen Brocken unter die Nase.

„Ich zeigte Vega diesen Brocken hier. Ich fand ihn im steinernen Wald. Was kannst du mir darüber sagen?"

William drehte aufmerksam sein Gießwasser ab und wandte sich dem Fundstück zu. Der Baumfühlige reagierte anders auf ihren Fund wie Vega. Während Vega zeigte, dass er innerlich den Fund schon abhakte, näherte sich William ihm wertungsfrei. Mit der gewissen Neugier eines Kindes, aber auch mit dem Blick eines erfahrenen Kenners. So fiel auch seine Antwort aus. Er nahm ihr den Stein sachte aus der Hand. Sogleich wog er ihn kurz in seiner Handfläche ab und hielt ihn zwischen Daumen und Zeigefinger gegen das morgendliche Licht Iveys. Dessen grelle Strahlen brachten den Stein von innen heraus zum Leuchten. Das Gesicht des Baumfühligen verzog sich bei dem ergreifenden Anblick freundlich. Ja liebevoll. Seine Seele nahm an dem kleinen Stück Baumharz Anteil. Sein Geist versank sich in ihm, ehe er Sil darauf antwortete. Sil fühlte, dass ihm der kleine Brocken zu Herzen ging. Es lösten sich sogar ein paar Tränen aus seinen Augen. William fing sich aber schnell wieder. Er grenzte sich von seinen Gefühlen ab.

„Ich nenne das versteinerte Harz auch die Tränen der Bäume. Sie weinen vor Schmerzen. Bäume verschließen damit ihre offenen Wunden. Ähnlich wie auch die Blutplättchen in deinem Körper sich bei einem Schnitt zu einer Ersatzhaut bilden und das Blut gerinnen lassen. Es soll verhindern, dass Fremdkörper wie Viren, Pilze und Bakterien in seinem Organismus eindringen und ihn an einer Art Blutvergiftung sterben lassen. Für mich ist es immer ein Zeichen, wie nah wir diesen stillen Geschöpfen doch stehen. Dies hier ist ein Relikt der versuchten Heilung. Wie wir an den abgetrennten Baumstümpfen erkannten, war ihr Bemühen um Heilung vergebens. Sie hatten keine Chance."

William seufzte. Es ging ihm sehr nahe. Er versuchte sich innerlich erneut abzugrenzen, um sich nicht weiter im Schmerz der Bäume zu verlieren. Ähnlich wie sie seinerzeit bei der Übung am Strand. Sil spürte das deutlich. Der Baumfühlige wurde wieder nüchterner im Umgang mit dem Brocken. William fiel das aufgrund seiner langen Erfahrung nicht schwer.

„Ich schätze, dass dieser hier gut zwei oder dreizehntausend therische Jahre alt ist. Diese kleinen Einschlüsse und Unreinheiten da sind Teile der Rinde. Man erkennt daran, dass die Bäume hier früher ähnlich der unseren auf Proxima B waren. Es gab folglich einmal viel Wasser auf Thera, aber genau das ist es, was da nicht zusammenpasst. Wo ist das ganze Wasser hin? Warum gibt es hier keine stetigen Meere wie auf Ceti e oder Proxima? Und vor allem, warum gibt es keine Wolken über den seichten Meeren? Dort verdunstet doch genügend Wasser in die Atmosphäre. Decius hat auch keine Idee. Deswegen holten wir dich hierher."

Nun nahm er den Stein in den Mund wie es auch Kyle mit der Erde zur Analyse machte und spuckte ihn nach ein paar Sekunden wieder aus.

„Er gibt schon lange keinen Geschmack mehr ab. Wahrscheinlich, weil er alle seine Öffnungen versiegelte. Versuche bloß nicht, ihn zu verbrennen. Als wir das einmal ausprobierten, gab es eine ätzende schwarze Wolke, die uns fast die Luft raubte. Sie stinkt entsetzlich. Allerdings glaube ich, dass es damals an der Qualität des Harzes lag. Wenn der Reinheitsgrad höher ist, dürfte sich eine andere Reaktion zeigen. Das probierten wir zwar noch nicht aus, aber es könnte einen einschläfernden Effekt auf andere Organismen haben. Bernstein wird auch als Räucherware verwendet.

Übrigens leitet sich von ihm der Name Elektron ab, weil er sich über Stoff oder Fell gestreift statisch auflädt. So behandelt zieht er Papierschnipsel, Fussel und Wollreste an."

„Habt ihr Insekten oder andere eingeschlossene Tiere darin gefunden? Harz konserviert doch Lebewesen. Es wäre ein Hinweis, welches Alter diese Bäume erreichten, ehe man sie fällte."

„Ja, wir fanden einige Steine mit Einschlüssen von Insekten. Uns unbekannte Arten. Nicht mit denen vergleichbar, die wir hier für die Befruchtung der Gewächse verwenden. Diese wurden speziell für die Erschließungsmission gezüchtet. Die gefundenen therischen Insekten waren viel kleiner. Aber das nützt uns nichts mehr, denn von was sollen sie leben? Das versteinerte Harz beweist lediglich, dass dieser Ort einmal hoch lebendig war. Aber die Katastrophe, die ihn auslöschte, war kein Feuer, denn sonst wäre das Harz damals mit in den Flammen verbrannt."

Sogleich gab William Sil den Stein wieder, den sie erneut in ihre Innentasche steckte.

„Das versteinerte Harz ist eine Erinnerung daran, dass es möglich ist, diesen Ort wieder zum Leben zu erwecken. Ich denke, dass dies auch der Grund ist, dass es hier eine Atmosphäre mit Atemluft gibt. Es ist das Erbe der Bäume aus der Urzeit Theras. Wenn der Brocken so etwas wie einen Geist in sich trägt, würde er uns sicher dankbar sein, wieder Bäume hier anzupflanzen und sie groß zu machen."

„Bist du dir da sicher?"

William lachte. „Alle Gewächse konkurrieren zwar um Licht, aber wenn es für sie gefährlich wird, dann kommunizieren sie miteinander. Sie wissen, was sie voneinander haben. Das sollten wir Menschen auch tun. Gerade, wenn es für uns gefährlich wird."

„Danke", sagte Sil anerkennend und wollte zum Hangar aufbrechen, als William noch hinterher schob: „Ich danke dir, dass du ihn annimmst."

„Meinst du deinen Sohn?"

„Du bist ein sauberes Mädel", meinte William sie anerkennend musternd. „Genau die Richtige für meinen Jungen."

Sil wusste nicht, ob sie darauf überhaupt etwas antworten sollte. Bei den Baumfühligen hieß es nicht, dass sie einen Kommentar ihres Gesprächspartners erwarteten.

„Weißt du", fuhr William nach einer kurzen Pause fort. „Ich erzählte dir noch nicht, wie ich Elisa auf Proxima kennen lernte. Das war in der proxischen Nacht. Genauer gesagt kurz nach einem proxischen Gewitter. So eine Nacht dauert fast ein gaianisches Jahr lang. In der Kälte, weit abgeschieden von den bewohnten Siedlungen. Ich kam mit meinen Eltern nicht rechtzeitig von unserem Tagquartier weg und wir mussten die proxische Nacht in der Siedlung durchbringen. Als Pionier richtet man sich für diesen Notfall ein. Es fordert einen und es heißt auch, die Lebensmittel und die Heizstoffe zu rationieren. Als ich Holz für unseren Kamin aus dem nahen Wald holte, fand ich Elisa dort. Halb erfroren. Eingeklemmt in ihrem Dreibein. Alleine konnte sie sich nicht befreien und dazu noch in einer normalerweise verlassenen Gegend. Sie versuchte den heraufziehenden Nachtstürmen zu entkommen und wurde von ihnen eingeholt. Vielleicht hat auch das proxische Gewitter die Elektronik in ihrem Dreibein zerstört. Du wirst sicher während der Ausbildung von dem Flow gehört haben, den Proxima A ab und zu ins All ausstößt. Er trifft zwar nicht immer Proxima B, hinterlässt aber in der Elektrik ihre Spuren. Daher gibt es auf Proxima B keine transhumanen Androiden. Bei strengen Minustemperaturen schmiert außerdem das Dreibein für gewöhnlich durch Vereisung ab, weshalb es auf Proxima B gefährlich ist, die Nachtzone zu durchqueren. Aber das weißt du ja. Lernt ihr alles auf der Akademie. Ich befreite sie mit meiner Axt, anstatt damit Holz zu schlagen. Meine Eltern waren nicht davon begeistert, als ich sie anstatt des ersehnten Holzes für unseren Kamin anschleppte. Hieß es doch, einen weiteren Esser in unserer Mitte aufzunehmen. Unsere knapp kalkulierte Ration legte sich nicht darauf aus, zusätzliche Leute zu versorgen. Aber wir teilten trotzdem und als die proxische Nacht vorüber war, sind wir den ganzen proxischen Tag lang in der Siedlung geblieben. Proxima B kennt so etwas wie ein Frühjahr oder Herbst nicht. Entweder ist es dort Sommer oder Winter. Die Übergangszeit dauert nur ein paar gaianische Tage. Während des proxischen Tages wird es nie dunkel und während der proxischen Nacht wird es nie hell. Als Pionier muss dir das klar sein, wenn du dort überleben willst."

„Ich …"

William sah Sil tief in die Augen. Er verlangte nicht, dass sie etwas dazu sagte.

„Ich meine, manche wissen einfach nicht, wie gut es ihnen geht. Sie suchen dieses und jenes Haar in der Suppe, um ja zu verhindern, dass sie sich glücklich nennen dürfen. Meist tun sie das, weil sie Angst davor haben, ihre eigene Freiheit aufzugeben. Was komisch ist, weil diese Freiheit von ihrem Milieu bestimmt wird, mit dem sie sich umgeben. Sie wissen nicht um den Wert der vielen Dinge, die sie für selbstverständlich halten. Erst wenn sie schwinden, schätzt man den Moment, in dem man sie auskosten durfte. Obwohl mir Elisa genommen wurde, will ich die Zeit mit ihr nicht missen. Beziehungen sind immer eine Angelegenheit des Augenblicks. Was bleibt, sind nur ihre Kinder. Egal, ob es sich um Gefühle handelt oder die eigene Nachkommenschaft."

„Ich mag deinen Sohn."

„Ich weiß. Meinen Segen habt ihr", meinte er lächelnd. Selten sah Sil eine solche Dankbarkeit in den leuchtenden Augen des betagten Mannes. „Schau dir meine Bäume hier an. Sie sind quicklebendig und spüren, wenn sich jemand ihnen öffnet und sie nicht nur, als ein totes Stück Holz betrachtet. Obwohl sie nichts sehen und nichts hören, wissen sie, ob sie jemanden trauen können. Sie spüren in unsere Seelen hinein und stehen uns Fühligen näher, als du glaubst. Vielen Menschen fehlt dieses Gefühl der Reflexion, was die Bäume sehr bedauern."

Sil nickte anerkennend. Sie wusste instinktiv, was William damit meinte. So verabschiedete sie sich und ging weiter zum Hangar der Anlage.

Sie sah nach ihrem Wurm. Vom Staub Theras benetzt stand er für weitere Aufgaben bereit. In den letzten Tagen unternahm sie ein paar Probebohrungen in der Umgebung Tell Omega, um sich wieder mit dem Gerät vertraut zu machen. Mit Spracherkennung aktivierte sie ihn und lenkte ihn mit Gestensteuerung ihrer Hände durch Winken zu sich heran. Der Wurm erkannte seine Herrin durch optische Scanner, die ihn an die richtige Stelle wies. Mit angewinkelten Handflächen, die Stopp signalisierten, hielt der Apparat am Ort und Stelle inne. Sie prüfte mit einem Blick das Wetter, den Wind, die Temperatur und atmete tief ein. Die Luft schmeckte trocken. Etwas sandig. So ähnlich wie an einem Tag am Strand. Es roch in der Senke leicht nach dem feuchten Laub der Bäume, um die sich William gerade kümmerte. Dann setzte sich Sil in ihr Dreibein und machte sich auf den Weg zu Decius in die Wüste. Seinen Standort peilte bereits der Bordcomputer des Dreibeins an, weswegen nur ein paar Handgriffe zur Kursbestimmung ausreichten. Fast lautlos erhob sich ihr Gefährt aus dem Hangar und nahm den Wurm im Schlepptau. Wie ein angeleintes Beiboot auf See folgte das Arbeitsgerät der Wasserfühligen im ausreichenden Abstand. Verbunden mit einem Gravitationsstrahl zu ihrem Dreibein. Von oben sah Tell Omega in der Senke, wie eine kleine grüne Oase aus. Umgeben von einem weisen Meer aus feinen Sandkörnern. Aus der luftigen Perspektive lies sich am Besten erkennen, welch großartige Arbeit William und Vega hier bisher leisteten. Sie überflog den Rand der Senke und querte einen Ausläufer des steinernen Waldes. Von dort unten barg sie den goldgelben Brocken, der nun in ihrer Innentasche weilte. Sils Gedanken kreisten um die Aussagen von Vega und William zu dem goldgelben Fundstück. Sie nahm sich vor, auch Decius und Kyle dazu zu befragen, ehe sie sich eine Meinung darüber bildete. Noch hielt sie sich in ihrem Geist vor einer Spekulation zurück.

In den letzten Tagen war sie gerade hier in dieser trockenen Einöde unterwegs. In ihrem Skarabäus stieg Sil die Anhöhe zum Bergrücken der Senke hinauf und sah sich die rätselhaften versteinerten Baumstümpfe des steinernen Waldes näher an. Sogar nach so vielen Jahrtausenden erkannte sie den ungewöhnlich glatten Schnitt, mit dem man sie fällte. Von der Wesensart glichen die Abtrennspuren einem Messer. Ähnlich wie dem, den der Baumfühlige in der Plantage auf Ceti e mit ihrem Baumzweig tat. Die Rodung musste sehr schnell von statten gegangen sein. Ähnlich dem Mähen eines Rasens. Vom Umfang der Stämme her waren es einst riesige Bäume. Ihr Boden, auf dem sie ihre Wurzeln schlugen, triefte nur so vor Mineralien und Nährstoffen. Auch wenn der Wind die obersten Schichten verwehte, die humusreiche Schicht setzte sich weit in die Tiefe fort. Kyle erklärte ihr vor ihrer Tour zum steinernen Wald, dass der Wald schon Jahrmillionen vor seiner Fällung existierte. Seine an der Oberfläche nun ausgetrocknete Deckschicht verriet das. Ein gesunder Waldboden speicherte extrem viel Wasser. Sechs Mal mehr als auf einem freien Feld. Führte man diesem Boden allerdings nicht ausreichend Wasser zu, trocknet er schnell aus und es dauert Jahre lang an, bis er wieder seine ehemalige Wassersättigung erreicht.

Bei ihrem Rundgang durch den steinernen Wald versuchte Sil mit ihrer kupfernen Winkelrute eine Wasserader ausfindig zu machen. Sie benutzte die Winkelrute vorzugsweise, wenn es darum ging, herauszufinden, ob es da überhaupt etwas im Untergrund gab. Sie schlug schon bei kleinsten Magnetfeldern an, welche durch die Reibung des fließenden Wassers entstand. Wie zu erwarten war, zeigte sich bei ihrer Suche kein Ergebnis, aber gerade beim Abschreiten des Areals mit ihrem Arbeitsgerät fand Sil die zahllosen kleine Harzbrocken im Boden verstreut liegen. Sie grub in die Erde hinein, um das näher zu untersuchen. Auch in der Tiefe und an verschiedenen Stellen stieß immer wieder auf sie. Ihre Fundstücke verliehen dem ehemaligen Waldboden eine bernsteinfarbene Oberfläche. Auf Sil wirkte das gespenstisch, aber auch faszinierend zugleich. Ein mit Bernsteinsplittern durchsetzter Wüstensand.

Am Horizont zeichnete sich die schwarze Spitze einer jener mysteriösen Pyramiden ab, von der Sil im Kartenraum bisher nur ein paar Bilder sah. Im Original wirkte sie tatsächlich befremdlich und faszinierend zugleich. In der grellen Sonne glänzte auf dessen glattpolierter Oberfläche Iveys Licht. Ähnlich eines aufblitzenden Messers. Sie wandte trotz ihrer aufgesetzten Sonnenbrille schützend ihren Blick ab, um nicht von der Reflexion Iveys geblendet zu werden. Wenn kein Tageslicht auf die ansonsten pechschwarze Orionpyramide fiel, verschmolz sie mit der Dunkelheit der Nacht und nur Cocos schemenhaftes Licht lies erahnen, dass hier in der Wüste etwas stand. In der Nähe wartete Decius auf sie. Sil fand ihn schnell in der ansonsten leeren sandigen Ebene. Nach den Aufzeichnungen der Satelliten befand sich an dieser Stelle einmal ein riesiger See. Daher unternahmen die Pioniere hier eine ihrer ersten Probebohrungen außerhalb Tell Omegas. Die Wasserstelle wirkte verloren in dieser Weite und wäre auch nicht weiter aufgefallen, wenn nicht der Luftfühlige das gefundene Wasser für seine Arbeit mit dem Wolkenbrecher benötigte. Das aufblitzende Kupfer seiner Apparatur und das abgestellte Dreibein verrieten, wo er sich aufhielt. Je näher sie Decius kam, umso deutlicher zeigte sich der Sonnenpavillon, den Decius zum Schutz vor Iveys Strahlen errichtete. Unweit davon befand sich ein offenes Wasserbecken, in dem etwas von dem kostbaren Nass in der Sonne Iveys glänzte. Kupferne Rohrleitungen führten aus der offenen Zisterne heraus und endeten an jenem kupfernen Apparat, an dessen Ende mehrere längliche Rohre wie Gewehrläufe in den Himmel hinauf zeigten. Decius bemerkte ihren Anflug und erwartete sie freudig mit seinem Sonnenhut winkend. Er machte es sich im Schatten des Pavillons auf einem Liegestuhl im Sand bequem und verfolgte mit wachsamen Augen die Arbeit seines Wolkenbrechers. Was genau der Luftfühlige da eigentlich tat, erschloss sich einem „Dumpffühligen" nicht. Für einen Nichtfühligen glich sein Handeln eher purer Faulheit und Müßiggang, aber die Fühligen selbst wussten um die Besonderheiten ihres Talents, weshalb sie sich mit solchen Verdächtigungen gegenüber anderen Fühligen tunlichst zurückhielten.

Als Wasserfühlige interessierte sich Sil nicht so sehr für die Arbeit der Luftfühligen. Aber sie wusste, dass für die Atmosphäre ähnliche Gesetze galten, wie für das Wasser selbst. Warmes Wasser stieg in die höheren Wasserschichten auf, kühles Wasser fiel in die tieferen Schichten hinab. Wobei der schwerste Zustand und höchste Tragfähigkeit des Wassers bei plus 4 Grad Celsius lag. Gerade dieses Auf- und Absinken der Wassermassen trieb die Strömung des jeweiligen Elements voran. Auch die Luftmassen suchten immer den Ausgleich, weswegen es Hochdruck- und Tiefdruckgebiete gibt. In der Konfrontation der beiden Luftdruckgebiete kam es erst zu jenen Wettererscheinungen wie Regenfronten, Stürme, Windhosen oder Tornados. Ähnlich der global wirkenden Meeresströmungen umwirbelten Jetstreams in den höheren Luftschichten den Planeten. Die Luftmassen auf Thera heizte Ivey tagsüber über dem Land auf und der von ihr erwärmte Untergrund kühlte sich in der Nacht wieder ab. Da Thera keine stetigen Meere besaß, war auch der Temperaturunterschied zwischen dem Tag und der Nacht höher. Die Wassermassen, so wusste Sil, wirkten in diesem Tag und Nachtzyklus wie ein Wärmespeicher. Ein von der Sonne aufgeheiztes Wasser gäbe in der Nacht langsamer seine Wärme ab, als es das wasserlose Festland tat. Da sich Thera etwa eine Stunde schneller als Gaia um seine eigene Achse drehte, wechselte sich der Temperaturunterschied extremer ab. So kam es auch zu dem scharfen Wind, der permanent über die Oberfläche Theras blies. Diese Schwankungen fielen erheblich niedriger aus, wenn es tatsächlich so etwas wie ein dauerhaft bestehendes Meer gäbe. Die Beschaffenheit der Atmosphäre war entscheidend für eine Wolkenbildung. Und hier überschnitten sich ihre Kompetenzen.

Sil landete ihr Dreibein sicher neben dem von Decius. Ihr Wurm blieb zuverlässig in ausreichender Entfernung von ihner stehen. Seine Sensoren erfassten auch das andere Dreibein, was dafür sorgte, dass er mit ihm nicht zusammenstieß. Sil stieg mit einem winkenden Gruß zu Decius aus. Jener ging ein paar Schritte auf sie zu und setzte sich seinen Sonnenhut wieder auf. Auf dem Boden angekommen, nahm sie unabgeschirmt die rätselhafte Pyramide in voller Größe in Augenschein. Sie traf Vegas Beschreibung ziemlich gut. Aus was für einem Material erschuf man sie eigentlich? Selbst Kyle gab ihr gestern Abend darüber keine zuverlässige Auskunft, da ihre Versuche scheiterten, ein Stück davon abzubrechen und es in den Mund für ihre Analyse zu schieben. Immerhin stellten die Sensoren der Satelliten fest, dass es eine Mischung zwischen verschiedenen Metallen und Gesteinen war. Etwas, das dem Rosenquarz sehr ähnelte. Eine genauere Analyse der Zusammensetzung schlug auch hier fehl. Der Luftfühlige trug ebenfalls wie Sil eine stark gedämpfte

Sonnenbrille. Als sie auf Decius zuging, bemerkte die Wasserfühlige das schmale Bohrloch der offenen Zisterne unweit des Wolkenbrechers. Ebenso sah sie drei vertrocknete Baumsetzlinge, die offenbar ihren Austrieb nicht mehr fortführten. William versuchte hier vergeblich einen Hain außerhalb von Tell Omega anzulegen. Bei diesem traurigen Anblick wunderte es Sil nicht, dass der Baumfühlige darauf verzichtete, weitere vergebliche Pflanzversuche in der Einöde zu starten.

„Hallo Sil. Schön dich im Feld zu sehen", grüßte Decius sie mit einem verschmitzten Lächeln. Sil erwiderte erneut seinen Gruß. Auch in Decius Gesicht stach ein leichter Bartwuchs sichtbar hervor. Es schuldete sich dem sparsamen Umgang mit dem Wasser in der Station. Vega bemühte sich erst, seit sie mit ihm schlief, seinen Bart möglichst kurz zu halten. Decius hingegen schnitt ihn nur, wenn er ihm zu lang oder zu lästig wurde. Er legte keinen Wert mehr darauf, dass Frauen an seinem Äußeren Gefallen fanden.

„Na Decius. Ich sehe, dir geht es gut hier. Wie geht es mir gerade?", lächelte Sil den Luftfühligen scherzend an.

Decius kicherte. Diesen Begrüßungswitz verstanden nur die Fühligen untereinander. „Du willst mir etwas zeigen, bevor ich mit meiner Arbeit beginne?"

Decius lächelte sie verständnisvoll an. Ihre Blicke trafen sich trotz der aufgesetzten Sonnenbrillen, wechselten dann in ihr Gegenüber und das nun folgende Gespräch frequentierte sich sachlich auf ihrer Wellenlänge. In ruhigen und informativen Ton tauschten sich nun zwei Fühlige aus, dessen Inhalt für einen Nichtfühligen wie eine Fremdsprache erklang.

„Ja. Es ist gut, wenn wir über unsere Wünsche und Vorstellungen reden, bevor du in Aktion gehst. Ich merke, dass du mittlerweile auf Thera angekommen bist und dich hier sehr wohl fühlst."

Sil fühlte, dass er damit ihre begonnene Beziehung mit Vega meinte, wusste aber, dass Decius beabsichtigte, dies nicht zum Thema ihres weiteren Gesprächs zu machen.

„Es ist ein interessanter Ort. Mir kommt er vor, wie eine tiefe schlafende Liebe", antwortete sie ihm nach einer unmerklichen Denkpause.

Decius nickte schmunzelnd. Sil fühlte, dass er ihre Einschätzung über Thera teilte. Nur drückte Decius es anders aus:„ Als wir bei unserer Ankunft aus dem Fenster unseres Antimaterieschiffs auf Thera hinab blickten, empfand jeder von uns es auf andere Weise. William zum Beispiel erkannte seine blaue Aura in der Atmosphäre. Er nannte es die Kraft des Lebendigen. Kyle fühlte die energetische Ladung seiner Kruste. Ich hingegen spürte Theras Puls. Aber letztendlich liefen unsere Eindrücke auf dasselbe hinaus. Du bestätigst unseren ersten Eindruck, mit dem wir meist richtig liegen."

„Puls?", schnappte Sil neugierig geworden Decius Wahrnehmung von Thera auf „Was genau meinst du mit Puls?"

„Jeder Planet hat einen Puls. Bei Thera liegt er genau wie bei Gaia bei 7,83 Herz.

Also der gleichen Frequenz, wie die unserer Gehirnströme. Darum glaube ich, dass Thera ein lebensfreundlicher Ort ist. Du hast Thera zwar nicht vom All mit deinen eigenen Augen gesehen, aber dein Ausflug mit Vega am Tag nach deiner Ankunft scheint dein Bild von Thera zu prägen."

„Das stimmt. Vor allem seine warmen leuchtenden Farben im satten Abendlicht Iveys fluteten in mich hinein. Ich sah auch eine schwache Bläue, die von seiner Oberfläche ausging. Ich musste diesen überwältigenden Eindruck erst einmal verdauen und träumte nachts sehr intensiv davon. Am Ende fühlte ich seine unergründliche Liebe. Ein behütendes Gefühl. Thera schläft tief und fest. So fest, wie ich im Ei meine Reise hierher verbrachte."

Der Luftfühlige nahm an ihrer Ausführung sichtlich Anteil und fügte an:„Allerdings vermisse ich seine Wolkendecke. Ihr Anblick gibt mir erst die Hoffnung mit unserer Mission erfolgreich zu sein."

„Mich interessiert sehr, wie du von deiner Luftfühligkeit erfahren hast. Ich hatte zum Glück Eltern, die mein Talent förderten."

„Bei mir lief es leider etwas anders ab. Ich kenne meine leiblichen Eltern nicht. Man fand mich bei einem Sterbehospiz auf Ceti e. Ich wurde vor deren Tor abgelegt. Ein Arzt namens Decius fand mich dort und ich tat es ihm an. Er gab mir seinen Namen. Wahrscheinlich, weil er selbst kinderlos war."

Sil berührte es innerlich sehr, als Decius von seiner Kindheit erzählte. Sie lauschte mit tiefsten Herzen seinen Worten. Einfühlsam und anteilnehmend.

„Er lebte allein in einer Wohnung des Sanatoriums. Seine Aufgabe bestand darin, die toten Körper der Anstalt zu untersuchen und deren Todesursache festzustellen. Man nennt so was auch einen Pathologen. Er beschäftigte eine Haushälterin, mit der er eine Art verdecktes Beziehungsleben führte und er stellte bei der Cetiverwaltung den Antrag, sich um mich kümmern zu dürfen."

„Warum tat er das?"

„Wirst du mir das glauben, wenn ich dir meine Vermutung dazu äußere?"

„Erkannte er etwa dein Talent in dir?"

„Ja. Er sah und spürte es. Schon von dem Moment an, als er mich von der Treppe hoch hob. Erst auf der Akademie erfuhr ich von meinem Mentor, dass mein Ziehvater eine andere Art von Fühliger war. Für so jemanden wie ihm, gibt es keine spezielle Lehreinrichtung auf Ceti e, weil sie mit ihrem Talent keine Planeten erschließen. Sie besitzen ebenso die Gabe wie wir, in fremde Seelen aber auch Körper hineinzuspüren. Nie verstand mein Ziehvater, weshalb man mich hier bei ihm aussetzte. Dabei wäre ich ein wahres Geschenk des Lebens. Die Cetiverwaltung gab seiner Bitte statt und so kümmerte er sich mit seiner Haushälterin um mich. Als Kind spielte ich unter anderem in seinem Labor und lernte so seine Arbeitsweise und Philosophie kennen. Ich war ein sehr ruhiges Kind in seiner Gegenwart, erzählte er mir später und ich wirkte ausgleichend auf ihn. Tagsüber hantierte er an den toten Körpern und ich wusste bald von den vielen

100

Krankheiten und Wunden, die einen Organismus im Laufe seines Daseins schädigten und ihn, wie Kyle es nennen würde, zur Erde werden ließen. Er verglich den Planeten Ceti e mit einem einzigen lebendigen Organismus. Wie in einem Körper zirkuliert in ihm das Wasser wie Blut. Die Winde fungierten, wie die Luft in den Lungen. Sogar durch die Nervenbahnen schossen elektrische Impulse wie Blitze. Aber er wusste auch von den Energien, die seine Atmosphäre durchströmten und ihn erfüllten. Das konnten Nervenimpulse sein, ausgelöst von Hormonen wie dem Dopamin und Serotonin, oder auch sexuelle Energie, Triebe oder Gefühle. Von ihm lernte ich viel darüber. Gerade, wenn es um Strahlung, Schwingung, Frequenz, Vibration oder der Elektrizität ging, die durch die Atmosphäre geht und sie beeinflussen. Das Wort "fließen" kam oft in seiner Sprache vor. Wie alle Organismen sendet Thera auch eine Frequenz oder auch Schwingung nach Außen. Der Planet hat ein Magnetfeld, genauso wie jedes andere lebendige Wesen eine Aura hat. Die Wahrnehmungsfähigkeit solcher Felder prägt sich unterschiedlich stark bei jedem Geschöpf aus. Bei mir ist sie eben sehr stark. Einige Tiere können diese Felder sogar sehen. Ich kann es zwar nicht sehen, aber erfühlen. Ich selbst spreche sehr stark auf Frequenzmusik an. Vor allem auf 432 Herz. Sie hat eine heilende Wirkung auf jeden Organismus."

„Vega erzählte mir schon, dass du elektrosensibel bist. Belastet dich das nicht eher?"

Decius lachte kurz auf. Eigentlich käme Sil als Fühlige von selbst darauf.

„Wie kann einen etwas belasten, was sich für ihn normal anfühlt? Ich lernte damit zu leben und ein Teil davon werden zu lassen. Außerdem kann ich durch entsprechende Kleider und einigen Schutzmaßnahmen ein einigermaßen normales Leben führen."

Sil schlug im Geiste mit dem Einwand eine Brücke zu ihrer Selbstwahrnehmung. Decius äußerte sich weiter dazu, obwohl Sil es bereits verstand.

„Die Dumpffühligen verstehen das nicht, weil sie nicht über diese Form der Sensibilität verfügen. Daher sind wir für sie nicht normal. Umgekehrt allerdings heißt das, dass du unter den Handlungen leidest, was Dumpffühlige täglich gedankenlos tun. Kopfhörer aufsetzen zum Beispiel. Das Magnetfeld dadrin spüre ich. Ich kann sogar den genauen Verlauf einer Stromleitung unter der Erde aufspüren ohne sie aufgraben zu müssen. Ganz zu schweigen davon, dass ich merke, wenn in einem Raum oder in meiner näheren Umgebung Strahlungstechniken verwendet werden. Die Dumpffühligen spüren nicht einmal den Unterschied zwischen der Musik mit 432 Herz und 440 Herz. Während Musik mit 432 Herz durch seine Schwingung Harmonie, Liebe und Ruhe in den von ihr erfassten Körper bringt, macht 440 Herz aggressiv. So eine Änderung der Musikfrequenz gehört zu den Methoden der verdeckten Kriegsführung."

Sil erinnerte sich an ihre eigenen Erfahrungen in dieser Sache. Eine Wasserfühlige empfing mit ihrer Rute ebenso elektromagnetische Impulse unter der Erde.

„Ebenso spüre ich, wenn sich die Luft elektrostatisch auflädt, also wenn eine Warmfront mit einer Kaltfront zusammenstößt. Die Dumpffühligen nehmen allenfalls einen Anstieg der Luftfeuchtigkeit wahr. Wenn es bei ihnen etwas sensibler zugeht, spürten sie sogar ein leichtes Kribbeln. Ich aber fühle ein stetig ansteigendes Kribbeln was sich anfühlt als ob ich allmählich unter Strom gesetzt werde. Ich glaube, dasselbe fühlst du auch, wenn du auf eine Wasserader stößt. In der Art unserer Wahrnehmung ähneln wir uns sehr."

„Das stimmt", gab Sil ihm Recht. „Ich gewöhnte mich daran, hielt mich mit Äußerungen aber zurück, wenn ich das wahrnahm."

„Das ist das Schwierigste daran. Es zu fühlen, aber diese Wahrnehmung zurückzuhalten, um keine unschöne Reaktionen der Dumpffühligen zu provozieren", nickte Decius verständnisvoll.

„Wie kamst du auf die Akademie?"

„Mein Ziehvater hielt mich für wertvoll und wusste schon sehr früh, dass ich auf die Akademie der Pioniere gehörte. Er informierte sich gründlich darüber. Dazu musste ich aber ein bestimmtes Alter haben. Noch bevor er mich einschrieb, geriet ich bei einem Ausflug im Sommercamp meiner Schule mit meinen Schulkameraden in einen mächtigen Tornado der Stufe Fünf hinein. Tornados stuft man nach einer Skala ab. Stufe eins ist ein etwas stärkeres Lüftchen. Du kannst dir das vorstellen, wie wenn du mit einem dünnen Baumzweig in einer Regentonne herumrührst. Bei der Stufe Fünf benutzt du dafür keinen Zweig mehr, sondern einen riesigen Kochlöffel. Falls es dich beruhigt, der Wind erreicht nie die Geschwindigkeit von Schall. Wir waren an diesem Tag mit Rädern in einem Teil Cetis unterwegs, wo es keine Wälder oder Hügel gibt. Ringsum befindet sich da nur reines Marschland. Ich sollte noch ergänzen, dass ich nur wenige echte Freunde besaß. Am Anfang wollte ich dazu gehören. So, wie alle Fühligen auch, wenn sie noch nicht von ihrer Besonderheit wissen. Auch zu jenen an meiner Schule, die aber mit mir nicht viel anzufangen wussten. Ich galt in ihren Augen als der Spielverderber, die Spaßbremse, eine Mimose, als der Angsthase. Das nur, weil ich zu viele Bedenken wegen deren kopflosen Handelns ausbrachte. Es kam nicht selten vor, dass ich Recht behielt, nur war deren Scham so groß, dass sie es nicht zugaben, sich unnötig in Gefahr begeben zu haben. Schon an dem Morgen, als wir mit unserem Radausflug aufbrachen, bekam ich ein ungutes Gefühl für diesen Tag. Ich wusste nicht genau, woran das lag. Vielleicht war es die Schwüle der Luft oder das Tempo, mit dem sich das Land aufheizte. Oder auch, dass ich über das Gebiet las, dass sich dort unvermittelt Tornados bildeten, denen nur schwer auszuweichen war. Natürlich versuchten meine Kameraden immer, meine Bedenken zu zerstreuen. Sie redeten mir ein, dass ich mir das nur einbilde. Sie meinten, dass die Wetterfrösche sich immer wieder mal irrten und dass die zunehmende Luftfeuchtigkeit über dem Land noch lange nichts über einen bevorstehenden Tornado aussagt. Wenn es danach ginge, könnte man nie mit den Rädern eine Tour durch das Marschland machen. Weil ich nicht schon wieder die Spaßbremse sein wollte, fuhr ich trotzdem mit ihnen. Ich unterdrückte meine Intuition, was ich später sehr bereute."

Sil hörte mit großem Interesse weiter. Sie spürte, dass in Decius dieses Erlebnis sehr nachging und er aus dieser Erfahrung in sich eine gewisse Verbitterung und ein Schuldgefühl herumtrug. Worüber genau, erzählte er ihr bestimmt noch.

„An dem Ort, an dem wir dem Tornado begegneten, gab es keinen Baum, keine Hütte, keine Höhle oder einen anderen Schutzbau im herkömmlichen Sinn. Links und rechts der Dammstraße gibt es nur den matschigen Grund des Marschlandes. Bis zur nächsten Siedlung, einer Abzweigung oder einem schützenden Ort war es noch weit. Es war schwülwarm und da sah ich ihn. Direkt vor uns. Und er war schnell. Wir fuhren schon seit längerer Zeit auf dieser Dammstraße gerade aus. Meine Kameraden sahen ihn da noch nicht, als ich ihn schon bemerkte. Die letzte Biegung lag bereits mehrere Kilometer hinter uns zurück. Von der Ferne strahlte der Tornado eine gefährliche Schönheit aus. Wer weit genug von ihm weg ist, findet seinen Anblick faszinierend. So wie Vater es mir erzählte, wenn er auf seinem Seziertisch die Leichen untersuchte. Mit dem Tod konfrontiert und doch so weit weg. Über dem Tornado selbst lag eine beklemmende Dunkelheit. Bestehend aus dicht zusammengezogenen, düsteren Wolken. Seine tiefgräuliche Finsternis werde ich nie vergessen. Sogar die windigen Ausläufer spürten sich bis zu uns hin und er hielt mit großem Tempo direkt auf uns zu. Ich hörte in der Ferne seinen Klang. Weißt du, jeder Tornado besitzt eine eigene Frequenz, eine eigene Schwingung. Ich nahm seine unheimlichen Geräusche deutlich wahr. Mein Ziehvater bemerkte früh, dass mein Gehör außerordentlich gut entwickelt ist. Der Tornado machte auch keine Anstalten sich abzubremsen oder seine Laufrichtung zu verändern. Meine Gruppe bremste hingegen mit ihren Rädern erst ab, als es zu spät war, ihm auszuweichen. Sie bemerkten die tödliche Gefahr erst jetzt. In Panik geraten, stritten sie sich darüber, was sie jetzt tun sollten. Ich hielt aber im Gegensatz zu ihnen nicht mit meinem Rad an und fuhr immer schneller werdend an ihnen vorbei. Während ich sie passierte, achteten sie nicht auf mich. Ich nahm im Vorbeifahren nur die riesige Angst aus ihren Worten wahr, die sie ergriff. Ja, ich fühlte ihre aufkommende Furcht in mir hineinfluten. Doch das schob ich instinktiv zur Seite. Mir fielen bei unserer Fahrt über die Dammstraße durch das Marschland die in regelmäßigen Abständen gebauten Durchlasskanäle für das sumpfige Gelände unter der Straße auf. Dort sah ich die einzige Möglichkeit, den Tornado geschützt zu überstehen. Weiter vorne unter dem Damm musste wieder ein solcher Durchlass unter der Straße sein. Wenn man schnell genug war, käme man noch vor dem Tornado dahin. Der Durchlass hinter mir lag zu weit entfernt. Außerdem bemerkte ich, dass Tornado noch an Stärke zunahm. Zurückzufahren, war zu riskant. Noch während ich auf ihn zufuhr, fand ich meinen Verdacht bestätigt. Ich sah deutlich, dass seine Breite empfindlich anwuchs. Ich spürte seinen scharfen wirbelnden Wind in den Haaren und seine ungebändigte Energie, die mich beinahe vom Fahrrad holte. Wie ich vermutete, befand sich genau an der abgeschätzten Stelle ein

Durchlauf des Marsches unter der Straße. Schnell warf ich mein Fahrrad in den Grünstreifen und versteckte mich in dem Tunnel. Nur wenig später fegte der Tornado über mich und meinem feuchten Versteck hinweg. Seine Geräuschkulisse und Wirkung erinnerte mich an den schlurfenden Blutsauger, mit dem mein Vater seine zu untersuchenden Körper und seinen Seziertisch reinigte. Ich spürte seine mächtige Sogwirkung sogar in meinem Versteck, welche ganze Grasbüschel aus den sumpfigen Wiesen meiner unmittelbaren Umgebung riss. Sogar das modrige Wasser im Durchlauf stieg mir bis zu den Hüften an. Die ganze angefeuchtete Luft nässte mich bis in die Haarspitzen ein. Aber der Tornado war noch nicht stark genug, um das Wasser in meinem Versteck lebensgefährlich ansteigen zu lassen, sodass ich seinen Vorbeizug unbeschadet überstand. Vater verglich so einen Tornado mit einem pumpenden Herz, das das Blut im Körper umwälzt. Warme Luft steigt nach oben. Kalte Luft fällt nach unten. Als die Ausläufer des Tornados abklangen und ich ihn deutlich hinter mir wusste, stieg ich aus meinem Versteck heraus. Ich war durchnässt, dreckig und stank nach dem abgestandenen Moder des brackigen Wassers. Zuerst suchte ich in meinem Schockzustand nach meinem Fahrrad. Aber das konnte ich vergessen. Der starke Wind nahm es mit sich und schleuderte es weit in das sumpfige Gelände hinein. Ich machte mir schon bald nicht mehr die Mühe es zu suchen. Geschweige denn, dass es Sinn machte, nach meinen Kameraden zu sehen. Ich lief trotzdem bis zu der Stelle zurück, wo ich sie zuletzt sah. Aber da war niemand mehr."

Der Redefluss Decius stockte. Er musste sich innerlich sammeln. Die Erinnerung an dieses Erlebnis war in Decius wieder so präsent, als es geschah. Sie traute sich kaum zu fragen, spürte aber, dass Decius auch ohne ihre Frage weitererzählte. Sie fühlte seine tiefe Trauer.

„Man suchte meine Kameraden, als ich den nächsten Ort erreichte und dort um Hilfe rief. Die örtliche Polizei schickte einen Suchtrupp los und sie fanden vereinzelt ihre Fahrräder und Leichen im Marschland liegen. Die öffentliche Untersuchung zu dem Vorfall ergab, dass sie offensichtlich umdrehten und versuchten, dem Tornado durch Wegfahren in die andere Richtung der Dammstraße zu entkommen. Aber der Tornado holte sie ein. Keiner von ihnen überlebte es und ich machte mir noch wochenlang schwere Vorwürfe deswegen. Mein Vater tröstete mich damit, dass ich nichts dafür konnte. Es besänftigte mich nicht wirklich. In mir blieb das Gefühl haften, sie selbstsüchtig in den Tod gehen gelassen zu haben."

„Es tut mir leid", sagte Sil betroffen. Innerlich fühlte sie mit Decius den Schmerz.

„Vater erklärte mir erst da, als er mich in den Arm nahm und versuchte mir wieder Halt zu geben, dass er schon länger vorhatte, mich auf die Akademie zu schicken. Hätte er mich etwas früher auf der Akademie eingeschult, wäre ich erst gar nicht mit meinen Schulkameraden in das Marschland gefahren und ich müsste mich nicht nach meiner Verantwortlichkeit für den Vorfall fragen. Ob ich dabei gewesen wäre oder nicht, es hätte auch nichts an dem Unglück als solches geändert. Er erzählte mir, dass ihm die vielen Toten, die er jeden Tag auf seinem Tisch untersucht, Demut lehren. Dankbarkeit jedem Tag gegenüber, an dem man seine Augen auftut, aber auch, dass man an deren Schicksal nicht die Schuld hat, die sie auf seinen Tisch führten. Warnungen gibt es genug, aber nicht jeder verfügt über die Sinne sie zu erkennen oder sie gar ernst zu nehmen. Ich wäre eben als Fühliger mit diesen Sinnen ausgestattet und durfte nicht unterstellen, dass mein Gefühlsleben auf das meiner Schulkameraden übertragbar wäre. In dem Moment, als ich ohne auf die Anderen zu achten, dem Sturm entgegen fuhr, fühlte ich intuitiv, dass dies die einzige Möglichkeit war, dem Tornado noch zu entkommen. Es mit meinen Begleitern auszudiskutieren blieb mir keine Zeit, zumal sie mir ja bereits zuvor mehrmals zu verstehen gaben, dass sie ohnehin nicht auf mich hörten. Warum sollten sie es nun im Angesicht der Gefahr tun?"

Sil nickte. Sie wusste aus der eigenen Erfahrung, als sie mit ihren Eltern durch die Wüste auf Wassersuche ging, dass sie ihrer Tochter nicht zutrauten, welches mit so einer simplen Rutenmethode zu finden. Sogar auch an Stellen, die vollkommen unverdächtig aussahen. Natürlich findet man überall Wasser, wenn man tief genug in den Untergrund hineingrub, hörte sie ihre Kritiker sagen. Aber die Kunst des Wassersuchens bestand ja darin, eine höher gelegene Ader zu finden, die sich leichter für einen Brunnenbau eignete. Je tiefer ein Brunnen gebohrt werden musste, umso aufwendiger war es.
„Wie stellten sie deine Luftfühligkeit auf der Akademie fest?"

Decius lächelte. „Nach diesem Erlebnis im Marschland war das nur noch reine Formsache. Ich sollte für sieben Tage das Wetter für einen ganz bestimmten Ort auf Ceti e vorhersagen. Weder zeigte man mir Satellitenbilder von der Gegend, noch irgendwelche Temperaturaufzeichnungen der letzten Jahre oder gab mir ein Barometer mit. Man setzte mich an einer beliebigen Stelle auf dem Planeten aus und ich bekam für meine Analyse etwa fünf Stunden Zeit. Meine Wetterprognose beruht auf Beobachtung des Himmels, der Luft, der Feuchtigkeit, der Windströme, dem Verhalten und den vorhandenen Arten der Flora und Fauna in der Umgebung. Man kann vor allem sehr viel über das langfristige Wetter einer Gegend vorhersagen, wenn man deren Bewohner kennt."
„Ich finde das sehr gewagt. Könnte es nicht sein, dass irgendetwas Unvorhergesehenes passiert, was deine Vorhersage stört?"
„Ja, schon. Aber es ging den Testern nicht darum, dass es präzise im Stundentakt vorhergesagt wird. Es genügte alleine die Tendenz und Abschätzung eines jeden Tages. Wobei wir wieder bei unserer Arbeit hier auf Thera wären. Ich halte es für wichtig, dass du genau verstehst, wie ich arbeite, damit du deine Brunnen für meine Arbeit richtig anlegst. Wir haben hier in der Ebene ein Muster für die künftigen Brunnen, die du hier einrichtest. So einen, wie er aussehen soll, siehst du hier.

105

Genau solche brauche ich von dir auf der ganzen Planetenoberfläche Theras."

Sil trat an die ovalförmige Wasserstelle mit der weisgetünchten Auskleidung heran. Ihre Augen suchten sie nach Feinheiten ab. Neben dem schmalen Bohrloch, aus dem das Wasser in die geschlossene Zisterne hinein floss, führte ein Überlauf davon direkt in die offene Zisterne hinein. Aus dieser ragten weitere, lange kupferne Rohre senkrecht in den Himmel hinauf. Ebenfalls führten aus der offenen Zisterne weitere kupferne Leitungen zu dem Wolkenbrecher hin. Sie verbanden sich mit dem rätselhaften Gerät, der für Außenstehende wie ein einziges Mysterium anmutete.

„Wie funktioniert deine Apparatur genau?"

Decius grinste. Er wusste, dass seine Arbeit mit dem Wolkenbrecher in den Augen der „Dumpffühligen" einer reinen Spinnerei glich. Wetterexperimente gab es schon lange, nur fanden sie in der Öffentlichkeit kaum Beachtung. Zum einen stempelte man die künstliche Beeinflussung des Wetters als „aberwitzig" und als Werk von Freaks ab. Andererseits interessierte sich das Militär schon immer sehr dafür, weswegen in dieses Forschungsgebiet viel Geld investiert wurde. Wer das Wetter beherrschte, besaß eine mächtige Waffe und täuschte erst recht die Öffentlichkeit über die Möglichkeiten hinweg, um den Überraschungsmoment als strategischen Vorteil zu nutzen. Außerdem konnte bei einem „Unfall" immer auf höhere Gewalt verwiesen werden, da ja der Mensch dem Wetter schutzlos ausgeliefert ist. Mit medialer Trauerflor flogen bei einem solchen Ereignis die Politiker in die Katastrophengebiete, versprachen Unterstützung und fühlten mit den Opfern. Jene, die letztlich durch ihre Steuern zwangsweise diese Experimente und auch die Wiederaufbaufonds finanzierten. Von den Verlust ihrer Angehörigen und ihrer Heimat ganz zu schweigen. Dabei basierte die Wettermanipulation genau auf der Grundlage, dass ein Planet als ein einziger lebendiger Organismus zu verstehen ist. Dort, wo der Planet gedieh, zeigte es sich in seiner Diversität der Lebendigkeit. Wie jeder Organismus, kann das Wetter durch „Nadelstiche", wie der Wolkenimpfung, beeinflusst werden. Dann regneten die Wolken unter anderem durch Ausbringen von Partikeln bzw. Schwermetallen, früher ab. Genau dort, wo es die Militärstrategen haben wollten.

„Ohne einen Brunnen mit fließendem Wasser kann ich meine Arbeit nicht durchführen. Der Wolkenbrecher hier dient als Leiter, um die negative Energie im Himmel aufzunehmen, damit sie in das Wasser abgeleitet und somit in den Boden gelangt. Sich also erdet. Unter der Erde löst sich die negative Energie vom Wasser. So kann das Wasser gereinigt wieder an die Oberfläche gelangen. Umgekehrt geht es natürlich auch, da sowohl die Atmosphäre nach einem Ausgleich der positiven als auch der negativen Energie strebt. So, wie sich ein menschlicher Körper seiner Natur entsprechend immer darum bemüht, sein Blut basisch neutral zu halten. Die Schwankungen zwischen positiver und negativer Energie erschaffen das Wetter und das fließende Wasser hilft der Atmosphäre, diesen Ausgleich zu erreichen. Hier unten im Boden der Zisterne siehst du einen weiteren Ablauf, damit das Wasser zu seiner Erde zurückfließt. Erst dann ist die Verbindung zwischen Himmel und Erde geschlossen. Im Dunkeln kann das Wasser sich seiner negativen Energie entladen und sich energetisch auf oder abbauen. Aber das weißt du ja."

Sil sah näher auf den Grund der Zisterne herab. Tatsächlich. Eine unscheinbare Abdeckung verband das Wasser wieder mit dem therischen Boden.
„Es ist ein kleiner Brunnen. Die geschlossene Zisterne hier ist viel kleiner als in Tell Omega. Aus dem offenen Teil verdampft meiner Meinung nach zu viel Wasser. Dieser Brunnen wird kaum ausreichen hier in der Ebene so einen Hain wie an der Basis anzulegen."
Decius lächelte. Er rechnete mit ihrem Einwand und führte seine Arbeitsweise detaillierter aus.
„Meine Aufgabe ist es, die Atmosphäre zu heilen. Den energetischen Ausgleich zu schaffen, damit sich wieder Wolken über uns bilden. Wir sind hier nur so von schlechter Energie umgeben. Wenn wir sie aus der Luft ableiten, gibt es hier wieder Wolken und es regnet nur so in Strömen auf uns hernieder. Das ist viel besser, als unsere Anpflanzungen direkt aus der Zisterne mit Wasser zu versorgen. Sie wären dieser negativen Energie nach wie vor ausgesetzt, was sie krank macht. Jedes Lebewesen verfügt über Zellen, die auf den Erdmagnetismus und somit auf die elektromagnetische Strahlung reagieren. Nur wenn diese in Resonanz mit dem Puls des Planeten in Einklang steht, kann das Leben nach Thera zurückkehren. Deswegen pflanzte hier William keine weiteren Setzlinge an. Bei den anderen von mir angelegten Zisternen geschah das Gleiche wie hier. Die jungen angesetzten Bäume trockneten auch dort aus, obwohl es genug Wasser aus der Zisterne für sie gab. William tat es sehr weh, dass sie so sinnlos starben und verzichtete darauf, weitere Haine anzupflanzen, bis du hier bist."

Sil dachte kurz nach ehe sie Decius darauf antwortete. Doch Decius schien ihren Gedankengang erraten zu haben und entgegnete ihr ungefragt. Ebenfalls erahnte er, dass sich Sil nicht mit einer einfachen Antwort zufrieden geben würde. „Ob die Pyramide da drüben etwas damit zu tun hat, weiß ich nicht mit Sicherheit. Kyle und ich sind uns jedoch einig darüber, dass es dort einen schwachen Energiepol gibt, da die Scanner der Satelliten den Rosenquarz als einen Materialbestandteil der Pyramiden analysierten. Rosenquarz lädt sich aufgrund des Eigendrucks seines Gewichts elektrostatisch auf. Diese Ladung kann ich sogar bis hierher fühlen, obwohl sie sehr schwach ist. Daher glaube ich nicht, dass sie den Austrieb der Pflanzen hier verhindert."
„Ich kenne mich mit Gesteinen nicht so gut aus wie eine Erdfühlige. Wir nahmen das nur gründlicher auf der Akademie durch, als es für die Bohrung und der Einrichtung eines Brunnens eine Rolle spielt. Ich weiß nur etwas mehr über Metalle

und Gesteinsrohre, weil sie Einfluss auf die Beschaffenheit des Wassers nehmen."

„Aber auf diese Art der statischen Energie wie sich die Pyramide aufgrund ihrer Beschaffenheit erzeugt, zielt meine Arbeit nicht ab. Ich rede von der negativen Energie, die förmlich in der Luft liegt."

„Du fängst sie mit dem Wolkenbrecher ein?"

Decius kicherte verschmitzt.

„Nein, nicht einfangen. Sie wird von dem Wolkenbrecher aus der Luft herausgezogen. So wie du Wasser mit dem Mund durch einen Schlauch anziehst. Nur den Sog macht hier das Wasser selbst, während das Kupfer die Rolle des Mundes übernimmt. Über das Wasser leitet sich die negative Energie in den Boden ab. Das mit dem Wasser verbundene Kupfer der Rohre zieht diese Energie an und befreit so die Atmosphäre von diesem krankmachenden Gift. Um die Atmosphäre zu entgiften, eignet sich das Kupfer perfekt. Reines Kupfer tötet übrigens wie Silber und Gold auch Bakterien, Viren und Pilze ab. Auf Thera ist Kupfer reichlich vorhanden. Dieses Metall besitzt zudem eine einzigartige Leitungsfähigkeit für Energien aller Art. Silber und Gold als Leiter zu verwenden wäre natürlich noch besser, aber diese Metallarten sind nicht so stabil wie das Kupfer. Kyle fand bisher übrigens kaum Silber und Gold auf Thera, weshalb ich keine Versuche damit anstellen konnte. Das Kupfer ist in diesem Fall der Blitzableiter für das DOR. So nennen wir Luftfühligen diesen kranken energetischen Zustand der Atmosphäre. Dieses atmosphärische Gift ist auch der Grund, warum sich keine echten Wolken über uns bilden, obwohl das Wasser aus den seichten Meeren von der Sonnenwärme in die Höhe verdunstet. Man hat keine Fernsicht. Es wirkt, als ob ein steter stahlgrauer Dunst aus feinem Staub über dem Land liegt. Wie du sicherlich weißt, ist Kupfer ebenso wie Wasser für energetische Zustände sehr empfänglich. Es ist übrigens auch magnetisch."

„So wie jedes Lebewesen auch magnetische Zellen hat", unterbrach Sil ihn kurz. Sie folgte ihm bestens.

Decius nickte anerkennend und fuhr mit seiner Ausführung fort: „Fließendes Wasser nimmt das vom Kupfer aufgenommene DOR auf und leitet es in die Erde ab. Daher brauche ich deine Brunnen für meine Arbeit. Je mehr Wolkenbrecher ich auf Thera installieren kann, umso mehr sorge ich dafür, dass das verdunstende Wasser auch die Wolken über uns bildet. Eines Tages wird es auf Thera wieder regnen. Man sagt daher auch über mich, ich wäre ein Regenmacher, doch in Wirklichkeit gebe ich der kranken Atmosphäre ihre Gesundheit wieder. Ich sehe, dass sie leidet. Man hat sie zuvor stark geschädigt. Durch Handlungen, die den Energiefluss ins Ungleichgewicht brachten."

„Du setzt den Wasserkreislauf mit dem Wolkenbrecher wieder in Gang."

„So ist es. Wenn es wieder normal läuft, nehmen die von William gepflanzten Bäume das neu strukturierte Wasser aus dem Boden mit den gelösten Mineralien auf. Im Boden befinden sich genügend Mikroben, die den Pflanzen helfen, wieder an ihre Nährstoffe zu kommen. Wenn sie wieder gedeihen, verdunsten sie das Wasser in ihren Blättern, damit es in den Himmel aufsteigt und dort Wolken bildet. Damit meine ich die durch positive Energie strukturierten Wolken. Je dichter sie werden und je mehr feine Staubpartikel daran anhaften, um so eher regnen die Wolken über dem Land ab. Das Wasser dringt in die Böden ein, nimmt von neuem Mineralien auf, um sie an die Pflanzen weiterzugeben. Der Kreislauf schließt sich. Wie du weißt, ist Wasser sehr mitnahmefreudig. Es nimmt sogar die ihm umgebende Schwingungsfrequenz in seinem Geist auf. Das gilt auch für eben jene schlechte Energie, die derzeit über uns den Ton angibt. Fließendes Wasser transportiert sie ab, ohne sich mit ihr fest zu verbinden. Wasser ist ein Träger, ein Ausleitungsmittel. Auch für energetische Zustände."

Decius spielte da auf eine Unterweisung der Wasserfühligen auf der Akademie an. Auf Ceti e setzte man Trinkwasser aus der Quelle melodischen Impulsen aus, um es in eine harmonische Schwingung zu versetzen. Unter dem Mikroskop erkannte man in gefrorenen Eiskristallen ihre der heiligen Geometrie entlehnte Strukturierung. Das Blut der Erde verfügte über ein Gedächtnis und ein Erinnerungsvermögen. Harmonische Zustände spiegelten sich in seiner molekularen Gestaltung wieder. Unharmonische Zustände hingegen ließen keine molekulare Struktur zu. Es entstand ein unförmiger Klecks, welcher traurig und unglücklich auf seinen Betrachter wirkte. Für die Wasserforscher ein untrügliches Zeichen eines Gefühlslebens.

„Ich weiß", antwortete Sil daher. „Wasser ist sehr harmoniebedürftig. Es ist so vielschichtig, dass keine Schneeflocke einer anderen gleicht. Aber wieso nennst du deine Apparatur einen Wolkenbrecher? Er müsste doch eigentlich ein Wolkenmacher sein?"

Decius nickte verständnisvoll auf Sils Einwand.

„Das könnte man auf den ersten Blick wirklich meinen, aber da gibt es einen Unterschied zum Wolkenmachen. Sieh dir den Himmel über uns genau an. Fällt dir an ihm etwas auf?"

Sil wusste zunächst nicht, wovon Decius sprach. Sie schielte in die Höhe. Direkt in das vermeintliche Blau des Himmels. Dort oben sah sie zwar deutlich den Horizont, aber da gab es auch einen schmutzigen Film zu sehen. Handelte es sich dabei um Sand aus der Wüste? Ein dünner Schleier, aufgewirbelt von dem scharfen Wind und in die höheren Luftschichten und Strömungen um den Planeten getragen?

„Meinst du diese dünnen Nebelfäden da oben?" fragte sie etwas verunsichert, ob Decius darauf abzielte. „Oder den kondensierten Wasserdampf zwischen den dünnen Streifen?"

„Zuerst meine Hochachtung, dass du die gräuliche Trübung über uns erkannt hast. Den Dumpffühligen fehlt oft der Blick dafür. Das da oben ist kein richtiger

Wasserdampf. Das ist ein Symptom des DOR. Diese dunstigen Gebilde vor dem Weltraum besitzen keine klare Struktur. Keine Harmonie. Die Schwingung ist festgefahren. Sie sehen aus wie schmierige Dunstfetzen. Wie ölige unförmige Stoffreste. Hin und wieder gibt es davon sogar dichtere Zusammenballungen, mit dunkelgrauer oder gar schwärzlicher Farbe. So was will ich gar nicht Wolken nennen, weil sie ausgefranst und zerfahren wirken. Diese Gebilde bleiben auch so, selbst wenn Ivey direkt darauf strahlt."

„Diese negative Energie, von der du sprichst. Woher kommt sie?"

„Das ist ein Rätsel, das es ebenfalls hier auf Thera zu lösen gilt."

„Was ist dieses DOR genau? Ich kann mir das nicht so recht vorstellen. Erklär es mir."

„Das ist ein Fachbegriff unter uns Luftfühligen. Es bedeutet übersetzt: übererregte Luft."

„Übererregte Luft? Das klingt spannend."

„Ich verdeutliche dir das anhand eines Beispiels. Nehmen wir einmal an, du bist schwer verliebt."

„Äh, ja?"

Aufgrund ihrer kürzlich entstandenen Beziehung zu Vega fiel Sil es nicht sonderlich schwer, sich darin einzufühlen.

„Du willst unbedingt deinem Geliebten nahe sein, kannst es aber aus irgendwelchen Gründen nicht tun. Ja? Um die Wirkung von DOR zu verstehen, kommt es nicht auf die genauen Umstände und Gründe eurer Trennung an. Es geht nur um das Gefühl, seine Liebe nicht leben zu können."

Sil nickte. In ihr stieg wie aufs Stichwort großes Unbehagen auf. Auch eine gewisse Trauer. Ihr Geist ritt auf Decius Veranschaulichung.

„Du suchst nach Gründen und Möglichkeiten dich deiner Liebe zu nähern, aber jedes Mal kommt etwas dazwischen. Am Anfang glaubst du nur an eine unglückliche Fügung. Aber je öfter du versuchst ihr näher zu kommen und es trotz aller Mühe und Vorsicht misslingt, desto ungeduldiger wirst du. Immer scheitert es. Immer und immer wieder. Das macht dich schier wahnsinnig. Ja?"

„Ich folge dir …". Obwohl Sil mit Vega nun auch im reellen Leben zusammen war, spürte sie in die von Decius geschilderte Situation hinein. Die daraus hergeleitete Empfindung ließ Sil innerlich erzittern. Dieses wallende Gefühl der Hilflosigkeit überwältigte sie.

„Der Frust deine Liebe einfach nicht leben zu können, lädt sich in deiner Seele wie in einer Batterie auf. Du versuchst die aufgestaute Energie in deinem Körper vor lauter Verzweiflung abzuleiten, in dem du versuchst zu onanieren. Doch da kommt der nächste Wahnsinn. Immer, wenn du genau das zu tun versuchst, wirst du gestört oder du kannst dich nicht mehr vom Fleck bewegen. Was macht diese Überreizung auf Dauer mit dir, die kein Entkommen oder ein Ableiten zulässt?"

110

Sil machte sich über diesen Zustand der seelischen Übererregung noch keine rechten Gedanken. Auf der Akademie sprach man offen über die Probleme, die zwischenmenschlich auf Pionierexpedition auftauchten. Man erwähnte auch, dass es wichtig war, seine Sexualität auszuleben. Schon alleine um den körperlichen Wahnsinn vorzubeugen, der auch den Geist nicht verschonte. Aber wie das im Einzelnen ging, blieb jedem Teilnehmer selbst überlassen. Ähnliche Erfahrungen sammelte sie zwar auf der Akademie mit ihren Mitschülern, aber eine feste Beziehung entwickelte sich daraus nicht.

„Ich werde wahnsinnig … vor Liebe …", sagte sie daher.

„Die Liebe und die dazugehörigen Triebkräfte sind die stärksten Lebensenergien, die es gibt. Sie wohnen in einem jeden Organismus. Auch in Planeten. Du kannst sie nicht ausleben und ihre Energie verwandeln. Es wird dir aus welchem Grund auch immer verwehrt. Was macht das unweigerlich mit dir?"

„Sie tötet mich", antwortete Sil bedrückt. Ohne Probleme spürte sie in die Schilderung des Luftfühligen hinein. Nur durch die auf der Akademie erlernte Fähigkeit zur Abgrenzung verdankte sie es, davon nicht aufgezehrt zu werden. „Sie zerstören meine Seele und lässt sie implodieren."

„Genau das ist DOR", antwortete Decius nickend. „Der Endzustand dieser Entwicklung. Du hast es verstanden."

„Diese Luft über uns ist also tot. Dann heilst du die Luft mit dem Wolkenbrecher, in dem du diese DOR-Energie aufbrichst. Du brichst nicht die sichtbaren Wolken damit, sondern die unsichtbaren Wolken in der Seele der Atmosphäre. Die Luft würde so gerne lieben, aber sie kann es nicht, weil sie der Erde und dem Wasser nicht nah sein kann. Es sind ihre Geliebten."

„Genau so ist es. Treffender kann man DOR nicht umschreiben. Wenn jemand wie ausgebrannt in so einer Lage ist, also keine Schwingung mehr abgibt, kann kein gewöhnlicher Arzt mehr helfen. Man muss die Energie wieder anschieben. Das Herz wieder zum Schlagen bringen. Sie wieder in den Fluss mithilfe des Wassers bringen. Genau das tut der Wolkenbrecher. Mittels der Kupferrohre führe ich wie ein Akupunkteur Nadelstiche in der Atmosphäre durch und bringe die festgefahrene Energie über uns wieder zum Strömen. Ich belebe die Luft neu und ermögliche es ihr, die gestörte Lebensenergie in den Boden abzuleiten. Wenn sich Wolken mit Strukturen über uns bilden, weiß ich, dass ich erfolgreich bin. Ich helfe dem Himmel, wieder zu sich selbst und zu seiner Harmonie zurückzufinden. Er dankt es mir mit seinen Wolken. Auf unsere Situation auf Thera übertragen, glaube ich, dass der Himmel versucht sich durch meine Arbeit wieder zu erneuern. Jeder Organismus, also auch der Himmel über uns, besitzt Selbstheilungskräfte. Da gibt es aber etwas, das ihn noch daran hindert, weil ich sehe, dass mein Erfolg der Entstörung nur von kurzer Dauer ist."

„Wieso?"

„Ich installierte bereits an mehreren Stellen auf Thera meine Apparate, an denen das Wasser aus dem Untergrund leichter hervortritt. Aber durch den unstetigen

Fluss des Wassers aus dem Boden ist meine Arbeit gestört. Mir gelang es tatsächlich so nach und nach, einige der Schleier über uns aufzulösen. Aber immer wenn das Wasser aus dem Brunnen abfällt, also nicht mehr gleichmäßig fließt und so als Ableiter der DOR-Energie dienen kann, rückt der graue Schleier sofort wieder nach. Ich brauche mehrere Brunnen, damit ich flächendeckend arbeiten kann. Die Quelle, die dieses DOR verursacht oder verursacht hat, fanden wir bis jetzt noch nicht."

„Haben die Pyramiden nicht doch etwas damit zu tun?"

„Das liegt nahe, Sil. Ich spüre, wie gesagt, die statische Energie der Pyramide. Aber sie ist so schwach, weshalb ich nicht glaube, dass sie die alleinige Ursache für das DOR über uns ist. Da gibt es noch etwas anderes. Diese Sache müssen aber die Archäologen für uns beantworten, sobald mehrere Siedler hier sind. Ich hoffe, wir erschließen genügend Brunnen, damit sie hier versorgt werden können. Deswegen ließen wir dich auch holen."

Decius gab damit unterschwellig zu verstehen, dass sich Sil endlich an die Arbeit machen und nicht unnötig Zeit mit den Pyramiden vergeuden sollte.

„Ich verstehe", sagte Sil nickend. „Eines noch."

„Ja?"

„Was hältst du von diesen kleinen Steinchen, die hier überall in der Wüste verstreut liegen?"

„Du meinst das goldgelbe Harz?"

„William sagte, dass sie von dem steinernen Wald stammen. Sie sollen schon ein paar tausend Jahre alt sein."

„Das stimmt. Über den Bernstein weiß ich nicht viel. Nur, dass er sehr schlecht Strom leitet, obwohl er sich wie ein Magnet aufladen kann. Bäume haben auch ein Schwingungsmuster. Eine Eigenfrequenz. Von William weiß ich, dass die Baumschwingung auf andere Lebewesen einwirken kann, wenn sie es zulassen. Sie soll vor allem sehr heilsam sein, weil Bäume, ähnlich wie mein Wolkenbrecher, die Verbindung zwischen Himmel und Erde herstellen. Die Baumfühligen sagen, dass sie diese Schwingung spüren können, wenn sie eine Baumumarmung vornehmen."

„Kannst du das auch spüren?"

Decius grinste ganz unwillkürlich, was sich auf Sil hineinübertrug. Diese Frage war in den Augen von Fühligen unsinnig.

„Wenn du die Art der Strömung durch eine Wasserleitung alleine durch das Handauflegen erfühlst und daraus deine Rückschlüsse ziehen kannst, ich den statischen Energiepol von der Pyramide da drüben bis hierher fühle, William die Schwingung seiner Pflanzen spürt, wenn er sie pflegt, dann erklärt sich das ganz von selbst. Ob sich dieses abgesonderte Schwingungsmuster der Bäume auch in den Bernstein hineinüberträgt und sich dort drin erhält, weiß ich nicht. Allerdings könnte ich mir durchaus vorstellen, dass flüssiges Baumharz ähnlich wie Wasser ein Gedächtnis hat. Vielleicht wie eine Art Speicher fungiert. Ich sah mir die

112

versteinerten Baumstümpfe an. Jemand schnitt sie ab. Direkt über der Wurzel."

„Das ist mir schon aufgefallen. Ich frage mich nur, ob das mit den Pyramiden zu tun haben könnte."

„Selbst wenn es so ist, nützt uns diese Schlussfolgerung jetzt wenig. Es stimmt. Die Bäume sind nicht abgebrochen oder vermodert. Das sähe anders aus. Jemand trennte sie glatt durch. Das ist unzweifelhaft das Werk einer anderen Intelligenz."

„Das vermute ich auch. Ich glaube deshalb, dass es hier schon mal eine Zivilisation gab. Wenn ja, wohin ist sie verschwunden? Man müsste doch hier auf Thera weitere Spuren von ihnen finden. Vielleicht haben sie etwas mit der Quelle des DOR zu tun."

„Möglich. Oder aber es kam eine andere Intelligenz hierher, die sie vertrieb. So, wie wir im Moment. Unsere Satelliten fanden keine Siedlung oder eine andere bebaute Struktur auf der Oberfläche. Wenn man mal von den Pyramiden hier absieht. Die wurden eindeutig geschaffen. Nur wer das tat, wissen wir nicht. Diese fällten wahrscheinlich auch die Bäume. Letzteres ist aber auch wieder Spekulation."

„Aber zu welchem Zweck? Ich finde, dass wir das klären sollten, bevor wir weitere Siedler hier herholen."

Decius atmete tief durch. Er schien sich ebenfalls lange mit dem Thema beschäftigt zu haben.

„Sil, wir drehen uns mit unserem Gespräch im Kreis. Die Pyramiden stehen hier jedenfalls schon sehr lange und sie werden auch noch in einigen Jahrzehnten hier stehen. Wir werden irgendwann dieses Rätsel lösen. Nur nicht jetzt. Es läuft uns nicht davon. Im Augenblick ist es für unsere Zivilisation wichtig, dass sie auf Thera ankommt. Wir sind die Vorhut und erst mit unserem Erfolg entwickelt sich hier eine neue Zivilisation."

Sil schwieg. Sie wusste, dass ihnen die Mittel zur Erforschung der Pyramiden fehlten und so wollte sie sich schon bald auf dem Weg zu Kyle machen. Sie wandte sich um, zu gehen, als Decius ihr noch im Weggehen hinterher rief: „Eines ist da noch, das wir unbedingt miteinander klären sollten."

Sil drehte sich überrascht zu ihm um. Sie fühlte, dass es Decius sehr wichtig war. Er lüftete sogar seinen Hut und nahm dazu die Sonnenbrille ab. Dann linste er ihr tief in die Augen.

„Ich bin ein Mann der klaren Worte. Apollo ist mein Sohn und Kyle ist seine Mutter. Egal, wofür du dich auch entscheidest. Ich meine, ob du eine Mutter werden möchtest oder auch nicht. Für diesen Fall stehe ich auch für dich bereit."

Sil riss überrascht die Augen auf. Daran dachte sie noch nicht.

„Es ist deine Entscheidung", sagte Decius bestimmt. „Ich zeugte bereits einen Sohn und ich bin nicht gierig darauf, weitere Kinder zu haben. Ich wollte das dir gegenüber nur klarstellen. Ja?"

Sil nickte ihm nur anerkennend zu, verabschiedete sich kurz und ging wieder zu ihrem Dreibein zurück. Während sie in ihr Gefährt stieg, winkte Decius ihr zum Abschied zu, was sie verhalten beantwortete. Sie startete das Dreibein mit einer Handbewegung, woraufhin sie sich in die Lüfte erhob. Die letzten Worte von Decius hallten ihr im Kopf nach. Jetzt schon Mutter werden? Hier? Dieser Ort, der kaum erschlossen war. Bis auf ein paar verstreut über den Planeten liegende Zisternen und den allmählich wachsenden Hain, den William bei Tell Omega anpflanzte, gab es keine lebenswerte Grundlage für weitere Siedler. Sicher. Kyle trug ihren Sohn Apollo bereits auf Thera aus. Warum tat sie das eigentlich? Wäre es nicht besser einem Kind erst das Leben zu schenken, wenn man eine Versorgungssicherheit für seine Zukunft hätte? Ob ihr Besiedlungsplan wirklich aufging, wussten sie jetzt noch nicht. Sil fühlte, dass eine Mutterschaft für sie auf Thera noch zu früh war. Das musste unbedingt warten. So, wie auch die Pyramiden auf ihre Enträtselung zu warten hatten.

Ihr Dreibein steuerte gemäß seiner Programmierung die Position von Kyle an, während der Wurm ihr im sicheren Abstand folgte. Sie fand Kyles Position sehr schnell. Ihr Dreibein stand im seichten Meer, das um diese Zeit kein Wasser führte, da Coco auf der anderen Seite des Planeten weilte. Wie war es möglich, dass der therische Mond einen so starken Einfluss auf den raschen Tidenhub der seichten Meere besaß? Eines der weiteren nicht vollständig geklärten Rätsel dieses Planeten. Sil landete ihr Fluggerät direkt neben ihrem. Auch Kyle erlernte auf der Akademie den Umgang mit dem Wurm. Doch diente ihr dieser zur Gesteinsanalyse für tiefer liegende Schichten. Ihre primäre Aufgabe lag in der Erfassung und der Markierung von Bodenschätzen für den späteren Bergbau auf Thera. Das Talent der Erdfühligen war gerade bei Erschließungsmissionen sehr begehrt. Sie spürten mit ihrem Talent rasch nutzbare Rohmaterialien zum Abbau durch Förderfräsen auf. Letztere ähnelten von Äußeren her dem Wurm, nur dass sie keine Bohrgestänge, sondern Fräßräder mit proxischen Diamanten, ähnlich einer Kreissäge besaßen. Sein Programm erkannte die von der Erfühligen markierten Stellen und zerlegte sie zu verhüttbarem Granulat. Die ersten Pioniere bauten nach ihrer Landung die ersten Metallverarbeitungsstätten der dort vorgefundenen Bodenschätze auf. Kleine Schmelzöfen, Verhüttungswerke und Metallgießereien.
Im Hangar der Basis befanden sich Werkzeugmaschinen, die eine Erstversorgung sicherstellten. Sie fertigten nach einprogrammierten Vorgaben die jeweils benötigten Utensilien zur Urbarmachung an. Neben der Ansiedlung neuer Bewohner, galt es als weiteres Ziel der ersten Pioniere, möglichst schnell von Versorgungskapseln des Mutterplaneten unabhängig zu werden. Wegen der langen Frachtwege verließen sich die neuen Bewohner nicht auf eine regelmäßige Belieferung mit Materialien von Außen. Außerdem galten die Transportkapazitäten der Frachteier als sehr begrenzt.

Von der Erdfühligen selbst sah sie aber weit und breit nichts. So sehr ihr Blick über das abgeflossene Meeresbett wanderte, neben ihrem abgestellten Dreibein deutete kein Zeichen auf ihre Anwesenheit hin. Darum stieg Sil erst einmal aus ihrem Dreibein und merkte sofort, als ihre Stiefel den ausgeströmten Meeresboden erreichten, dass der Untergrund von dem Wasser kaum noch feucht war. Nur ein paar Schritte von ihre entfernt erkannte sie im fast trockenen Boden ein mit Sand halb verschüttetes Wasserbecken, die Kyle offenbar schon vor längerer Zeit hier einließ. Darin sammelten sich etwas von dem Wasser und auch weitere der goldgelben Brocken an.

„Kyle. Apollo", rief Sil erwartungsvoll. Auch in der näheren Umgebung stellte ihr Blick verbacken mit dem verkrusteten Sand weitere der harzigen Brocken wie beim steinernen Wald fest. Wie kamen sie da hin? Der steinerne Wald lag weit von diesem Ort entfernt. Trug etwa das auf und absteigende Wasser des seichten Meeres das versteinerte Harz bis hierher?

„Kyle?", rief Sil erneut und suchte mit ihren Augen hektisch in der Weite des abgeebbten Meeres umher, als Kyle unversehens hinter ihr auftauchte. Sie trug ihren Skarabäus mit einem auffälligen Taschengürtel. Mit letzterem führte sie Energiezellen und eine Notfallversorgung für den Ernstfall unter Tage mit sich. Ebenso baumelte von dem Gürtel ein kleiner Geologenhammer an einer flexiblen Zugleine herab. Soweit Sil wusste, handelte es sich um das einzige Handwerkzeug der Erdfühligen. Es diente ihr zum Abschlagen von Gesteinsproben zur Analyse. Ähnlich wie bei ihr mit der Rute, spürte die Erdfühlige förderbare „Rohstoffadern" in der Erdkruste auf.

„Schwester, mach nicht so nen Krach", fuhr sie die Erdfühlige wenig schmeichelhaft an. Sil erschreckte sich.

„Ach, schleich dich doch nicht so an. Du hättest mir gleich antworten können", antwortete Sil genervt und drehte sich nach ihr um.

„Fällt dir etwas auf? Hm?", fragte Kyle sie trocken. Die Erdfühlige blickte sie durchdringend mit ihren tiefbraunen Augen an. Im Gegensatz zu Sils kristallblauen Augen ließen Kyles Augenlichter nicht den gerinsten Rückschluss zu ihrem inneren Selbst zu. Tief, unergründlich und verschlossen wie die Erde selbst.

„Wie konntest du dich so perfekt vor mir verstecken? Ich fühlte gar nichts von dir. Du warst wie vom Erdboden verschluckt."

„Verschluckt trifft es gut. Genau das ist das, was ich dir zeigen will. In den seichten Meeren gibt es eine ganze Menge von diesen getarnten Erdkerben. Du solltest von ihnen wissen, bevor du hier anfängst, deine Brunnen zu bohren. Du hast deinen Skarabäus an? Sehr gut. Den werden wir nämlich brauchen. Deine Handruten kannst du hier lassen. Das, was ich dir zeigen möchte, muss nicht aufgespürt werden."

„Ich betankte meinen Anzug mit Sauerstoff und nahm die verstärkte Version, für den Fall, dass wir verschüttet werden sollten. Wo ist eigentlich Apollo?"

„Der ging schon voraus. Ich hoffe, du magst eine kleine Höhlenwanderung."

„Ich dachte mir schon so etwas. Warum hast du den anderen nichts Näheres von diesen Erdkerben im seichten Meer erzählt? William sagte mir etwas von einem unterirdischen Kanal, den du gefunden hast."

„Weil sie mir nicht die Antwort auf meine Frage liefern können. Das kann nur so eine, wie du es bist. Außerdem hätten sie vielleicht selbst die Höhle ansehen wollen und sie wären dabei ohne Not in Gefahr geraten. Das will ich nicht verantworten. Diesen Ort zu sehen ist nicht ohne Risiko."

„Aber Apollo hast du alleine losgeschickt."

„Für den besteht keine Gefahr. Man kann sich da unten nicht verlaufen."

„Du wirst mir immer rätselhafter."

„Komm einfach mit mir nach unten. Der Rest erklärt sich von selbst", meinte Kyle abschneidend und führte Sil zu einer schmalen Erdspalte, die von außen kaum im Sand erkennbar war. Die Öffnung in das untertherische Höhlensystem wirkte wie eine nadelförmige Kerbe, die ein übergroßes Messer in ein hölzernes Brett einschlug. Es ging von hier aus fast senkrecht in die Tiefe. Kyle sprang zuerst in den schmalen Spalt hinab. Mit ihrem Skarabäus federte sie ihr Auftreffen weiter unten am Höhlenboden gekonnt ab.

„Zeig, was du auf der Akademie gelernt hast", rief sie ihr von unten zu. Es klang etwas dumpf zu ihr hinauf. Sil seufzte und setzte das gelernte Sturztraining auf der Akademie in die Tat um. Auf Kyle vertrauend sprang sie in die Tiefe. Sicher landete sie mit einer Sturzrolle zur Abfederung in ihrem Skarabäus auf dem feuchten Höhlenboden. Ihre beiden Anzüge machten ob der Dunkelheit genügend Licht und gaben den Blick in eine ausgespülte Grotte frei, die mit einem rampenartigen Abwärtsverlauf weiter durch die Gesteinsschichten Theras führte.

„Folge mir. Wir sind noch nicht da", sagte Kyle grinsend. Sie hielt behütend ihren Sohn Apollo im Arm, welcher Sil ebenso spöttisch anlächelte, wie ihre Mutter.

„Tante Sil", brabbelte er kichernd, wie wenn er ihre innersten Gefühle erspürte: „Angst im Dunkeln?"

„Ja. Kleiner. Hat sie. Mami lässt ihren Liebling nicht alleine hier unten spielen", sagte sie fürsorglich zu ihm, streichelte anerkennend seinen Kopf und lies ihren Sohn langsam auf den Höhlenboden herab. Kyle steckte Apollo in eine Miniversion des Skarabäus, wodurch auch er für den Höhlenausflug bestens gerüstet war.

„Lauf voraus und zeig der Tante Sil die Höhle", sagte sie zu ihm, während Apollo begeistert und furchtlos in die Dunkelheit voranging.

„Kinder sind noch mutig. Offen für alles und auch für eigene Erfahrungen", erklärte sie Sil gelassen und folgte mit gemächlichem Schritt ihrem Sohn durch die Dunkelheit. „Eine solche Kindheit hatte ich nicht. Die Kunst einer Mutter besteht lediglich darin, ihr Kind nicht aus den Augen zu lassen und ihm gleichzeitig genügend Freiraum für seine Entwicklung zu geben. Selbst, wenn man nicht weiß, wohin es führt."

„Ist auch er ein Fühliger?"

„Es könnte sein", meinte Kyle und zuckte spekulierend mit den Schultern. „Wobei sich das Talent eines Luftfühligen und einer Erdfühligen normalerweise nicht vererbt. Außerdem zeigt sich diese Wahrnehmungseigenschaft im Kleinkindalter noch nicht so deutlich. Ein Hinweis ist lediglich ihre Empfindsamkeit. Kleine Kinder sind enger mit dem Ursprung verbunden als Jugendliche. Die Meisten von ihnen verlieren diese Bindung, wenn sie erwachsen werden. Uns Fühligen bleibt er erhalten. Was ich mit dem Ursprung meine, muss ich dir als Wasserfühlige nicht erklären."

Sil lächelte verständnisvoll. Kyle sprach hier eine Gemeinsamkeit aller Fühligen an. Fühlige glaubten nicht, sie wussten von dem Ursprung. Von dem Ort, aus dem die Seelen stammten, bevor sie sich in einen Körper reinkarnierten. Während bei allen Nichtfühligen diese Verbindung im Laufe ihrer Lebensentwicklung verschwand, blieb sie bei den Fühligen stetig präsent. Sie zeigte sich vor allem in der Reflexion der Gefühlswelt ihrer Umwelt. Dabei war es unerheblich, ob es sich um Menschen, Tiere oder Pflanzen handelte. Wahrscheinlich war dies der Grund, weshalb Fühlige diese Verbindung durch ihr Handeln sichtbar machten.

„Wie hast du eigentlich von deiner Erdfühligkeit erfahren? Ich meine, gerade das ist für uns der schlimmste Erfahrungsprozess. Festzustellen, nicht so wie die Anderen zu sein."

Sil erntete von Kyle einen misstrauischen Blick. Sie spürte das sogar in der von den gelben Lampen erhellten Dunkelheit der Grotte. Selbst, wenn dieser Blick nur andeutungsweise zu erkennen war. Innerlich spürte Sil Kyles Gedankengang, auch wenn sie es nicht offen äußerte. So eine Frage konnte nur von einer Wasserfühligen kommen.

„Typisch Wasserfühlige. Ist deine Frage wirklich ernst gemeint oder …", fing sie hörbar gereizt an.

Kyle unterbrach ihre Rede und ging kurz in sich. Sil fühlte, dass sie nach den richtigen Worten suchte. In ihr wog es ab, ob und wie intensiv es sich lohnte, auf diese Frage einzugehen. Sil spürte bereits da, dass dieses Thema in ihr starke Emotionen auslöste. Kyle bestätigte auch sogleich ihren Eindruck.

„…Natürlich ist sie ernst gemeint. Verzeih mein Misstrauen. Ich machte nicht gerade die besten Erfahrungen aus meinem Umfeld, wenn mich sonst jemand danach fragte. Schon gar nicht von meinen Eltern. Sie wollten nicht so eine, wie ich es bin. Meine Eltern wünschten sich eigentlich einen Sohn. Sie machten auch nie einen Hehl daraus. Sogar als ich heranwuchs, schlugen sie mir das immer wieder um die Ohren. Selbst wenn sie es nicht offen in den Mund nahmen. Ich merkte es einfach. Schon alleine, wie sie mich anzogen. Dabei wollte ich eigentlich nur ich sein. Mädchen oder Junge, pfft. Rollenbilder, die sich die Gesellschaft der Anderen ausdenkt, um sie in ihre Stereotype hineinzupressen. In meinen ersten Lebensjahren war mir das nicht so bewusst. Erst als meine Mutter versuchte noch einmal einen Sohn zu gebären, gab es wieder eine Schwester und darauf noch mal eine. Ich fühlte regelrecht ihre Enttäuschung, dass sie keinen Jungen zur Welt brachte. Und mein Vater erst."

„Du hast zwei jüngere Schwestern? Was ist aus ihnen geworden?"

„Lass mich weiter erzählen", lächelte Kyle gehässig. „Das Interessante daran kommt erst noch. Meine jüngeren Schwestern waren richtig mädchenhaft. Ich meine, sie spielten lieber mit Puppen, fuhren sie mit Wägen durch die Gegend, zogen sich bunte Röcke an, flochten sich ihre Zöpfe oder andere Frisuren. Sie trugen Kosmetik auf, lackierten sich ihre Nägel, bedufteten sich mit penetranten Parfüms und träumten davon, echte Prinzessinnen aus Märchen zu sein."

„Und du?"

„Ich ging ihnen aus dem Weg. Ich mochte ihren Gestank und ihre platten Gespräche nicht leiden. Die waren mir einfach zu oberflächlich. Als ich eingeschult wurde, traf ich auf gleichaltrige Jungs. Aber die waren so, ich würde sagen, machohaft oder entweder ganz verschüchtert, angeberisch oder laut. Uns Mädchen spielten sie laufend Streiche, zogen meinen Schwestern an den Haaren, als sie auch in die Schule kamen. Bei mir ging die Haarzieherei nicht, weil ich mir schon wegen meiner zahllosen Wanderungen in die Berge die Haare stark kürzte. Außerdem fühlte ich bereits im Ansatz, wenn sie wieder irgendwelche Streiche ausheckten. Bei mir verzweifelten sie, weil ich ihnen immer einen Schritt voraus war und regelrecht fühlte, was sie vorhatten. Ich fand mich auch bei den Jungs nicht wieder. Warum ich das alles erspüren konnte, wusste ich da noch nicht. Für mich war das eine Selbstverständlichkeit, über die ich nicht nachdachte. Ich handelte einfach danach."

„Also hast du da schon gemerkt, dass da etwas anders mit dir ist."

„Ja, aber ich hatte nicht den Drang mich meinen Altersgenossen anzupassen. So wie man es vermuten würde. Schon zu Anfang meiner Schulzeit setzten meine Eltern große Erwartungen in mich. Ich war ihre älteste Tochter und sollte zum Vorbild für meine zwei jüngeren Geschwister werden. Dabei mochte ich weder das langweilige Spiel meiner Geschwister noch meiner Eltern und ging lieber in die Berge. Allein. Auch deswegen, damit ich nicht dauernd mit deren unerfüllbaren Hoffnungen und Vorstellungen gemästet werde. Wenn auch geistig. Das ist so frustrierend, wenn du das dauernd fühlst. Natürlich fingen sie bald an mich zu suchen, als ich immer länger wegblieb. Meine Eltern wurden richtig wütend, weil ich davon nicht abließ. Schulisch hatten die mir nicht viel an, denn ich besitze ein fotografisches Gedächtnis. Ich bin das, was man eine Scannerpersönlichkeit nennt. Wenn ich mir den Lernstoff einmal ansah, dann wusste ich selbst Wochen danach noch alles bis ins kleinste Detail. Wenn ich gewollt hätte, wäre ich an die Universität gekommen. Aber das war nicht meine Welt. Ich wollte frei sein und mich nicht in etwas einordnen, mit dem ich mich nicht identifizieren kann."

„Was taten deine Eltern mit dir? Waren sie nicht trotzdem irgendwie stolz auf dich? Ich meine, so eine Begabung besitzt doch nicht jeder."

„Herzchen. Da kennst du meine Eltern schlecht. Sie sperrten mich zunächst ein, weil sie nicht wussten, wie sie mich daran hindern sollten, dass ich tagelang allein in den Bergen unterwegs war. Aber weil ich oft einen Weg fand, immer wieder auszubrechen, zogen sie sogar um. Wenn auch nicht weit, weil sie aus beruflichen

118

Gründen die Gegend nicht verlassen konnten. Aber es reichte, um auf eine andere Schule zu kommen. Erst dort erkannte einer der Lehrer, dass ich eine Erdfühlige bin. Das war mein Glück, denn Erdfühlige sind recht selten, wie du aus deiner Akademiezeit weißt. Nicht jeder Lehrer denkt gleich an so was, wenn er mit einer Fühligen konfrontiert wird. Für mich war das jedenfalls wie eine Offenbarung und ich begann darüber alles zu lesen was ich fand. Es gab meinem Gefühl ein Gesicht."

Sil seufzte. Das erinnerte sie auch an ihre eigene ehemalige Schule, bevor sie auf die Akademie kam. Keiner der dort unterrichtenden Pädagogen fiel ihre Wasserfühligkeit auf. So erging es Sil zunächst, wie den vielen anderen Fühligen, mit denen sie später auf der Akademie lernte. Sie mussten ihr Talent zunächst selbst entdecken und es eigenverantwortlich fördern. Etwas, das viel Zeit kostete und sich mit enormen seelischen Belastungen verband. Auch sie verschaffte sich nach ihrer Begegnung mit dem Baumfühligen in der Wüste alle verfügbaren Informationen zu dem Thema und verschlag es regelrecht. Es beantwortete viele ihrer Fragen und stärkte ihr Selbstvertrauen ungemein.

„Was taten sie, als ihnen der Lehrer das anvertraute? Wenn dieses Talent so selten ist, müssten sie doch jetzt erst recht ungemein stolz auf dich sein."

Kyle lachte herzlich, wodurch sich ihr schallendes Gelächter von den Wänden der Grotte hin und her warf. Es hallte die Höhle entlang.

„So kam es leider nicht. Denn das setzte meinen ohnehin enttäuschten Eltern noch die Krone auf. Sie wollten eigentlich einen Sohn, der einen langweiligen Bürojob macht und der ihnen Enkelkinder zeugt. Das las ich da schon längst aus ihnen heraus. Schon seit meiner frühesten Kindheit las ich in meinen Eltern und meinen Geschwistern wie in einem offenen Buch. Ich war gerade zwölf Jahre, als ich ihnen das offen ins Gesicht sagte, dass ich genau wusste, was in ihnen vorging und was sie wirklich über mich und meine Zukunft dachten. Du hättest da ihre Augen sehen sollen. Von da an bekamen sie richtig Angst vor mir."

„Aber sie schickten dich trotzdem nicht auf die Akademie. Spätestens da müssten sie doch den Schuss gehört haben. Meine Eltern zögerten anfangs auch, als ich ihnen von meinem Talent erzählte, aber sie hofften doch, dass ich auf Ceti e Brunnen bohre und wenigstens auf dem Planeten bleibe."

„Bei einer Erdfühligen ist das nicht so. Die Pioniere setzen sie gerne für Erschließungsmissionen neuer Exoplaneten ein. Meine Eltern waren eben stur, weil sie es einfach nicht wahrhaben wollten, dass ich das bin. Mich kümmerte das nicht mehr und ich beschloss, meinen eigenen Weg zu gehen. Ich wollte sowieso lieber alleine in den Bergen unterwegs sein, anstatt mich wieder irgendwo wegsperren zu lassen."

„Hattest du nie Furcht? Ich meine, ich wuchs ebenso im Gebirge wie du auf. Man vergisst im Spiel oft die Zeit und wenn sie mir wieder bewusst wurde, bin ich heim, weil ich wusste, dass sich meine Eltern schon Sorgen machten. Ich fühlte ihre Liebe zu mir."

Kyle seufzte. „Ja, deine Eltern akzeptierten dich auch als Mädchen. Vielleicht wäre es auch anders bei mir abgelaufen, wenn sie meine Erdfühligkeit angenommen hätten. Erst auf der Akademie erfuhr ich, dass mein Verhalten absolut normal für jemanden wie mich ist. Das festigte mich innerlich sehr, weil es mir Gewissheit gab nicht alleine mit diesem Wesenszug zu sein. Du hast wahrscheinlich im Briefing auf Ceti e erfahren, dass ich erst nach einer Verschüttung in einer Höhle zur Akademie kam. Ich würde es Fügung nennen. Meine Lehrer planten mich schon viel früher dorthin schicken, aber meine Eltern weigerten sich beharrlich, ihrem Rat zu folgen. Sogar, dass die Cetiregierung Erdfühlige mit ihren Angehörigen ganz besonders förderten, überzeugte sie nicht. Sie wollten partout nicht, dass ich da hingehe. Dann sagten die Lehrer zu ihnen, wenn sie weiterhin verhindern, dass ihre Tochter das Leben führen kann, das für sie bestimmt ist, wird das schlimme Konsequenzen für sie haben. Meine Eltern verstanden da noch nicht, was meine Lehrer damit meinten. Erst am Tag meiner Verschüttung verstanden sie es. Sie legten sich mit dem Schicksal an und ließen es so kommen, dass man ihnen die Verletzung ihrer Aufsichtspflicht mir gegenüber vorwarf."

„Das ist schlimm. Meine Eltern waren da zum Glück viel offener."

Kyle lächelte. „Ich glaube außerdem, dass Wasserfühlige eine größere gesellschaftliche Akzeptanz haben, als es mein Talent mit sich bringt. Mit Mädchen, die die Gesellschaft nicht in ein Schema einordnen kann, hat sie ihre liebe Not. Dabei hat die Erde Cetis wie auch Thera eine so reichhaltige Tiefe und Fruchtbarkeit. Erst auf der Akademie lernte ich, mich von den anderen Seelen abzugrenzen und mich zu fokussieren. Zuvor sprangen deren Gefühle ungebremst auf mich über und das war mir einfach zu viel. Mit den anderen Seelen meinen inneren Frieden zu finden. Sie einfach in ihrer Beschränktheit unbefangen sein zu lassen, ohne gedanklich in ihre Seele abzuschweifen. Das kostete mir zuvor viel Kraft. Diese Eigenschaft ist ein Kernelement meines Talents."

„Wie arbeitest du eigentlich genau? Hast du noch andere Hilfsmittel als deinen Hammer?"

Kyle grinste. „Siehst du welche bei mir?"

„Äh nein."

„Das einzige was ich brauche, ist dieser Hammer an meinem Gürtel, mit dem ich Gestein aus den Erdschichten löse. Und das auch nur, damit ich sehen kann, was dahinter ist. Die entnommenen Proben dienen dazu, die Dichte mit meinem Mikroskop im Dreibein festzustellen. Ansonsten genügen meine Sinne. Vor allem meine Geschmacksnerven."

„Du kannst das wirklich alles herausschmecken?"

Sil erntete von Kyle deswegen einen schiefen Blick. Dennoch reagierte sie gelassen darauf.

„Deine Frage wäre etwa so, wenn ich dich fragen würde, ob du wirklich das Wasser durch die Erdschichten strömen fühlen kannst. Also schenken wir uns das."

„Und was ist mit deinen Schwestern? Wie reagierten sie auf deine Erdfühligkeit?"

„Sie akzeptierten es und begriffen letztlich auch, dass ich nicht einen ähnlichen Weg wie den ihren ging. Im Übrigen schickten sie mit deinem Kryonikei einen Brief an mich. Er bewegt mich immer noch sehr. Sie sind stolz auf mich und wünschen mir und meinem Sohn alles Gute. Aber zwischen den Zeilen las ich, dass sie mich doch sehr vermissen."

Sil verstand nun, dass Kyles Verschlossenheit auf ihr Talent der Einfühlsamkeit in ihrer unmittelbaren Umgebung beruhte. Dadurch, dass sie in die Seelen anderer hineinspürte, besaß sie eine große Macht, die sie lieber für sich behielt. Nur wenn man sie in Bedrängnis brachte, spielte sie es aus und hinterher tat es ihr leid, davon Gebrauch zu machen.

„Mich interessiert noch, was die auf der Akademie gemacht haben, um zu prüfen, ob du eine echte Erdfühlige bist. Bei mir hat man mich an den Strand gesetzt und mich aufgefordert meinen Geist mit dem Meer zu verbinden."

„Ja, das große Geheimnis unserer Berufung", lachte Kyle. „Es wird nicht verraten, damit niemand sich die Vorteile der Cetiverwaltung erschleichen kann. Hier auf Thera ist das jetzt egal. Bei mir mussten sie nicht viel machen. Mein Handeln und meine Verschlossenheit allem und jedem gegenüber sind eigentlich schon Beweis genug. Da verkam der Test meiner Erdfühligkeit zur reinen Formsache. Sie setzten mich für die Probe im Gebirge bei der Akademie aus und ich sollte dort ein ganz bestimmtes Mineral finden. Sie verbanden dazu meine Augen, ließen mich an dem zu findenden Mineral riechen und ich durfte es in den Mund nehmen. War ein Kinderspiel für mich. Sie wechselten bei den einzelnen Testpersonen immer das zu findende Mineral, weshalb sich niemand darauf einstellte. Außerdem ist die Vortäuschung eines Talents der Erdfühligkeit an Dummheit nicht zu überbieten. Diese Person macht sich damit mehr als nur unglücklich, weil sie nie in das innere Wesen unserer Seele hineinspüren kann."

„Das kann ich gut verstehen. Deswegen gibt es bei uns Wasserfühligen die meisten Schummler. Decius erzählte mir, dass er eine Wetterprognose für sieben Tage erstellen sollte. Mit nichts anderes als seinen Sinnen. Er erzählte mir von dem Unglück, bei dem er all seine Klassenkameraden verlor."

Kyle sah Sil nachdenklich an. Sil spürte, dass sie überlegte, ob sie ihr darauf antworten sollte.

„Solche Erfahrungen sind für einen Fühligen grässlich", sagte sie schließlich. „Man fühlt sich schuldig, weil man es ja besser wusste. Oder sogar erahnte."

„Hattest du so ein ähnliches Erlebnis, wo du jemanden warntest und er hörte nicht auf dich?"

„Ich gab schon früh auf, irgendjemanden vor irgendetwas zu warnen. Weder meine Eltern, noch meine Geschwister wollten etwas davon wissen. Dabei hätte ich sie in Handumdrehen reich machen können, weil ich schon bald herausfand, was so alles in der cetischen Bergwelt verborgen lag. Mir als Erdfühlige fällt es leicht die Lagerstätten von wertvollen Metallen oder Rohstoffen zu finden. Sie hörten mir nicht mal zu und wenn ich etwas von meinen Ausflügen in die Berge erzählte, nahmen sie mich sowieso nicht ernst. Ich galt als die „Spinnerin." Solche Leute willst du nicht reich machen. Und schuldig fühlte ich mich sowieso nicht mehr. Du konntest immerhin für deine Eltern sichtbar beweisen, dass deine Wasserfühligkeit keine Einbildung ist. Das war bei mir und Decius schwieriger."

„Wie bist du eigentlich mit den anderen Erdfühligen auf der Akademie zu Recht gekommen? Mich wunderte, dass ihr auch untereinander so zurückhaltend geblieben seid. Wenn ihr alle vom gleichen Schlag seid, dann..."

„Hör mir damit auf", fauchte Kyle sie mit einer Träne in den Augen an. Es tat ihr weh. Sie erahnte, worauf Sil anspielte. „Das taten wir nur, um euch und uns zu schützen."

„Zu schützen?", rätselte es in Sil zunächst, doch nun verstand sie es. Aber auch nur, weil sie ebenso eine Fühlige war. Die Psychologie nannte dieses Verhalten der Fühligen: „Das Tür zuschlagen."

Gerade die Erdfühligen nahmen mehr wahr, als nur ihre unmittelbare Umgebung. Sie wussten, wohin sich Gespräche entwickelten und blockten sie bereits ab, noch ehe es bis zu empfindlichen Punkten kam. Konnte der Fühlige sie nicht vermeiden, schlug er verbal die Tür zu. Das heißt, entweder blieb er still oder er brach unvermittelt das Gespräch ohne erscheinbaren Grund ab. Auch lenkte er gezielt vom Thema ab, wenn eine Flucht nicht möglich war. Das taten Fühlige aber nur, um sich selbst und auch den anderen zu schützen, der in seiner Unwissenheit eine bestimmte Reaktion heraufprovozierte. Diesem Verhalten lag eine schlechte Erfahrung mit den Mitmenschen in der Vergangenheit zu Grunde und dem Schwur es nicht mehr soweit kommen zulassen. Da auch die Erdfühligen in sich gegenseitig einfühlten, unterließen sie es lieber, sich näher kennenzulernen. Außerdem wussten sie, dass sie auf der Akademie nur für eine kurze Zeit blieben. Auf tiefer gehende Freundschaften ließen sich gerade die Erdfühligen für eine so kurze Zeitperiode nicht ein. Anders sah es hingegen aus, wenn man auf unbestimmte Zeit auf einen unerschlossenen Planeten festsaß. So wie jetzt. Sil fragte daher nicht weiter nach und nahm sich lieber einer anderen Frage an.

„Warum nimmst du Apollo eigentlich mit ins Feld? Hoffst du vielleicht, dass er etwas von deiner oder von der Fühligkeit seines Vaters in sich trägt? Wäre er in Tell Omega nicht besser aufgehoben?"

„Er muss sich schnell an Thera gewöhnen. Apollo ist schließlich der erste Therianer. Je besser er sich auf diesem Planeten von selbst zu Recht findet, umso eher kann er den neuen Siedlern als Erwachsener sein Wissen über diesen Ort vermitteln. Es ist zwar gefährlich, aber das Hinfallen gehört auch zum Kindsein."

„Das ist sehr riskant …" wandte Sil ein.

„Aber notwendig. Ein Leben ist nie ohne Risiko. Schon gar nicht auf Thera.

Übrigens, wie findest du eigentlich Vega?"

„Er ist nett."

„Und?"

„Na …"

„Ist wohl nichts anderes da, wie?"

„Wie meinst du das?"

„Wenn es wenig Männerauswahl gibt, dann ist auch Unkraut eine Blume."

„Vega ist kein Unkraut", verteidigte Sil ihn. Sie fand Kyles Vergleich ziemlich abstrus.

„Du magst ihn also doch, weil du ihn in Schutz nimmst. Das ist gut so", grinste Kyle gehässig. Ihre Strategie klappte bestens Sil dazu zubringen ihr gegenüber ihre wahren Gefühle für Vega zu offenbaren. Selbst wenn sie es innerlich erspürte.

„Was soll diese Frage eigentlich?"

„Mir ist wichtig, dass wir Klarheit untereinander haben. Vor allem, was unsere Beziehungen zueinander angeht. Im Übrigen gefällt es mir, wenn du mit ihm eine Verbindung eingehst."

„Hast du mit ihm geschlafen?"

„Er tat mir leid, wenn du das meinst."

Sie gingen schwatzend weiter durch die dunkle Grotte. Das strahlende Licht, das ihr Skarabäusanzug in die Dunkelheit warf, erhellte die felsigen Wände ihres Weges. Es schimmerte auf ihnen verdächtig nach Kupfer und gräulichen, dünnen Fäden, die sich wie ausgerollte Baumringe präsentierten. Aufgrund des stetigen Wasserflusses und der Aussetzung mit Sauerstoff setzte sich an seiner Oberfläche bereits grüner Span an. Normalerweise besaß Kupfer einen orangerotfarbenen Ton.

„Hast du mich etwa wegen Vega hierher geholt?"

Kyle seufzte. Sil merkte, dass es Kyle wichtig war, ihre Vermutung auszuräumen.

„Schwester, ich wünschte es wäre wirklich so. Du kannst es aber auch Fügung nennen, wenn dir das lieber ist."

„Das Wasserproblem. Es existiert tatsächlich", antwortete Sil nun für Kyle. Sie fühlte, dass es Kyle sehr ernst mit ihrer Anforderung einer Wasserfühligen in dieser Situation war.

„Eine Krise bringt nicht nur schlechte Nachrichten. Sie legt sichtbar offen, wo etwas krankt", antwortete Kyle ohne Umschweife. Apollo war in der Dunkelheit vor ihnen verschwunden.

„Was mich noch interessiert, warum hast du Apollo eigentlich auf Thera ausgetragen? Du wusstest doch von dem Wasserproblem schon damals."

„Wie meinst du das?"

„Na, die Besiedlung Theras kommt wegen des fehlenden Wassers nicht voran. Für Apollo sind keine gleichaltrigen Spielgefährten da und erst wenn er pubertiert, kommen vielleicht neue Siedler hierher."

Kyle lachte herzlich. Es hallte von den Wänden.

„Dieses Risiko gibt es doch immer. Wir sind jetzt da. Als wir auf Thera landeten, gründeten wir zuerst eine dauerhafte Siedlung bei Tell Omega. Ich weiß, dass du einer Erdfühligen nicht nachempfinden kannst, aber Thera ist ein besserer Ort als er auf den ersten Blick wirkt. Decius spürt seinen lebendigen Puls, ich fühle seine Geborgenheit. Sicher, im Augenblick grünt nichts auf seiner Oberfläche, aber ich zweifle nicht daran, dass wir genügend Wasser finden, um hier in der Fläche eine gewisse Landwirtschaft zu betreiben. Also ging ich das Risiko einer Schwangerschaft ein. Ich spüre aber, dass du noch verunsichert bist. Trägst du dich etwa auch mit dem Gedanken hier bald eine Mutter zu werden? Dann wird Apollo auch nicht lange alleine bleiben."

„Es stimmt, dass ich mir über Thera noch kein endgültiges Bild gemacht habe. Als ich ihn zum ersten Mal auf den Satellitenaufnahmen des Briefings auf Ceti e zu sehen bekam, wirkte er warm und behaglich auf mich. Vielleicht war dies auch der Grund, warum ich mich für die Mission freiwillig meldete. Mein erster Eindruck auf dem Aussichtspunkt bestätigte mir mein erstes Gefühl. Seine vielschichtigen Farben überwältigten mich und ich brauchte viel Zeit, sie in meinem Geist zu verarbeiten. Thera schlummert und wartet nur darauf, wieder zu erwachen."

Kyle nickte verständnisvoll: „Jeder von uns empfindet Thera anders, aber am Ende läuft es auf das Selbe hinaus. Mir kommt Thera wie eine riesige Kinderwiege vor. Mit viel Liebe und Hingabe kreist er um Ivey, die ihn fürsorglich wärmt und in den Schlaf singt."

Sil teilte Kyles Eindruck mit einem Nicken.

„Ich bin mir im Augenblick noch nicht sicher, ob ich das jetzt schon meinem Baby zumuten möchte und will mir etwas Zeit mit der Familienplanung lassen."

„Ich selber hätte nichts dagegen und Apollo bestimmt auch nicht", meinte Kyle und lief nun deutlich schneller durch die ausgespülte Grotte. Ein Impuls in ihr machte sie auf ihren Sohn aufmerksam.

„Apollo nicht so schnell ...", rief sie ihrem Sohn in der Dunkelheit nach. Apollo blieb artig vor einem schmalen Durchgang stehen und deutete auf die Lücke vor ihnen in der Grottenwand. Die Engstelle sah wie eine gebrochene Erdspalte aus. Kyle nahm nun Apollo wieder auf ihren Arm. Sil erspürte ihre Erleichterung, ihn wieder auf dem Arm zu wissen.

„Das hast du sehr gut gemacht. Bist genau da stehen geblieben, wo Mami es dir gesagt hat", sagte sie lobend zu ihm, um sich wieder an Sil zu wenden.

„Den Durchgang können wir nur einzeln passieren. Ich gehe voran."

Kyle zwängte sich mit Apollo durch den schmalen Spalt, in dem sie sich in den Bruch hineindrehte. Sil fiel auf, dass sich der Kupferanteil in diesem Bereich der Höhle erheblich verstärkte. Woran lag das wohl?

„Kommst du?", rief Kyle ihr von der anderen Seite zu. Es erklang etwas dumpf von drinnen heraus. So als ob sie in einem Sack steckte.

Sil wandte ihren interessierten Blick von der Grottenwand ab und zwängte sich zu

Kyle hindurch und was sie da zu sehen bekam, überraschte sie doch sehr. Ihr wurde schlagartig um so einiges mehr über das Wasserproblem klar. Auch, was die Beschaffenheit der Oberfläche Theras anging und vorallem was es mit den seichten Meeren auf sich hatte. Das helle Licht ihres Skarabäus spiegelte sich in den glatten Wänden der gigantischen Röhre wieder, dessen Enden sich wie eine in sich gedehnte Spirale in der Dunkelheit verlor. Offenbar führte die Leitung weiter in die Tiefe des Planeten hinein. Sil erinnerte die erstaunlich präzise ausgeführte Konstruktion der Röhre an das gewundene Horn einer Kuduantilope. Von dem Durchmesser her fand ihr Dreibein übereinandergestellt mit samt dem komplett ausgefahrenen Bohrgestänge ihres Wurmes spielend darin Platz. Aus ihrem Mund entglitt ein langanhaltendes Raunen, während Kyle sie stillschweigend dabei beobachtete. Sie dachte sich ihren Teil. Sil bemühte sich ihre überwältigenden Gefühle im Zaum zu halten, doch das Gesehene nahm sie so stark mit, dass es sich sogar auf Kyle übertrug.

„Wer baut so was?", war Sils erste Reaktion, als sie die ersten Worte wiederfand. Ihre Blicke huschten nur so durch die gigantische Röhre. Kyle stand grinsend neben ihr und sah belustigt zu, wie Sil nahezu automatisiert ihre Arbeit aufnahm. Innerlich fühlte sich die Erdfühlige in ihrer Einschätzung bestätigt, dass Sil die richtige Person für diese Aufgabe war. Kyle setzte Apollo ab, welcher begeistert in der riesigen Leitung umherlief, wie auf einem Spielplatz. Es klapperte nur so unter seinen Füßen nach dem Kupfer. Sil schritt bedächtig an die Wände der gewundenen Röhre heran und nahm sie mit dem in ihrem Anzug integrierten Oberflächenscanner und ihrer Vergrößerungslupe näher in Augenschein. Ihre erste Vermutung bestätigte sich. Das Kupfer machte tatsächlich den größten Anteil dieser Legierung aus. Die anderen Anteile erschlossen sich der Wasserfühligen noch nicht.

„Wer oder was auch immer dies baute …", erklärte sie schon bald, was sich bisher in ihren Gedanken zusammenfasste. „… wusste genau, was er tat. Die Zusammensetzung der Röhrenlegierung eignet sich hervorragend als Energieaufnehmer. Das strömende Wasser erzeugt sie durch seine Reibung an den Wänden der Leitung. Diese gewundene Konstruktion der Röhre ist der Schlüssel für die Perfektion dieser Anlage. Das Wasser bewegt sich erst dadurch in ihr widerstandsfrei hindurch und dreht sich vor allem nach innen, was den Druck von der Außenwand wegnimmt. Wenn das System geschlossen ist, gibt es keine Ablagerungen. Es läuft nahezu wartungsfrei. Das hier ist ein Meisterwerk. Aber wer bewegt das ganze Wasser durch die Leitung? Das kann nur …"

Sil traute sich ihren Verdacht des Antriebes kaum auszusprechen, weil es viel zu kurios erklang. Sie befühlte mit der flachen Hand die Rohrwand und spürte ein leichtes Kribbeln von ihr ausgehen. Um sicher zu gehen legte sie ihre Zunge an die Leitungswand. Es schmeckte nach den restlichen Mineralspuren des Wassers, das hier noch vor wenigen Stunden durchging. Dazu fühlte sie eine leichte elektrische

Spannung.

„Coco", sprach sie offen aus, was ihr vorhin schon durch den Bauch huschte. „Durch seine Gravitationskraft schiebt er das Wasser durch die gewundenen Rohre um Thera. Der Mond Theras fungiert als Riesenpumpe. Das ist genial. Durch die eigene Rotation Theras wird das Wasser von Cocos Gravitationskraft in Bewegung gebracht und fließt ohne Unterbrechung durch den gewundenen Kanal. Rund um die Uhr. Die Rohrdrehung ist perfekt an die Wirbelfähigkeit und dem Reibungswiderstand des Wassers angepasst. Die Erbauer kennen die Fließeigenschaften des Wassers und auch, dass es kühl sein muss, um die Tragfähigkeit und die Effizienz seiner Masse zu erhöhen. Mein Skarabäus zeigt auch an, dass wir eine Temperatur von etwa vier Grad hier unten haben. Daher verbauten sie auch den Kanal in der Tiefe und nicht an der Oberfläche. Schon alleine, damit Ivey an der Oberfläche nicht die Leitung von Außen aufheizt. Kupfer leitet Wärme und Strom perfekt, aber die Erbauer sahen es nicht auf eine Wärmeerzeugung ab. Also muss es etwas mit Energieerzeugung zu tun haben."

Nun ergänzte Kyle ihre Beobachtungen und stellte die Verbindung zu Sils Schlussfolgerungen her.

„Wir haben nur deshalb das Wasser an der Oberfläche, weil an einigen Stellen die Leitungen undicht sind. Es könnte aber auch sein, dass die Erbauer diese Spalten absichtlich ließen, um einen Druckausgleich zu schaffen. Der Zu- und Abfluss der Leitung spülte die von uns vorhin durchstiegene Grotte aus. Aber so wie sie beschaffen ist, könnte dies auch ein absichtlich hinterlassener Kanal der Erbauer sein. Die Kupferhinterlassenschaften an den Wänden der Grotte stammen vielleicht noch aus der Zeit, als die Röhre geschaffen wurde. Als ich sie näher untersuchte, stellte ich Schlackereste fest. Du hast sicher die gräulichen Fäden in den Wänden der Grotte gesehen. Sie gehen längs, was für mich heißt, dass die Erbauer über ein Verfahren verfügen, direkt aus dem Kupferstein das reine Metall zu ziehen. Ohne einen Schmelzofen oder Ähnliches dafür zu benutzen. Um das Kupfer in so eine gewundene Form zu bringen, braucht es große Hitze. So etwa 1.000 Grad. Ich vermute daher, dass sie über eine Technik verfügen, solche Anlagen im großen Stil zu formen. Alleine dafür braucht es mindestens 800 Grad. Jedenfalls geht der Ursprung der seichten Meere auf diese Leitung und Coco zurück. Ich wollte dir das zeigen, ehe du mit deiner Arbeit auf der Oberfläche beginnst. Ich setzte hier unten bereits eine Scannersonde aus, um die Länge der Röhre auszukundschaften. Sie kam nicht bis zu ihrem Ende. Ich vermute daher, dass sie sich wie eine Spirale um den ganzen Planeten windet. Gleich einer Sprungfeder. Mich wundert es nicht, wenn sie mit den Pyramiden an der Oberfläche in Verbindung steht, da ihr Herstellungsverfahren ähnlich abgelaufen sein muss. Bei beiden Verfahren braucht es enorme Temperaturen. Um den Planeten wieder zum Leben zu erwecken müssen wir diesen kupfernen Kanal anzapfen und das Wasser hier unten wieder an die Oberfläche Theras bringen."

„Mit dem Wurm bohre ich die Löcher hinein", schlussfolgerte Sil und ging im Geiste einen Plan zur weiteren Erschließung des Wassers durch. „Ich finde an der Oberfläche den Verlauf der Leitung heraus und hinterlasse eine Kette aus Zisternen. Kupfer lässt sich zum Glück leicht verformen. Die Bohrköpfe dürften ohne Probleme durchkommen. Aber Coco treibt das Wasser in der Leitung rasch voran. Ich muss so etwas wie einen Fänger oder eine Weiche hier unten einbauen damit das Wasser aus den Spalten dauerhaft aus der Leitung fließt."

Kyle durchfuhr unversehens ein mütterlicher Impuls. Sie sah sich nun etwas besorgt nach ihrem Sohn um. Nur kurz passte sie in diesem aufregenden Moment nicht auf ihn auf.
„Apollo?" rief sie etwas nervös geworden. „Apollo? Wo ist er hin? Sil. Hast du ihn gesehen?"
„Ich sah ihn wieder in den Spalt zurückkriechen, durch den wir vorhin kamen", meinte sie nachdenklich. Aus den Augenwinkeln nahm Sil wahr, wie er sich wieder aus der Röhre hinaus in die Grotte zwängte. Offenbar beunruhigte Apollo etwas. Kyle zwängte sich infolgedessen besorgt wieder durch den Spalt in die Druckausgleichsleitung zurück und sah nach ihrem Sohn.
„Komm bitte bald nach", rief sie zu Sil in die Röhre zurück. „Das Wasser in den Leitungen steht und fällt mit Coco. Ich glaube, er kommt bald wieder über uns. Apollo scheint zu merken, dass die Flut in Anmarsch ist. Dann sollten wir nicht mehr hier drin sein."
„Ist gut", meinte Sil Kyles Warnung aufnehmend. Dennoch nahm sie sich die Zeit, den Boden der Röhre näher anzusehen. Denn auch hier erspähte sie einen alten Bekannten von der therischen Oberfläche. Im Licht ihres Skarabäus blitzten vereinzelt goldgelbe Harzbrocken des steinernen Waldes zwischen Schwemmsandresten hervor. Das weckte ein weiteres Interesse in ihr.
„Wie kommen sie nur hier herein?" fragte sie. „Es gibt erstaunlich viele von diesen Brocken auf Thera. Sogar hier unten. Kyle hat Recht. Es gibt weitere Zugänge in die Leitung. Praktisch überall, wo es ein seichtes Meer gibt. Das Wasser verteilte die Brocken hier drin. Das könnte die Erklärung ihrer Herkunft sein."

Sil erinnerte sich an die vereinzelten Stellen mit der Bezeichnung „seichte Meere", als sie in der Bibliothek die Oberflächenkarte Theras studierte. Dort markierte sie sich deren Standorte. Sie rief sich ihre Lage in das Gedächtnis. Wie eine Kette lagen sie um den Planeten aneinander. Eigentlich angeordnet wie riesige offene Zisternen. Aber mit einem direkten Abfluss in die Leitung. Wenn sie den Boden dort näher untersuchte, fände sie bestimmt die weiteren Zugänge in die Leitung um sie für ihre weitere Erschließungsarbeit zunutze zu machen. Diese Zugänge sähen wahrscheinlich so ähnlich aus, wie die ausgespülte Grotte. Mit diesen Gedanken spielend ging sie der Sedimentspur folgend ein Stück weiter in der Röhre entlang. Anhand ihrer Ablagerung auf dem Röhrenboden schloss die Wasserfühlige auf das

127

Fließtempo und der Beschaffenheit des Wassers. Es erinnerte sie an den Gebirgsbach ihrer Kindheit. In ihrem Geiste legte sie sich einen Plan für ihr weiteres Vorgehen zurecht. Unter ihr erklang es von jedem einzelnen Schritt nach dem kupfernen Metall. So als ob sie über Blech lief. Mehrfach klopfte sie mit den Fingerknöcheln die Innenseite der Leitung ab. Wie stark war diese Legierung? Vielleicht wusste Kyle darüber mehr als sie. Im Schein des schwachen Lichts, das ihr Skarabäus abgab, stellte die Wasserfühlige schnell fest, dass sich neben dem Kupferanteil noch Eisen dem Material beimengte. Je mehr sie ihren Eindrücken Raum gab, umso mehr wuchs in Sil ein weiterer böser Verdacht heran. Vor allem, was den Zweck der Leitung anging. Im Unterricht auf Ceti e lernte sie, warum lebendiges Wasser keinesfalls durch gerade eiserne oder gar durch Kunststoffrohre gezwängt werden sollte. Das Blut des Lebens, wie die Wasserfühligen lieber zu ihrem Element sagten, bewegte sich über die Erdoberfläche wie die Luft über das Land mit seinen Verwirbelungen. Wassergerechte Leitungen passten sich daher durch ihre gedrehte Form der Wirbelbewegung ihres Inhalts an. Dadurch drehte sich das Wasser nach innen, was verhinderte, dass sich an den Rohrwänden Kalk ablagerte oder dass es einen Stillstand gab. Wenn man für diese Rohre verhüttetes Eisen oder andere durch massiven Energieentzug hergestellte Materialen verwendete, raubten diese dem Wasser seine Lebenskraft. Das ausgelaugte Material saugte die vom Wasser aufgenommene Vitalität heraus. Das Blut des Lebens selbst fand aber durch seine Verwirbelungsbewegung wieder zu sich, welche sich durch die Formung der Leitung selbst erzeugte. Durch diese brillante Konstruktion lud sich die Lebensenergie des Wassers immer wieder neu auf und machte sich praktisch zu einer unerschöpflichen Energiequelle. Für immer und ewig. Solange jedenfalls, wie der Mond Coco über Thera hinwegging und das Wasser durch seine Anziehungskraft mit sich führte.

„Diese ganze Anlage hier unten wurde nicht ohne Grund so konstruiert. Die, die das bauten, wissen von den Geheimnissen des Wassers. Diese Rohrkonstruktion entzieht durch seine Materialbeschaffenheit dem Wasser die von ihm selbst erzeugte Reibungsenergie. Seine Lebenskraft und Vitalität. Es ist ein einziges Kraftwerk. Der ganze Planet Thera ist zu einem Kraftwerk umfunktioniert. Aber wo geht die erzeugte Energie hin? Hier gibt es keine Zivilisation, die sie nutzen kann. Ich verstehe das nicht. Abgesehen von dem enormen Aufwand die ganze Anlage überhaupt durch den Untergrund zu treiben. Und was ich ebenso nicht verstehe, ist, warum es keine Bäume oder andere Gewächse auf der Oberfläche mehr gibt? Warum sind sie vollends verschwunden? Kyle könnte recht mit ihrer Einschätzung haben, dass die Grotten in der Leitung absichtlich bestehen. Der Druck des Wassers durch Coco ist enorm. Wenn es keine Ventile gibt, kann der Überdruck nicht weg und die Leitung zerbricht. Es fügt sich alles zusammen."

Sil bückte sich zum feinen Sediment der Leitung hinunter und hob ein Stück des dort verstreuten Bernsteins auf. Auch dieses Stück schimmerte golden zwischen den feuchten mit Tonerde verschmierten Stellen im Licht ihres Anzuges hindurch. Sie begutachtete das gute Stück in ihrer Hand und sprach mit ihm. Ihr war es, als redete sie mit einem Zeugen der Vergangenheit. Vielleicht beseelte sie der Wunsch, dass dieses einst lebendige Wesen ihr die letzten Fragen zu der untertherischen Anlage beantwortete.

„Wer machte das nur mit dir? Dieser Ort war einst voller Leben. Ich sah die Versteinerungen von unzähligen Schalentieren im Sand des steinernen Waldes. Bei meinen ersten Ausflügen um Tell Omega wusste ich sofort, dass dieser Planet lange nie das war, wie er sich heute zeigt. Warum mussten deine Bäume weichen? Warum musste deine Lebendigkeit gehen? Ich weiß es nicht, ob es mir gelingt, euch wieder zum Leben zu erwecken. Ich breche mit dem Wurm die Leitungen hier unten auf und bringe das Wasser Theras wieder an seine Oberfläche zurück. Dort, wo sein Platz ist. Decius wird mit seinen Wolkenbrechern die Atmosphäre reinigen und die Verbindung von Himmel und Erde wieder herstellen. Das Wasser wird wieder zwischen ihnen zirkulieren und deinen Nachkommen, sofern es noch welche gibt, ein neues Leben schenken."

Gerade als Sil den Bernstein in ihre Tasche steckte, nässten sich ihre Fußsohlen verdächtig ein. Ein schmaler Wasserfilm spülte sich unter die Sedimente hob die fein aufliegenden Körnchen an und riss sie mit sich. Sie drehte sich entsetzt zu der Quelle des immer größer werdenden Rinnsals um, das mittlerweile an ihren Knöcheln vorbei strömte. In ihrem gefühlsbetonten Eifer vergaß sie die Bitte Kyles und auch, dass der Mond Coco unaufhaltsam während ihrer Untersuchung über den Horizont wanderte. Folglich löste er den Tidenhub aus, der nun das strömende Wasser in den Leitungen ansteigen ließ. Direkt auf sie zu.

„Schitt…" war das Letzte, was sie noch rausbrachte, denn da erfasste sie seine erste Woge. Es fegte sie von den Beinen. Wie seinerzeit die mitgerissenen Blätter und Zweige des Gebirgsbaches ihrer Kindheit wirbelte das Kanalwasser sie unaufhaltsam durch die gespenstische Dunkelheit. Immer weiter weg von dem Durchgangsspalt, aus dem sie mit Kyle in die Leitung einstieg. Im Gegensatz zum Gebirgsbach auf Ceti e, der immerhin nach oben offen einen Blick in den Himmel ermöglichte, gab es aus dem Kanal kein Entrinnen mehr. Da nützte es Sil nur wenig, dass es ihr gerade noch gelang, den Luftkuppelhelm ihres Skarabäus zu schließen. Allmählich fühlte sie sich, wie wenn sie mit dem Surfbrett eine Wellenkrone entlangfuhr. Die Wucht des Wassers drückte sie gnadenlos gegen die Decke der kupfernen Röhre. Vor ihr, hinter ihr, unter ihr nur Dunkelheit. Über ihr reichte das Licht ihres Skarabäus aus, die glattpolierte Innenwand zu beleuchten. Ein Wellenritt ohne Ende. Vermutlich der Traum eines jeden Surfers. Doch hier fehlte der blaue Himmel, fehlte die Sicht, fehlte der Wind, fehlte der strahlende Sonnenschein. Es fehlte das Donnern der brechenden Wellen. Sil schrie vor Panik. Aber wer sollte sie hier unten hören? Wie sollte sie sich aus diesem feuchten Grab retten? Coco würde bestimmt noch lange genug über dem Horizont sein und den

Trip endlos werden lassen. Ging eine Rettung überhaupt noch? Die unbändige Kraft des Wassers spülte sie unbarmherzig durch die Dunkelheit voran. Aufgewühlt und unberechenbar gebärdete es sich. Ebenfalls in Panik. So komisch es auch klang, Sil fühlte in diesem Moment, wie dieses Element des Lebens in seinem kupfernen Gefängnis litt. Trotz der zweifellosen Genialität der gesamten Konstruktion verspürte Sil, dass man dem Blut Theras seine Seele raubte. Das Wasser jammerte und flehte. Getrimmt auf ein Optimum, das nicht seinem Naturell entsprach. Strömte der Gebirgsbach vor dem Haus ihrer Kindheit noch seinem Ziel, dem großen Ozean mit Lebendigkeit und Vitalität entgegen, so gab es hier kein großes Wasser, in dem es sich sammeln und selbstständig strömen konnte. Die Anlage nahm dem Wasser seine Identität. Sie glich nun eher einem Hamsterrad, welches sich dazu bestimmte, auf ewig in die gleiche Richtung zu drehen. Aber dieses Mitleid für ihr Element rettete sie in diesem Moment nicht vor dem jämmerlichen Ersticken, wenn ihr die Luft des Skarabäus ausging. Ganz zu schweigen von der Wucht, mit der sie die Woge mitriss. Im Akt ihrer Verzweiflung aktivierte sie den Gravitationsanker ihres Anzuges, welcher sie immerhin an der Innenwand der Leitung anhaften lies und ihren Ritt abbremste. Ihr körperlicher Widerstand schleifte sie in der rasanten Strömung ein Stück weit mit und zog sie immer weiter in die Wassermasse hinein. Und doch veränderte sich etwas, ehe ihr die Sinne schwanden und sie in eine gnädige Ohnmacht fiel. Im diffusen Licht ihres Skarabäus verdichtete sich die Färbung des Wassers zu einem goldenen Nebel. Er umhüllte Sil wie eine staubige Wolke inmitten der mörderischen Strömung und drückte sie immer dichter werdend gegen die Decke der Leitung. Doch da trat das Bewusstsein der Wasserfühligen bereits weg.

Kapitel 4

Der goldene Mann

Wann genau Sil die Wahrnehmung ihrer Sinne in der kupfernen Leitung verlor, sie wusste es nicht mehr. Ihr wilder Ritt durch den ewigen Kanal auf der Woge des Wassers und in völliger Dunkelheit glich einem Albtraum, wie er schlimmer nicht sein konnte. War es ihre Eitelkeit? War es ihr überheblicher Leichtsinn? Nutzte ihre Verzweiflungstat den Gravitationsanker zu aktivieren? Was auch immer dazu führte, als sie wieder zu sich kam, sie lag halb versunken im Sand. Vergraben am Ausgang der Spalte des seichten Meeres in die Kyle sie hineinführte. Sogar unweit ihres Dreibeins, das nun verwaist auf ihre Besitzerin wartete. In seinem Schlepptau wartete wie eh und je der Wurm auf die Anweisungen seiner Userin. Kyles Dreibein hingegen verschwand ebenso wie das Wasser, das Coco im kupfernen Kanal endlos vor sich hertrieb. Über ihr zeigte sich um diese Zeit der klare Sternenhimmel. Der Mond Coco wanderte inzwischen weiter und lag für Sil nicht sichtbar wieder hinter dem Horizont. Der Luftkuppelhelm des Skarabäus verhinderte zum Glück das Eindringen des Wassers, was sie aber auf lange Sicht nicht vor dem Ersticken bewahrte.

Wie kam sie nur hierher? War es ein Wunder? Sil schlug tief durchatmend den Luftkuppelhelm mit einer Handbewegung zurück und fasste sich erst einmal an ihren pochenden Schädel. Die Todesangst wich nur langsam aus ihrer aufgewühlten Seele. Ihre Augen schienen ihr im ersten Moment einen Streich zu spielen. Denn da leuchtete unweit ihres Standortes eine golden schimmernde Gestalt. Sie wartete auf sie. Das fühlte sie sofort, obwohl die Erregung des traumatischen Ereignisses noch immer in ihrem Geist präsent war. Wer oder was das auch war, erkannte sie nicht, nur dass er wie ein Männchen aus gegossenem leuchtenden Honig wirkte. Sil schüttelte sich erst einmal. War das ihr Retter? Ihr Kopf tat entsetzlich weh, als das Geschöpf auf sie zutrat und ihr eine sich zur Hand verformende Masse zum Aufstehen reichte. Ohne groß darüber nachzudenken, ergriff Sil nach ihr und sie fühlte sofort, dass sie diese Substanz schon einmal verspürte. Und zwar, als sie die seltsamen kleinen goldenen Brocken in den Händen hielt. Nun erkannte sie, woran sie diese Person erinnerte. Seine Hand verfügte über eine erstaunliche Festigkeit, die sich mit einer gewissen Leichtigkeit paarte.

„Wer oder was bist du?", fragte Sil das bernsteinfarbene Wesen. Sie versuchte Augen, Nase, Ohren oder Mund an seinem Kopf oder andere Wahrnehmungsorgane zu erkennen. Doch nichts dergleichen. Weder sah sie Sehnen noch Muskeln oder Haare an seiner Gestalt. Keine Kleidung oder was an etwas wie einen Schutz erinnerte. Nur eine glatt geschliffene hochgewachsene Figur, die entfernt an Vega erinnerte. Ebenso erschnupperte ihre Nase keinen Körpergeruch von ihm. Es roch

131

nur leicht nach dem Salz des seichten Meeres und dem abgekühlten Wüstensand. Das Wesen zog sie gefühlvoll hoch und hielt ihr noch die andere Hand hin. Vielmehr, den Ober- und den Unterarm, denn die Handfläche verformte sich hingegen zur Blume des Lebens. Das Wesen schien sie freudig anzulächeln, denn ein trautes Gefühl ging von ihm aus. Es übertrug sich auf sie.

„Du kennst es?", fragte Sil aufgeweckt und holte erwartungsvoll ihr Medaillon aus ihrem Anzug hervor. Sie zeigte ihm das Geschenk des Baumfühligen. Er nickte.

„Woher?" fragte sie und der goldene Mann lies ihre Hand los. Er glitt ein paar Schritte über den feuchten Boden. Füße im eigentlichen Sinne schien das fremdartige Wesen nicht zu haben. Sil merkte, dass das Auftreten der fremden Lebensform ihr gegenüber sich aus der Beobachtung ihrer eigenen Art ableitete. Das Wesen kopierte nur ihre äußere Figur. Sil schloss daraus, dass er sie schon länger beobachtete. Er presste seine Handflächen aufeinander und zog sie langsam auseinander. Der trockengelegte Meeresboden vor ihnen teilte sich mit einem leichten Erzittern des Sandes. Das körnige Sediment schob sich vorhangleich auseinander. Es versetzte Sil in schieres Erstaunen. Über was für rätselhafte Kräfte verfügte dieses goldene Geschöpf? Noch ehe sie sich klar wurde, bildete sich eine langgezogene Rampe, die weiter in den Untergrund des Schwämmsandes hineinführte. Dann drehte er sich zu Sil um und machte mit seinen kopierten Händen einen Wink. Das Zeichen seiner Geste war unmissverständlich. Sie sollte ihm folgen. Die Wasserfühlige überlegte nicht lange und begab sich mit dem fremdartigen Wesen erneut in die von ihm erschaffene Vertiefung hinein.

Im Gegensatz zu der ausgespülten Grotte bildete der Fremde eine Schneise in dem feinen Sand und legte mit seiner Handlung einen Ring aus glatt geschliffenen Monolithen frei, welche offenbar schon seit langer Zeit hier im Sand verschüttet lagen. Sil sah mit Ehrfurcht auf die schmucklosen Steinriesen, welche wie mit dem Laser portioniert herausgeschnitten aufrecht da standen. Ihre Oberfläche glich in der Feinarbeit den glattgeschliffenen Orionpyramiden, die über ganz Thera verstreut lagen. Welche Zivilisation brachte diese präzise Arbeit zuwege? Ja, es musste ein hochentwickeltes Volk sein, das hier einst auf Thera lebte. So verstand es Sil jedenfalls im Moment. War dieser Fremde etwa ein Teil dieser vergangenen Intelligenz? Bauten sie einst die kupferne Leitung? Wenn ja, wofür? Der goldene Mann führte sie achtlos an den blank polierten Monolithen vorbei. Für ihn besaßen sie keine große Bedeutung, denn er zeigte Sil nicht an, dass sie auf diese Gebilde auch nur zu achten hätte. Die Monolithen standen im Kreis um etwas herum, dass dem Wesen viel wichtiger als sie erschien. Sil verschlug es glatt die Sprache. Eine Schale, an ein Ei erinnernd, so schien es auf den ersten Blick, lag da in seinem Zentrum. Doch je näher Sil an das Objekt heranging, um so mehr erkannte sie, dass es sich um ihr eigenes Kryonikei handelte, mit dem sie vor wenigen Wochen hier auf Thera ankam. Das Wesen barg es aus der Salzebene und brachte es hierher. Sogar die Bruchstücke. Aber wozu? Der goldene Mann hielt an der Schale des

Kryonikeis an und zeigte auf ein Symbol, das da auf der Außenhülle eingelassen ruhte. Es berührte Sil zu tiefst, denn auch sie zeigte die Blume des Lebens.

Die Techniker auf Ceti e hinterließen auf der Hülle dieses Signet, auf das das Wesen aufmerksam wurde und dem er eine große Bedeutung beimaß. Dann wischte er mit der Hand bei dem Ei über den sandigen Untergrund. Jener öffnete sich und gab ein unscheinbares, etwa perlengroßes Objekt frei. Der goldene Mann deutete an, dass Sil es aufheben und an sich nehmen sollte. Sie trat an das kleine Loch heran und bückte sich danach. Schon als sie es anfasste, merkte sie, dass etwas Hochlebendiges in diesem Fund ruhte. Es schlief darin, so wie sie, als sie noch vor wenigen Wochen durch das All nach Thera flog. Dieses kleine „Ei" schien diesem goldenen Wesen sehr heilig zu sein. Nicht für jeden zugänglich. Verborgen, tief vergraben im Sand. Ein sehr sensibles Objekt. Sie fühlte es. Sie spürte es. Das darin Eingeschlossene übertrug sich auf sie. Eine tiefe schlafende Liebe. Es glich ihrem ersten Empfinden, als sie Thera auf der Anhöhe bei Tell Omega zum ersten Mal in Augenschein nahm. Für Sil ein Déjà-vu. Die Maserung des an eine Nuss erinnernden Objekts auf der Oberfläche erweckte ihre weitere Aufmerksamkeit. Denn nichts anderes war es, was ihr der goldene Mann dort zeigte. Es war ebenso strukturiert, wie die Gravur der Blume des Lebens auf ihrem Medaillon. Das Wesen lächelte Sil an. So schien es ihr jedenfalls. Obwohl er keinen Laut von sich gab, sprang Sils Empfindung in das Wesen hinein. Es glich dem Gefühl, das auch seine Gabe auf sie ausstrahlte. Die Wasserfühlige wollte es ihm zurückgeben, aber er verwehrte ihr mit abweisenden Händen die Annahme und deutete ihr freundlich mit seiner Geste an, dass sie die Nuss bei sich behalten sollte. Sil bedankte sich bei ihm und betrachtete es als Geschenk an sie. Seine Gabe einfach respektlos in die Innentasche ihres Skarabäus zu stecken wie einen der kleinen Kiesel, wollte Sil nicht tun. Es brauchte eine würdigere Umgebung und Sicherung für ihn. Das war ihr schnell klar, denn diesem goldenen Wesen schien der Samen sehr wichtig zu sein. So klappte sie kurzerhand ihr Medaillon auf und drückte anschließend die Nuss in die cetische Erde hinein, die sie als Erinnerung von ihrem Geburtsort behielt. Ein für sie ebenso ehrwürdiges Stück der Heimaterde. Sie dankte ihm nochmals mit einer freundlichen Geste. Das Wesen freute sich mit ihr, dass sie sein Geschenk annahm. Es übertrug sich auf sie. Innerlich fühlte sich Sil nun glücklich. So glücklich, wie es das Wesen selbst nun war, stellte es einen Gleichklang zwischen ihnen her. Das alles aber erklärte noch nicht, woher der goldene Mann kam. Wer war er? Gibt es eine fremde, noch von ihnen bisher unentdeckt gebliebene Zivilisation auf Thera? Wo befanden sich seine Freunde? Seine Familie? Oder war er ganz alleine hier? Baute sein Volk diese gewundenen Kupferröhren unter der Wüste? Erschuf er die rätselhaften Pyramiden? So viele Fragen überkamen Sil und so versuchte sie als Erstes zu erfahren, was auch ihr am Wichtigsten in einer solch befremdlichen Situation wäre.

„Bist du ganz alleine hier?", fragte sie mit einfühlendem Blick.

Das Wesen zerbröselte in tausend Teile und rings um Sil erwuchsen aus goldenen Nüssen in Zeitraffer, goldene Triebe in die Höhe, die sich zu wuchtigen Stämmen ausbildeten. Je höher sie trieben, umso mehr starke Äste bildeten sich ihnen aus, die sich in ihren Spitzen verzweigten. Bald spross goldenes Laub aus ihren Enden und erstrahlten im leuchtenden Gelb. Vom Beginn ihres Lebens als kleiner unscheinbarer Samen bis zu einem ausgewachsenen Baum. Sil stand alsbald in einem goldenen Hain aus stämmigen Gewächsen, dessen Wurzeln die Monolithen überwucherten und in sich verschlangen. Bedeutete das etwas? Dann aber schnitten sich die Bäume knapp über der Wurzel, wie von einem scharfen Messer durchtrennt ab und sie zerbröselten zu Staub, der sich mit dem weißen Sand vermischte. Sogleich bildete sich der goldene Mann wieder vor ihr. Sil musste sich erst über diese gezeigte Botschaft des Wesens klar werden. Es kommunizierte nicht mit Worten, sondern in Bildern. Dies machte es der Fühligen leichter, ihm geistig zu folgen. Wenn es stimmte, was sie darin erkannte, hieß das …

„Du bist der steinerne Wald. Ich meine, das, was von ihm übrig blieb. Wieso bemerkten wir dich in all der Zeit nicht?"

Das Wesen zerfiel und übrig blieben nur noch die goldgelben Bruchstücke, die Harzbröckchen, die Sil schon überall auf Thera verstreut fand.

„Aber ja doch. Unsere Scanner fanden keine Anzeichen von Leben, weil er sich zu Stein verwandelte. Sie erkannten kein lebendes Wesen darin."

Der goldene Mann setzte sich wieder zusammen.

„Hast du auch einen Namen? Ich heiße Sil."

Das Wesen reagierte darauf nicht. Viermehr wusste er nichts mit ihrer Frage anzufangen. Offenbar verstand er sie nicht. Konnte es sein, dass ihm nicht genügend Zeit blieb, die Pioniere zu studieren?

„Ich heiße Sil und du?", wiederholte Sil wieder. Aber das Wesen schien ihre Frage zu übergehen. Vielmehr baute er sich zu einer bernsteinfarbenen Orionpyramide zusammen, die golden in den Nachthimmel schimmerte. Was sagte er ihr damit?

„Pyramide? Das ist doch nicht dein Name", antwortete Sil irritiert „Oder hast du keinen Namen?"

Das war gut möglich, weil es bisher niemanden gab, der ihm einen verlieh.

„Wenn du keinen Namen hast, dann bin ich die Erste, die dir einen gibt."

Wie benannte sie den goldenen Mann? Kyle gab ihrem Sohn den Namen Apollo, weil er der erste Sohn in der dritten Generation der griechischen Götter war. Aber das von ihr entdeckte Wesen aus der Wüste Theras war viel älter als er. Es musste schon ein Name sein, der vor dieser Zeit, also noch vor dem Zeitalter des Zeus stand. Aus der vorherigen Generation.

„Kronos", sagte sie schließlich. „So werde ich dich nennen. Ein Name aus alter Zeit. Gefällt er dir?"

Das Wesen antwortete ihr nicht darauf. Vielmehr lies er aus seiner Hand die Blume

des Lebens in Form eines Reliefs erwachsen. Sil sah die Maserung der Kreise auf seiner Hand, wie sie miteinander überlagert standen. Strahlend mit einer Corona umrandet. Kronos deutete mit der anderen Hand auf Sils Dreibein und verformte sich wieder zur Orionpyramide. Diesesmal nahm Sil seine Andeutungen auf.
„Du kennst diese Pyramiden? Weist du, wofür sie dienen?"
Doch Kronos verformte sich wiederum zu ihrem Dreibein und dann zu einer Pyramide. In Sil tickte es. Allmählich verstand sie, wie Kronos kommunizierte.
„Ich soll dir mit meinem Dreibein zu den Pyramiden folgen? Ist es das? Was willst du mir unbedingt zeigen?"

Dann zerfiel Kronos wieder in tausend Stücke. Er bildete einen goldenen Baum, der strahlend hell wie das Licht Iveys in der dunklen Wüste leuchtete. Sil verstand nun. Kronos gab ihr ein Signal. Einen Wegpunkt. Sie spurtete zu ihrem Dreibein zurück, stieg in seine Kanzel hinein und aktivierte über den Sensor den Implosionsmotor, was das Gefährt zügig in die Höhe brachte. Wie ging es nun weiter? Sie wartete auf ein weiteres Zeichen ihres neuen Freundes. Kronos lies aus dem Wüstenboden weitere leuchtende Bäume in den Nachthimmel erwachsen. Auch sie erstrahlten im bernsteinfarbenen Licht. Sie bildeten eine Baumreihe, welche wie eine Allee über den Boden des seichten Meeres führte. Er markierte ihr damit einen Weg. Also folgte Sil mühelos mit ihrem Dreibein der von Kronos gelegten Spur. Ihr wurde immer mehr von der Beschaffenheit des Wesens Kronos bewusst. Er bestand nicht aus einem einzigen Körper, wenn man es so nannte. Nein, er verteilte sich in seinen Bruchstücken über den ganzen Planeten. Gleich eines einzigen lebendigen Organismus, der sich wie Wasser konzentrieren und sich, wie Eis zu ganzen Gebilden verformen konnte. Die bernsteinfarbenen Bruchstücke, die sie bei ihrer Erkundung der Umgebung von Tell Omega verstreut fand, dienten ihm als Rückzugsort seines Geistes. Mit welcher Art von Intelligenz bekam sie es hier zu tun? War dieses Wesen wirklich nur auf ihr Wohl aus, oder verfolgte es eine bestimmte Absicht? Egal, was es war, Kronos hätte sie in der gedrehten Wasserleitung sterben lassen können. Er tat es aber nicht. Warum rettete er sie vor der Gewalt des Wassers? Was war es, das diese therische Intelligenz ihr unbedingt zeigen wollte? In Sil stieg die Anspannung während ihres Fluges über die sandige Ebene merklich an.

Die Lösung offenbarte sich, als sie mit ihrem Dreibein der leuchtenden Baumkette folgte. Kronos lotste sie einen Bergrücken hoch, der ihr vom Hinflug zu Kyle bereits bekannt war. Denn dahinter befand sich jene Orionpyramide, vor der sie heute Morgen Decius traf. In ihrem Gedächtnis flackerten die Bilder aus den Folianten des Kartenraums auf. Während ihres Gespräches mit dem Luftfühligen bemerkte sie die Reflexion des Lichts von Ivey auf dessen glänzender Oberfläche. In der Nacht und ohne das Licht Cocos erkannte man die Pyramide aufgrund ihrer schwarzen Färbung auch kaum noch. Lediglich die dunkle Silhouette mit dem

Sternenhimmel im Hintergrund verriet, dass hier etwas Hohes und Spitziges stand. Kronos überzog ihre Außenschicht mit seinem goldenen Leib, sodass sie in dessen Farbton förmlich golden und weit gut sichtbar für Sil erstrahlte. Diese Pyramide meinte Kronos. Das Ziel ihres Fluges. Jener unheimliche Anblick in der Nacht ließ ein erschauderndes Raunen über ihre Lippen gleiten. Je näher Sil der goldenen Pyramide mit ihrem Dreibein kam, umso mehr schrumpfte der goldene Überzug auf einen einzigen leuchtenden Punkt kurz unterhalb der Pyramidenspitze zusammen. Sil hielt ihr Dreibein über der von Kronos markierten Stelle an. Sie öffnete die Kuppel ihrer Kanzel und verharrte fliegend in der Luft über der von ihm angedeuteten Stelle. Worauf wollte Kronos hinaus?

„Kronos", fragte sie vorsichtig. „Ist es das, was du mir zeigen willst?"

Der goldene Mann setzte sich über der Markierung zusammen und richtete seine bernsteinfarbene Hand auf den Punkt. Sein Leib backte sich in die Pyramidenspitze ein. Da er keine Gesichtszüge zeigte, blieb Sil nur die reine Vermutung seine Geste zu deuten. Sie sah sich die von Kronos geschaffene Markierung näher an und erkannte deren eigenwilligen Stil. Mit dieser Darstellung deutete das Laserleitsystem des Wurms eine mögliche Bohrstelle an. Sollte sie hier mit ihrem Wurm hineinbohren? Ist es das? Sil schaute fragend zu dem Wesen auf. Er verstand sie, denn es nickte wiederum und deutete unablässig auf diese Stelle. Kronos spürte in sie hinein. Ihre Worte bedurfte es nicht zur Kommunikation mit ihm. Alleine der Gedanke genügte. Sils Geist arbeitete auf Hochtouren. Sie wog ihre Möglichkeiten und Risiken ab. Sollte sie das wirklich tun? Der Wurm legte sich für nicht eine derartige Arbeit aus. Man bohrte mit ihm auf gerader Oberfläche, aber nicht in die Schräge. Außerdem kam ihr auf den ersten Blick die Beschaffenheit des Steins ziemlich hart vor. Zumal sie nur ansatzweise von den Andeutungen Decius in Erfahrung brachte, aus was er genau bestand. Eine Mischung mit Rosenquarz. Es war riskant, aber Sil holte mit der Gestensteuerung den Wurm zu sich heran. Sie gab ihm mit ihren Handzeichen die Anweisung an der von Kronos gezeigten Stelle seinen Bohrkopf anzusetzen. In ihrem Geist raste es. Was wollte Kronos ihr da unbedingt zeigen? Es lag unter der Markierung verborgen. Sie fand mittlerweile durch ihren selbstmörderischen Ritt in der kupfernen Leitung heraus, dass ein riesiges Kraftwerk zur Energiegewinnung unter ihren Füßen lag. Angetrieben von Coco, dem therischen Mond, der zu dieser Stunde auf der nicht sichtbaren Seite Theras weilte. Stand ihre neu gewonnene Erkenntnis etwa mit den Pyramiden auch im Zusammenhang? Sil blieb nichts anderes übrig, als Kronos zu vertrauen. Der goldene Mann beharrte darauf, dass sie genau hier bohrte. Da die Stelle unweit der Spitze lag, konnte es sein, dass sie abbrach und der Wurm dadurch zu Schaden kam. Sie riskierte es und wies den Wurm an, seinen Fräskopf auf die Markierung zu setzen.

Der elektronische Helfer des Wurms präzisierte die Ausrichtung des Bohrkopfs und suchte sich für den Untergrund die wahrscheinlichst geeignete Bohrvorrichtung heraus. Eine Fräse, die sich bestückt mit proxischen Diamanten rotierend in das Innere des rätselhaften Bauwerks trieb. Sil beobachtete gespannt, ob der Wurm genügend Gegendruck für die Arbeit aufbrachte. Er stabilisierte sich zwar mit seinem Gravitationsanker, doch der Widerstand des unbekannten Materials zeigte sich an seinen Erschütterungen während der Bohrung deutlich. Der Wurm schlug mehrmals seitlich aus. Die Fräse selbst kam nur am Anfang gut durch die oberen Schichten des Steins voran. Aber je weiter sie in das Innere vordrang, umso öfter tauschte der Wurm gemäß seiner Programmierung den Bohrkopf aus. Er überhitzte, trotz seiner eingebauten Kühlvorrichtung, außergewöhnlich schnell. Sil merkte, dass der Wurm schon bald um jeden Millimeter kämpfte, den er sich in das Pyramidenmaterial hineinarbeitete. Bald drang auch stinkender Rauch aus dem Bohrloch heraus. Das wurde Sil doch zu heikel. Sie stoppte den Prozess und bat den Bohrassistenten um einen Statusbericht. Wie sie vermutete, vermeldete ihr der Analyseassistent ein unbekanntes Material mit großer Härte. Es wies eine stark verschränkte kristalline Struktur in seinem Inneren auf. So etwas war sogar für den Wurm ein zäher Brocken. Noch nie sah sich die Wasserfühlige mit einem solchen Material konfrontiert. Das Analyseprogramm schlug deshalb zwei weitere Vorgehensweisen vor: Entweder sie sollte sich eine andere Stelle zum Bohren suchen oder aber …

„Sprengen?", fragte Sil ihren elektronischen Helfer ungläubig. Sil wusste um die Brisanz dieser Maßnahme. Eine Sprengung kam nur zum Einsatz, wenn sich der Wurm verkeilte und er mit seinem Gestänge im Bohrloch festhing. Sie untersuchte die Bohrstelle näher mit bloßem Auge. Seine Umgebung zeigte trotz der abgetragenen Stelle nicht einmal in der Scananalyse Risse oder andere Unebenheiten auf. Offenbar gingen seine Erbauer mit großer Präzision und einer ganz bestimmten Absicht bei der Errichtung der Pyramide vor. Der goldene Mann saß unbeirrt auf der Pyramidenspitze und deutete auf das bereits gefräste Bohrloch.

„Wenn ich da jetzt sprenge …" sagte Sil zu ihm. „… müssen wir schleunigst von hier weg. Ich könnte die Pyramide dabei vollständig zerstören. Ist es das, was du von mir willst?"

Der goldene Mann nickte. Es war ihm sehr ernst. Sil fühlte das. Was auch immer Kronos dazu bewegte, es musste für ihn von immenser Wichtigkeit sein.

„Warum willst du, dass ich ausgerechnet diese Pyramide zerstöre? Auf Thera gibt es so viele davon. Selbst wenn ich es tue: Wir haben nicht genügend Sprengstoff, um auch die anderen zu zerstören. Außerdem können wir hier keine Sprengstoffe herstellen. Uns fehlt die Ausrüstung. Sie von Ceti e anzufordern kostet ein paar Jahre Zeit. Ich schlage dir vor, in der Zwischenzeit lieber weitere Brunnen zu erschließen, damit weitere Siedler herkommen. Wir fordern Sprengstoffspezialisten an, die etwas davon verstehen."

Kronos zeigte sich von Sils Bedenken unbeeindruckt. Er deutete noch immer darauf. Sil seufzte. Sollte sie es wirklich tun? Auf der Akademie übte man den

Sprengvorgang nur mit kleinen Sprengsätzen. In der Praxis verwendete man erheblich effektiveren Sprengstoff. Ausdrücklich wurde vor dessen Einsatz gewarnt, da eine unsachgemäße Anwendung empfindliche Schäden verursachte, die bei einer Erschließungsmission eines weit entfernten Planeten über Leben und Tod der Pioniere entschied. Sil wusste, Kyle war bestimmt nach Tell Omega aufgebrochen. Es machte ohnehin keinen Sinn nach ihr zu suchen. Von den Pionieren befand sich daher niemand in der Nähe der Pyramide. Sie riskierte es.

„Na gut. Ich mach es. Aber du musst weit weg, wenn ich dem Wurm die Anweisung für die Sprengung gebe. Ich denke, ich fliege bis zum Bergrücken zurück. Der Sprengstoff ist sehr effektiv."

Sogleich verschwand Kronos von der Spitze. Sil wies den Wurmcomputer an, alles für den Sprengvorgang vorzubereiten. Er sollte die Ladung mit einem Zeitzünder versehen, ihn in das bereits gebohrte Loch legen und zu ihr an den Bergrücken kommen. Nach ihrer Eingabe eilte Sil mit ihrem Dreibein davon und landete auf der entfernten Hügelkette, um aus sicherer Entfernung die Sprengung zu beobachten. Der Wurm führte inzwischen automatisiert ihre Befehle aus und machte die Ladung scharf. In ihrem gelandeten Dreibein überwachte Sil angespannt den Countdown der Sprengung, den der Bordcomputer herabzählte. Der Wurm befand sich auf den Weg zu ihr, während sie im Geiste dem Herunterzählen bis zur Sprengung lauschte. Gebannt starrte sie immer wieder zur Pyramide zurück. Dann wiederum auf den Countdown. Im Schein des Sternenlichts warf das düstere Bauwerk einen unheimlichen Schatten in die Wüste hinein. Sie hoffte, dass auch der Wolkenbrecher von Decius in der Ebene die Erschütterung überstand, die bald über die Wüste hereinbrach. Noch ehe Sil begriff, welche Konsequenzen ihre Bohrung nach sich zog, erfasste eine heftige Schockwelle ihr Dreibein. Dem folgte ein ohrenbetäubender Knall. Es schüttelte sie heftig durch. Vor ihr stieg ein pilzartiger Feuerball in den Himmel empor. Die Erde erzitterte und stob feinkörnigen Sand in die Wüste auf, der sich impulsartig wie ein Ring sich von der Sprengstelle entfernte. Scharfkantige Trümmersplitter der Pyramidenspitze flitzten wie todbringende Projektile umher. Die von dem Wurm verwendete Ladung reichte normalerweise auf Ceti e aus, um ganze Berggipfel einzuebnen. Hier aber ging der meiste Druck in die Umgebung und er verteilte sich gleichmäßig über der Ebene. Er genügte aber, die Spitze zu kappen und sie in tausend Teile zerbersten zu lassen. Als sich der Staub allmählich verzog, flog Sil mit ihrem Dreibein wieder an die Sprengstelle heran. In der Tat leistete der Sprengstoff ganze Arbeit. Er trennte die Spitze sauber ab. Sie glaubte es nicht, was sie da von Staub der Trümmer bedeckt vorfand. Sie würde es müssen, denn die Sensorik ihres Skarabäus machte sie auf eine stetig ansteigende radioaktive Strahlung aufmerksam. Es ging unzweifelhaft von dem rätselhaften Fundstück aus, die ihre waghalsige Sprengaktion freilegte.

Kapitel 5

Der Nukleus

„Warum zur Hölle bringst du uns das hierher? Ihr Wasserfühligen seid einfach furchtbar. Nichts könnt ihr stehen lassen. Alles müsst ihr mitnehmen …"
Diese vorwurfsvollen Worte Kyles klangen in Sils Kopf noch lange nach. Selbst, als sie endlich wieder wohlbehütet in ihrem Bett in Tell Omega lag und die geballten Erlebnisse der letzten Stunden geistig zu verdauen suchte. Es arbeitete empfindlich in ihr, weswegen es ihr nicht gelang einen erholsamen Schlaf zu finden. Immer wieder drangen Traumfetzen aus ihrem Unterbewusstsein durch, die die gewaltige Wassermasse in dem gedrehten Kupferkanal zeigte. Das unbeschreibliche Gefühl der großen Angst und Verlorenheit darin fand sich in der Szene wieder. Keinen Fluchtweg zu haben, kein Entkommen zu finden. Das Schlimmste daran: Selbst das Wasser in der Leitung wünschte sich auch, an einem anderen Ort zu sein. Sie spürte in ihm, dass es lieber in die Freiheit, an die Oberfläche Theras gelangen wollte, um am Kreislauf des Lebens teilzuhaben. Hier unten aber in der endlosen Röhre verkam das Element zum reinen Arbeitssklaven. Angetrieben von Coco, welcher sich seiner Rolle in diesem perfiden Spiel nicht bewusst war.

Der therische Mond zog seit Jahrmillionen seine Bahn um seinen Mutterplaneten und verhalf dem therischen Wasser in alter Zeit zu seiner vorherbestimmten Zirkulation. Nun aber funktionierten die Pyramidenbauer ihn zum perfekten Werkzeug ihres Energiehungers um. Für was auch immer diese Kraft erzeugt wird. Dabei alleine blieben ihre Traumbruchstücke nicht. Sie sah den Samen in der Hand von Kronos. Er glimmte golden wie das Licht Iveys. Als sie ihn berührte, hielt sie anstatt des Samens jenes ominöse Ding von der Pyramidenspitze in der Hand, mit dem sich nun ihre Kameraden beschäftigten. Sie sah in ihre entsetzten Gesichtszüge, was sie immer wieder aus dem Halbschlaf aufschrecken ließ.

Ihre unverhoffte Rückkehr von der schwarzen Pyramide mit dem von Kronos gezeigten Fund endete bei den Pionieren mit allem anderen als einem Freudentaumel. Eher im Gegenteil. Blankes Entsetzen. Ihre anfängliche Erleichterung darüber, dass Sil unbeschadet dem tückischen Wasserkanal unter der Wüste entrann, wich schnell, als sie ihnen das von der Pyramidenspitze gewaltsam gelöste „Ding" präsentierte. Was das war, wusste Sil da noch nicht, bis Kyle sie unsanft darüber aufklärte. Die Wasserfühlige merkte aber anhand der Strahlungsanzeige ihres Skarabäus, dass eine erhöhte Radioaktivität von ihm ausging. Vega schloss sie als Erster erleichtert bei ihrer Ankunft in der Basis in die Arme. Kaum, dass sie aus ihrem Dreibein beim Hangar ausstieg, kam er aufgeregt zu ihr gelaufen. Auch sein Vater folgte ihm beruhigt und ließ es sich nicht nehmen, sie erlöst an sich zu drücken. Sogar bis auf die Ferne spürte Sil die Angst der Pioniere über ihr tragisches Verschwinden, aber auch die Freude sie heil wieder zusehen. Durch den Peilsender ihres Skarabäus verfolgten sie im Kartenraum der Basis voller Ungewissheit Sils waghalsigen Ritt in der Strömung des Wassers durch die gedrehte Kupferleitung. Anhand der von ihr zurückgelegten Strecke ließ sich berechnen, wie die Leitung weiter im Untergrund verlief. Außerdem bestätigte es Kyles Ergebnis der Messsonde. So stellte sich schnell heraus, dass sich der kupferne Kanal wie eine Spule um den ganzen Planeten wickelte. Riss die Strömung sie vollends mit, wäre es fraglich, ob die Luft ihres Skarabäus überhaupt reichte, diesen Trip zu überleben. Geschweige denn, dass die gewaltigen Kräfte des Wassers sie nicht erdrückten. In dieser riesigen gedrehten Leitung verschwand also das ganze Wasser Theras. Dass sie ausgerechnet an der Stelle, an der sie den Kanal betrat wieder ins Freie gelangte, glich in ihren Augen ohnehin einem Wunder. Doch als Sil vom Wesen Kronos erzählte, glaubten sie zuerst nicht recht zu hören.

William ließ sich hingegen von Sil genau ihre Errettung und vor allem ihre anschließende Begegnung mit dem goldenen Mann erzählen. Er stellte auch mehrere Zwischenfragen, die vor allem dessen Gestiken und seiner Art der Kommunikation betraf. Offenbar konnte das Wesen ihre Stimme auflösen und somit verstehen. Decius erklärte ihr, dass Stimmen, ähnlich wie Geräusche eine Frequenz aussendeten. Kronos schien hingegen nicht diese Gabe zu besitzen, weshalb er in Bildern sprach. Sil zeigte ihnen ebenso die mit der Maserung der Blume des Lebens bedachte Nuss, welche Kronos ihr bei dem Megalithkreis anvertraute. Mit großem Interesse entnahm der Baumfühlige sie aus dem Medaillon und wog sie bedächtig in der Hand. Dazu schloss er kurz die Augen und atmete tief durch. Sil bekam die analysierende Handlung Williams nicht so recht mit, denn Kyle überhäufte sie sichtlich aufgewühlt regelrecht mit Vorwürfen. William lies sich bei seiner „intuitiven Wahrnehmung" nicht stören und zeigte sich von Kyles Wortschwall unbeeindruckt. Innerlich grenzte er sich dabei vollkommen von den hochkochenden Emotionen der anderen Fühligen ab. Er drückte den Samen nach einer Weile hingegen wieder gelassen in das Medaillon hinein und gab das Schmuckstück an Sil zurück.

Kyle und Decius hingegen untersuchten angespannt den radioaktiven Gegenstand und durchleuchteten ihn mit ihren Scannern. Von außen wirkte das befremdliche Ding wie eine metallische Ziehharmonika. Große Lamellen hielten im Kern einen dicken Stab fest. An einer Seite befand sich eine Art Griff oder auch Antenne. Gerade dieses Detail weckte die Aufmerksamkeit von Decius. Mit den neugierigen Augen eines Kindes erforschte er das Anhängsel in ausreichendem Abstand. Es tickte in ihm und man sah ihm an, dass er den Fund in die Beobachtungskette seiner bisherigen Arbeit auf Thera einfügte. Lediglich die von ihm abgestrahlte

Radioaktivität hinderte ihn daran, es zu berühren. Kam man dem Ding zu nah, erwärmte es sich spürbar. Anfassen konnte man es wegen seiner Abstrahlung sowieso nicht, weshalb Sil auch den Greifarm ihres Dreibeins zum Transport nach Tell Omega benutzte.

„Ihr hättet mir sonst nicht geglaubt", verteidigte sich Sil und ihr entschlossenes Handeln. „Kronos wollte, dass ich es zu euch bringe. Ich weiß nur nicht, warum er mir nicht bis nach Tell Omega folgte. Unterwegs ist er in der Wüste verschwunden. Ich glaube, sein Geist ruht in den harzigen Steinen und er beobachtet uns gerade. Es ist eine hohe Intelligenz. Das spüre ich genau."

„Dieser Name Kronos …", fragte Decius interessiert. „Woher hast du ihn eigentlich? Hat er dir den etwa vermittelt? Wie hast du mit ihm kommuniziert?"

„Ich nenne ihn so, weil er sehr alt sein muss. Woher er kommt, weiß ich nicht, aber ich glaube, dass er schon sehr lange hier auf Thera ist. So etwas wie eine Stimme hat er nicht, aber sein Gefühlsleben griff auf mich über. Sein Leib verformte sich zu Skulpturen wie einem goldenen Wald oder in eine der Orionpyramiden."

William mischte sich nicht in ihre angeregte Diskussion ein. Er versank stattdessen tief in Gedanken und ging flugs in den Kartenraum zurück, während Vega versuchte, die Wogen der aufgewühlten Gemütsbewegungen unter den Pionieren zu glätten.

„Wir sollten lieber froh sein, dass jeder von uns heil geblieben ist, anstatt sich Vorwürfe über irgendwelche Verfehlungen zu machen. Es lässt sich mit Sicherheit alles regeln."

„Na du Sicherheitsexperte, hast du auch etwas gegen Strahlenschäden?", fragte da Kyle erbost zurück. Es regte sie zu sehr auf. Sie hielt besorgt Apollo von dem gefährlichen Fundstück fern, der mit einer gewissen Neugier das fremdartige Objekt aus der Pyramidenspitze beäugte. „Das Ding tötet mit seiner Strahlung die lebendige Erde, die Pflanzen und somit auch uns."

Decius ignorierte scheinbar Kyles Einwand. Vielmehr weckte Sils Vorgehensweise die Batterie zu bergen sein Interesse.

„Und du hast die Spitze dieser Pyramide mit dem Wurm einfach abgesprengt? Welche von ihnen war das denn genau?"

„Es war die, wo wir uns gestern in der Wüste trafen."

„Ach wirklich? Ich fliege da bei Sonnenaufgang hin und sehe nach meinem Wolkenbrecher. Wenn er die Sprengung unbeschadet überstand, dann dürfte es spannend werden", sagte Decius sichtlich neugierig geworden. „Jetzt versuche ich erst mal zu schlafen, wenn ich es überhaupt noch kann."

Dann ging Decius in seine Unterkunft zurück und legte sich so gut es ging zur Ruhe. Seine Aufgewühltheit von Sils Verschwinden verflog mit ihrem wohlbehaltenen Erscheinen in Tell Omega schneller, als es bei Kyle der Fall war. Eben wie es Luftfühlige so taten. Sie hielten sich nicht lange mit gegenwärtig

141

veralteten Gefühlen auf, da sie es verstanden, sich abzugrenzen. Besser, als es die anderen Fühligen zu tun in der Lage waren. So lies er Sil mit Kyle und Apollo allein beim Hangar zurück.

„Ich finde, dass du konkreter werden solltest", wandte sich Sil nun an die Erdfühlige. „Ich brachte es in der Hoffnung zu euch, um zu erfahren, was das ist."

Kyle seufzte und hielt weiterhin Apollo von dem Ding zurück, welcher wesentlich unbefangener auf den gefährlichen Fund reagierte. Gerade dies, wovor sich seine Mutter so sehr fürchtete, machte ihn erst recht neugierig.

„Auf der Akademie habt ihr das etwa nicht gelernt? Radioaktivität und so? Das Ding da ist eine Art Batterie. Darauf ausgelegt jahrtausendelang zu funktionieren. Aber sie ist tödlich, weil sie durch ihre Radioaktivität die Körperzellen eines jeden Lebewesens zerstört. Das war ihre ursprüngliche Aufgabe, weswegen die Pyramidenbauer sie auch auf der Pyramidenspitze installierten, damit ein möglichst großes Gebiet von der krankmachenden Strahlung abgedeckt wird. Jetzt erklärt sich auch, warum unsere Versuche außerhalb von Tell Omega Bäume zu pflanzen scheiterten. Die Pyramiden fungieren als strahlende Unkrautvernichtungsmittel. Dort durfte nichts mehr wachsen. Sogar eine geringe Strahlendosis als Dauerberieselung reicht aus, um Wachstumsprozesse nachhaltig zu stören. Wir selbst spürten davon bisher nichts, weil die gestreute geringe Strahlendosis außerhalb der sensorischen Erfassung der Messgeräte unseres Skarabäus liegt. Die Pyramidenbauer platzierten die Strahlungsquelle auf der Pyramidenspitze und verteilten sie so im weitläufigen Radius. Dadurch deckten sie ein riesiges Gebiet der therischen Oberfläche ab. Nun wissen wir, weshalb die Pyramiden ausgerechnet in diesen Abständen zueinanderstehen. Sie benutzen für ihre Unkrautvernichtung keine Satelliten, weil sie im Orbit durch Iveys geladener Teilchen schneller defekt werden können, als ihre Strahlungspyramiden auf der Oberfläche, die durch die Atmosphäre von Thera vor der kosmischen Strahlung geschützt sind. Diese Bauwerke sollten für die Ewigkeit halten. Das steht jedenfalls schon jetzt fest. Wir sind in Tell Omega in einem Strahlungsloch dieser Pyramiden. Hier bleibt die radioaktive Wirkung aus. Wir sehen das an Williams Erfolg, hier Pflanzen zu ziehen."

„Aber warum wollten die Pyramidenbauer, dass es auf Thera kein Leben mehr gibt?"

„Das liegt doch jetzt auf der Hand", seufzte Kyle, weil Sil es noch immer nicht begriff. „Die Pflanzen stören den Energiefluss aus dem von dir entdeckten Kraftwerk. Sie absorbieren energetische Strahlung. Was wir jetzt noch nicht wissen, ist, wohin die ganze erzeugte Energie geht und für was sie verwendet wird. Thera ist voller Metalle und Mineralien. Die Pyramidenbauer fanden hier alles für den Bau der großen Leitungen im Untergrund vor. Deswegen sind sie hier gelandet und funktionierten Thera für ihre Zwecke um. Sei es, wie es sei. Die Batterie darf nicht länger in Tell Omega bleiben, da sie den Boden in der Senke zerstört. Ich bringe sie

142

am Besten sofort in die Wüste zurück, ehe sie uns und unsere Pflanzen weiter schädigt."

„Wohin bringst du sie genau?"

„Mir gefällt es nicht, aber ich kenne Höhlen mit Shungitsteinen. Folge mir am besten nicht dorthin. Ich werde den Standort später im Kartenraum markieren, damit es keine bösen Überraschungen für die künftigen Siedler gibt. Du weißt gar nicht, wie mich das aufregt, der therischen Erde so etwas anzutun."

Dann stieg Kyle flugs mit Apollo in Sils Dreibein und flog mit der radioaktiven Batterie weit genug von Tell Omega zu den ihr bekannten Schungithöhlen davon. Sil stand bedröppelt da, während Vega ihr durch seine Nähe Halt zu geben versuchte. Beide sahen Kyle in Gedanken nach, wie sie in der späten Nacht mit Sils Dreibein verschwand. Vega drückte sich an sie. Sil fühlte neben Vegas Nähe, seine Besorgnis über die daraus folgende Konsequenz, welche sich mit seiner Freude sie wieder in den Armen zu halten mischte. Innerlich forderte Sil die auf sie eingeflossene emotionale Bandbreite sehr stark heraus. Sie sehnte sich nur so nach ihrem Bett und einer wohlverdienten Ruhe. Die nervliche Anspannung hielt in ihr unverrückbar an. Vega merkte dies auch und brachte sie umsichtig in ihre Unterkunft zurück. Sie sprachen währenddessen miteinander kein Wort mehr darüber, da Vega von seinem Vater lernte, Fühlige nicht unnötig mit weiteren Spekulationen oder Mutmaßungen zu belasten. Dies bedeutete, dass sie erst recht keine Ruhe mehr fanden. Zu tief saß in Sil bereits der Schock des Erlebten, dessen Folgen sich noch nicht abzeichneten. Zu tief saßen ebenfalls die vielen ausgestandenen und vermutlich neuen Ängste ihrer Kameraden, die sie leidvoll um Sils Leben bangen ließen.

Vega verstand ihre aufgeregte Debatte nicht wirklich. Anstatt sich über die Folgen ihrer neuen Erkenntnisse zu zerstreiten, sollten sie sich lieber freuen, dass alle heil geblieben sind. Es gab ja keinen zeitlichen Druck, alles sofort und jetzt regeln zu müssen. In einem Fühligen sah das allerdings etwas anders aus. Es beschäftigte sie. Unbewusst. Sie mussten diesen riesigen Berg an Eindrücken im Unbewusstsein verarbeiten und in ihrem Geist einordnen. Das konnte andauern, da sie das Erlebte in ihrem gesamten geistigen Spektrum einpassten. So versuchte Sil anschließend den Schlaf zu finden und döste dämmrig im Geiste abwägend und spekulierend in den nächsten Stunden in ihrem Bett vor sich hin. In ihren kurzen Traumphasen tauchten unweigerlich ihre Empfindung und Erlebnisse im kupfernen Kanal auf. Sogar in den von ihr wahrgenommenen Farben, Klängen und Gerüchen. Von dem rätselhaften goldenen Wesen Kronos, seinem gemaserten Geschenk, der kleinen Nuss, der schürfenden Bohrung mit der lauten Sprengung der Pyramidenspitze und Kyles entsetzte Reaktion und aufgewühlten Ausführungen zu der geborgenen Batterie.

143

Auf ihrem Nachttisch legte Sil inzwischen das Medaillon mit dem Geschenk Kronos ab. Immer, wenn sie aus ihrem Halbschlaf kurz aufschreckte, fiel ihr Blick auf die dort eingravierte Blume des Lebens. Der Verbindung zur höheren Ordnung des Kosmos. Sil war klar, dass diese Gravur die energetische Verknüpfung des Geistes symbolisierte. Auch mit dem bernsteinfarbenen Wesen. Vega befand sich zu diesem Zeitpunkt schon längst im Reich der Träume. Seine andere Art zur Wahrnehmung dämpfte die gewonnenen Eindrücke herunter, was ihn entspannter und vor allem einfacher einschlafen ließ. Eine Art Schutz, für den die Feinfühligen ihre Mitmenschen durchaus in bestimmten Situationen beneideten.

Der nächste Tag brach inzwischen über der Senke von Tell Omega an und Ivey schickte seine ersten hellen Strahlen auf die Basis mit den angepflanzten Bäumen. In seinem Licht leuchtete das grüne Blattwerk in der Ferne wie ein Smaragd in der Wüste. Heute früh hielten die Pioniere nicht wie sonst ihre gemeinsame Morgengymnastik ab und auch Vega bereitete ihnen kein Frühstück zu. Die Aufregung in der letzten Nacht nahm alle ziemlich mit. Nur Decius stand wie von ihm angekündigt im Morgengrauen auf und brach mit seinem Dreibein zur gesprengten Pyramide auf. Er sah nach seinem Wolkenbrecher und auch, ob sich sein aufkommender Verdacht im Himmel über dem Ort bestätigte. Den ganzen Tag über schickte der Luftfühlige keine Meldung nach Tell Omega, obwohl Vega schon gespannt darauf wartete. Jener wachte erst gegen Mittag auf und verzichtete darauf, etwas zu kochen, als er merkte, dass weder sein Vater, noch Sil Anstalten machten, aufzustehen. Er ließ sie lieber weiter schlafen und in ihren Gedanken schwelgen. Kyle blieb auch den ganzen Morgen über weg. Vega fragte schon nicht mehr nach ihrem Verbleib, da die Erdfühlige dies oft tat, wenn sie sich überreizt fühlte und einfach weit weg von den anderen sein wollte.

Erst viel später, als es fast schon wieder Abend wurde, wachte Sil aus ihrem unruhigen Halbschlaf auf. Sie schüttelte und dehnte sich zuerst einmal kräftig. Nun machte sie ihre Toilette, wusch sich den Schlaf aus den Augen, nahm das Medaillon vom Nachttisch und zog sich ihre Sandalen an. So schlurfte sie noch in ihren Unterkleidern in die Küche, in der Vega bereits am Herd stand und ihnen das Abendbrot zubereitete. Als sie hereinkam, empfing er sie mit einem herzlichen Blick, den Sil freudig erwiderte. Sie spürte bis hierher, dass er im Augenblick sehr glücklich war. Vor allem erleichtert, sie gesund wieder zu sehen. Vega reichte ihr erst einmal ein Glas kühles Wasser zur Erfrischung und eine aufgebrühte Gewürzteemischung, um sie wach zu machen. Sil nahm den Tee dankbar an, zog schwärmerisch seinen würzigen Duft durch die Nase und trank einen kleinen Schluck aus der Tasse. Es tat ihr gut. In der Tat wärmte sie der Tee von innen heraus. Auch sein appetitliches Aroma belebte ihren Geist. Bald fühlte sie sich erheblich besser. Nun zog sie das Medaillon mit der Nuss hervor, öffnete es und hielt sie Vega unter die Augen.

„Was erkennst du darin?", fragte sie ihn nachdenklich. Sil war es bei seiner Antwort nicht wichtig, dass es wissenschaftlich oder analytisch klang. Sie wollte nur seinen Eindruck von dem Geschenk Kronos wissen. Vega merkte, dass sie seiner Aussage eine bestimmte Bedeutung beimaß. Daher bemühte er sich um eine möglichst konkrete Antwort. Auch das spürte Sil.

„Es bleibt zu hoffen ...", antwortete Vega ihr daher spontan, was ihm als Erstes dazu einfiel, „... dass aus diesem kleinen Samen wieder etwas keimen wird. Wer weiß, wie lange er schon im Sand vergraben lag. Und es ist fraglich, wie lange es dauert, bis er selbst seine Samen wirft."

„Mehrere Jahrzehnte ..." unterbrach ihn sein Vater sanft. Er stieß ebenfalls gerade zu ihnen in die Küche und lächelte Sil erfreut an. Sil spürte bis hierher, dass er sich in den letzten Stunden ausgiebig mit dem Geschenk Kronos beschäftigte und sein Lächeln nur der reinen Freundlichkeit geschuldet war. Innerlich sah es etwas anders in ihm aus, als bei seinem Sohn. Dann sah Vega wieder auf den Samen und ergänzte seinen Eindruck.

„Er ist so verletzlich. Ich könnte ihn ganz leicht in den Mörser geben, ihn zu Pulver zerstoßen und damit unser Abendessen würzen. So, wie ich es mit den vielen anderen Samen tue, die mir Vater vom Feld bringt."

„Und trotzdem tust du es nicht", antwortete ihm William bestimmt.

„Wenn ich nicht wüsste, dass Sil den Samen von Kronos hat ..."

„Ja?", horchte William interessiert auf.

„... dann wäre er mit den vielen anderen Saaten untergegangen, die ich in meiner Küche zu einer Paste verarbeite. Für mich sehen sie alle gleich aus. Ich hätte seine Seltenheit gar nicht bemerkt."

„Ich danke dir für deine ehrliche Antwort", erwiderte William. „Das ist der Grund, warum ich mich nicht dagegen wehrte, als mich mein Sohn nach Thera begleitete. Wir brauchen hier so jemanden wie ihn. Jemanden, der die Welt aus der Sicht der „Dumpffühligen" sieht. Genau von denjenigen, die Thera später einmal besiedeln und für die wir unsere Arbeit hier tun."

Vega lief rot im Gesicht an und bekam ob seiner Antwort ein schlechtes Gewissen. Er wollte es nicht so stehen lassen.

„Vater, mir fällt das nicht auf. Ich habe keinen Blick für so was. Ich ..."

„Das war kein Vorwurf", sagte Sil ihn beruhigend, während William schmunzelte. „Du bist nun einmal so. Genauso, wie wir eben wir sind."

Vega spürte nun, dass das nun anschließende Gespräch zwischen Sil und William seine gedankliche Ebene verließ und er ihnen beim besten Willen nicht mehr folgen könnte. Selbst wenn er sich noch so sehr um ein Verständnis darum bemühte. Immerhin gelang es seinem Geist, ein paar Schlussfolgerungen daraus zu ziehen.

„Kronos vertraut dir ...", wandte sich William nun an Sil und offenbarte ihr nun seine Einschätzung, zu der er nach seiner Auszeit gelangte. „... aber er ist sehr traurig."

„Woher weist du das?", fragte Sil neugierig geworden. Deckte sich das mit dem, was ihr in den letzten Stunden ebenso durch den Kopf ging? Was tat William in der Zwischenzeit eigentlich? Warum ging er so schnell in den Kartenraum, nachdem Sil ihm ihre Begegnung mit dem fremdartigen Wesen in der Wüste schilderte und ihm die Nuss zeigte? William erklärte es ihr.

„Kannst du dich erinnern, als ich dir von den Zuständen der Bevölkerungsentwicklung auf Gaia erzählte?"

Sil fiel es wieder ein. William schilderte es im Zusammenhang, dass sich die Menschen auch fortpflanzten, wenn es keine lebenswerten Umstände für die Zukunft ihrer Nachkommen gab.

„Die Frage ist doch die, weshalb es diesen Samen überhaupt noch gibt. Warum treibt er ihn nicht einfach aus? Der Boden ist voller Mineralien und es gibt genügend Mikroben. Er vertraute ihn dir im seichten Meer an. Der Salzgehalt im Wasser aus der Leitung ist nicht so hoch, dass keine Pflanzen austreiben könnten, zumal es sich nicht von dem Wasser unterscheidet, mit dem ich auch hier in der Senke unsere Pflanzen ziehe. Im seichten Meer überflutet die Tide aus dem unterirdischen Kanal immer wieder die nähere Umgebung mit genügend Wasser. Der Riss in der Leitung bewässert regelmäßig den Boden und eignet sich perfekt, ganze Sumpfwälder anzusetzen. Ich versuchte es schon einmal, aber meine gesetzten Pflanzen starben. Ich fand nie heraus, was die Ursache dafür war. Es ist bekannt, dass gerade Wüstenpflanzen ihre Samen in Lauerstellung bringen, um im Falle eines Regenschauers auszutreiben. Im seichten Meer gibt es genügend Wasser, aber dieser Samen da keimt trotzdem nicht. Und überhaupt. Das ganze Wasser auf Thera verschwand doch nicht von heute auf morgen, als es noch den steinernen Wald gab. Die Waldböden speichern für einige Jahre genug Wasser, um plötzliche Dürren abzufangen."

Vega und Sil spitzten die Ohren. Wusste William etwa, das Wesen Kronos einzuordnen?

„Über diese Frage dachte ich die ganze Zeit nach. Ich schlief fast nicht und meine Vermutung ist, dass Kronos niemand anderes ist, als das, was von dem alten Thera übrig blieb. Von der Zeit, als es hier noch Flüsse, Seen, Meere, Wälder, Gräser, Büsche, Wolken, Gletscher, Prärien und Auen gab. Sogar auf Proxima B fanden die ersten Siedler Zellorganismen vor, die sich kultivieren und nutzen ließen. Ihr genetisches Erbe findet sich in Einigen der Baumsorten wieder, die ich hier ansetzte. So eine Wüstenlandschaft wie sie jetzt auf Thera vorherrscht, war eher unüblich in seiner Geschichte. Thera war einmal ein fruchtbarer Ort des Lebens. Aber das, was immer diese Pyramiden baute und sein Wasser in die Kupferkanäle zwängte, kümmerte sich nicht um die Lebendigkeit oder Beseeltheit dieses Ortes. Ich teile deine Einschätzung, dass Thera zu einem riesigen Kraftwerk umfunktioniert wurde. Kronos weiß, dass es kein lebenswerter Ort für seine Nachkommen mehr ist. Daher ist dieser Samen noch da. Er treibt ihn nicht aus und

146

er wird ihn auch nicht austreiben. Selbst dann nicht, wenn ich ihn hier in Tell Omega mit Wasser versorge und mich noch so liebevoll um ihn kümmere."

„Bist du dir da sicher?"

„Es ist so, denn ich fragte mich auch, warum sich Kronos bisher uns nicht zeigte. Warum zeigt er sich nur dir? Wir sind schon viel länger auf Thera und ich glaube nicht, dass es an unserer Absicht lag, da auch wir wie du diesen Ort wieder zum Leben erwecken wollen. Also muss es einen anderen Grund dafür geben."

„Du kennst ihn. Habe ich recht?"

William machte eine kurze Pause und lächelte. Natürlich wusste er es. Sil fühlte das.

„Da gibt es etwas, das uns von dir unterscheidet. Wir alle hier kamen mit dem Antimaterieschiff nach Thera. Du aber kamst mit dem Kryonikei hier an. Ich denke, es gab für ihn einen guten Grund, warum er dir seinen Samen in Gegenwart der Überreste deines Kryonikeis anvertraute. Es muss ihm sehr wichtig gewesen sein. Warum sollte er sich die Mühe machen, die ganzen Bruchstücke der Schale aufzulesen und ihn an den Ort eures Treffens zu bringen? Warum tat er das nicht umgekehrt? In der Salzwüste tritt kein Wasser an die Oberfläche. Auch unsere Sensoren zeigten hier keine Quellen an. Ich glaube, er wollte, dass du genau an diesem Ort sein Geschenk in Empfang nimmst. Als Grund kann es für mich nur mit dem Wasser zu tun haben, denn unterhalb der Salzkruste unterscheidet sich der Boden nicht von dem des seichten Meeres. Auf der Außenhülle des Eis lässt die Cetiregierung das Signet der Blume des Lebens eingravieren. Es ist eine Wertschätzung an den Kosmos, ein Symbol der Verbundenheit und der Lebendigkeit. Kronos kennt diese Maserung auch von der Schale seines eigenen Samens. Er denkt daher, weil du auch aus dem Ei, also aus einem Samen kamst, dass du ihm sehr ähnlich bist. Dazu hast du diese Gravur auch auf deinem Medaillon. Er vertraut dir, Sil, denn sonst hätte er sich dir nicht gezeigt. Ich gehe sogar soweit, dass dies sogar der Umstand war, dem du deine Rettung aus der kupfernen Leitung verdankst. Wenn du mit uns im Schiff gekommen wärst, hätte es sein können, dass du deine Erkundungstour nicht überlebst."

Für Sil ergab nun alles mehr und mehr einen Sinn. Auch das Bildnis und die Persönlichkeit ihres Retters formten sich immer mehr zu einem Ganzen.

„Aber warum zeigte Kronos mir diese Nuklearbatterie und brachte uns alle damit in Gefahr? Er wusste doch von ihrer Gefährlichkeit?"

„Es wird dir nicht gefallen, aber ich glaube, dass er die Hoffnung hat, wir könnten auf Thera tatsächlich wieder das Leben zurückbringen."

„Können wir das etwa nicht?"

William machte kein glückliches Gesicht. „Ich weiß es nicht. Vielmehr bedeutet dein Fund, dass wir es nicht mehr einschätzen können, ob wir es tatsächlich schaffen. Kyle erzählte uns anfangs nichts konkretes von den unterirdischen Leitungen, weil sie uns nicht in Gefahr bringen wollte, wenn wir auf eigene Faust der Sache nachgehen. Sie glaubte aber, wenn eine Wasserfühlige wie du, die

Brunnen bohrt und die Leitungen untersucht, ihr Wasser umleitet, ließe sich die Mission Thera zu erschließen vielleicht noch retten. Jetzt ist das fraglich geworden. Es hängt nun davon ab, was Decius bei der gesprengten Pyramide feststellt und ob diese Batterie tatsächlich verhindert, dass es auf Thera wieder grün wird."

„Was tut Decius jetzt in der Wüste? Was hofft er bei der Pyramide vorzufinden?", hakte Sil nach.

„Decius ist seit heute Morgen unterwegs. Luftfühlige können warten und sind ausdauernde Beobachter. Ich erwarte jederzeit seine Meldung und ich fürchte, dass du das Rätsel der Herkunft des DORs mit deiner Sprengung der Pyramidenspitze gelöst hast. Er erzählte dir davon."

„Diese Batterie. Sie verhindert nicht nur das Pflanzenwachstum, sondern auch die Wolkenbildung in der Atmosphäre. Ist es das?"

William runzelte die Stirn. Sil traf den Nagel auf den Kopf. Der Baumfühlige machte kein glückliches Gesicht.

„Sollen wir uns nun darüber freuen, dass wir es jetzt auch wissen? Kronos wollte, dass du genau an dieser Stelle bohrst, damit auch wir wissen, warum er seine Samen nicht austreiben lässt und vielleicht auch, weshalb wir hier nicht bleiben können. Ich vermute, dass dies der ganze Sinn und Zweck seiner Botschaft an uns war. Er warnt uns. Verstehst du nun, warum ich mir nicht mehr so sicher bin, dass wir Thera erschließen können?"

„Gibt es denn keine Möglichkeit diese Batterien für immer los zu werden?"

„Wenn es nur diese Batterien wären, Sil ... ", entgegnete William bedrückt. „... steckt da vielleicht noch mehr dahinter? Ist das alles, was Kronos uns zu sagen hat? Oder gibt es da noch etwas? Ich verstehe ihn. Mit seinem Sterben scheidet das Erbe von tausenden Generationen dieses Planeten dahin. Deswegen glaube ich auch, dass er sehr traurig ist."

„Und der Samen?", fragte Sil zittrig geworden. Die Tragweite ihrer Begegnung mir Kronos gab sich immer mehr zu erkennen.

„Er gab ihn dir. Aber warum? Vielleicht weil er noch hofft, dass dieser Samen eine Zukunft hat. Aber nicht hier. Du sollst ihn an einen Ort bringen, der ihn wieder austreiben lässt. So, wie auch du aus dem Kryonikei geschlüpft bist. Auf einem anderen Planeten. Weil du mit ihm quasi verwandt bist, weiß er, dass du von einem Ort kommst, der ähnliche Lebensbedingungen aufweißt, wie auf Thera. In dieser kleinen Nuss liegt der Geist des steinernen Waldes. Alles, was vom einstigen Thera übrig blieb. Vereint in diesem kleinen Keim. So verletzlich und mit Liebe dem Schicksal überlassen schickt Kronos ihn auf die Reise. Es ist ein sehr großer Schatz für einen Baum. Er glaubt ihn bei dir in besten Händen und vertraut darauf, dass du ihn am Ort deiner Herkunft anpflanzt."

„Vater, meinst du etwa, wir müssen hier weg?", fragte Vega nun auch verunsichert. Er kannte seinen Vater gut genug, um zu wissen, dass er vor einer schwerwiegenden Entscheidung stand.

„Noch weigere ich mich das zu glauben, mein Junge", antwortete er ihm und schenkte Sil einen tiefen Blick. „Aber die Weisheit der Bäume ist groß und geduldig. Man sollte auf sie hören und nicht verschwendeter Kraft nachtrauern. Kronos kennt diesen Planeten besser als wir. Ich glaube, er meint es gut mit uns, sonst hätte er dich nicht aus dem Kanal gezogen und dir die Batterie in der Pyramide gezeigt. Er weiß sicher noch so einiges, was uns bisher von Thera verborgen blieb."

Vegas innere Aufregung wuchs merklich an, was William und Sil sichtlich Mühe bereitete, sich davon nicht anstecken zu lassen.

„Sil muss wieder mit ihm in Kontakt treten und es herausfinden", schlug Vega drängend vor. Er hielt sich nur mit hoher Disziplin zurück, seine Angespanntheit nicht offen zu zeigen.

„Daran dachte ich schon. Wir müssen uns jetzt Zeit geben, ehe wir Sil wieder zu Kronos schicken. Unsere Eindrücke sind noch zu frisch, um ihm die richtigen Fragen zu stellen. Daher möchte ich zuerst Decius Untersuchung bei der Pyramide abwarten. Seine Erkenntnisse helfen Sil bei ihrem nächsten Treffen mit ihm."

„Wo ist eigentlich Kyle?"

„Sie ist noch immer in der Wüste."

„Warum?"

„Ich bin zwar keine Erdfühlige, aber solche Funde, wie du sie gestern hier hergebracht hast, machen ihr schwer zu schaffen. Sie braucht Zeit, um sich zu beruhigen", antwortete William. „Deine Erkenntnisse stellen alles auf den Kopf. Je mehr sich unsere Wissenslücken über Thera schließen, umso mehr bekommen wir es mit einem neuen Problem zu tun, wogegen das Wasserproblem nur eine Kleinigkeit war. Wir kamen hierher, um wieder das Leben nach Thera zu bringen, aber das, was vor uns hier ankam, entfernte es auf grausame Weise. Die Frage, die dahinter steckt, lautet: Wieso? Genau damit bekommen wir es jetzt zu tun."

In Sil tickte es und in ihrem Geist schoben sich die einzelnen Punkte zu einem Bild zusammen. Dies lies eine weitere Schlussfolgerung zu.

„Es gibt diese Pyramidenbauer also immer noch. Die Pyramiden und die Kanäle stammen von diesen unbekannten Schöpfern. Also nicht von Kronos selbst. Kronos leidet unter diesen Anlagen und er wünscht sich nichts anderes als eine Zukunft für seine Kinder. Er selbst scheint Thera schon aufgegeben zu haben."

„Genauso sieht es aus. Und das von einem Wesen, das sich hier entwickelte und keine Notwendigkeit sah, zu den Sternen zu fliegen. Man könnte auch sagen, dass Kronos die Urbevölkerung Theras darstellt. Das war auch meine Schlussfolgerung, nachdem ich stundenlang darüber grübelte."

Vega schreckte von dem Piepston ihres Kommunikators in der Bibliothek auf. Sie eilten vor Neugier platzend in den Kartenraum. Es kam von dem Luftfühligen. Laut sprach William in den Raum hinein, um die Einrichtung zu aktivieren.

„Decius, wir hören dich. Was kannst du uns mitteilen?"

„Ich hatte Recht. Nun fügt sich alles zusammen. Ich schicke euch ein paar Bilder. Schaut sie euch an. Es ist fantastisch", jubelte Decius unüberhörbar am anderen Ende. Der Luftfühlige war ganz aus dem Häuschen. Ein Glücksrausch sondergleichen erfasste ihn.

„Schirm", rief William und sogleich projizierte der Kommunikationscomputer ein transparentes dreidimensionales Bild in der Bibliothek. Es zeigte nun nicht mehr den stahlgrauen Himmel über der gesprengten Pyramide. Vielmehr eine dick geballte Wolkendecke, die sich über den gesamten Horizont erstreckte. „Das war vor ein paar Stunden", tönte es von Decius zurück. Aus der Übertragung tönte ein Donnern im Hintergrund. „Jetzt sieht es so aus."

Sogleich gab es eine Liveschaltung, die Decius auf den Himmel über der gesprengten Pyramide ausrichtete. Man konnte in der Schalte die Spitze seines Wolkenbrechers ausmachen. Ansonsten wallten in der Höhe tiefschwarze Wolkenschwaden, die an Dichte zunahmen. Deren Ausläufer reichten bis zur Ebene hinunter und hüllte die gesprengte Pyramide ein. Man erahnte sie nur noch. So dicht wirkte die sich rasch bildende Nebelsubstanz. Die Luft selbst wirkte in dem Bild feucht. Die Kamera beschlug sogar davon. Man hörte Decius während dieser Szene aus tiefstem Herzen lachen. Er war unendlich glücklich und es klang, als ob eine gewaltige Last von seiner Seele fiel. Während ihm der Wind wegen der veränderten Thermik schwühlwarm nur so um die Ohren blies, tanzte er im aufkommenden Nieselregen. Dies bedeutete den Durchbruch und er genoss den Lohn seiner jahrelangen Bemühungen.

„Wolken. Sie bilden sich", sagte Sil fasziniert. In ihrem Herz hüpfte es vor Freude. „Das ist es, was wir immer wollten. Endlich."

„Es wird hier bald nur so in Strömen regnen. Wir stellen die Verbindung zwischen Himmel und Erde wieder her. Die Atmosphäre kann sich jetzt reinigen und das DOR ableiten. Es ist dabei, an diesem Ort zu verschwinden. Aber nur dort, wo sich die Strahlung der Pyramide auf den Himmel auswirkte. An den anderen Stellen Theras findet sich nach wie vor der trübe stahlgraue Dunst in den höheren Luftschichten. Vor allem dieser schmierige Schleier", erklärte Decius vor Ort. „Ich denke aber, dass dieses Ding, das Sil von der Pyramidenspitze barg, noch eine andere Funktion besitzt, als die Umgebung zu verstrahlen. Nur welche weiß, ich noch nicht."

„Es ist schön die Wolken nun auch auf Thera zusehen", bemerkte Vega sichtlich beeindruckt. „Es erinnert mich wieder an Ceti e."

„Das Leben kehrt zurück", schlussfolgerte William ergriffen. „Zumindest an dieser Stelle. Gut gemacht. Das ist des Rätsels Lösung. Wir müssen die Batterien in den Pyramiden unschädlich machen. Ihre radioaktive Abstrahlung verhindert die Wolkenbildung im Himmel und das Pflanzenwachstum am Boden. Daher gedeihen auch meine Setzlinge in der Ebene bei der Zisterne nicht. Die Pflanzen absorbieren seine Strahlung, weswegen sie bei einer Dauerberieselung mit Radioaktivität

150

gnadenlos sterben."

„Es gibt sehr viele dieser Pyramiden auf Thera", antwortete Sil bedauernd. „Sie alle zu sprengen ist schwierig. Wir haben nicht so viel Sprengstoff vorrätig."

„Ich fordere Nachschub aus Ceti e an. Aber bevor ich das tue, möchte ich, dass du wieder mit Kronos in Verbindung trittst. Sage ihm, dass wir alles tun werden, diesen Ort wieder erblühen zu lassen. Ich bin gespannt, wie er darauf reagieren wird. Wir haben in ihm einen wertvollen Verbündeten für unsere Mission. Sein Wunsch liegt auch in unserem Interesse."

„Was machen wir inzwischen mit den freigelegten Batterien? Ich glaube, dass ihre Zerstörung auf Thera unser Problem nicht löst."

„Wir müssen sie irgendwie endlagern. Aber wo, weiß ich noch nicht. Dieses Problem mit dem radioaktiven Müll lösten die nicht einmal auf Gaia. Bevor wir uns an die Arbeit machen, suchen wir eine geeignete Stelle für den Schrott. Ich rede mit Kyle darüber. Vielleicht weiß sie, wie wir das am Besten durchziehen."

„Sie sagte etwas, dass sie dafür Shungitsteine verwendet", warf Sil ein.

„Heißt das also, dass wir noch hier bleiben und nicht evakuieren?", fragte Vega seinen Vater, um sich Klarheit zu verschaffen.

„Ja, das heißt es", lächelte William seinem Sohn mutmachend zu und sah stolz auf Sil. „Gut gemacht. Das könnte der Durchbruch sein, auf den wir so lange warteten."

Obwohl Sil fühlte, dass Williams Antwort an seinen Sohn nur dazu diente, ihm wieder Mut zu machen, zog sie ein freundliches Gesicht. Innerlich wussten sowohl William als auch sie, dass die Sache noch lange nicht ausgestanden war. Williams Lob und Anerkennung gaben ihr aber den Seelenfrieden, was sie mit Sicherheit einen erholsamen Schlaf in der folgenden Nacht finden ließ. Ihre bisher lebhaften Träume glitten tatsächlich wesentlich harmonischer voran, was hieß, dass sich ihr Geist mit der aktuellen Situation abfand. Sie schlief lange durch.

Am anderen Morgen beging sie die ersten Sonnenstrahlen zusammen mit Decius, William und Vega im Hof der Basis mit einer entspannenden Meditationsübung und anschließend bereiteten sie ihr Frühstück zu. Da es auf Thera keine Viehhaltung wegen des massiven Ressourcenverbrauchs gab, bestand ihr Morgenmahl auf rein pflanzlicher Basis. Zu trinken gab es entweder grünen Tee oder frisch gepressten Saft aus den Früchten der Plantage. Zum Essen mischten die Pioniere entweder verschiedene Körner, Saaten und Nüsse mit Früchten und Öle zueinander, oder sie bereiteten sich Wurzelgemüse, Salate oder Gurken zu.

Vega erzählte, dass Kyle mit Apollo erst spät in der letzten Nacht nach Tell Omega zurückkehrte und sich still und leise in ihre Unterkunft begab. Sie schlief nun tief und fest. William erklärte, dass Kyle die Sache mit der Batterie sehr nachging und dass sie etwas Zeit für sich brauchte. Es wäre besser mit dem Treffen Kronos zu warten, bis es Kyle wieder besser ging und sie sich mit ihr austauschen konnten. Zu gerne wäre Sil bereits jetzt zu Kronos in die Wüste geflogen, jedoch riet William

151

ihr, sich auch selbst die Zeit zu geben, sich gründlich für die nächste Unterredung mit ihm vorzubereiten. Er schlug Sil daher zur Zerstreuung vor, den heutigen Tag in Tell Omega zu verbringen und ihm auf der Plantage zu helfen. Gartenarbeit betrachtete William als meditative Übung, bei der es nicht darum ging, möglichst viel in kurzer Zeit zu erschaffen. Vielmehr stellte diese Arbeit eine Verbindung mit dem Lebendigen her und dem Bewusstsein der Beseeltheit der Natur. Die Pflanzen dankten seine Achtsamkeit ihnen gegenüber mit ihrem Gedeihen. Sie spürten in den Gärtner hinein und fühlten, ob er in seiner Mitte war. Wenn nicht, half eine Arbeit mit ihnen, sie wieder zu finden. Für William das wohl größte Geschenk seiner Schützlinge an ihn.

Während Kyle den ganzen Tag über schlief, kümmerten sich Sil und William um Apollo. Sie banden ihn in ihre Arbeiten der Bewässerungs- und Plantagenarbeit der Basis ein. So hoben sie zusammen mit ihm die Löcher für die herangezogenen Baumsetzlinge aus, steckten je einen Jungbaum nach dem Anderen hinein, bedeckten und befestigten seine Wurzeln mit therischer Erde und gossen sie mit dem therischen Wasser aus der Zisterne an. Sie ernteten das Gemüse für das Abendbrot in den Treibhäusern und zupften neuen Tee, den sie zum Trocknen in den warmen Strahlen Iveys ausbreiteten. Anschließend stachen sie die Küchenreste im Komposthaufen um, damit sich diese besser zersetzten.

Am Abend trafen sich diesesmal alle vollzählig in der Küche zum gemeinsamen Abendessen. Decius kam zufrieden von seiner Inspektion der Wolkenbrecher aus dem Feld zurück. Er prüfte auch die übrigen installierten Anlagen und sah sich in seiner Vermutung bestätigt. Zum ersten Mal herrschte eine ausgelassene Stimmung unter ihnen. Innerlich fassten sie wieder Mut und glaubten an einen Erfolg ihrer Mission. Sie lachten miteinander und scherzten. Mit ihrem Handeln erwarb sich Sil ihren Respekt und sie fühlte sich nun dazugehörig. Auch Kyles Ärger über den radioaktiven Schrott legte sich und sie bekam wieder einen klaren Kopf. Sie setzte Apollo auf ihren Schoß und fütterte ihn geduldig mit einem ungesüßten Gemüsebrei.

Decius erzählte von seinen Untersuchungen im Feld und wie er auch die anderen Stellen auf Thera aufsuchte, die er mit einem Wolkenbrecher versah. Wie er es erwartete, zeigte sich dort aber nach wie vor der DOR-Schleier. Aber im Gebiet der gesprengten Pyramide bildeten sich echte Wolken heraus. Sie zersetzten sich rasch, sobald sie durch den Wind in den Abstrahlungsbereich einer anderen Pyramide gelangten. Er schlug daher vor, dass man zumindest in einem ausgesuchten Teil Theras die Wolkenbildung fördern und sie dort zum Abregnen brachte. Dazu wäre ein Gebiet abzugrenzen und die darin befindlichen Pyramiden mit dem vorhandenen Sprengstoff unschädlich zu machen. William hörte ihm aufmerksam dabei zu. Er fragte Kyle wegen des Endlagerproblems der Nuklearbatterien. Denn selbst wenn der Vorschlag des Luftfühligen umgesetzt wird, gehörte der radioaktive Schrott entsorgt.

Die Erdfühlige hatte das gar nicht gern. Alles, was man in die Erde steckt, käme eines Tages wieder ans Licht, erklärte sie gereizt. Besser wäre es, den Schrott direkt in Ivey verglühen zu lassen. Dazu müssen erst mehr Siedler herkommen, die etwas vom fachgerechten Bau einer Abraumkapsel für unbemannte Missionen verstehen. Sie alleine konnte das auch schon mangels der dazu erforderlichen Gerätschaften nicht leisten. Allerdings war die Höhle mit den Schungitsteinen groß genug, um für kurze Zeit die Abfälle dort zwischenzulagern. Sil sollte sich lieber an die Arbeit mit weiteren Brunnenbohrungen machen, während sie mit dem Wurm die von Decius ausgesuchten Pyramiden sprengte. William könnte inzwischen bei den gesprengten Pyramiden den Grundstock für die späteren Wälder des Planeten legen. William stimmte Kyle zu, aber …

„Sil wird zuvor wieder mit Kronos in Kontakt gehen. Bevor wir uns weiter an die Erschließung Theras machen, sollten wir wissen, ob Kronos uns noch etwas sagen möchte. Vielleicht hilft er uns bei unserer Mission weiter."

„Bist du sicher, dass er uns wirklich helfen möchte?", fragte Vega verunsichert. „Wir kennen sein Wesen nicht wirklich, selbst wenn er Sil aus dem Kanal rettete."

„Er vertraute ihr seinen Samen an. Warum sollte er sich von seiner verletzlichsten Seite zeigen? Das tut nur jemand, zu dem er großes Vertrauen aufbaut. Wie du schon sagtest, du könntest die Nuss nehmen und sie in deinem Mörser zerstoßen. Wir würden sie essen und nichts merken. Für einen Baum ist ein Samen das Wertvollste, was es gibt. Es ist die Zukunft seiner Art. Er gäbe ihn nie aus der Hand, wenn er uns nicht vollends vertraut. Erst nach Sils Treffen mit ihm entscheide ich, ob ich weitere Verstärkung aus Ceti e anfordere. Das versteht ihr doch sicher."

Decius und Kyle nickten zustimmend und sahen Sil erwartungsvoll an.

„Ja, ich gehe wieder zu Kronos in die Wüste hinaus. Gibt es etwas, dass ich ihm von euch ausrichten soll, oder …"

„Wer baute die Pyramiden? Sind seine Erbauer immer noch da? Wenn ja, wo? Sind sie für uns eine Gefahr?", warf Vega vor Neugier gepackt ein, ohne Sil weiter ausreden zu lassen. Ihn brannten diese Fragen förmlich unter den Nägeln. „Frag ihn das. Vielleicht weiß er es."

„Das werde ich ihn fragen und … ich überlege mir noch, was uns weiter interessiert. Fällt euch noch etwas ein?"

„Ja", antwortete Kyle. „Frag ihn, wohin ich den radioaktiven Schrott bringen soll? Wenn er uns schon die Batterien bergen lässt, kann er uns auch sagen, wo wir sie am Besten endlagern."

Auch Decius grübelte darüber, ob auch er etwas von Kronos wissen müsste. „Ich spüre, dass da etwas ist, dass er wissen könnte, was mir bei der Klärung der

153

Atmosphäre von der negativen Energie hilft. Lass mich eine Nacht darüber schlafen. Ich glaube, dass ich dir das morgen konkreter sagen kann."

„Tu das", sagte William entspannt. „Auch ich werde mir noch überlegen, ob es etwas gibt, was ich von ihm wissen will. Im Augenblick kann ich es noch nicht in Worte fassen. Morgen früh rede ich wieder mit euch."

Sil nickte und gab auch sich selbst die Zeit ihre Fragen an Kronos zu formulieren.

In der folgenden Nacht geisterten in Sils Schlaf scheinbar zusammenhanglose Traumfetzen herum. Der eine zeigte ihren lebendigen Gebirgsbach vor dem Haus ihrer Kindheit, wie er allerdings stromaufwärts floss. Ihr Geist folgte dem Lauf, bis er sich in dem eiskalten Gletscher bei der Quelle verlor. Sogleich fand sie sich inmitten der Wüste Theras wieder, denn sie bemerkte die blitzenden Kupferrohre des Wolkenbrechers, wie sie gen Himmel gerichtet in die Atmosphäre lugten. Dort zeigten sich goldgelbe hoch aufgetürmte Kumuluswolken am Horizont. Sie wirkten bedrohlich und doch irgendwie folgerichtig. Der goldgelbe Bernstein tauchte ebenfalls in ihrem Traum auf. Sie sah, wie er in Rauch aufging und sich mit dem Blau des Himmels vermischte. Kyles Stimme drang in ihren Traum hinein. Sie beschwerte sich darüber, dass die von ihr geborgene Batterie, so viel Radioaktivität abgab und den Boden Theras unwiederbringlich zerstörte.

Dieses wirre Nachterlebnis, lies Sil am anderen Morgen recht früh aufstehen. Um auf andere Gedanken zu kommen, spurtete sie in den ersten Sonnenstrahlen Iveys ein paar Runden um die Basis und wärmte sich so schon einmal für die Morgengymnastik im Hof auf. Dort traf sie mit den übrigen Pionieren zusammen und sie führten gemeinsam ihre Dehn- und Streckübungen aus. Während ihres Frühsports fühlte Sil anhand der trügerischen Schweigsamkeit von Decius, Kyle und William, dass da etwas unter ihnen nicht stimmte. Vega und Apollo verhielten sich hingegen wie an jedem Morgen. Lebhaft und anscheinend von Sorgen befreit. Zwar fühlte Sil, dass Vega die Sache mit den Pyramiden beschäftigte, doch irgendwie verstand er es, diese Sache bei seinen Tätigkeiten auszublenden und immer gegenwärtig zu sein. Eine Gabe, die einem Fühligen nicht leicht fiel und von ihm stetiger Übung der Abgrenzung bedurfte. Anschließend setzten sie sich in der Küche zum Frühstück zusammen. Vega bereitete ihnen wie an jedem Morgen Tee und Saft aus gepressten Früchten der Plantage zu. William blieb nicht lange bei ihnen sitzen. Nach ein paar Schlucken Tee stand er auf und ging bereits in die Plantage vor der Basis ohne sich groß zu äußern. Er ließ sie allein in der Küche zurück. Das verwunderte Sil etwas, da William doch gestern sagte, dass er sich seine Fragen an Kronos überlegte. Nun aber sprach er sie nicht einmal darauf an. Sil fiel ebenso auf, dass Kyle Apollo diesmal nicht mit in die Küche nahm. Sie ließ ihn draußen im Hof weiterspielen. Normalerweise fütterte sie ihn doch selbst. Aber heute? Stattdessen saßen Decius und Kyle sich entspannt vorgebend im Gespräch vertieft bei Tisch. Sil fühlte, dass sie im Geiste etwas beschäftigte, das nicht zu

Inhalt ihres Gesprächs passte. Hörbar sprachen sie ihre Vorhaben für die nächsten Tage ab. Im Groben ging es darum, die Spitzen der Pyramiden in der näheren Umgebung von Tell Omega zu sprengen und die Atmosphäre dort mit den Wolkenbrechern zu klären. Sil verfolgte ihren Wortaustausch nur beiläufig. Sie überlegte sich anstatt dessen ein paar weitere Fragen, die sie an Kronos stellen möchte. Sie unterbrach Decius und Kyle nach einer Weile und fragte, ob ihnen noch etwas einfiel. Allerdings bekam sie den Eindruck, dass da etwas mehr war, denn Kyle reagierte nicht mit einer Antwort an sie, sondern an Vega, welcher sich schon um die Vorbereitung des Abendessens kümmerte.

„Vega. Kannst du mir bitte einen Gefallen tun?", rief sie zu ihm über Sils Schulter hinweg. Vega drehte sich überrascht zu ihr um.

„Ja?", meinte er aufhorchend.

„Könntest du bitte für mich nach Apollo schauen? Er müsste draußen im Hof umherlaufen."

„Na klar", sagte er und ging nach Apollo rufend in den Hof hinaus. Sil fühlte, dass Kyle Vega absichtlich aus der Küche lotste. William plante offenbar bewusst nicht anwesend sein. Vegas Vater schien zu ahnen, was Kyle unbedingt alleine mit Sil besprechen wollte. Vega sollte bei dem anschließenden Gespräch zwischen ihnen nicht dabei sein. Normalerweise hätte Kyle selbst nach Apollo gesehen und griff auf diese Notlösung zurück um ihn abzulenken.

„Was haltet ihr von Vega?", fragte Sil sie unverblümt, kaum dass er aus der Küche war. Sie griff diese Gelegenheit auf, ehe Kyle auf ihr Ablenkungsmanöver einging.

„Er ist lieb, aber auch etwas naiv", antwortete Kyle trocken.

Decius nickte zustimmend. Auch in ihm geisterte etwas herum, das ihn schon seit etlichen Stunden beschäftigte. Sil erahnte, was dies sein konnte. Einer Frage, der sie bisher auswich. Wenn auch nicht absichtlich.

„Ist euch noch etwas eingefallen, bevor ich zu Kronos fliege? Warum darf das Vega nicht mitkriegen?", fragte Sil, weil sie glaubte, dass darin der Grund ihres verschlossenen Verhaltens lag. Die Erdfühlige sah Sil mit gemischten Gefühlen an. Sil spürte, dass sie eigentlich von selbst drauf käme, was in ihr umging. Dann platzte es aus Kyle geradewegs heraus. Genau dies war auch der Grund, warum Kyle mit Apollo einen ganzen Tag lang alleine in der Wüste blieb.

„Überleg dir gut, ob er dir hier Kinder macht."

Sil erschrak plötzlich. Es riss sie aus ihrem Gedankengang. In ihr dämmerten mit einem Schlag die unterschwellig aufgenommenen Informationen hervor.

„Ich hab kein gutes Gefühl, was den weiteren Verlauf unserer Mission angeht. William deutete es schon an, wollte aber seinem Sohn keine zusätzliche Angst einjagen. Da gibt es etwas, was du nicht weißt. Wir haben nur fünf Rettungskapseln für den Fall, dass wir evakuieren müssen. Einer von uns wird also hierbleiben, wenn der Ernstfall eintritt. Vega weiß das übrigens auch. Also, wenn du hier Mutter wirst, oder wir evakuieren, während du schwanger bist, dann hast du schlechte Chancen, dass du oder dein Kind die Evakuierung überleben. Ich wollte nicht, dass

Vega dabei ist, weil er über die Todesumstände seiner eigenen Mutter nicht hinweg ist und er wegen dir erst recht in Sorge gerät. Hast du bemerkt, wie schnell er ängstlich wird? Das hat nichts mit unserer Art der Fühligkeit zu tun, die angeboren ist. Seine Fühligkeit beruht auf dieser traumatischen Erfahrung aus seiner Kindheit. Also der frühe Tod seiner Mutter. Er gibt sich unterschwellig die Schuld, dass sie die Reise mit dem Kryonikei nach Ceti e nicht überlebte."

Sich wieder fassen wollend, starrte Sil nun auf Decius. Sein Gesichtsausdruck bestätigte ihr, dass auch dies ihn länger beschäftigte. Das also trieb sie um.
„Kyle hat Recht. Vega ist ein lieber Kerl, aber der Ursprung seiner Fühligkeit liegt in dieser Kindheitserinnerung der fehlenden Mutter, die auch jetzt in ihm nachwirkt und seine Entscheidungen beeinflusst. Dass sein Vorwurf an sich unsinnig ist, brauche ich dir nicht weiter zu erläutern. Ich habe nichts gegen die Losung Frauen und Kinder zuerst zu evakuieren, aber eine Schwangerschaft im Kryonikschlaf ist nicht ohne Risiko, da sie dich stärker auszehrt, als wenn du alleine im Ei liegst. Wenn Vega das mitkriegt, könnte er durchdrehen und die alte seelische Wunde bricht wieder offen aus. Unser Ziel muss es sein, dass möglichst viele von uns eine wahrscheinliche Evakuierung überleben. Ich sprach noch gestern Nacht mit William deswegen. Er hat kein Problem damit zu sterben und er wird auf seinen Platz in der Kryonikkapsel verzichten. Sein Tod wird aber seinen Sohn zusätzlich belasten. Wenn du darüber hinaus noch schwanger bist und du die Rückkreise nicht überlebst, wird seine Seele dieses Trauma nicht mehr stemmen und er tötet sich selbst, falls er Ceti e lebend erreicht."

Sil schluckte. In ihr wurde es plötzlich anders. Daran dachte sie wahrlich nicht. Das nur, weil sie nichts von der begrenzten Anzahl der vorrätigen Rettungskapseln wusste und somit nicht von selbst auf diesen Gedanken kam.
„Bist du schwanger?", fragte Kyle sie nun direkt und sah ihr dabei tief in die Augen. Sie kam direkt auf den Punkt, da sie nicht wusste, wie lange Vega im Hof blieb.
„Ich blutete erst vor kurzem", sagte Sil nach bestem Wissen und Gewissen. Sie erwiderte ihren Blickkontakt. Kyle war es sehr ernst mit dieser Frage. „Ich verhüte noch. Ich wollte den Planeten näher kennenlernen, bevor ich mich zu diesem Schritt entschließe."
Kyle atmete erleichtert auf. „Deine Vorsicht rettet dir jetzt wahrscheinlich dein Leben und auch das deiner künftigen Kinder. Das erleichtert Einiges."

In diesem Moment kam Vega entspannt wieder vom Hof zurück und sorgte dafür, dass ihr Gespräch in eine andere Bahn kam.
„Apollo geht es gut. Ich hab ihn in seinen Laufstall gesetzt."
Kyle atmete gespielt beruhigt auf und bedankte sich bei ihm. Decius lächelte kurz und setzte an der Stelle weiter fort, als sich Sil nach den Fragen an Kronos erkundigte.

„Da hab ich was, was du ihn fragen könntest. Es ist schwer zu formulieren", sagte Decius zu Sil. Seine angespannte Stimmung, während des vertraulichen Gesprächs von vorhin, verflog recht schnell, wie ein laues Lüftchen. „Für mich ist das leicht verständlich, was ich von Kronos wissen will. Du musst ihn nach der Frequenz fragen."

Sil fiel es hingegen bedeutend schwerer, sich wieder auf ihr bevorstehendes Treffen mit Kronos zu konzentrieren. Sie piepste daher das aufgeschnappte Wort „Frequenz?" hinterher.

„Frequenz. Ganz genau. Unsere Geräte zeigen das nicht an, weil sie nur einen bestimmten Messbereich ausloten. Aber ich spüre eindeutig, dass da etwas von Thera hinaus ins All geht. Die Pyramiden dienen als eine Art Sendeturm und die Antenne leitet diese Frequenz in den Weltraum weiter. Ich kam darauf, als ich mir die Antenne von dem Ding, das du geborgen hast, angesehen habe. Was das genau ist und wofür es dient, ist mir unbekannt. Kronos könnte die Frequenz ebenso spüren wie ich und es vielleicht sogar wissen. Wenn nicht sogar, sie nachempfinden. Von William erfuhr ich, das Pflanzen durchaus in der Lage sind Ultraschallwellen auszusenden und diese für die Kommunikation untereinander verwenden."

„Was glaubst du, was das ist?", schob Sil nach.

„Ich hab nur einen Verdacht und es hängt mit der Frage zusammen, wohin die erzeugte Energie aus dem kupfernen Kanal geht. Ich verstehe diese Kraft nur nicht, weiß aber, dass sie zirkuliert oder wechselwirkt. Kronos könnte das präzisieren und aufklären. Seine Kommunikation benutzt offenbar den gleichen Frequenzsektor, wie das ausgesendete Signal. Frag ihn daher nach der Frequenz der Pyramiden."

„Na gut. Ich frag ihn nach der Frequenz der Pyramiden. Und Kyle. Ist dir noch etwas eingefallen?"

Die Erdfühlige grinste verschmitzt. Für sie war alles gesagt.

„Nein. Sonst ist nichts", sagte sie entspannt und starrte Sil tief in die Augen. „Bevor du aufbrichst, gehe zu William vorbei. Ja?"

Sil nickte. Sie hatten sich verstanden.

Nach dem Frühstück zog sich Sil in Gedanken ihren Skarabäus an und machte sich auf den Weg zum Hangar. Das vertrauliche Gespräch am Küchentisch ging ihr empfindlich nach. Was im Falle einer Evakuierung drohte, daran verschwendete sie bisher noch keinen Gedanken. William war sich auch nicht sicher, wie es weiterging. Das hörte sie zwischen den Zeilen heraus. Was dachte der Baumfühlige wirklich? Opferte er sich tatsächlich für sie?

Unweit des Hangars fand sie William vor, welcher auffällig seine angepflanzten Bäume wässerte. Schon als sie sich ihm näherte, fühlte sie, dass er sie erwartete und er ahnte, was sie heute Morgen am Frühstückstisch besprachen. Auch fiel ihr auf, dass er sich bewusst neben dem Hangar aufhielt und sich dort um die Pflanzen kümmerte. Sie begann daher behutsam, sich mit ihm auszutauschen.

„William, ich gehe jetzt zu Kronos. Ich wollte wissen, ob dir noch etwas eingefallen ist."

William drehte achtsam das Wasser seines Schlauches ab und blickte sie erfreut an. Er lächelte milde und atmete tief durch, ehe er ihr antwortete. Sil fühlte, dass er nach wie vor in seiner Mitte war.

„Ich weiß, dass dir zwei Dinge auf dem Herzen liegen. Doch zuerst zu Kronos, weil ich glaube, dass es besser ist, so anzufangen. Ich werde nicht schlau aus ihm", gestand William. „Ich schlief fast nicht, weil da noch etwas ist, was mich an seinem Verhalten dir gegenüber stört."

Sil spitzte die Ohren. Gab es vielleicht doch einen Ausweg?

„Ja?"

„Warum zeigte er dir das eigentlich?"

„Was meinst du?"

„Ich meine, warum führt er dich zu einem Steinkreis, legt darin die Schale des Kryonikeis hinein mit dem du gekommen bist und vertraut dir gleichzeitig seinen Samen an?"

„Deine Theorie, dass er unsere Gemeinsamkeit aufzeigte, fand ich schlüssig. Wie du schon sagtest …"

„Ich dachte das bis gestern tatsächlich noch. Oder aber, ich wünschte mir in diesem Moment, dass es so wäre. Aber …"

„Was aber?"

William atmete tief durch, ehe er versuchte seinem Gefühl Ausdruck zu verleihen.

„Jetzt komme ich zu der zweiten Sache, die mir auf dem Herzen liegt. Die Menschen wollen oft nicht wahrhaben, wenn sie sich verspekulieren. Wenn sie einem Irrtum aufgesessen sind, wollen sie das nicht zugeben. Sie haben die schlechte Eigenschaft, obwohl etwas offensichtlich scheitert, dennoch an ihrer fixen Idee festzuhalten. Und das, weil sie nicht einsehen wollen, dass ihre hineingesteckte Energie umsonst gewesen sein soll. Ein Baum tut das nicht. Wenn er weiß, dass er stirbt, dann stirbt er. Er klammert sich an nichts und lässt es mit sich geschehen."

„Stemmt er sich nicht auch gegen den Tod? So, wie es jedes andere Lebewesen auch tut?"

„Für einen Baum ist es nicht wichtig, selbst zu überleben. Das tun seine Samen für ihn. Deswegen wirft er sie reichlich oder er verpackt sie in Früchten, damit sie sich möglichst weit verteilen."

„Aber …"

„Egal, was nun auch geschieht. In jedem Falle musst du mit Kronos sprechen. Es wird auch mir endgültige Klarheit über unsere Situation hier bringen", sagte William schließlich.

„Du meinst auch, dass unsere Mission zu scheitern droht? Decius und Kyle erahnen so etwas schon."

William blickte Sil traurig an. „Wir haben noch nicht die vollständige Gewissheit darüber. Ich wollte das nicht direkt vor den anderen gestern oder heute Morgen sagen, weil ich weiß, dass sie sehr viel von meinem Urteil halten. Ich mochte dir und Vega die gute Stimmung nicht verderben und nun habe ich sie auch dir verdorben. Ich sehe es dir an."
Sil nickte und sah ihn traurig an.
„Du würdest für uns sterben, wenn wir evakuieren müssten."
„Ich sprach mit Decius gestern Nacht darüber. Kyle macht sich Vorwürfe, weil sie mir seinerzeit vorschlug, eine Wasserfühlige aus Ceti e anzufordern. Sie fühlt sich schuldig, dich in Gefahr gebracht zu haben. Und das, obwohl sie da schon ihren Sohn Apollo im Leibe trug. Sie gibt sich die Schuld, dass sich nun die Frage aufdrängt, wer von uns hier bleibt, wenn wir evakuieren müssen. Aber das ist eine Frage, die sich meiner Meinung nach jetzt noch nicht stellt. Ich hatte alle Hände voll zu tun, um auch Kyle davon zu überzeugen, dass sie sich die Frage nach der Schuld nicht stellen braucht. Sie steht sicher im Raum, so wie die vielen anderen Fragen auch. Ich versuche erst die anderen Fragen zu beantworten, ehe ich mich mit dieser befasse. Vielleicht muss es nicht soweit kommen. Du hast heute noch etwas vor. Wir sehen uns später."

Dann stellte William geduldig das Wasser wieder an und goss weiter seine Bäume und angepflanzten Gemüsebeete. Sil nickte und ging nun sich verabschiedend und nicht mehr so optimistisch zu ihrem Dreibein am Hangar. Sie startete in Gedanken das Gefährt und flog zum seichten Meer zurück. Genau an die Stelle, an der sie Kronos zum ersten Mal traf. Sie landete sanft im feuchten Sand des seichten Meeres und stieg aus. Das Gespräch mit William, Decius und Kyle, sowie ihr erstes Treffen mit Kronos gingen ihr während des Fluges nach. Nun erklärte sich, warum Kyle so lange in der Wüste blieb. Ihr musste allein der Gedanke der Folgen einer Evakuierung sehr nahe gegangen sein. Auch, dass sie sich die Schuld für ein eventuelles dramatisches Ende ihrer Mission zuschrieb. Dann dachte sie an Vega. Kyles Einschätzung, dass in ihm ein kindliches Trauma nachhing, hielt sie für schlüssig. War er tatsächlich für sie der richtige Mann? Innerlich hoffte Sil, dass William Recht behielt. Dass ihr bevorstehendes Treffen mit Kronos dazu führte, sich der Frage zur Evakuierung Theras Klarheit zu verschaffen. Das seichte Meer verebbte zu dieser Stunde. Als sie ihren Fuß auf dem Boden setzte, baute sich der goldene Mann wieder auf. Die Kerbe zu dem Monolitenkreis spülte das Wasser inzwischen wieder zu und es versank erneut im Tiefschlaf der Zeit.
„Ich muss mit dir reden", sagte Sil etwas bedrückt zu Kronos. Alle weiteren Worte kamen aus ihrem Herzen. Sie fühlte, dass Kronos sie verstand. „Am Anfang war ich sehr optimistisch und glaubte, dass es ein gutes Ende hier für uns und auch dir nimmt. Doch nun weiß ich nicht mehr, wie ich mich fühlen soll. William meint, dass wir keinen Erfolg haben werden, diesen Ort wieder zum Leben zu erwecken.

Meine Kameraden fürchten sich vor den Folgen einer Evakuierung. Gibt es für uns eine Chance, dass wir auf Thera bleiben? Dass wir diesen Ort wieder zum Leben erwecken und auch dir und deinen Kindern eine Zukunft geben können?"

Sie sah mit nur geringer Hoffnung auf Kronos. Der Wunsch in ihr, dass das nun Drohende nicht zur Wahrheit verkam, brannte umso stärker in ihrem Herzen. Er erlosch, als Kronos seinen Kopf schüttelte. Es schlug Sils verbliebenen Optimismus nieder.

„Ist es wegen der Strahlen aus den Pyramiden?", fragte sie nach. Sie wollte nun erst recht hinter den Gründen des Scheiterns sehen. Alles in der Hoffnung, man könnte noch etwas von ihrer Mission retten. „Wir sprengen sie einfach ab und lassen es wieder auf Thera regnen."

Kronos schüttelte seinen Kopf. Vielmehr teilte sich der Sand erneut und legte den Weg zu dem versunkenen Steinkreis frei. Er deutete ihr an, ihm zu folgen. Was wollte ihr Kronos zeigen? Er floss mit seinem harzigen Körper ohne eine Spur zu hinterlassen über den noch feuchten Sand, während Sil ihm verunsichert folgte. Weigerte sie sich, wenn auch unterschwellig, ihr Versagen wahrhaben zu wollen? So wie es William bereits vor ihrem Abflug andeutete?

„Dieser Ort. Du verbindest etwas mit ihm", fuhr sie das Gespräch mit Kronos fort. „Wer baute diese Pyramiden? Du warst es nicht."

Kronos deutete ihr wieder an, ihm einfach weiter zu folgen. Sie erreichten den Megalithkreis, auf dessen Oberseite die einzelnen Blöcke ein goldener Ring verband. Auf ihm baute Kronos eine goldene Pyramide auf. Nachgebildet aus dem flüssigen Harz seines Leibes. Sil vermutete nur, was es darstellen könnte. Kronos legte in dem Kreis die Bruchstücke ihres Kryonikeis, mit dem sie ankam. Diese Pyramide zeigte daher mit hoher Wahrscheinlichkeit das Gefährt, mit dem die Pyramidenbauer einst auf Thera landeten. Oder war sie nur das Symbol, das Kronos mit ihnen verband?

„Wer oder was das auch war, es kam vor langer Zeit hierher. Das landete genau hier und hier flog es wieder ab. Wer waren diese Wesen?"

Der goldene Mann leuchtete hell auf und zerbrach zu feinem Bernsteinsplitter. Kronos versuchte ihr nun, etwas Unbeschreibliches darzustellen. Es gelang ihm nicht so ganz. Für Sil wirkte es wie eine unruhige Pfütze, in der ständig Regentropfen hineinfielen. Seine Oberfläche vibrierte und sie erzeugte kreisförmige Schwingungen.

„Ich verstehe nicht … ich meine, was waren das für Wesen?"

„Energiewesen", antwortete eine Stimme für sie. Sil erschrak. Sie drehte sich nach der Stimme um und blickte William ins Gesicht. Der Baumfühlige erwiderte ihren Blick mit einem Lächeln. Er folgte ihr mit Abstand zu ihrem Treffen mit Kronos. Darum hielt er sich also beim Hangar auf. Nicht nur, um sie vor ihrem Abflug abzufangen. Es ging darum, möglichst unbemerkt von seinem Sohn Sil in die Wüste zu folgen.

„Die Energie, die sie aus Thera ziehen, brauchen sie für ihre eigene Zivilisation. Das ist das, was er dir sagen möchte und je länger wir hier bleiben, umso wahrscheinlicher ist es, dass diese Wesen hierher zurückkommen. Die Sprengung der Pyramide wird ihnen einen Anlass geben nachzusehen, was da gerade auf Thera geschieht. Wenn wir ihr Kraftwerk weiter zerstören, kommen sie erst recht hierher. Sie werden nachsehen, wer ihnen den Strom abdreht. Dann finden sie uns und sie zerstören uns, weil sie in uns eine Bedrohung für ihre Existenz sehen. Vielleicht vernichten sie sogar unsere ganze Zivilisation auf den anderen kolonisierten Planeten. So wie sie einst die Wälder Theras abrodeten, fallen sie über unsere besiedelten Planeten her. Kronos bittet uns zu gehen, um wenigstens sein Kind zu retten. Er mag uns, aber er kann uns nicht bei unserer Mission helfen, Thera wieder zu einem bewohnbaren Ort zu machen."

„Soll das heißen, dass wir klein beigeben sollen? Dass wir diesen Planeten aufgeben?"

„Sil, wir haben keine Armee oder eine andere Verteidigung hier. Das gibt es nicht einmal auf Ceti e. Wir kennen diese Wesen nicht und Kronos weiß bestimmt auch nicht alles über sie. Was er weiß und erfuhr, ist, dass sie seine Bäume abschlugen und seiner Art keinerlei Beachtung schenkten. Im Gegensatz zu uns, die um den Wert des Wassers und seiner Lebendigkeit wissen. Wir wissen, wie wichtig gesunde Luft und gesunde Erde sind. Dass sie voller lebendiger Energie ist. Hier auf Thera entwickelte sich vor der Ankunft der Pyramidenbauer eine Lebendigkeit ganz anderer Natur. Ein stiller verbundener Geist, der alle Geschöpfe Theras umfasste. Eine tief schlafende Liebe. Dies war mein erstes Gefühl, als ich Thera zum ersten Mal direkt aus dem All vom Antimaterieschiff vor mir sah. Trotz seiner wüstenhaften Oberfläche sah ich seine wunderschöne Bläue der Lebendigkeit in der Atmosphäre schimmern. Diese impulsartige Erstempfindung Theras löschten die Pyramidenbauer trotz ihrer tiefen Eingriffe nicht aus. Decius und Kyle sahen es ähnlich. Ich glaube, dass auch du das so empfunden hast, als du Thera zum ersten Mal unverschwommen mit deinen Augen wahrnahmst. Vega hingegen sah eine trockene, eine von Ivey beleuchtete Wüste mit kargen Bergen und er zweifelte daran, ob wir genügend Wasser für eine begrünte Oase finden."

Sil nickte. Dasselbe empfand sie, als sie Vega zum Aussichtspunkt über der Senke brachte. Nur erahnte sie da noch nicht, wie richtig sie mit ihrem ersten intuitivem Gefühl der Wahrheit über Thera lag.

„Solche Wesen wie Kronos fliegen nicht zu den Sternen. Sie unterhalten keine Labore, bauen Apparate oder erobern Planeten. Sie ziehen keine Rohstoffe aus ihnen oder betreiben so etwas wie Ackerbau, Plantagen, Werkstätten, Kraftwerke oder Fabriken. Sie unterhalten keine Infrastruktur oder Bildungseinrichtungen, Märkte, Banken oder Börsen. So etwas wie ein Parlament oder eine Regierung haben sie nicht. Das bedeutet ihnen nichts, weil sie alle ein einziger großer Geist verbindet. Das Einzige, was diese Geschöpfe lieben und durch die Zeit tragen, sind ihre Kinder. So, wie die Bäume es eben sind, die ich mit Wasser versorge."

„Dann ergibt das alles einen Sinn. Das DOR der Pyramiden verhindert, dass es wieder Wälder auf Thera gibt, welche die vom Wasser gewonnene Energie absorbieren. Kronos verwandelte sich zu Stein, damit diese Wesen nicht auf ihn aufmerksam wurden. Er entging so seiner Vernichtung. Seinen Samen versteckte er in der Hoffnung, dass eines Tages jemand auf Thera landet, um ihn von hier wegzubringen. Das ist alles, worum er uns oder sogar mich selbst bittet."

„Besser kann man es nicht sagen. Er hielt viele Jahrtausende durch und wartete auf diesen Tag. Bäume haben eine unendliche Geduld. Aber ich weiß nicht, ob diese Wesen nicht vielleicht schon auf dem Weg hierher sind. Wie gesagt, durch die gesprengte Pyramide gibt es einen Grund für sie zu uns zu kommen. Wir können nur hoffen, dass wir hier rechtzeitig wegkommen, ehe sie uns wie Kronos mit ihren Waffen zerschneiden."

„Hast du schon mit den anderen darüber geredet?"

„Geredet nicht, aber ich weiß, dass Decius und Kyle sich schon ihre eigenen Gedanken dazu machen. Meinem Sohn erzählten sie bewusst nichts, weil sie von seinem Gefühlsleben wissen. Als Leiter der Expedition weiß ich, wie wichtig die Moral in dieser Angelegenheit ist. Ich will die Moral nicht untergraben, da ich mir auch jetzt noch unschlüssig darüber bin, wie ich weitermachen möchte."

Sil glaubte nicht recht zu hören.

„Wie bitte? Sogar Kronos glaubt, dass wir scheitern werden. Trotzdem meinst du, dass wir noch nicht evakuieren sollten?"

„Lass mich dir das so erklären. Diese Wesen könnten sogar Ceti e bedrohen. Hier auf Thera trafen wir einen wunden Punkt von ihnen. Ihre Energieerzeugung. Sie brauchen Thera. Uns gelang es, wie kleine Parasiten auf ihm zu landen, ihr Wasser aus den Leitungen anzuzapfen und zumindest eine kleine Oase des Lebens zu erschaffen. In der Senke von Tell Omega gibt es eine Art blinden Fleck des DOR. Das bestätigte mir Decius, als ich ihn darum bat, herauszufinden, welchen Bereich das DOR im Umfeld der Pyramiden abdeckt. Die Kommunikation unserer kultivierten Pflanzen wird nicht gestört. Deswegen gediehen meine Anpflanzungen in Tell Omega bestens, während sie auf den anderen Teilen Theras jämmerlich wegen der Bestrahlung abstarben. Du hast sicher die eingetrockneten Pflanzen an der Zisterne bei der gesprengten Pyramide gesehen. Kronos wich in den Untergrund aus und zersplitterte seinen Geist in kleine Steinchen, die weiterhin miteinander in Verbindung stehen. Deswegen kann er die Oberflächenstrahlung überleben. Wie gesagt, ich bin mir auch jetzt noch unschlüssig darüber, ob eine Evakuierung wirklich die richtige Entscheidung ist. Selbst wenn ich auf Thera zurückbleibe, seid ihr oder Kronos nicht außer Gefahr."

„Du sagtest, wir haben keine Armee."

„Es stimmt. Das haben wir nicht, aber wir haben etwas anderes."

„Ja?"

„Einen Vorsprung, den es zu nutzen gilt, bevor die Pyramidenbauer hier anlanden, um uns wie Kronos den Garaus zu machen. In ihren Augen sind wir wie lästige Insekten. Ich glaube aber nicht, dass sie eine ganze Armee herschicken werden, um dem gestörten Energiefluss nachzugehen. Eher so etwas wie einen Kammerjäger. Ein paar von ihnen. Damit gilt es fertig zu werden. Zunächst jedenfalls."

Sil glaubte nicht, was sie da von ihm hörte. William rechnete mit einem Kampf und dachte tatsächlich darüber nach, ihn auszutragen.

„Was hast du vor?"

„Wie du treffend herausgefunden hast, verteilen sich die Pyramiden gleichmäßig über der Oberfläche Theras. Aber warum? Ganz einfach, weil sich auch ein Planet wie ein Wasserwirbel durch den Weltraum auf seiner Umlaufbahn bewegt. Drehend und somit zeigt eine Seite nicht immer in dieselbe Richtung. Decius bemerkte eine Schwingungsfrequenz, die von Thera in das All abgestrahlt wird. Unsere Sensoren zeigen sie zwar nicht an, aber der Luftfühlige weiß, dass sie existiert. Diese Pyramiden geben diese Energieschwingung gesteuert ins All ab und diese wird an ihrem Bestimmungsort abgefangen. So, wie unser Mutterwirbel in der Umlaufbahn Theras die Frachtkapseln abfängt und an sich heranführt, verwenden diese Wesen eine Technologie, die dasselbe mit der ausgesendeten Energie macht. Dieser Gedanke kam mir vorhin, als ich meine Bäume mit dem Schlauch wässerte. So wie ich den Wasserstrahl lenke, damit jeder Baum, also der Empfänger, sein Wasser kriegt, so ist es auch mit den Pyramiden hier auf Thera. Da gibt es etwas, dass die erzeugte Energie aus dem kupfernen Kanal zu einer bestimmten Position leitet, welche zu ihrem Zielort weitergegeben wird."

„Bist du dir da sicher?"

„Die Satelliten im Orbit bestätigten mir meine Annahme. Sie registrierten einen Energiestrom, der immer in dieselbe Richtung ging. Der Ausgangspunkt auf Thera war immer eine Pyramide. Ich verfolgte im Kartenraum den Lauf der Energiefrequenz und er endet bei einem Exoplaneten, der noch nicht erforscht ist. Aus der Datenbank, die wir bei deiner Ankunft bargen, entnahm ich immerhin, dass dieses Gebiet kürzlich von Ceti e aus näher untersucht wurde und dass es sein kann, dort einen Planeten vorzufinden, der solchen Energiewesen eine Existenz ermöglicht. Um zu ihm zu reisen, braucht man von Ceti e aus mit dem Antimaterieschiff etwa zwanzig Lichtjahre. Also eine durchaus machbare Mission."

„Aber wir sind hier auf Thera."

„Genau. Darum brauchen wir von hier aus nur etwa achtzehn Lichtjahre mit unserem schnellsten Antrieb zu diesem Ort. Wir kommen mit einer Besiedlung Theras ihrem Ursprungsplaneten schon empfindlich näher. Wie diese Wesen unsere Annäherung deuten könnten, das überlasse ich deiner Spekulation. Was wir aber nicht wissen, ist, wie lange diese Wesen zu uns her nach Thera brauchen. Sie benutzen bestimmt nicht die gleiche Technologie wie wir. Verstehst du nun, warum Kronos möchte, dass wir bald gehen? Vielleicht weil er weiß, welche Technologie sie verwenden, um durch den Raum zu reisen. Er kennt jetzt auch das Kryonikei und kann es, wie das Raumschiff der Energiewesen, selbst nachbauen. Ich glaube, die Pyramide auf dem Megalithkreis soll ihr Gefährt darstellen. Sie werden mit Sicherheit hierher kommen. Darum hat er Angst um sein Kind, dass du nun um den Hals trägst."

Sil nickte. Sie sah auf Kronos und dann wieder auf William.

„Und nun? Gehen wir jetzt?"

„Was mich daran hindert zu evakuieren, ist, ob wir nicht doch eine Möglichkeit haben, diese Wesen unschädlich zu machen, ehe sie es mit uns hier oder auf Ceti e tun. Diese Wesen könnten in uns ebenso eine Bedrohung erkennen. Wir lösen mit einer Evakuierung Theras unser Problem nicht."

„Woher willst du wissen, dass sie bösartig sind? Sie könnten ebenso wie wir, an einer friedlichen Koexistenz interessiert sein."

Williams Gesicht verfinsterte sich. Darüber machte er sich schon seine eigenen Gedanken.

„Sie kamen nach Thera, bauten den Planeten für ihren Hunger nach Energie um und töteten alles Leben auf ihm. Diese Pyramiden errichteten sie nicht nur für ihre Energieübertragung, sondern auch, um alle Lebewesen für immer von der Oberfläche mit der DOR-Energie zu verbannen. Die Gewächse spüren, dass ihnen an der frischen Luft ihre Energie entzogen wird. Dass ihre Zellstruktur durch die Strahlung zerstört wird. Also sind auch wir für diese Wesen nur Holz und Material. Thera sollte für immer und ewig eine Wüste bleiben. Sein oder nicht sein. Es ist leider so."

„Aber haben wir dann das Recht, ebenso mit ihnen zu verfahren, wie sie es mit Thera taten? Sie zu vernichten?"

„Du redest von Recht? Redest von Moral? Welche Gerichtsbarkeit willst du denn anrufen? Wer steht über unseren Parteien? Mit Religion oder Moral brauchst du da nicht zukommen, da sie nur ein Gespinst ist, um Unscharfes fassbar zu machen. Dieses Unscharfe lenkt jede Gesellschaft in eine gewünschte Richtung, um damit Politik zu machen oder die Herrschaft über die Gläubigen auszuüben. Zumal diese Art der Vorstellung nur in unserem bekannten Rahmen existiert, was auf diese Wesen noch lange nicht zutreffen muss. Entweder du riskierst vernichtet zu werden, oder …"

Sil schluckte. „Ich verstehe. Sein oder nicht Sein."

„Ja. Das Schlimme ist, dass wir nicht genau wissen, mit wem oder was wir es hier zu tun haben. Es müssen aber Energiewesen sein, denn sonst funktionierten sie Thera nicht zu einem Kraftwerk um. Vielleicht erschufen sie auch auf dieser Basis ihre Ausrüstung und ihre weiteren Technologien, die sie auf ihrem Planeten anwenden. Die Konstruktionen der unterirdischen Kanäle und der Pyramiden sind ein Hinweis hierfür."

„Energetische Wesen? Haben sie so etwas wie Körper?"

„Frag ihn das. Kronos könnte es wissen."

Sil wandte sich wieder an den goldenen Mann. Großes Unbehangen lag in ihr, Kronos diese Frage zu stellen. Wusste sie doch, dass sie damit zwang, seine größte Furcht zu offenbaren.

„Kronos. Kannst du uns deine Peiniger beschreiben?"

Der goldene Mann zerfiel und formte sein verflüssigtes Harz erneut zu einer pulsierenden Lache. Es schimmerte verdächtig, was vermutlich die Frequenz oder die Vibration der Pyramidenbauer verdeutlichte. Sogar William verfolgte Kronos Darbietung mit einem gewissen Erschaudern.

„Gibt es wirklich solche Wesen, die keinen Körper brauchen? Es ist so surreal", fragte Sil verunsichert, das Richtige aus seiner Darstellung zu entnehmen.

„Sie müssen sehr heiß sein. Kronos lernte sie kennen. Er erlitt großen Schmerz von ihren Werkzeugen und von ihrer Art", sagte William anteilnehmend. Er fühlte sich in dieses fremdartige, doch vertraute Wesen hinein, was umso mehr seine Baumfühligkeit unterstrich. „Frag ihn, welche Techniken sie benutzen."

„Kronos. Wie arbeiteten diese Wesen auf Thera? Welche Werkzeuge oder Apparate benutzten sie, um die Kanäle in deine Erde zu graben?"

Kronos verformte sich wieder und versuchte mit seiner Darstellung die Arbeitsweise der Pyramidenbauer nachzustellen. Er zeigte ihnen, wie sie seine Bäume mit Lichtlanzen zerschnitten, wie sie die Erde Theras mit einem gedrehten Pflug aufbrachen und das Kupfer für die Leitungen gewannen, die Kuduröhren selbst fertigten, um damit ihre Kanäle rund um Thera wie eine Spirale zu verlegen. William sah ihm aufmerksam zu, während Sil ein paar Probleme besaß, ihm zu folgen. Der Baumfühlige verstand von seiner Darstellung umso mehr als sie.

William erklärte ihr hinterher: „Kronos hat keine Augen wie wir. Er drückt sich immer im Gefühl und seinem Empfinden aus. Er spürte die Vibration und Schwingung, wenn sie die Erde Theras aufgruben oder umpflügten. Er spürte ihre geistige Energie, mit der sie gewaltsam seine Wälder rodeten und das Kupfer zur Verhüttung aus der Erde entrissen. Auch die Vibrationen, die ihre Hüllen verursachten. Es überträgt sich in seinen Geist und er zeigt es uns auf seine Weise. Außerdem konnte ich erkennen, dass sie dabei sehr viel Energie eingesetzt haben. Vermutlich basiert ihre Technik wie ihr gesamtes Wesen auf Hitze. Danke ihm nun dafür."

Sil verwunderte es nun doch, dass William nicht direkt zu Kronos sprach. Was bedeutete das bloß wieder?

„Warum sagst du es ihm eigentlich nicht selbst? Ich dachte die Bäume spüren, wenn man auf sie zugeht."

William grinste. Er verstand, dass sein Handeln für Sil äußerst befremdlich wirkte: „Er gab dir seinen Samen und er wird daher nur auf dich hören, wenn du mit ihm sprichst. Er wird folglich auch nur in dich hineinspüren. Nicht in mich. Du bist für ihn der Nukleus."

„Der Nukleus? Was ist das genau?"

Sil hörte dieses Wort schon einmal von dem Baumfühligen auf Ceti e.

„Es heißt übersetzt „Die Zelle". Die Zelle, auf die alles hört. Hier ist es Kronos, der auf dich hört und in dir hineinspürt. Dein Gedanke ist sein Gedanke. Dein Gefühl ist sein Gefühl. Deine Angst ist seine Angst. Dein Wissen ist sein Wissen. Dein Entschluss ist sein Entschluss. Mich nimmt er nicht wahr. Deshalb verschwand er auch nicht, als ich zu euch kam."

„Weil er wie die Bäume sind, die du mit Wasser versorgst. Nicht?"

„Allmählich verstehst du", lächelte William wieder. „Die Seele eines Baumes ist nicht für jeden zugänglich. Ein Baum weiß es zwar zu schätzen, wenn ihn jemand respektiert, aber öffnen tut er sich nur für jene, die ihn und seine Kinder durch die Zeit tragen. In diesem Falle bist du das, Sil."

„Ich bin aber kein Baum."

„Das ist für Kronos nicht wichtig. Er fühlte, dass du wie er, als du nach Thera kamst, aus einem Samen geschlüpft bist. Daher akzeptiert er nur dich als den Retter seiner Kinder und somit bist du für ihn der Nukleus. Ein Wirt, könnte man auch sagen."

„Wie soll es nun weitergehen?"

„Sag du es mir."

„Ich?"

„Ich weiß, dass es dir leichter fiele, wenn ein anderer die Entscheidung trifft, wie es mit unserer Mission auf Thera bestellt ist. Du fühlst dich nicht mehr für ihr Scheitern verantwortlich."

„Du wurdest zum Leiter der Expedition bestimmt. Nicht ich."

„Das stimmt, aber ich wurde zum Leiter für die Erschließung Theras bestimmt, aber nicht für seine Verteidigung. Die Order lautet, wenn eine Gefahr für die Mitglieder der Expedition besteht, obliegt es mir, ob ich sie abbreche oder mit ihr untergehe. Von einem Kampf gegen eine fremde Macht war da nie die Rede. Von der Cetiregierung und wie du auch aus dem Unterricht weist, verbindet sich eine Pionierarbeit immer mit Risiken. Deswegen zwingt sie auch niemanden dazu, auf eine Erschließungsmission zu gehen. Zu den Risiken gehört eben auch, dass niemand von uns je zurückkehrt und wir als verschollen gelten. Ob es jemals jemanden geben wird, der unser rätselhaftes Verschwinden auf Thera aufklärt, ist mehr als fraglich. Selbst wenn, hilft das uns im Augenblick nicht weiter."

„Ich verstehe. Wir stehen vor dieser Frage. Kehren wir nach Ceti e zurück und riskieren, dass die Energiewesen uns auch dort heimsuchen, oder …"

„… wir kämpfen."

Sil atmete tief durch. In diesem Moment gingen ihr alle möglichen Szenarien durch den Kopf. Könnte man so eine Auseinandersetzung überhaupt führen? Mit körperlosen Energiewesen? Es wäre auch ungewiss, selbst wenn sie über das Waffenarsenal aus Ceti e auch auf Thera verfügten, ob diese sich gegen die Wesen behaupteten.

„Man müsste ihre Schwächen kennen", sagte Sil schließlich. „Man müsste ihre Ausrüstung kennen. Ihre Taktiken kennen. Was treibt sie an? Wie werden sie befehligt? Wie versorgen sie sich? Welche Transportmittel benutzen sie? Das Einzige, was wir kennen, ist Thera selbst und was sie hier angerichtet haben."

„Also hast du dich entschieden. Wir werden kämpfen", sagte William entschlossen.

„Das habe ich nicht gesagt. Ich denke darüber nach …"

„Alleine, dass du diesen Schritt in Erwägung ziehst, genügt mir, um dir meine Unterstützung zu versichern. Ich glaube auch, dass wir diese Wesen hier besiegen müssen und nicht erst auf Ceti e, wo noch viele andere Wesen in Gefahr geraten. Da rede ich nicht einmal von unserer eigenen Art."

„Wir sind hier nur zu sechst und einer davon ist noch ein kleines Kind."

„Wir sind nicht zu sechst. Wir haben noch Kronos."

Sils Blick fiel auf das Bernsteinwesen. Sein Avatar stand still im Wüstensand und schien auf Sils weitere Entscheidungen zu warten.

„Ist er überhaupt ein Krieger?"

„Ein Baum kämpft für seine Kinder. Wenn er in Gefahr gerät, warnt er seine Artgenossen, in dem er Düfte und Ultraschallwellen aussendet. Gefühle werden von ihm aufgenommen und in eine jede Zelle seines Körpers weitergegeben. Ein Baum versteht sich nicht als ein Individuum. Er versteht sich als das Kollektiv seiner Art. Wenn wir seine Kraft richtig einsetzen, dann glaube ich, dass wir einen wertvollen Verbündeten in dieser Auseinandersetzung haben. Keiner kennt den Planeten so gut wie er. Weiß von seinen Geheimnissen und von seinem Reichtum. Er ist ein Ortskundiger und lernte unseren Gegner schon kennen."

„Diese Energiewesen. Sie werden den Mutterwirbel und unsere Satelliten im Orbit von Thera vorfinden. Sie werden Tell Omega finden und wissen, dass wir hier sind. Sie kommen über das All zu uns."

„Dann kennen wir schon mal ihre Anmarschroute."

„Sie könnten praktisch von überall her kommen."

„Ja. Und?"

Sil atmete noch einmal tief durch. William fand sich mit der Nüchternheit eines Baumes bereits mit ihrer Entscheidung ab, den Kampf zu wagen. Genauso wie sich ein Baum seinem Schicksal ergab, wenn er unter Axthieben zu Boden ging.

„Ein Baum tarnt sich, um nicht bemerkt zu werden. Kronos tat das all die Jahrtausende über auch, als er seinen Geist in Bernstein verwandelte. Sogar unsere Sensoren nahmen ihn nicht als ein lebendiges Wesen wahr. So wie er, werden wir es auch tun. Wir schalten einfach unsere Satelliten und den Mutterwirbel aus und stellen uns Tod. Von Tell Omega können wir unsere Anlagen im All steuern. Wir brauchen sie für den Kampf nicht, da sie, wie du schon sagtest von überall herkommen können. So täuschen wir sie über unseren genauen Aufenthalt hinweg. Sie wissen schließlich auch nicht, wer wir sind und mit welchen Technologien wir arbeiten."

„Täuschung?"

„Das gehört zum Standard der Natur. Tarnen und täuschen. Kronos wollte nicht gefunden werden. Also verband er sich mit dem Geröll der Wüste. Daher findet man auch seine Einzelteile über den Planeten verstreut. So glaubt jeder, dass der Stein zum Wesenszug Theras gehört. Niemand käme auf die Idee, dass er sich von selbst da so hinlegte."

„Dann geschieht es. Wir stellen ihnen eine Falle und legen einen Köder aus. So lenken wir sie dahin, wo wir sie haben wollen. Dann schlagen zu."

William grinste. Nun kam der Stein ins Rollen, wie Kyle es mit ihrer erdfühligen Art formulierte. Der Bachlauf verlies nun den Gletschersee, um talwärts zu stürzen.

„Sie verbannten das Wasser von der Oberfläche. Also holen wir es wieder nach oben. Lassen es zwischen Himmel und Erde zirkulieren. Wolken bilden. Es regnen lassen. Kronos kann mit seinem Leib die unterirdischen Leitungen verstopfen und sodass Wasser aus den Spalten der Kupferröhre nach oben drängt. Wir nutzen die Kraft Cocos dafür. Wenn es Energiewesen sind, dann vertragen sie das Wasser nicht. Wahrscheinlich ist dies der Grund, dass sie Thera nicht selbst dauerhaft besiedelten. Sie müssen sich permanent von den seichten Meeren fernhalten. Am Besten sprengen wir noch weitere Pyramidenspitzen und entfernen die Batterien dort, damit wir die Wolkenbildung großflächig vorantreiben. Die Wolkendecke wird uns weitere Tarnung und Sicherheit geben."

Sil legte sich in ihrem Geist einen Plan zurecht. Sie wusste, dass sie wegen des mangelnden Sprengstoffs nicht alle Pyramidenspitzen aufbrechen konnten.

„Also gehen wir jetzt nach Tell Omega zurück und suchen uns im Kartenraum gezielt die Pyramiden für unsere Tarnung aus. So wie sie die Pyramiden gegen das Leben auf Thera einsetzten, werden wir sie nutzen, um sie auf Thera gebührend zu empfangen."

„Thera selbst ist ihr wunder Punkt", sagte William. „Dass wir schon hier sind, ist ein strategischer Vorteil, den wir nicht ungenutzt lassen sollten. Deswegen macht es Sinn, eben nicht nach Ceti e zu fliehen. Erscheine schwach, wenn du stark bist."

Kapitel 6

Himmelwärts

In den folgenden Tagen wartete auf die Pioniere viel Arbeit. Mit Kronos Hilfe flutete Sil zahlreiche Gebiete auf Theras tiefer gelegenen Ebenen und allmählich bildete sich in der Atmosphäre nach Jahrtausenden großflächig wieder eine dichte Wolkendecke. Vor allem an den Orten, an denen es Kyle mit dem Wurm gelang, die Pyramidenspitzen mit dem vorhandenen Sprengstoff zum Bersten zu bringen. Die Wolkenbrecher von Decius leiteten im Anschluss die DOR-Energie aus der Lufthülle der befreiten Gegenden ab. An den bereinigten Stellen regnete es bald in Strömen aus den riesigen Kumuluswolken, welche sich dank Iveys intensiver Einstrahlung sehr schnell in der Atmosphäre bildeten. Beim Auftreffen der dicken Regentropfen riss es reichlich Oberflächensediment mit, welches sich in den tiefen Gründen der nun neu gebildeten Seen ansammelte. Folglich verwandelte sich auch der einstmals trockene Wüstenwind in eine schwüle Brise. Es roch bald in Tell Omega nach dem angefeuchteten Sand. Allerdings tobten folglich heftigere Stürme als sonst über die nun feuchten Ebenen, da der Temperaturunterschied zwischen den einzelnen Luftschichten deutlich zunahm. Dort, wo die erste gesprengte Pyramide stand, bildete sich in der vorgelagerten Ebene ein großer See, der den Wolkenbrecher von Decius und der dazugehörigen Zisterne verschlang. An einer Zirkulation fehlte es noch, da es dem jungen Gewässer an Tiefe und somit an ausreichender Abkühlung des Tiefenwassers fehlte. Es verglich sich, wie das seichte Meer bei Flut. Durch Kronos Leib verschloss Sil den Rückfluss in die Spule, wie die Pioniere die unterirdischen kupfernen Kanäle bald wegen ihres Verlaufs nannten. Auch in der Senke Tell Omegas reicherte sich von den nun öfter vorkommenden Regenfällen an den tiefer gelegenen Stellen therisches Wasser an. Es zwang Sil mit dem Wurm einen Entwässerungskanal zu graben, um die Station vor einer Überflutung durch den immer öfter einsetzenden Regen zu bewahren.

Dennoch erwies sich das Problem mit den Pyramiden als hartnäckig. Kyle kappte mit dem vorhandenen Sprengstoff gezielt zwar weitere Pyramidenspitzen ab, doch wie Sil es schon erahnte, reichte das bei weitem nicht aus, um das Klima global und vor allem nachhaltig zu verändern. Als die Pioniere in Tell Omega zum Abendbrot saßen und sich draußen wiederum ein heftiger Regenschauer über die Senke ergoss, verkam ihr weiteres Vorgehen zum abendlichen Gesprächsthema. In den letzten Tagen änderte sich doch Einiges in ihrem alltäglichen Ablauf. Bevor Sil auf Thera ankam, führte William meist die Diskussionen unter den Pionieren am Abend an. Nun aber lag es an Sil, den Fortgang ihres weiteren Aufenthalts zu bestimmen. Daher ergriff sie meist das Wort. Das Wasser hatte sie alle im Griff.

„Es läuft gut, aber wir brauchen eine bessere Lösung für die Pyramiden", begann Sil ihre abendliche Lagebesprechung.

„Ich habe fast alle Ladungen verballert", erklärte Kyle mit Apollo auf dem Schoß. Sie fütterte ihn gemächlich mit Gemüsebrei, den Vega ihr feinsäuberlich zubereitete. „Ihr Material ist wirklich sehr hart. Es wäre gut, wenn wir einen Ersatz für den Sprengstoff auftreiben. Die Fräsköpfe des Wurms sind für so eine Arbeit nicht ausgelegt. Damit sind sogar die proxischen Diamanten überfordert, was schon viel heißt. Bei dem Tempo verschleißen sie zu schnell. Immerhin gelang es mir, den Sprengstoff besser einzuteilen."

„Ich weiß nicht, ob es hilft, aber wir sollten etwas ganz anderes versuchen, als die Pyramiden zu sprengen", schlug Decius nachdenklich vor. „Vielleicht hilft eine Beobachtung aus meiner Akademiezeit, sie trotzdem dem Erdboden gleich zu machen. Aber das verursacht einen riesigen Lärm."

„Ich bin ganz Ohr", antwortete Sil gespannt.

„Als wir auf der Akademie zu unserem Eignungstest in die große Ebene gingen, da erzählte mein Moderator, dass es neben der Luftströmung eine Schwingungsfrequenz aller Dinge und Körper gibt. So wie der Schall, der sich durch die Luft trägt, schwingt er in einem jeden Objekt. Ungeachtet, ob er organisch oder anorganisch ist. Sogar Emotionen und Gefühle besitzen eine Schwingungsfrequenz. Grob gesagt ist es ein stetiger energetischer Impuls. Ein jeder Gegenstand besitzt wie auch eine Gefühlsregung seine eigene Schwingungsfrequenz. Wenn man diese Schwingungsfrequenz herausfindet, verstärkt man sie nur mit einem Oszillator und jagt diese Verstärkung gezielt durch das zu zerstörende Objekt. Wenn es stark genug ist, zerspringt es. Die gleiche Technik könnten wir auch mit der Pyramide anwenden. Dann brauchen wir auch keinen Sprengstoff aus Ceti e mehr anzufordern."

„Ich hörte von der Methode. Sie ist sehr effektiv. Es könnte funktionieren", meinte Kyle. Es tickte in ihrem Geist. „Da jede Pyramide wie ein einziger Block ist, glaube ich, dass sie gleich im Ganzen zu Bruch geht. Die Energie, so was zu betreiben kriegen wir her. Es fehlt jetzt nur noch jemand, der weiß, wie man so was baut."

„Nun ja. Der Bau eines Oszillators war Teil meiner Ausbildung", sagte Decius. „Mein Moderator an der Akademie meinte damals, dass diese Art der Gesteinsbearbeitung sehr umständlich aber auch sehr gefährlich ist. Man sollte zuvor lieber anderes versuchen. Die Eigenfrequenz des zu zerstörenden Objekts überträgt sich durch die Luft und lässt den erfassten Gegenstand wie ein Weinglas zersplittern. Wenn das geschieht, haltet euch lieber die Ohren zu. Alle Pyramiden scheinen aus der gleichen Materialmischung zu bestehen, was diese Methode umso interessanter für uns macht. So, wie ich die Bruchstücke aus der Sprengung einschätze, bestehen sie aus einem Guss. Sie sollten offenbar dauerhaft bestehen."

„Genauer gesagt für die Ewigkeit", bestätigte Kyle seinen Eindruck. „Die Wesen, die sie bauten, wussten genau, was sie taten. Als ich mir die Bruchstücke unter dem Mikroskop ansah, bemerkte ich ihre kristalline Struktur. Verschränkt und sehr dicht. Daraus kann man schließen, dass sie das Material förmlich ineinander verschmolzen. Sie müssen riesige Energiemengen dafür verwendet haben."

Vega zog während ihrer Besprechung ein reserviertes Gesicht. Er schämte sich sichtbar, dass er von derlei technischen Finessen nichts verstand. Er konnte mit seinem bescheidenen Wissen rein gar nichts zur Bewältigung ihrer Probleme beitragen. Sein Vater hingegen grinste gelassen und hörte ihrer Diskussion aufmerksam zu. Er wusste, dass dies nun nicht mehr die Expedition war, mit der ihm die Cetiverwaltung betraute. Mit der Geduld eines Baumes zog er sich zurück und lies den Elementen ihren Lauf.

„Im Hangar sind die Werkzeuge und Materialien dafür da", sagte Decius grübelnd. In seinem Geiste ging er bereits die einzelnen Arbeitsschritte durch. „Ich werde mich morgen früh an die Arbeit machen."

„Stört denn der Regen nicht eine solche Aktion?", hakte Sil bedenklich nach, was Decius zu entkräften wusste.

„Dort, wo die intakten Pyramiden stehen, sieht man, dass die Wolkendecke nicht wirklich hinkommt. Ich glaube, wir haben gute Chancen den Oszillator ohne Probleme einzusetzen."

Sil nickte anerkennend und wandte sich nun an den Baumfühligen.

„William, was ist mit den Bäumen in der Senke? Ich hoffe, sie verkraften soviel Wasser. Ich habe leider kaum Einfluss auf die Menge, die es über uns abregnet."

„Mach dir um sie keine Sorgen. Dein gebohrter Entwässerungskanal nimmt den Druck raus. Alles bestens meine Liebe", sagte der Baumfühlige entspannt.

„Dann ist es gut. Ich schneide jetzt ein anderes Thema an, denn ich weiß nicht, wie viel Zeit uns noch bleibt, bis sie hier sind. Wir klären das besser zuvor ab, ehe wir vielleicht im Chaos voneinander getrennt werden. Das Abschusssilo verlegten wir wegen des ansteigenden Wasserspiegels an einen höheren Ort. Jeder von uns kennt ihn. Der Mutterwirbel im Orbit ist ausgeschaltet. Wir wissen nicht, was und wie viel sie zu uns schicken werden. Ich hoffe, dass sie unseren Köder schlucken und unsere Falle zuschnappt. William meint, dass sie so etwas wie einen Kammerjäger auf uns ansetzen. Ich denke trotzdem, es kommt nicht gut, wenn wir nur mit einer kleinen Streitmacht von ihnen rechnen."

„Das Wetter bei den gesprengten Pyramiden spielt schon mal ordentlich verrückt", sagte Decius. „Es donnert, blitzt und regnet wieder kräftig. Es ist schon lange her, seit es zum letzten Mal auf Thera so getobt hat. Die Atmosphäre bereinigt sich. Ich sah den goldenen Wirbel."

Sil wusste sofort, worauf Decius anspielte. Er schickte ihr ein Bild, das einen blauen Himmel mit harmonisch gezogenen Schleierlinien zeigte, welche an den goldenen Schnitt erinnerte. Daher auch sein Name. Nur dass der goldene Wirbel nicht für den ästhetischen optischen Eindruck, sondern für die energetische Wirkkraft der Lebendigkeit in der Atmosphäre stand.

171

„Wir aktivierten die Selbstheilung der Luft. Der Planet nimmt diesen Ausgleich dankbar an. Es ist ein Zeichen, dass unser Plan der Wiederbelebung Theras Erfolg hat. Um diese Sauerei wieder zurückzudrehen, kostet es den Pyramidenbauern schon einmal ordentlich Zeit und Energie."

Sil nickte anerkennend. Es trieb sie aber noch etwas Weiteres um. „William. Hast du schon Ceti e über diese Energiewesen informiert, damit auch sie sich im Falle unseres Scheiterns vorbereiten können?"

„Schon erledigt, aber bis unsere Botschaft dort ankommt, wird es eine Weile dauern. Unser Ziel muss es sein, sie hier so lange wie möglich zu beschäftigen. Ihre Art den Raum zu durchqueren, überholt vielleicht die Geschwindigkeit unserer Nachricht. Selbst wenn unser Plan scheitert, sie aufzuhalten, verschaffen wir Ceti etwas Zeit."

„Vorausgesetzt, sie glauben uns", grinste Kyle wie aufs Stichwort und aufgrund ihrer eigenen Erfahrung „Ihr wisst ja selbst, wie die Nichtfühligen über uns reden."

Decius seufzte mitfühlend und sich kurz an den Radausflug seiner Schulkameraden im Marschland erinnernd. Sil schluckte. Trotz des treffenden Einwandes verhinderte sie sich, gedanklich in ihre eigene Erinnerung abzugleiten. Sie wandte sich lieber wieder der zu lösenden Probleme der Gegenwart zu.

„Bevor wir über unseren Plan reden, was wir tun, wenn sie kommen, fällt jemandem von euch noch etwas ein, was wir ihnen antun können?"

Es herrschte ein kurzes Schweigen.

„Ich verstehe nicht viel von eurem Gespräch", wandte sich Vega ein. „Aber gibt es nicht eine Möglichkeit Thera umzukehren?"

„Erklär mir das näher", fragte Sil interessiert nach.

„Ich bin kein Techniker, aber wenn Thera Energie produziert, kann man sie damit nicht auch anziehen?"

„Du meinst deren Energie hier puffern?"

„Wir kennen die vorhandene Energiemenge der anderen Seite nicht. Es könnte sein, dass es weitere Planeten gibt, die sie ebenfalls zu Kraftwerken umfunktioniert haben. Wenn wir das tun, lädt sich Thera wie eine Batterie auf und droht zu überhitzen", wandte Decius ein. „Dann kann es sein, dass Thera förmlich elektrisch gegrillt wird."

„Was? Thera verglüht?", rutschte es Vega entsetzt heraus. Mit so einer Folge seines lieb gemeinten Vorschlages ihrer Verteidigung rechnete er nicht.

„Genau, das heißt es", antwortete Sil. „Wenn es diese Wesen nicht tun, dann tun wir es mit unserer Rückkopplung. Sind wir nun besser als diese Wesen? Mit welchem moralischen Recht wollen wir weiter unser Besiedlungsprogramm durchziehen?"

Es herrschte wieder Schweigen. An diese Frage dachten die Pioniere bisher noch nicht. Eigentlich ein weiterer Grund eine Nacht darüber zu schlafen, um die Unterhaltung an diesem Punkt fortzuführen.

„Ich weiß, es ist nicht leicht. Aber bei allem, was uns in den Sinn kommt, sollten wir nie vergessen, was wir erreichen wollen. Uns geht es nicht um die Vernichtung Theras. Deswegen glaube ich, dass dies nicht der richtige Weg für unsere Mission ist", antwortete Sil.

„Um was geht es uns eigentlich?", wandte sich nun William in die Diskussion ein und löste erneut ein längeres Schweigen unter ihnen aus.

Nach einer Weile fügte William hinzu: „Ich denke, diese Frage sollte als aller Erstes geklärt sein, ehe weitere Aktionen von uns folgen. Es ist schade um die Zeit, die wir unüberlegt einsetzen. Diese Wesen kommen auf jeden Fall hierher und bringen uns in Zugzwang. Jetzt, wo wir die Kräfte des Himmels entfachen, könnten sie in jedem Moment eintreffen. Wir werden in dieser Frage Wohl oder Übel Stellung beziehen müssen."

Vega schluckte. Es schüttelte ihn sichtbar von diesen Worten mitgenommen durch. William hielt ihm beruhigend die Hand, was ihm augenfällig wohl tat. Sichtlich Haltung bewahrend, lächelte er seine Gefühle verdrängend in die Runde. Aber den Fühligen entging seine aufkommende Angst nicht, da sie sich auf sie übertrug. Nur durch ihre erlernte innere Abgrenzung widerstanden die Pioniere seiner Vereinnahmung. Mit der Geduld eines Baumes entspannte sein Vater die aufgewühlte Situation. Er fühlte die große Angst seines Sohnes und gab ihn durch eine Berührung mit seinen Händen halt. Schon bald fühlte sich Vega innerlich besser. Sil beobachtete das interessiert, dachte kurz nach und antwortete: „William hat recht. Geht es uns darum, uns zu schützen, oder darum, sie zu vernichten? Wenn es uns darum geht, uns zu schützen, müssen wir uns unangreifbar machen. Aber können wir das überhaupt? Haben wir die Mittel dazu? Wir kennen ihre Technologie nicht. Sie könnten uns weit überlegen sein und uns nicht ernst nehmen. William meint, dass sie in uns lästige Parasiten erkennen. Selbst wenn wir mit ihnen in Kontakt gehen, warum sollten sie ein Interesse daran haben, mit uns überhaupt reden zu wollen? Geschweige denn einen Austausch des Wissens zu betreiben und somit einen wertvollen Vorteil zu verspielen. Nur weil wir vielleicht glauben, dass es zivilisierte Wesen so untereinander machen? Jeder versteht unter dem Wort zivilisiert ohnehin etwas anderes. Sie wären dumm, wenn sie sich in den Nachteil uns gegenüber versetzen. Sie werden sich, sollten sie das machen, immer fragen, ob sie uns trauen können. Können wir das eigentlich ihnen gegenüber auch, wenn wir wissen, dass sie uns überlegen sind? Wenn es aber darum geht, sie zu vernichten, dann …"

„Ja?", horchte Vega verängstigt auf.

„… müssen wir uns fragen, welchen Preis wir dafür zu bezahlen bereit sind."

Vega erzitterte wieder. Er versuchte sich seine Angst nicht anmerken zu lassen, was aber nicht so recht gelang. Da mochte sein Vater ihn noch so sehr Nähe schenken. „Ich verstehe", sagte Decius tief durchatmend mit Blick auf Apollo, welcher sich unbekümmert von seiner Mutter weiter füttern ließ. Kyle lächelte verhalten dabei. Auch ihr war klar, worauf ihre Mission hinauslief.

„Entweder wir sterben oder wir überleben. Diese Botschaft habe ich wohl verstanden", sagte sie schließlich. „Wie werden wir überhaupt merken, wenn sie da sind? Unsere Satelliten sind ausgeschaltet. Sie treiben wie leblose Asteroiden im All herum. Wir sind praktisch blind."

„Ich weiß", sagte Sil. „Wir müssen uns Tod stellen und halten unser Energielevel so niedrig wie möglich. Dann können sie uns auch nicht orten."

„Wenn diese Wesen Energie brauchen, basiert auch ihre Technologie darauf. Sie merken, wenn es hier Verbrauchsquellen gibt", fügte William der Ausführung Sils hinzu.

„Macht Sinn", antwortete Decius wieder. „Aber wie bewegen wir uns über den Planeten, wenn wir unsere Dreibeine nicht nutzen können? Thera ist ziemlich groß."

„Das müssen wir gar nicht. Das erledigt Kronos für uns", lächelte Sil.

„Wie das?", fragte Decius interessiert.

„Ich gehe vor Tell Omega und Kronos erscheint mir. Ich gebe ihm den Oszillator und er bringt den Verstärker an einer Pyramide an, die die Schwingungsfrequenz zu ihrem Planeten aussendet."

„Versteht Kronos diese Technik?"

„Das könnte er", sagte William. „Bäume reagieren auf Vibrationen. Stimmen sind eine Form der Schwingung, die auch Pflanzen wahrnehmen. Sie erkennen daran, wie es mit ihrer Umgebung bestellt ist. Ob sie harmonisch ist, oder hektisch, erregt oder gefährlich. Außerdem hört er auf Sil. Sie ist der Nukleus und wenn eine Zelle es versteht, versteht es auch der Rest von ihm. Sein Wesen verteilt sich über den gesamten Planeten, was ihn an allen Orten zur gleichen Zeit präsent macht."

„Klingt spannend", meinte Kyle. „Wenn ich richtig verstehe, muss Decius nur Sil beibringen, wie der Oszillator funktioniert und schon weiß es auch Kronos."

„Ganz genau", lächelte William. „Kronos ist eins. Deswegen konnte Sil ihm auch anweisen, die kupfernen Leitungen zu blockieren und ihr Wasser über die Bohrlöcher nach außen zu leiten."

„Heißt das somit auch ...", fuhr Decius schlussfolgernd fort. „... dass er auch alles kennt, was Sil in ihrem Leben bereits erlernte und erfuhr?"

„So ist es. Egal, ob es ihm nützt oder nicht. Es ist nun auch in seinem Geist. Man kann sich das vorstellen wie einen gefühlten Kreis. Wenn ich frage, ob er eine Farbe in deiner Vorstellung hat, so sagst du, je nachdem welchen Stift ich für seine Linienführung benutze. Ich aber sage dir, selbst wenn du keinen Stift benutzt, erspürst du den Kreis. Er ist immer noch da. In deinem Geist. So ist es auch mit Kronos und dem Nukleus. So ist es auch mit dem Nukleus und Sil."

„Obwohl Kronos hier nicht mit uns am Tisch sitzt, erspürt er unsere Absprachen, fühlt unsere geführten Beziehungen zueinander", erklärte Sil. „Dieses Wesen ist so anders. Es kommt einem spukhaft vor und dennoch werden wir es ohne ihn nicht schaffen."

„Oder meinst du, wir verteidigen Thera eigentlich für ihn? Dass er dich nur benutzt, um uns in seinem Sinne zu lenken?", fragte Decius zu Recht.

„Es wäre möglich, aber was hat er davon? Er weiß, dass diese Wesen wieder herkommen und letztlich seine Kinder töten. Und wir mit ihnen."

„Was fühlst du?" unterbrach William Sil geduldig.

„Er ist traurig. Das empfinde ich. Er fühlt zwar die Sonne Theras, aber genießt ihr Licht nicht mehr. Er spürt den Wind über die trockenen Ebenen Theras pfeifen, aber es gibt keine Zweige, in denen er sich verfängt. Er fühlt das Wasser in den tiefen Erdschichten, aber es ist nichts da, was es aufnehmen und durchleiten kann. Er fühlt die fruchtbare Erde und kann sich nicht in ihr verwurzeln. Er wünscht sich so sehr, wieder eine Erde zu finden, die ihn aufnimmt und ihm eine Heimat gibt", atmete Sil tief durch. „Dort wird er wieder Wurzeln schlagen, sich aus dem Samen in das Licht bohren, um wieder Zweige zu bilden, durch die der Wind streift. Das ist es, was Kronos sich wünscht."

William grinste verzückt und sah zu Decius und Kyle hinüber. Innerlich überlegte er, ob der Luft - und die Erdfühlige diese Lektion verstanden. Als Baumfühliger besaß er keine Probleme damit. Sein Sohn Vega verstand hingegen gar nichts. Zu sehr hielt ihn die Angst vor dem bevorstehenden Konflikt gefangen. Der Luftfühlige nickte nur anerkennend, während Kyle sich liebevoll Apollo zuwandte und ihm den Mund mit einem Tuch abwischte.

„Sag es einfach so", meinte Kyle zufrieden mit ihrem fürsorglichen Blick auf ihren Sohn. „Er wünscht sich eine Familie. Sein Vater ist die Sonne, die ihn wärmt, seine Mutter ist die Erde, die ihn nährt und sein Geist, ist das Wasser, das ihn tränkt."

Sil lag nach dem Abendessen in Gedanken versunken in ihrem Bett und hörte unterschwellig dem ausdauernden Regen zu, dessen dicke Tropfen gegen das Außendach tippelten. Dachte sie an alles? Wie bekamen die Pioniere die Landung der Energiewesen mit, wenn sie den Planeten erreichten? Obwohl Kronos Avatar von Tell Omega trotz ihrer Zusammenarbeit fern blieb, kam es Sil vor, als ob er nicht weit weg von ihnen wäre. Ganz in der Nähe. Im Kern des Nukleus, den er ihr anvertraute. Der kleine Samen bewegte mehr, als sie ihm zunächst zutraute.

„Kronos", rief sie in den Raum hinein. „Ich kann dir nichts versprechen. Nur, dass ich für dich kämpfen werde. Vergib mir, wenn ich nicht erfolgreich bin. Gib mir die Kraft das Richtige zu tun."

Tränen sammelten sich bei diesen Worten in ihren Augen, bis sie sich wie der Lauf des Schmelzwassers aus dem Gletscher von ihren Augen über die Wange bewegte. Er nahm das Salz aus ihrer Haut auf und holte den Schmutz aus den Poren. Vega stand in der Dunkelheit in der Tür ihrer Kammer. Er hörte ihren flehenden Worten zu, was ihn sichtlich nervöser machte. Schließlich trat er in den Raum und setzte sich neben sie auf ihr Bett. In ihm raste das Herz vor Anspannung, was Sil deutlich in der Dunkelheit hörte. Sil richtete ihren Oberkörper auf und lehnte sich Halt suchend an ihm an. Sie spürten einander und schwiegen sich an. In ihrem Geist arbeitete es.

„Vater meint, ich sollte mich auf den Weg nach Ceti e machen", sagte er nach einer Weile der trüglichen Stille zu ihr. „Wir haben nur fünf Kapseln. Selbst wenn unsere Evakuierung erfolgreich sein sollte, einer von uns bleibt hier zurück."

„Ich weiß", sagte Sil traurig zu ihm.

„Ich will dich gerade jetzt nicht im Stich lassen. Du kannst jede Hilfe brauchen."

„Ich weiß", antwortete Sil wieder.

Vega drückte sie an sich. Innerlich zitterte er. Sil fühlte das deutlich in ihrem Herzen. Es übertrug sich auf sie. Ihr fiel es schwer, sich innerlich von ihm abzugrenzen. Vega versuchte hingegen verkrampft sich zu beherrschen. Die Angst vor dem Unberechenbaren lähmte ihn dennoch.

„Ich wünsche mir, seit ich von der Wahrheit über Thera erfuhr, dass ich einfach einschlafen und am nächsten Morgen wieder so aufwachen könnte, als ob nie etwas gewesen wäre. Als ob wir einfach unsere Erschließung fortsetzen, ohne von diesen Wesen zu wissen. Aber Vater sagt, sie werden kommen. Egal, ob wir die Pyramiden sprengen oder nicht. So oder so. Wir sind hilflos. Wenn ich jetzt gehe und ihr erfolgreich seid, sie zurückzuschlagen, werde ich lange nicht mehr zu dir zurückkehren. Mit dem Kryonikei dauert es mindestens vier Jahre hin und zurück."

„Ich weiß", wiederholte sich Sil wieder. Es trieb ihr die Tränen in die Augen.

„Ich wüsste nicht, ob ich je glücklich sein könnte, wenn ich auf Ceti e lande und ..."

„... ich kann dich nicht festhalten", schloss Sil seinen Gedanken ab. „Ich verstehe, wenn du dort eine andere Liebe findest. Hänge dein Herz nicht zu fest an mir. Mach dir dein Leben nicht so schwer."

„Ich will nicht weg von dir. Ich ..."

In Sils Augen sammelten sich bei diesen Worten weitere Tränen, während Vegas Herz schwer wog. So fühlte er auch den sanften Stich nicht, den Sil ihm in den Nacken gab. Nach nur wenigen Augenblicken sank er wie ein nasser Sack auf ihrem Bett zusammen und schlief betäubt in ihren Armen ein. Kyle kam mit Decius wie aufs Stichwort zur Tür herein und hievten den nun Tiefschlafenden aus Sils Bett auf die von ihnen mitgebrachte Levischeibe hinüber. Während sie ihn aus ihrem Zimmer brachten, heulte sich Sil die Seele aus dem Leib. Sie ließen Sil lieber in ihrem Schmerz allein. Dass es so kam, war nur eine Frage der Zeit. Vegas Betäubung sprachen die Pioniere lange zuvor untereinander ab. Sil hielt den Zeitpunkt an diesem Abend für gekommen, Vega auch gegen seinen Willen nach Ceti e zu evakuieren.

„Es ging nicht anders", sagten sie sich und führten Sils Geliebten auf der Levischeibe lautlos über den nächtlichen Hof der Station. Durch die Pforte von Tell Omega und im Schein des Mondes Cocos verlies Vega für immer Thera. Sie verluden ihn in die Frachtluke ihres Dreibeins und machten sich auf den Weg zur neu eingerichteten Abschussrampe außerhalb der Station. Dort legten sie ihn in das Kryonikgel ein, um ihn tiefgefrostet auf den Weg nach Ceti e zu schicken. Mit Tränen in den Augen beobachtete Sil ihren Abflug und sah sie in der Dunkelheit davonfliegen. William stieß zu ihr und sie blickten gemeinsam dem Entschwinden seines Sohnes hinterher.

„War das richtig?", fragte sie ihn betrübt.

„Es gibt kein richtig oder falsch", sagte William. „Ich weiß nur, dass es früher oder später ohnehin passiert. Vega ist ein guter Junge und für das nicht gemacht, was da nach Thera kommt. Es ist nicht einmal für uns gemacht. Er will helfen und bringt sich aber dabei unnötig in Gefahr. Bei ihm dominiert zu viel Herz, wo der Verstand gefragt ist. Es geht in dieser Sache nicht um uns und unser Überleben auf Thera. Das drang nicht zu ihm durch. Vielleicht wollte er dir seinen Heldenmut beweisen. Aber wozu?"

„Es gibt hier keine Helden. Auf Thera keinesfalls."

„Apollo ist schon auf dem Weg nach Ceti e", fuhr William anteilnehmend fort. „Kyle bereitete ihn mit dem Brei heute Abend auf seine Reise vor. Er schlief friedlich in ihren Armen ein."

„Ich verstehe, dass es für sie nicht leicht war."

„Auf der Akademie lernen wir, dass das Pioniersein auch eine Reise ohne Wiederkehr bedeutet. Das Zeitfenster, in dem wir den Mutterwirbel ein und ausschalten, müssen wir ohnehin kurz halten. Der Zeitpunkt ist günstig für einen geglückten Start und einer Reise nach Ceti e. Den dürfen wir nicht verpassen."

Sil schluckte.

„Dann heißt das, dass nur noch drei Kapseln da sind."

„Ja", sagte William ungerührt.

„Einer von uns wird hier bleiben müssen."

„Ja", sagte William wieder.

„Willst du, dass ich gehe?"

„Will ich das denn? Du willst es auch nicht. Also schenken wir uns das."

„Decius baut morgen früh den Oszillator zusammen und ich gebe ihn Kronos."

„So geht es nun weiter."

„Und dann?"

William lächelte und sagte: „Das steht nicht mehr in unserer Macht. Weißt du Sil, als diese Wesen Thera betraten und seine Rohstoffe raubten, ihn für ihre Zwecke umbauten und missbrauchten, fällten sie bereits ihr Urteil über ihr weiteres Schicksal. Nicht einmal wir können verhindern, was nun geschieht. Kronos wartet seit Jahrtausenden auf diesen Tag und wir werden ihm den Oszillator geben."

„Und was ist, wenn wir es ihm nicht geben?"

„Dann vernichten wir uns und das Erbe von Kronos gleich mit", antwortete William. „Aber der Richter war nicht Kronos, sondern diese Wesen selbst, da sie in diesem Planeten keinen Ort des Lebens, sondern einen Ort des Nutzens sahen.

Ihren eigenen Nutzen."

„Kronos weiß das."

„Ja. Daher ist er sich sicher, dass wir seine Bestimmung erfüllen."

„Bestimmung?"

„Kronos ist nur noch ein Geist. Gebunden in den vielen bernsteinfarbenen Brocken. In ihnen schlummert die Energie von vielen Jahrtausenden. Wenn nicht gar Millionen von Jahren. Aufgenommen von Ivey."

„Was hat er vor?"

„Genau weiß ich das nicht, aber ich sage dir, dass er für seine Kinder sorgt. Also wird er auch uns so gut beschützen, wie er kann. Er ist ein wertvoller Verbündeter."

„Und Kyle und Decius? Sie bringen sich auch in Gefahr."

„Nein, das tun sie nicht. Decius baut morgen früh den Oszillator zusammen. Danach wird auch er sich mit Kyle auf den Weg nach Ceti e machen."

„Wir evakuieren also doch vollständig?"

„Decius geht, weil es für ihn nichts mehr auf Thera zu bestellen gibt", erklärte William. „Auch Kyle wird Decius im Anschluss folgen. Es war ihre Entscheidung, vorsichtshalber Apollo ein paar Stunden vorauszuschicken."

„Und du?"

„Nein. Ich bleibe hier. Du musst als Nächstes gehen, aber als Letzte von uns, um den Nukleus nach Ceti e zu bringen. Daher vertraute ihn dir Kronos an."

„Aber …"

„Ich habe meine Aufgabe erfüllt, Sil. Du aber nicht. Deine letzte Bestimmung wird es sein, für Kronos Samen einen Platz zu finden. Er braucht Sonne, aber auch ausreichend Wasser. Nicht zu hoch. Eher leicht hügelig. Dein Herz wird dir sagen, wo er sich wohl fühlt."

„Du willst hier sterben?"

„Ich habe keine Angst davor. Lieber will ich hier sterben, als auf Ceti e. Am besten mit dem Wissen, meinem Sohn und meiner Schwiegertochter eine Zukunft ermöglicht zu haben."

Sil verstand. „Bäume sorgen für ihre Kinder. Sie opfern sich für sie auf."

William nickte.

„Wir gehen unsere letzten Schritte auf Thera und lassen geschehen, was ohnehin nie zu verhindern war."

„Kronos tut das Gleiche für seinen Nukleus."

„Wir haben eine Falle für diese Wesen vorbereitet. In ihrem Schutz wird Kronos seine Armee verstecken. Wenn der Zeitpunkt gekommen ist, schlägt er zu. Dann sollte von den Pionieren niemand mehr hier sein. Das wird schon sehr bald passieren."

„Woher weißt du, dass es bald soweit sein wird?"

„Die harzigen Brocken. Siehst du sie noch im Sand liegen?"

Sil fühlte, worauf William anspielte. Tatsächlich bekam sie den Eindruck, dass

Kronos seine Bruchstücke aus dem Sand abzog.

„Er formiert sie für die letzte Schlacht."

„Kronos weiß, dass sie sehr bald schon kommen und er bittet sogar darum. Deshalb möchte ich, dass du morgen früh Thera am Besten zusammen mit Kyle verlässt, nachdem du Kronos den Oszillator gegeben hast. Was da kommt, steht nicht mehr in unserer Macht."

Sil nickte und drückte William spontan an sich. Dem Baumfühligen ging das sehr nahe und auch er erwiderte ihre Geste. Nun kehrte Sil nachdenklich in ihr Zimmer zurück. Obwohl es ihr nicht leicht fiel, legte sie sich schlafen. In dieser Nacht glich ihr Traum einem einsamen Lauf durch eine düstere Leere. Es tauchten schemenhaft die Pyramiden und gefühlte Kreise auf. Sie glich der Reaktion der Wasseroberfläche, wenn ein Tropfen hineinfiel. Eng gewundene Spiralen und weit verzweigte Blitze wechselten sich darin ab, welche an das Wurzelwerk ausgewachsener Bäume erinnerte. Sogleich nahm Sil den Megalithkreis aus dem seichten Meer wahr und eine feurige Säule, die aus seiner Mitte stechend scharf gen Himmel ging. Ansonsten herrschte Stille.

Am anderen Morgen hörte Sil den Regen nicht mehr. Der Himmel über Tell Omega klarte zum ersten Mal nach vielen Tagen wieder auf und es zeigte sich ein tiefblauer Himmel. Ivey schickte seine ersten Sonnenstrahlen durch die aufgelockerte Wolkenformation. Das musste etwas zu bedeuten haben. Auf Sils Nachttisch lag neben dem Anhänger mit dem Nukleus ein aschegrauer Zylinder. Nicht besonders groß. Er erinnerte tatsächlich vom Volumen her an einen Hut. Doch ein Zettel daran erläuterte Sil kurz die Verwendung seiner eigentlichen Funktion als Apparatur. Sil schwante, um was es sich bei dem Gegenstand handelte. Kannte man die Eigenschwingungsfrequenz des zu zerstörenden Objekts, jagte man diesen ermittelten Impuls in den Zylinder und jener übertrug diese Schwingung verstärkt je nach Energiefluss auf das zu zerstörende Zielobjekt. Dieses Ding war also der Oszillator. Wo kam der so plötzlich her? Offenbar baute Decius den schon in der letzten Nacht zusammen. Warum täuschte er ihr seine Arbeit erst für diesen Morgen vor? Sil wurde nicht so recht schlau daraus. Es traf sie schwer, denn nachdem ihr Geist die Anwendung des Apparates überflog, fügte Decius ein paar persönliche Zeilen hinzu. Er freute sich demnach, sie bald auf Ceti e wieder zu sehen und bat um Vergebung für seine kleine, aber notwendige Lüge, um sich Zeit zu verschaffen. Wenn sie diese Zeilen las, wären er und Kyle schon längst mit dem Kryonikei auf den Weg nach Ceti e. Auch sie sollte, nachdem sie Kronos den Oszillator übergab, die letzte Kapsel nehmen und nicht weiter nach William suchen. Auf Ceti e warteten neue Aufgaben auf sie. Dick und Fett hob Decius auf dem Zettel drei Zahlen hervor, die er unabhängig vom Text auf das Papier brachte: **7,83**. Diese Zahlen hörte sie schon einmal von ihm. Sil schwante, worauf das Ganze hinauslief. Es klang schauerlich. Diese Botschaft galt nicht ihr.

„Nein", rief Sil hellwach geworden und stand hastig nach ihrem Anhänger greifend auf. Während sie ihn um ihren Hals legte, eilte sie schleunigst in die Küche. Sie war leer. Wo war William? Sil schimpfte. Sie kehrte hastig in ihre Unterkunft zurück und zog sich ihren Skarabäus an. Sie musste in die Wüste und nach ihm suchen. Es war töricht ohne den Schutzanzug die Basis zu verlassen. Dann rannte sie aus Tell Omega zu den Gewächshäusern in der Senke hinaus. Hier suchte Sil zuerst nach dem Baumfühligen. Sie sah in jedem einzelnen Treibhaus nach. Nirgends machte sie ihn aus. Sogleich hetzte sie durch ihre Reihen und rief nach ihm. Ihre Augen suchten akribisch den ganzen Komplex ab. Vergebens. Auch in den von ihm angepflanzten Baumgruppen ringsum hielt sie nach ihm Ausschau. Seine von ihm gepflanzten Bäume standen zu dieser Stunde in vollem Saft. Der viele Regen in den letzten Tagen tat seinen Schützlingen sichtlich gut. Sie tankten nochmals volle Kraft, als ob sie sich für ihren letzten Auftritt vorbereiteten. William verbrachte die letzten Tage damit, außerhalb von Tell Omega seine Setzlinge auszubringen. Vielleicht brach er tatsächlich in die Wüste auf und ließ sie zurück.

„Das kann doch nicht wahr sein. Sogar William ist weg. Ich bin ganz alleine hier", rief sie entsetzt. „Sie verlassen alle Thera, aber dass sie es so eilig haben …"

Sil erschrak, denn der goldene Mann erstrahlte zwischen den gepflanzten Sträuchern gleich eines Sterns der Nacht hindurch. Er war hier. Das bedeutete nur eines. Sie eilte auf Kronos zu, welcher sich bei seinem Handeln in Tell Omega nicht stören lies. Seine Substanz fasste an die Stämme der Bäume, die nun heftig zu harzen anfingen. Es bildeten sich tiefe Kerben in ihrer Rinde und es tropfte nur so daraus hervor. Die Substanz erinnerte Sil an flüssiges Kerzenwachs, das so nach und nach an der Luft erkaltete.

„Sind sie schon da?", fragte sie ihn tief Luft holend. Kronos nickte und setzte seine Berührungen an den Bepflanzungen des Hains fort. Aus dem Sand erhoben sich weitere Avatare des uralten Wesens. Sie fassten an die anderen Stämme der Plantage, wodurch sich immer mehr Harz aus ihrem Wuchs ergoss und in die von Kronos erschaffenen Avatare einströmte.

„Du zeigtest Kyle und Decius, dass es Zeit für sie ist, zu gehen. Du wusstest, wann es günstig ist, Thera mit dem Ei zu verlassen. Wofür brauchst du mich noch? Warum erinnerst du mich erst jetzt daran, ihnen zu folgen?"

Kronos verformte sich einem goldenen Zylinder. Die Form glich dem, des von Decius gebauten Oszillators, den sie heute Morgen auf ihrem Nachttisch fand. Er setzte den Zylinder auf den Boden und schnitt ihn so auf, sodass Sil in sein Inneres hinein sah. Dort bildete er ein schlagendes Herz ab. Er sandte symbolisierend mit dem Herzschlag eine Frequenz in seine unmittelbare Umgebung aus, die vom Nukleus empfangen und sich somit auch auf Sils Körper übertrugen. Ihr Geist vereinnahmte sich unweigerlich davon und er schwang alsbald in seiner Frequenz. Die tief schlafende Liebe in ihrem Herzen erwachte. Seine intensive Schwingung brachte Sil überwältigt zum Stöhnen. Schon bald erzitterte sie am ganzen Leib von dieser unheimlichen Kraft, die durch ihren Körper strömte und jede Zelle erfasste. Sie fühlte eine behagliche Wärme und Tiefe, deren Vergleich sich nur in ihrer Erinnerung fand, als sie auf Ceti e bei Sonnenuntergang im warmen Licht Tau Cetis am Meer stand und den Wind über ihren Körper streichen fühlte. Dieses Gefühl der Geborgenheit und Annahme, der Verbindung mit dem Kosmos und der bedingungslosen Liebe. Der wahrscheinlich stärksten Frequenz, die es im ganzen Universum gab. Sil verstand nun. Indem, dass sie vorhin den Oszillator ansah und sein Arbeitsprinzip verstand, wusste nun auch Kronos ihn mit seinem Körper nachzubilden und seine Kraft zu nutzen, die von ihm erspürten Frequenzen durch ihn zu leiten. Die Wirkungsweise des Nukleus nahm Sil in ihren Bann.

„Der Nukleus. Du brauchst den Nukleus, um den Oszillator zu verstehen. Wenn ich ihn verstehe, dann verstehst du es auch. In diesem Kern hast du alles gespeichert. Deine ganze Erinnerung, dein ganzes Wissen, deine ganze Seele. In Frequenz. Auch die Eigenfrequenz der Pyramidenbauer und ihrer Technologie."

Es bedurfte keiner zusätzlichen Erklärung. Kronos Gestik einer bejahenden Haltung zu ihrer Erkenntnis genügte. Jetzt wandte sich der goldene Mann wieder den Bäumen des kleinen Wäldchens zu und berührte weiter ihre Stämme. Unversehens drang weiter sprudelndes Harz aus ihrer Rinde hervor und rann zügig zum staubigen Boden herab. Die Bäume weinten, hätte William Sil erklärt, denn sogar aus ihren Zweigen entwich die goldgelbe Substanz. Kronos bat seinen entfernten Verwandten, sich ihm anzuschließen, denn er brauchte ihre Energie für das nun Folgende. Die Bäume gingen widerstandslos in ihm auf. Der harzige Regen sammelte sich am staubigen Boden zu einer Lache und fügte sich zur Verkörperung des Waldes hinzu. Sil stand inzwischen hilflos da. Sie wusste nicht, was sie jetzt tun sollte. Weiter nach William suchen? Zum Abschusssilo fliegen? Sie fasste sich an den Kopf. Es drehte sich in ihr. Kronos wandte sich wieder zu ihr um, wodurch sie zu ihm aufsah. Gab es da noch etwas? Er schien sie dankbar anzulächeln und mit seiner andeutenden Haltung zu fragen, was sie hier noch täte. Sie hat alles getan und musste nun von hier weggehen. Sil fühlte das. Derweil sickerte aus dem Boden immer mehr von Kronos versteinertem Leib hervor. Ihre harte Struktur löste sich auf, verformte sich teigig, bis sie so flüssig wie jenes Wachs zu einem Netz aus dünnen Rinnsalen mutierte. Auch sie bildeten bald eine immer größere Lache, die sich fließend in Bewegung setzte. Das flüssige Harz schwoll alsbald mit seiner zunehmenden Menge in der Senke zu einem breiten Bachlauf an, der aus Tell Omega hinausführte. Der goldene Lauf zog den Bergrücken hinauf. Sil verfolgte mit den Augen seinen Weg. Sie ahnte auch, wohin er führte. Kronos versuchte, Sil etwas damit zu signalisieren. Obwohl er keinen Laut von sich gab, fühlte sie seine Dankbarkeit über den Nukleus, aber auch, dass nun Eile geboten war. Kronos deutete an, sie müsse sofort zur Abschussrampe gehen und nicht länger hier verweilen. Die Pyramidenbauer, auf deren Ankunft er sich schon so lange vorbereitete, landeten bereits auf Thera. Es würde nur eine Frage der Zeit sein, bis sie den Köder, Tell Omega und somit auch sie erreichten. Erst jetzt verstand Sil die Brisanz und rannte eilig zum Hangar zurück. Es durfte nicht noch mehr Zeit verstreichen und es galt, den Nukleus aus der unmittelbaren Gefahr zu retten.

Noch während ihres Laufs merkte sie, wie immer mehr von dem gelben Harz aus der Erde der Senke drang und sich zu der fließenden Ader gesellte, die Kronos aus der Senke heraus in Gang setzte. Diese harzige Paste schlummerte schon seit vielen Jahrtausenden im Untergrund und nun zog sie den von Kronos gebildeten Kanal entlang, der immer weiter zu einem Fluss anschwoll. Mittlerweile erreichte sie die Stärke eines Stromes. Ein kurzer Blick von ihr fiel in die Umgebung der Senke. Es traten weitere ungeheure Mengen der goldenen Substanz hervor und es bildete sich nun eine Art Netz. Ein Flussdelta, wie es eine Wasserfühlige beschreiben würde. Sil rannte weiter. Sie spürte auch aus ihrem Nukleus, dass dieses schaurige Spektakel nicht für sie zu sehen bestimmt war. Sie könne nichts mehr tun und je länger sie hierblieb, um so mehr geriet sie selbst in Gefahr nicht nur ihr Leben zu verlieren, sondern auch das ganze Wissen und die Erfahrung Theras im Nichts des Alls verglühen zu lassen. Denn genau dies zog Kronos jetzt durch. Tränen verließen ihre Augen, da sie an William dachte, der nun einen jämmerlichen Tod auf dem zur Falle verkommenen Planeten fand. Thera starb mit ihm.

Als Sil den Hangar erreichte und sich daran machte in ihr Dreibein einzusteigen, erfasste sie ein starker Energieimpuls von der Seite. Es kam ihr vor, als presste sich eine unsichtbare Wand gegen ihren Körper. Die unheimliche Kraft riss sie mit voller Wucht von der Einstiegsleiter herunter und drückte sie zu Boden. Durch ihren angelegten Skarabäus federte sich ihr unglücklicher Fall gnädig ab. Die Wasserfühlige drehte sich geschockt in die Richtung, aus der die hinterhältige Attacke kam. Aus der liegenden Perspektive nahmen ihre Augen lediglich pulsierende Umrisse einer Reflexion wahr, die der Darstellung von Kronos ähnelte. Mit einer Handbewegung gelang es ihr gerade noch, die Luftkuppel ihres Anzuges zu schließen, denn dieses pulsierende Etwas warf sich wie ein Lichtblitz auf sie. Aber ehe sie der Energiestrahl erreichte, überzog Sil auch schon das goldene Harz von Kronos. Es trennte ihren Leib von dem des Angreifers und isolierte sie. Einen direkten Kontakt hätte Sil nicht überlebt, denn eine energetische Verschmelzung mit dem Wesen grillte ihren Leib aus Fleisch und Blut. Kronos war schneller und ersparte Sil die jämmerliche Erfahrung unter Strom gesetzt zu werden. Aber die goldene Schutzhülle fing von dem heißen Kontakt mit dem Angreifer Feuer und schon bald verhüllte stinkender dunkler Rauch die Luft im Hangar. Sil sah zuerst noch in ihrem gelben Überzug das zarte Morgenlicht Iveys durch Kronos goldenen Leib glimmen. Der gelbe Strom der toten Seelen nahm sie in sich auf und spülte sie ins Freie hinaus. Weit weg von der flammenden Quelle, die das Energiewesen entzündete. Was Kronos mit dem Wesen nun machte, sah sie zwar nicht mehr, aber sie fühlte es über den Nukleus. Sein entflammter Leib schloss das

Energiewesen ein, zog es in seiner brennenden, sich stets erneuernden Blase zu dem Brunnen der Station und saugte es in die Zisterne hinein. Sil fühlte, wie es sich vergebens gegen sein Schicksal wehrte. Seine von ihm ausgehende Hitze verschmorte das träge Harz und füllte sein Gefängnis mit beißendem Qualm. Die schiere Masse von Kronos erdrückte es und presste das Wesen in das therische Wasser hinein. Jenes Element schien auf diesen Moment gewartet zu haben, denn als Kronos ihm dem Wasser übergab, spürte sie auch vom Nukleus keine Information mehr.

Kronos goldene Masse zog Sil hingegen über die Senke den Bergrücken hinauf. Aus allen Teilen Theras drangen weitere Läufe des goldenen Stroms herbei und verbanden sich zu einem einzigen goldgelben Ozean. Es wogte und strömte auf ihm wie im fließenden Wasser. Sil bewegte sich wie ein Stück Treibholz auf der Fließrichtung seiner Launen. Sie schloss die Augen und spürte in die lebendige Strömung hinein. Es kam ihr vor, als verkäme sie zu den Laubblättern und den Zweigen, die sie einst als kleines Mädchen in ihrem Gebirgsbach vor ihrem Elternhaus warf. Als wäre sie wieder in jener Meditationsübung am Meer, die ihre Wasserfühligkeit unterstrich. Rings um sie züngelten weitere Flammen auf. Sie kamen nicht von Kronos. Vielleicht versuchten diese Lichtwesen an sie heranzukommen oder aber sie wehrten sich gegen die auch ihnen befremdliche Macht, die aus der Erde Theras über sie hereinbrach. Die goldene Strömung nahm an Dichte und Stärke zu, je näher er seinem Zielpunkt kam. Sil merkte, wie sie sich in seiner weit gedehnten schraubenden Verwirbelung vorwärtsbewegte. Immer nach innen gedreht, um den Kurs zu halten. In der Strömung des goldenen Meeres tauchte sie von seiner Wucht getrieben auf und unter. Doch im Gegensatz zu damals, als sie beinahe im Gebirgsbach ertrank, sprach das Harz nicht zu ihr. Wozu auch? Sie trug den Nukleus, sie war der Nukleus. Das aufnehmende und abgebende Wasser. Der Grund seiner Existenz und seiner Tiefe. Weigerte sich das Wasser im Gebirgsbach seinerzeit, ihre Seele aufzunehmen, so verkam das nunmehrige Säuseln und Donnern des klebrigen Meeres zu einer vertrauten Stimme. Einer uralten Stimme aus vielen Jahrtausenden, die aus einer Zeit stammte, als Kronos das Licht Iveys in sich aufnahm und es zu seiner heutigen Energie verdichtete. Einer tief schlafenden Liebe, die sich nur noch mit dem fürsorglichen Lied einer Mutter vergleichen ließ, die ihre Kinder in den Schlaf sang. Einer harmonischen Frequenz der bedingungslosen Hingabe, die sich heute mit einem Schlag freisetzte. So, wie Decius es beschrieb, dass alles aus Schwingung bestand.

Nichts anderes geschah hier. Die gespeicherte Energie von Jahrmillionen. Aus einer Zeit lange vor diesen Lichtwesen. Sil befand sich nun in diesem mächtigen Energiestrom, der schon bald wie ein einziges Meer über die Oberfläche Theras umherwogte. Mit ihm zogen die Seelen der toten Bäume. Es roch immer stärker aus dem goldgelben Harz zu ihr hin. Sogar bis in Sils Luftkuppel hinein drang dieser hölzerne Duft. Der doch sehr an Sandelholz erinnernde Geruch dämpfte ihre Anspannung. Es beruhigte sie und ihre Angst verfiel. Aber wo genau führte Kronos diese konzentrierte Energie hin? Etwa zu der von ihr gesprengten Pyramide? Die Sprengung der Pyramide durch sie gehörte zu Kronos Vorhaben. So nach und nach verstand sie auch diese Handlung ihres Trägers. Sil vermutete, sie sollte die Pyramide an dieser Stelle sprengen, damit, wenn die Zeit reif dafür war, sich genau hier das Schicksal der Energiewesen erfüllte. Zapften die Energiewesen anfangs über die Pyramiden Theras Energie aus dem Wasserkanal an, so zogen nun die Seelen der toten Wälder über die Pyramide in den Himmel. Sie bildeten einen energetischen Impuls auf den Ursprungsort der Energiewesen, zu dessen Verstärkung der von Decius gebaute Oszillator diente. Was sich nun auf Thera zutrug, vollzog sich nun auch an diesem Ort. Sil steckte mitten drin.

Was geschah mit William? Sie mochte es sich nicht ausmalen. Wenn er sich opferte, blieb sie als Einzige auf Thera übrig, die noch entkommen konnte. Aber wie gelangte sie jetzt zur Abschussrampe? Sie wusste es nicht. Gefangen im stetigen Strudel der toten Seelen, welche wie die Meeresströmung mit ihr spielte. Sie versuchte über den Nukleus mit Kronos in Kontakt zu treten, aber sie fühlte von dem Samen nichts zurückkommen. Was hatte Kronos mit ihr vor?

Sil versuchte, aus dem energetischen Fluss aufzutauchen. Sich zu orientieren. Sie ruderte mit der Fließrichtung und durchbrach kurzeitig die Oberfläche des goldenen Meeres. Ivey schenkte ihr immerhin genug Licht, um zu erkennen, dass sich das Ziel am Horizont des harzigen Laufs abzeichnete. Der mollig warme Geruch des flüssigen Harzes nahm allerdings an Intensität deutlich zu. Es entspannte sie weiter, obwohl ihr alles andere, als danach war. Die Ungewissheit ihres Schicksals folterte die Wasserfühlige regelrecht. Ein riesiger goldener Zylinder ragte aus dem wogenden Meer heraus. Kronos bildete den Oszillator detailgetreu mit seinem Leib nach. Ganz aus Harz, den Seelen der Toten. Es wurde entsetzlich laut in der Atmosphäre. Sil war sich nicht sicher, ob dieser Lärm von dem Zylinder kam, oder wie Kronos ihn erzeugte. Der dröhnende Ton, löste eine starke Vibration durch die Luft aus. Die von ihr gesprengte Pyramide diente Kronos als Verstärker dieser rätselhaften Frequenz. Glaubte sie jedenfalls. In ihrem Kopf tanzte es von der ausgesendeten Schwingung. Die harzige Droge dämpfte aber ihre Wahrnehmung herunter und machte sie erträglich.

Wohin verschwand aber das therische Wasser? Auf ihren Weg stromaufwärts begegnete sie ihrem Element nicht. Sil erahnte nur, was Kronos mit ihm tat. Er setzte das therische Kraftwerk wieder in Gang und verschaffte sich mit Cocos Hilfe unerschöpfliche Energie, für die Umwandlung seiner Masse in die Schwingung, die zu dem Ursprungsort der Pyramidenbauer führte. Die von den Wesen erschaffene Anlage arbeitete nun gegen ihre Erbauer. Diese verstärkte Kraft schickte Kronos durch den Oszillator in den Himmel und so zu dem Ursprungsort seiner Peiniger. Doch dies hieß unweigerlich, dass sich Thera durch diesen Energietransfer in das

All weiter aufheizte. Könnte es sein, dass Kronos den Vorschlag Vegas in die Tat umsetzte?

Der goldene Sog zog Sil tatsächlich zu der von ihr gesprengten Pyramide. Doch je näher sie der harzige Strom dahin lenkte, umso müder wurde sie. Ihr verblieb keine Zeit darüber nachzudenken, woher diese plötzliche Schläfrigkeit kam. Lag es vielleicht an dem harzigen Geruch, der ihr immer penetranter in die Nase stieg? Innerlich war sie nach wie vor sehr aufgewühlt, aber der betäubende Duft wirkte auf sie wie ein Schlafmittel. Sil fühlte sich alsbald wie im Thermozelt. Ihr Leib krümmte sich in die Haltung eines Embryos zurück und wogte bald wie ein kleines Baby im Fruchtwasser des Bauches der Mutter im goldgelben Strom des harzigen Flusses. Ihre Augenlieder fielen ihr immer öfter zu und sie gähnte und schmatzte. Alle Furcht verfiel und sie gab sich den Launen ihres wiegenden Transportmittels hin. Es fiel Sil immer schwerer, überhaupt noch wach zu bleiben. Vergebens riss sie sich immer wieder aus dem dämmernden Schlaf. Sobald sie es tat, versetzte sie erneut der harzige Duft in den Schlafmodus. Schon bald wehrte sie sich nicht mehr dagegen und lies mit sich geschehen, was bereits feststand. Ihr Träger, der goldene Mann, ließ Sil absichtlich diese Pyramide sprengen. Weil sie dann in die Richtung Ceti e geschleudert wurde, wenn Kronos Thera zum Kollabieren brachte. Kronos wusste, wann die Pyramidenbauer kamen. Er kannte die Konstellation und den Standort Theras, wann sie eintrafen. So zog der goldene Strom den schlummernden Keim die steile Pyramide empor und saugte ihn an seiner Spitze in den dort von ihm zusammengesetzten Kokon. Er glich dem des Kryonikeis, wobei Kronos alle Teile und Bruchstücke der alten Schale mitverbaute, die seine Masse feinsäuberlich aus der salzigen Ebene barg. Das Letzte, woran sich Sil noch lückenhaft nach ihrer Ankunft auf Ceti e erinnerte, bevor sie endgültig wegtrat und ihre Reise nach Ceti e anbrach, war ein heller Lichtblitz außerhalb des Kokons, welcher den Inhalt in ein strahlendes Gold verwandelte. Die anschließend einsetzende Dunkelheit umfing sie gnädig. Schwerelos. Leicht. Eine mächtige Kraft schob sie vorwärts durch den dunklen Raum. Wohin auch immer sie sie hinlenkte. Es interessierte Sil nicht mehr. So müde, wie sie war, suchte sie nur noch ihren inneren Frieden. Was kümmerte sie da noch die Welt? Was kümmerte sie da noch Thera, Kronos, William oder Vega? Geschah nicht auch so, was ohnehin geschah? Mit oder ohne ihr? Es war ihr egal.

Kapitel 7

Erwachen

Die Sonne Tau Cetis schien freundlich auf Sil herab. Ihr Licht begrüßte sie als Erstes nach ihrem fast zweijährigen Flug durch den ewigen Raum auf Ceti e. Da verkamen die erleichterten Stimmen, die wie gedämpft durch ihre Ohren drangen, zur reinen Nebensache. Sollte es wirklich wahr sein? Im Gegensatz zu ihrer Ankunft auf Thera war ihr diesesmal nicht speiübel. Auch ihr Kopf fühlte sich klarer an, als bei ihrer ersten Reise. Wie in Watte verpackt, verbrachte sie sicher ihre Reise in dem Kokon, den Kronos ihr eigens dafür baute. Obwohl ihre Kraft nach der Landung aufgrund der nicht beanspruchten Muskeln nicht sonderlich stark war, fasste sie reflexartig nach dem Nukleus, der nach wie vor, um ihren Hals hing. Die Helfer befreiten sie mit gezielten Schlägen ihrer Vorschlaghämmer aus der restlichen Hülle und alsbald zog William sie erleichtert aus den Bruchstücken der Schale und der schwammartigen Verfüllung aus Bernsteinfasern heraus. Sils Augen nahmen den Baumfühligen nur verschwommen wahr, doch sie erkannte ihn eindeutig an seinem Geruch. Bis in ihre Seele drang das anteilnehmende Gefühl seiner Erleichterung zu ihr hindurch. Sie fühlte sogar Vegas Nähe in diesem Moment. So, wie einst bei ihrer Ankunft auf Thera. Ihre Verbundenheit mit Kronos und ihre Erfahrung mit der Kraft des Nukleus machte ihre Empfindung zwischen lebendigen Organismen sensibler als je zuvor. Die immense Schleuderkraft der von Kronos ausgelösten Explosion Theras kam zwar nicht ganz an die Schleuderkraft des Mutterwirbels heran, aber es reichte, um sie sicher und gezielt nach Ceti e zurückzubringen. Nun verstand Sil, warum Kronos sie in sein Element packte und das von ihm nachgebaute Kryonikei auf Theras Oberfläche entsprechend positionierte. Wenn er den Planeten zum Bersten brachte, sollte ihr Kokon gezielt nach Ceti e gleiten. Die Präzision seines Empfindens rang ihr diesem Wesen den höchsten Respekt ab. Sie bewies sich nicht nur in der Wahrnehmung der Eigenfrequenz des Planeten der Pyramidenbauer, sondern auch der Ortung ihres eigenen Herkunftsplaneten. Und das, obwohl diese Orte Lichtjahre von Thera entfernt lagen.

„Wir sind bei dir", wisperte Vega beruhigend hörbar zu ihr. Aus seiner Stimme entnahm Sil seine Erleichterung und Dankbarkeit für das gnädige Ende ihrer gescheiterten Expedition. Sil fiel es nicht leicht zu sprechen, denn die künstliche Starre wirkte sich auf ihre Stimmbänder lähmend aus. Aber da sie im Gegensatz zu ihrer Ankunft auf Thera nicht unterkühlt ihre Reise durch den Raum verbrachte, befand sie sich in einer wesentlich besseren Verfassung als damals. Es erlaubte ihr immerhin ein paar Worte zu äußern.

„Bin froh, dass ihr es seid", stammelte sie ihnen dankbar entgegen.

„Das sind wir auch", antwortete William mit deutlicher Erleichterung. „Erlaubst du, dass ich ihn dir abnehme? Wenn du mir den Finger drückst, reicht mir das aus. Du musst nichts weiter sagen. Das Reden strengt dich nur unnötig an. Ich weiß, dass er darauf wartet", fragte William erwartungsvoll.

Sil wusste, dass der Baumfühlige den Nukleus meinte, den sie all die Zeit sorgsam verwahrte. Sie drückte den Finger.

„Ich weiß, wo es ihm gefällt. An einem sonnigen und doch mit Wasser gespeisten Ort. Nicht zu tief gelegen und nicht zu hoch. Ähnliche Bedingungen wie im steinernen Wald. Dort werde ich ihn pflanzen. Er wird jetzt austreiben. Da bin ich mir sicher."

Dann fühlte Sil, wie William ihr den Anhänger vom Hals nahm, um ihn wie einen Schatz zu verwahren. Es war das Einzige, was von Thera übrig blieb.

„Vater", fragte Vega. „Bist du sicher, dass er die Reise unbeschadet überstanden hat?"

„Er wartete so lange darauf und bereitete sich auf die Rückkehr der Pyramidenbauer vor. Viele Jahrtausende bestimmt schon. Jetzt, wo er die Lichtwesen unschädlich für seine Nachkommen weiß, wird er wieder austreiben."

„Was ist mit den anderen?", stammelte Sil.

„Es geht ihnen gut. Sie sind erst ein paar Wochen vor dir hier angekommen. Sie wären auch gerne hier, aber mit Krücken kommt man nicht so leicht hierher, wo du gelandet bist."

Es kostete Sil viel Kraft, aber sie mühte sich ab, diese Worte an William zu richten: „Ich entschuldige mich bei dir. So rettete ich uns alle. Einschließlich dich."

„Du hättest es nicht tun müssen. Du wusstest, dass es nur fünf Kryonikeier gab. Dein Entschluss zu kämpfen, wurde auch zu Kronos Entschluss zu kämpfen. Darum hast du Kronos über dem Nukleus befohlen mich, anstatt dich zur Abschussrampe zu bringen. Dass es mir im Gegensatz zu Kyle und Decius jetzt besser geht, hat mit der Füllung zu tun, in die Kronos mich einlegte. Ich hätte mein Leben für dich geopfert. Ich bin alt Sil und ich wünschte mir, dass du mit Vega eine Zukunft hast."

„Ja. Kronos tat es für mich. Ich will, dass meine Kinder einen Großvater haben. Eine Familie."

Das rührte William tief im Herzen und er erklärte: „Als Pionier rechnet man nie damit, wieder zu seinem Ursprung zurückzukehren. So etwas wie ein zu Hause, haben wir nicht. Es gibt in unserem Leben keine feste Bleibe. Dann erfüllt sich eben mein Schicksal auf Thera. So vielleicht jetzt auf Ceti e. Ich verstehe Kronos nur zu gut. Er sah in uns große Gemeinsamkeiten mit ihm. Bäume sorgen für ihre Kinder. So, wie auch ich bereit war, für Vega und auch für dich zu sorgen. Darum baute Kronos das Kryonikei für dich nach und spann dich darin ein. So, wie er den Oszillator von Decius nachbaute, um die Eigenfrequenz des Herkunftsplaneten der Lichtwesen zu erzeugen. Generationen der Lebendigen kommen und gehen durch die Zeit. Was von ihnen bleibt, ist nur die Erde, auf die ihre Kinder bauen."

„Wolltest du wirklich auf Thera sterben?"

„Du hättest es in meiner Situation auch getan. Ich konnte gehen, nachdem mein Sohn und auch du auf den Weg nach Ceti e waren. Ich wusste irgendwie, dass Kronos dich nicht auf Thera verglühen lässt. Aber wie er das verhinderte, ahnte ich da noch nicht. Er baute alles von uns nach. Verinnerlichte unseren Geist und unser Denken über uns selbst. Unser ganzes Wissen und unsere Empathie. Mit seinem Leib und seiner Seele. Er ist ein großer und sehr alter Geist. Obwohl sein Wesen davon Abstand nahm, zu den Sternen zu fliegen, wuchs er auf einer anderen Ebene weiter. Auf einer Ebene, die den Meisten von uns noch fehlt und für die es noch kein Gespür entwickelt hat."

„Kronos ist ein flüssiger Geist."

„Mehr noch. Eine Träne der Liebe, ein Hauch des Windes, ein lebendiger Stein der Erde, eine energetische Strömung des Wassers, das sich irgendwann verwandelt, um himmelwärts zu seinen Ahnen zu ziehen", antwortete William zufrieden. Sil schloss nun müde die Augen und ließ sich von ihren Helfern auf der Levitationsscheibe zum bereitgestellten Dreibein bringen. Sie brauchte nun Ruhe, denn es gab so viel, was in ihrem Geist auf eine Verarbeitung wartete.

In den nächsten Tagen erholte sich Sil in einem Sanatorium auf Ceti e. Allmählich kamen ihr die Kräfte zurück und sie merkte, dass Kronos Art sie sicher zu verpacken ihr wesentlich weniger schadete, als das glibberige Kryonikgel. So verlief ihre Erholungszeit wesentlich schneller ab, als auf Thera. Die Cetiregierung erforschte infolge dessen die Zusammensetzung und die Verfüllung ihres Kokons und nahm sich vor, Kronos Nachbau des Kryonikeis für künftige Missionen einzusetzen, um die Reisenden weniger belastend durch den Weltraum zu schicken. Erst jetzt in der verordneten Auszeit verarbeitete ihr Geist, was in diesen dramatischen Stunden geschah, als die Energiewesen über Thera herfielen. Alles ging so schnell. Kronos stellte ihnen eine Falle und sie selbst war der Köder. Dabei dachte Sil zunächst, sie wären diejenigen, die Kronos vor den Lichtwesen retten müssten. Aber da unterlag sie einer geschickten Täuschung. Ihre ausgedachten Fallen erwiesen sich gegen diese Wesen als nutzlos. William erklärte ihr bei einem seiner Besuche im Sanatorium, das es zur Mentalität der Bäume gehört, nach außen schwach zu erschienen, obwohl sie innerlich sehr stark sind. Werden die stillen Riesen einmal ihrer Feinde habhaft, dann erwürgen sie sie mit ihrer gigantischen Masse. Auf Thera geschah es nicht anders. Nur final und auf feurige Art und Weise. Außerdem arbeiteten sie mit Ultraschall, Aromen und Düften, um untereinander zu kommunizieren. Kronos nutze seine Essenzen, um Sil auf ihre Reise durch den ewigen Raum vorzubereiten. Die Energiewesen erkannten in den Geschöpfen Theras keine ihrer Verwandten. Für sie diente Thera nur als Mittel zum Zweck der Stillung ihres eigenen Energiehungers. Kronos erkannte an ihren ausgesendeten Frequenzen die unfriedliche Absicht, als sie auf Thera mit ihren Lichtpyramiden landeten und gegen die heimischen Gewächse vorgingen. Mit der

Geduld eines Baumes stellte sich das Wesen tot und wartete, bis sich die Möglichkeit ergab, einer neuen Generation seiner Art das Leben zu schenken.

Schon als die Pioniere aus Ceti e ankamen, beobachtete er sie genau. Er fühlte das Scannerlicht ihrer Satelliten, als sie die Oberfläche kartografierten und abtasteten. Er spürte die Vibrationen ihrer Sonden und die Bohrer, während sie über den Planeten fuhren und Gesteinsproben für ihre Analyse nahmen. Er nahm ebenso die Landung des Antimaterieschiffs durch seine Erschütterungen wahr und die anschließenden Bohrungen nach dem lebendigen Wasser. Ihre Stimmen vermochte das Wesen zwar nicht aufzulösen, aber er spürte in die Seelen der angekommenen Pioniere hinein. Er fühlte ihre Sehnsüchte, ihre Wünsche, ihre Träume und Ängste aber auch ihre Hoffnung, Thera wieder in einen blühenden Ort zu verwandeln. Innerlich machte ihn das traurig, da ihre Hoffnung auf ein Erwachen der Lebendigkeit keine echte Chance besaß. Schon bald trat Kronos in den Kontakt mit den von William bei Tell Omega kultivierten Pflanzen und Bäumen. Obwohl sie nicht von Thera stammten, merkte er durch sie, dass diese Wesen ebenso wie er aus lebendigen Zellen bestanden, die in basischem Wasser schwammen. Sie brauchten ebenso wie er das Licht Iveys für ihr Zellwachstum. Kronos schloss daraus, dass sie von einem Ort kamen, in denen ebenso Gewächse gen Himmel wuchsen, wie einst auf Thera. Einem passenden Ort für den vor den Lichtwesen geretteten Nukleus, den Sil in all der Zeit in ihrem Medaillon sicher verwahrte.

Noch wusste Kronos nicht, ob er den Pionieren auch wirklich trauen konnte. Erst mit Sils Landung und ihrem Schlüpfen aus dem Kryonikei fand Kronos eine Gemeinsamkeit zu den humanoiden Wesen in Tell Omega. So wie seine Kinder aus einem kleinen Samen keimen, so keimte auch dieses Wesen aus einem Ei. Am Anfang noch klein und unbeholfen, stolpert es blind durch die Welt. Es findet erst so nach und nach Halt, findet zu seiner Wahrnehmung, seinem Gefühl und Empathie, um eines Tages einer neuen Generation wieder zur Geburt zu verhelfen. Kronos spürte, ob es Konflikte zwischen den humanoiden Wesen gab und wie sie damit umgingen. Als er fühlte, dass sie in Harmonie lebten, frei von Schuldgefühlen und anderen Komplexen waren, die sie an ihrem inneren Wachstum hinderten, interessierte er sich näher für sie als mögliche Wirte seines Samens. Ebenso lernte er von ihnen, dass sie über Technologien verfügten, den Planeten auch wieder zu verlassen.

Sil erkundete neugierig die Umgebung von Tell Omega und wurde auch auf den Brocken aufmerksam, den sie in ihrem Skarabäus verwahrte. Indem, dass sie ihn aufhob, spürte Kronos in sie hinein und blickte tief in ihre Seele. Er fühlte ihr unterdrücktes Heimweh nach Ceti e, ihren Wunsch Kinder auszutragen und das Leben zu schenken, ihre Liebe zu Vega und letztlich zu ihrem Element, dem Wasser selbst. Als Sil in Gefahr geriet im kupfernen Kanal zu ertrinken, hielt

Kronos die Zeit für gekommen, seine Tarnung zu beenden und durch Sils Rettung wieder zurück ins Bewusstsein zu kehren. Dazu offenbarte er sich ihr nach ihrer Rettung aus dem kupfernen Kanal und zeigte ihr den Grund für die Aussichtslosigkeit ihrer Mission, eine weitere Zukunft ihrer Art auf Thera zu suchen. Mit der Fähigkeit durch die Eigenschwingung mittels des Oszillators den Heimatplaneten der Lichtwesen zu zerbersten, setzte Kronos gezielt sein Vorhaben in Szene. Vielleicht rechneten die Lichtwesen nicht mit Kronos oder sie hielten sich für überlegen genug, ihn zu ignorieren. Letztlich erwischte es sie härter, als es je eine Verteidigungsmaßnahme der Pioniere zu tun vermocht hätte. Erst jetzt, in den Tagen nach ihrer Rückkehr auf Ceti e verarbeitete Sil in ihrem Geist so nach und nach, was da auf Thera eigentlich geschah. Sie freute sich, ihre Eltern wieder zu sehen, sie an sich zu drücken. Ihren Gefühlen freien Lauf zu lassen, Vega in die Arme zu schließen und sich wieder wie zu Hause zu fühlen. Geborgen zu sein und sicher.

Als es ihr wesentlich besser ging, besuchte sie mit Vega erneut den Gebirgsbach aus ihrer Kindheit. Sie ließ es sich nicht nehmen, an seinem Ufer eine Hand in dieses vertraute Gewässer hineinzutauchen und seine Kühle intensiv wahrzunehmen. Die Erinnerung an ihrem Unfall kam unvermittelt zurück. Das unauflösliche Wispern des Baches, mit dem er sie seinerzeit empfing. Es wurde nun Zeit dem Bach zu antworten.
„Es ist noch nicht Zeit mit dir himmelwärts zu ziehen", sagte sie versöhnlich zu dem lebendigen Wasser, das da talwärts zum Meer schoss.
„Du wolltest, dass ich dies erfahre. Vielleicht sogar, weil du wusstest, dass es auf Thera deinem Element nicht so gut ging und du in mir die Chance erkanntest, dies zu ändern. Darum wolltest du mich nicht haben und hast mich wieder zurück ins Leben geschickt. Ich danke dir", sprach sie zu dem lebendigen Gewässer, dass ihr zuzuhören schien. Dann drehte sie sich zu Vega um, dem ihr Umgang mit dem flüssigen Element ein Rätsel blieb.
„Die Seelen der Toten", erklärte sie Vega, der ihre Geste nicht verstand.
„Welche Toten?"
Sil atmete kurz durch. War es wirklich so klug, das in den Mund zu nehmen? Sie sagte daher: „Wissen tun das nur die Wasserfühligen. Du kannst es allerdings spüren, wenn du deinen Verstand loslässt und dich mit dem Wasser verbindest. Ich verlange nicht von dir, dass du mir folgst. Die Seelen der Toten retteten uns auf Thera das Leben und bescherten uns hier eine gemeinsame Zukunft. Kronos war der, der sie in sich trug und freisetzte, als es darum ging, die nächste Generation zu ermöglichen. Jetzt ist es auch für uns Zeit, diesen werdenden Geist zu erfüllen, damit auch er nach seinem Tod vom Meer, durch den Strom, über den Fluss, den Bachlauf hinauf, zum Gletscher in den Himmel ziehen kann."
Vega fand sich damit ab, nie auf dem geistigen Niveau der Wasserfühligen zu wandeln. Anstatt dessen akzeptierte er die Eigenheiten dieser hochsensiblen

190

Persönlichkeit und lies sie in ihrer Welt schwelgen. Wusste er doch von seinem eigenen Talent und somit auch von seiner eigenen Lebensaufgabe.

Die Sonne Tau Ceti empfing Sil und Vega mit ihrem satten Abendlicht, als sie in den Friedhof eintraten, auf dem Vegas Mutter ihre letzte Ruhe fand. Ringsum erblühten die farbenfrohen Blumen auf den Beeten der hingebungsvoll gepflegten Grabstätten. Ihre Gärtner ließen ihren kreativen Geist bei der mit Umsicht gestalteten Anlage freien Lauf, was sich im Schnitt und der ausgewählten Diversität der Arten zeigte. Im Schein der angenehmen Abendsonne Tau Cetis kam die Vielzahl der bunten Blüten mit ihren leuchtenden Farben trefflich zur Geltung. Es summte und brummte zwischen den Gewächsen von den bestäubenden Insekten, was den Ort mit Leben erfüllte. Gerade dies machte diesen Flecken Erde zu einer Brücke in das ewige Leben über Generationen hinweg und verkam nicht zu einer Sackgasse der Ödnis und der Verlorenheit wie es einst Thera erging.

„Schau", bemerkte Vega freudig zu Sil, als sie gezielt vor einer Weggabelung des Friedhofs stehen blieben. Hier fassten die Gärtner einen kleinen Setzling ein, der kniehoch seine Sprosse mit einem geraden Wuchs in die Höhe austrieb.

„Vater suchte für ihn einen schönen Platz aus. Nicht zu sonnig und feucht genug." Beide blieben anteilnehmend vor dem jungen Bäumchen stehen. Die Erinnerung an Thera lebte in ihrem Geist wieder auf. Die Gärtner stabilisierten das kleine Stämmchen mit einer Halterung. Zierlich erhoben sich seine jungen Triebe in die Höhe und bildeten bereits zarte, ja fast kreisrunde Blätter auf den kleinen Zweigen aus. Es erinnerte Sil an Kronos Hände, als sie sich zum ersten Mal in der Wüste des seichten Meers begegneten.

„Es gefällt ihm hier", sagte Sil sich den Bauch haltend. Selbst wenn sie den Nukleus nicht mehr um ihren Hals trug, spürte sie in den Trieb hinein. Auch in ihrem Leib reifte eine Frucht heran, die in wenigen Monaten an das Licht der Welt kam. „Seine gefaserten Blätter sehen so sanftmütig aus. Verträumt und dankbar."

„Vater gefiel dieser Platz und er möchte, dass wir uns weiter um ihn kümmern. Solange, bis er nicht mehr niedergetrampelt werden kann und er seine ersten Samen wirft."

„Ich glaube, dass er uns zuhört", sagte Sil. „Ich fühle auch ohne den Nukleus, dass Kronos in ihm ruht. So, wie er mich für die Reise nach Ceti e verpackte, als ich im goldenen Strom zur gesprengten Pyramide reiste."

„Es wäre schön gewesen, wenn unser Kind noch seinen Großvater kennenlernte", seufzte Vega betrübt.

„Du hältst einen Baumfühligen nicht von seiner Arbeit ab. Dein Vater will sein Wissen unbedingt an die nächste Generation weitergeben. Daher ist er zu der Nexusmission aufgebrochen. Im Gegensatz zu den Bäumen, die er betreute, wurde er nie sesshaft."

„Es ist traurig, wenn er keine Erde findet, die ihn aufnimmt. Eigentlich wollte er seinerzeit mit mir auf Thera sterben", antwortete Vega nachdenklich.

„Jetzt ist da nichts mehr. Ich frage mich, ob es nicht hätte anders kommen können. Es tut so weh, dass Kronos seine eigene Heimat opferte, um seine Kinder zu retten."

„Nimm es nicht so schwer. Kronos nahm für uns diese Entscheidung ab. Er zerstörte seine Heimat lieber selber, bevor er sie diesen Lichtwesen überließ und sie zu ihrem ewigen Sklaven machte. Vielleicht wusste er, dass er nur so dem Nukleus eine Zukunft geben konnte."

Sil dachte an die alte Legende ihrer Mutter zurück, die sie ihr einst erzählte, als sie in den Gebirgsbach bei ihrem Haus fiel und dabei beinahe ertrank. An die Seelen der Toten, die den Bachlauf aufwärts in die Berge und somit in den Himmel ziehen. Kronos wusste erst durch ihre Verbindung mit dem Nukleus von dieser Legende und setzte sie auf seine Weise in ihre Rettung um. Er, der zum Wasser und zu seinem Gesetz wurde. Schon in dem Moment, als er ihr den Nukleus anvertraute, spürte sie seine Macht. Aber das behielt sie in diesem Augenblick lieber für sich und lies Vega in seiner vereinfachten Vorstellung verharren. Besser ihr Mann ruhte in diesem Glauben und fühlte sich glücklich damit.

„Was ist aus Kyle und Decius geworden?", fragte Vega einen anderen Gedanken aufgreifend.

„Sie erschließen weitere unbewohnte Flecken hier auf Ceti e. Eben erst haben sie mir ein Bild von Apollo geschickt. Er entwickelt sich prächtig. Vielleicht wird er einmal mit unserem Kind spielen. Wir treffen uns bestimmt bald wieder."

„Das werden wir", sagte Vega zuversichtlich und versank kurz in Gedanken.

Nach einer Weile fragte er Sil: „Willst du eigentlich wieder auf eine Erschließungsmission gehen?"

Sil antwortete ihm sich den Bauch haltend: „Wer fechtet denn aus, was das Leben durch die Zeit trägt? Ich denke, dass wir mehr mit unserem Scheitern Thera zu erschließen erreichten, als wir es im Moment überblicken. Ich überlasse es den anderen Generationen ihren Raum aus unserer Erfahrung zu entwickeln und widme mich jetzt lieber unserem eigenen Kind. Eine kluge Entscheidung verwebt sich harmonisch mit dem Umfeld, in der sie getroffen wird."

Vega lächelte verständnisvoll, denn auch ihm erging es nicht anders. Er richtete wieder seinen Blick auf das aufstrebende Bäumchen.

„So, wie auch Kronos uns vertraute, dass wir das Richtige für seine Kinder tun. Was passierte mit dem Ort, von dem diese Energiewesen kamen?"

„Die Leute im Observatorium meinen, dass er vollständig ausbrannte wie ein Stück Kohle. Da blieb nur noch ein ausgekühlter poröser Brocken übrig. Kronos grillte ihn mit seiner schockartig freigesetzten Energiemenge. Sein oder nicht sein", sagte Sil nachdenklich und hielt sich weiterhin ihren Bauch. Sie fühlte, wie es sich darin bewegte.

„Ob sie auch so etwas wie eine Familie hatten?"

„Wir werden nie wissen, welche Struktur oder Organisation diese Wesen besaßen. Genauso wenig, wie sie es je von uns erfuhren. Vielleicht stellten sie sich auch selber nie diese Frage."

Vega nickte verständig und fragte: „Macht dich das traurig?"

„Warum nur dieser furchtbare Hunger nach mehr? Warum immer die Angst, dass es zu wenig gäbe? Am Ende stirbt ein ganzer Planet und alle Wesen, die ihn bevölkerten, sind nur noch Fußnoten ihrer Zeit. Es raubt sich durch seine Gier selbst die Luft zum Atmen."

„Hier traf es sogar zwei Planeten. Sil, ich denke, wir handelten richtig. Vater meinte, wenn die Menschen begreifen, dass sie auch gestalten und sich genauso in ihre Umgebung einfügen, wie es die Bäume im Wald selbst in ihrem Milieu tun, dann wird es für ihre Nachkommen eine lebenswerte Zukunft geben. Wer zwingt sie denn eigentlich immer höher, schneller und weiter zu hüpfen? Auch ein Baum erreicht einmal seine maximale Größe. Warum immer mehr Kinder wollen, die sich später gegenseitig das Licht wegnehmen, nur um sich für den Moment gut versorgt zu wissen? Das ist verantwortungslos. Warum sollen wir ein Opfer für jemandes Gier werden, in dem wir uns verführen und ausplündern lassen? In dem die Menschheit glaubt, dass mehr Nachkommen automatisch mehr Konsum und mehr Gewinne bedeuten? Ein empathieloses Denken, das uns letztlich von der Natur und unsrem Selbst abkoppelt. Ich bin zwar kein Empath wie du, aber selbst ich weiß, dass ohne Gefühl ein Leben als solches nicht mehr bezeichnet werden kann. Das Pendel der Gier schlägt irgendwann auf ihre Auslöser zurück und grillt sie, wie es Kronos mit diesen Pyramidenbauern tat. Lassen wir das Pendel doch nicht weiter ausholen, bis es einen Überschlag macht, um von der anderen Seite auf uns herniederzusausen."

Sil seufzte und versetzte sich in das kleine Bäumchen vor ihren Füßen. Wie leicht wäre es jetzt ihn zu zertreten, ihn einfach aus der Erde zu reißen? So verletzlich, wie er nun war. Innerlich aber wusste sowohl das kleine Stämmchen als auch Sil, dass dieser Reiz ferner denn je lag. Tiefe Dankbarkeit und Wärme überzog sie beide und es machte sie glücklich.

„Sieh dir Kronos jetzt an. Er ist dankbar für den Platz, den wir ihm aussuchten. Man sieht es an seinem Wachstum und seinem satten Grün. Ob er auch mit den cetischen Pflanzen eine Symbiose eingeht und sie so beschützt, wie er es einst für uns tat?"

„Vielleicht. Jedenfalls ist er nicht an Macht interessiert, sondern nur an der Zeit selbst."

Sil und Vega kuschelten daraufhin aneinander und hielten sich. Dankbar sahen sie sich in die Augen. Zuletzt fiel ihr Blick wieder auf das therische Erbe und dessen Zweigen mit den handtellergroßen Blättern. In seinen feinen Aderungen zeigte sich im Gegenlicht der Abendsonne Tau Cetis jene Struktur, die der Blume des Lebens glich. Dankbar, wie es ein Baum eben war. Die warmen Strahlen der Sonne erwartend, den leichten Wind in den Zweigen und Blättern verfangend, die Mineralien aus dem Boden ziehend, den Regen und das Wasser zwischen seinen Wurzeln spürend, verharrte er an Ort und Stelle. Still und Leise, mit dem Wunsch beseelt, sein Erbe in Form seiner Samen durch die Zeit zu tragen und somit dem Ort seines Wirkens ein beruhigendes Grün allein durch seine bloße Anwesenheit zu schenken.

Ende